Los salvajes 2

Los salvajes 2
Hermanos, enemigos

SABRI LOUATAH

Traducción de
Ignacio Vidal-Folch

LITERATURA RANDOM HOUSE

Papel certificado por el Forest Stewardship Council®

El autor agradece a la Fundación Jean-Luc Lagardère
la beca concedida en 2012.

Título original: *Les Sauvages. Tome 3*

Primera edición: enero de 2019

© 2013, Flammarion/Susanna Lea Associates
© 2019, Penguin Random House Grupo Editorial, S. A. U.
Travessera de Gràcia, 47-49. 08021 Barcelona
© 2019, Ignacio Vidal-Folch, por la traducción

Printed in Spain — Impreso en España

ISBN: 978-84-397-3483-3
Depósito legal: B-25.783-2018

Compuesto en La Nueva Edimac, S. L.

Impreso en Cayfosa (Barcelona)

RH 3 4 8 3 3

Penguin
Random House
Grupo Editorial

Previamente, en Los salvajes...

Desde hacía dos días no paraba de nevar. En los cristales de las ventanas empañadas, la escarcha dibujaba flores. Era la noche de Navidad. Krim estaba fumando en el patio interior, entre su edificio y el de enfrente, que acababa de ser restaurado. La nieve lo cubría todo a sus pies, y seguía cayendo a grandes copos. Entre los contenedores de basura había un sofá desfondado. Los reposabrazos estaban blancos. Los copos se deshacían en las grietas del asiento desgarrado, como pétalos que quisieran curarlo.

Apoyado en la puerta acristalada de la planta baja, protegido por la visera de su gorra, Krim alzó la mirada al cielo. La nieve era una bendición, la lluvia un castigo. Porque a la lluvia la acompañaba un martilleo preparatorio, como una queja. En cambio, la nieve se desprendía de las nubes con un temblor aterciopelado y benevolente.

Krim aspiraba maquinalmente las últimas bocanadas del grueso porro que había confeccionado con tres hojas grandes, en previsión del día que le esperaba. Navidad en casa de los Nerrouche. La Nochebuena de los moracos. Seguro que pasaría algo que convertiría la velada en una catástrofe. Hasta la Navidad echaban a perder.

Un helicóptero rasgó el cielo: volaba tan cerca de los tejados que las ventanas temblaron. El motor bramaba como una bestia humana; bajo el eco de esos rugidos se dibujó una mancha oscura en la alfombra de nieve que se extendía entre Krim y el porche del otro edificio del patio. Era una sombra negra que no avanzaba recta. Era un ser humano con un paraguas. Lo bajó.

—¿Noooo? ¿Nazir?

Diez segundos después de la aparición de aquella cosa monstruosa a ras de los tejados todavía permanecía en el aire nacarado un zumbido, un ruido como un olor a pólvora.

—En Los Ángeles los llaman los Ghetto Birds. Sobrevuelan los barrios peligrosos de la ciudad. Día y noche. ¿Subimos?

Krim tiró el porro. Y al agacharse para aplastarlo y ocultarlo bajo la alfombrilla del umbral, se dio cuenta de que los pasos de Nazir no habían dejado huellas en el hermoso manto blanco del patio interior. Seguramente los grandes copos que seguían cayendo las habían cubierto.

Tenía una sonrisa de piloto automático, boca y barbilla retraídas de la misma forma. Su mirada negra estudiaba el salón, depositaba en cada rincón el veneno mudo de un sarcasmo: las alacenas llenas de baratijas estúpidas, las fotos familiares en blanco y negro, los dibujos de Krim cuando era niño, el peluche preferido de Luna que presidía la única hilera de libros de la biblioteca.

Era una enciclopedia en varios volúmenes con tapas color burdeos, que se interrumpía en el octavo tomo —y así permitía conocer todas las palabras de A a Afiliar (tomo 1), de Afiloforal a Barotaxia (tomo 2), de Barruntar a Bulboso (tomo 3), de Bulbul a Chélada (tomo 4), de Chelcicky a Contrapilastra (tomo 5), de Contrapiso a Desnicotinización (tomo 6), de Desniquelar a Electromiograma (tomo 7) y de Electrón a Fair-play (tomo 8)— y ni una palabra más.

Al cabo de un rato Rabia se preocupó por el silencio de Nazir. Al fin y al cabo era él quien había querido pasar la noche de Navidad allí; él se imaginaba una gran reunión familiar, espontánea y un poco loca, como antes. Le había pasado discretamente cinco billetes de cien euros para que gastase sin hacer cuentas, y que preparase una verdadera cena de fiesta como los franceses: salmón, foie gras, pavo, castañas, caracoles… e incluso caviar.

Mientras los niños y Rabia untaban las tostadas de mantequilla y se extasiaban con el precio de aquellos huevecitos negros, Dounia estaba fumando en la ventana del apartamento de su hermana, el mismo que sería precintado con cintas amarillas cinco meses después, cuando la familia Nerrouche se convirtiese para los medios de comunicación de todo el mundo en la encarnación del terrorismo islámico «doméstico», «hecho en casa». Pero aquella noche Dounia no tenía que preocuparse de periodistas al acecho ni de polis armados hasta los dientes al pie del edificio. Desde aquel tercer piso de tres habitaciones, con la calefacción a tope, aspiraba los efluvios de la noche que subían por la rue de l'Éternité. El aire olía a nieve pero no hacía el frío necesario para que cuajase: solo una espuma blanca cubría tímidamente el capó de los coches y las verjas de las ventanas; cualquier soplo de viento le amputaba pedazos que luego no eran reemplazados.

Dounia buscó un pretexto para desviar la mirada de aquel escenario que moría ante sus ojos. Había recibido un nuevo SMS de su otro hijo, Fouad. Estaría rodando en Marruecos durante todas las fiestas. Pero al mismo tiempo que la distraía del sombrío paisaje, la verdad la hundía en otro también sombrío, brutalmente, como si se hubiese metido de golpe en un estanque helado: Nazir había bajado a Saint-Étienne solo porque su hermano pequeño, el gran actor de cine, no iba a estar.

Cuando regresó al comedor, Dounia le vio de pie ante el abeto parpadeante, con una mano a la espalda. Llevaba un traje de terciopelo negro y una camisa blanca abotonada hasta el cuello. Con su tez lívida y sus mejillas cóncavas parecía un príncipe ruso que regresa del exilio: había desaparecido después del entierro de su padre, tres años antes; cada mes enviaba a Dounia una postal, y en todas las fiestas importantes la telefoneaba; y ahora estaba de regreso, y Dounia se preguntaba por qué no se alegraba de ello.

Frente a la tele que proyectaba un telefilme de Navidad, el anciano Ferhat, en calcetines, conversaba con Slim, le desaconsejaba que comenzase por la guitarra si quería aprender a tocar la mandolina. «Comienza in siguida, hijo», repetía cada vez que tenía la palabra, como si fuera la única frase que supiera decir en francés.

Por entonces Slim acababa de comprometerse, y el tío Ferhat conservaba su pelo y no necesitaba cubrirse la cabeza con una chapka; las dos cabezas rizadas se movían tranquilamente en el halo de la vieja lámpara de Rabia. Que databa de los años setenta; era el único regalo de noviazgo de la abuela. Su pantalla de tela amarillenta tenía flecos de terciopelo que parecían coletas de chica. Como su propietaria, la lámpara de Rabia difundía una luz cálida y franca, un calor amarillo, humano, digno de una chimenea. La prueba es que todos los invitados acababan por acercarse a ella, alejándose de la mesa del salón, aunque pronto habría que empezar a ponerla.

En efecto, en la cocina estaban en pie de guerra. La valiente hermana mayor de las hermanas Nerrouche estaba al mando. Cuando la abuela estaba en Argel —como en esos días, en que se ocupaba de sus misteriosos negocios inmobiliarios—, la tía Zoulikha se sentía mucho más relajada. La pobre solterona vivía a la sombra de su infatigable madre. La yaya la tiranizaba a conciencia, concentraba en ella toda clase de rencores y de agravios irracionales; peor aún: a la menor resistencia que encontrase, la culpabilizaba y le atribuía deseos matricidas. Su exilio en el pueblo, aunque provisional, alegraba los simpáticos mofletes de Zoulikha. Puso a asar simultáneamente el pavo y las castañas, y llamó a Rabia, que estaba charlando en el salón:

—¡Gualá, a esa li dices que vinga diez veces y no risponde! ¡Venga a parlotiarse y parlotiarse!

Rabia rompió a reír al oír a su iletrada hermana usar el verbo «parlotear» como reflexivo. Se echó en brazos de Dounia, con las facciones desencajadas por las carcajadas.

—Pero ¿quieres dejar de burlarte de tu hermana mayor? —le recriminó Dounia—. De verdad, ¿esto es lo que les quieres enseñar a los críos?

Rabia le sacó la lengua, voló a la cocina y besó golosamente la nuca rosácea de la tía Zoulikha; hasta sus hermanas habían acabado por llamarla tía desde que vivía con Ferhat.

Bouzid fue el último en llegar. Llevaba en el bolsillo los regalos de la abuela para los niños: un sobre con dos billetes, aún tersos, recién salidos del cajero, y una bolsita de peladillas de falsa seda gris perla. Bouzid hacía de intermediario, porque la abuela no celebraba las fiestas de los franceses.

Cuando el tío Noël entró en el apartamento no parecía contento; clavaba en Krim largas miradas censoras. Los ojos de Krim estaban contraídos y muy rojos. El cabezón de su tío, furiosamente calvo, le daba ganas de reír a cajas destempladas. Se fue a su cuarto sin saludar a nadie y se tumbó de espaldas. Se dio cuenta de lo colocado que iba cuando vio que sus brazos se elevaban y sus caderas se contoneaban sobre la sábana perfumada con el suavizante que usaba su madre, un olor de vainilla y flor de naranjo que recordaría meses más tarde, para cubrir los efluvios de sudor, de mierda y meados que nunca abandonaban del todo el recinto de su celda en la cárcel de alta seguridad de Fresnes.

Aquella noche tenía los ojos entornados, los labios entreabiertos y risueños; imaginaba que iba sobre un dragón amaestrado, cabalgando por un cielo suave y sedoso. La silla era confortable, las riendas fáciles de manejar para dirigir aquel vehículo vivo. A lo lejos, en la realidad, las voces se lanzaban al asalto unas contra otras, y Krim sabía que de un momento a otro tendría que reunirse con ellas pero esperaba a que vinieran a buscarle, esperaba los gritos de su madre, iría a la décima llamada, y le encantaba pensar que el primer «Kriiiiim» de su madre aún no había cruzado el piso lleno de gente.

Se levantó bailando, miró los tejados ligeramente nevados y el rostro de la luna, que parecía interesarse solo en él y en sus sueños emporrados. En el momento en que se disponía a correr las cortinas y a encender el teclado para buscar una melodía romántica que había oído un rato antes, alguien agitó el picaporte de su puerta, pero no entró enseguida. Le había dicho mil veces a su madre que antes de irrumpir en su cuarto llamase, pero una fuerza le contuvo para no precipitarse a su encuentro y poner el grito en el cielo: no estaba seguro de que fuese ella. Conocía a su madre de memoria: el ritmo siempre acelerado de sus pasos, el frufrú de su vestido argelino que se ponía al volver del trabajo para tumbarse en el canapé; la reconocía hasta cuando no emitía sonido alguno. Así que sabía que ella nunca abría la puerta bajando el picaporte al máximo.

—¿Mamá? —preguntó, inseguro.

Pero oía a su madre en la cocina, polemizando sobre el tema del velo que las chicas de hoy se ponían voluntariamente, cuando las generaciones precedentes habían hecho lo imposible por liberarse de él.

La puerta seguía entreabierta; unos segundos más y Krim podría pensar que el visitante rehusaba deliberadamente dejarse ver.

—¡Nazir! —exclamó, aliviado, al reconocer la alta silueta de su primo mayor—. *Wesh*, primo, qué tal.

Nazir tendió el puño hacia él, Krim le imitó; sus puños se tocaron.

Mientras discutían en la penumbra del cuarto de Krim, en el salón pasaban cosas: Slim había cometido la insensatez de desafiar a su primita Luna a un pulso. Habían apartado el montón de platos que tenían que distribuir por toda la mesa, y alzaban los antebrazos, el uno contra el otro. Dounia masajeaba los musculados hombros de la pequeña gimnasta, Bouzid adiestraba a Slim berreando incluso antes de que el duelo comenzase:

—¡No se te ocurra perder, Slim! ¡Ya eres un hombre! ¿Eres un hombre sí o no?

Tenía cuatro años más que Luna, pero en cuanto sintió la fuerte mano de su primita en la suya supo que iba a perder. Luna le dominaba tan fácilmente que la muchacha incluso fingió que perdía hasta el último momento; se dejó dominar hasta que tuvo el dorso de la mano a pocos centímetros del mantel, y entonces bostezó. Slim estaba rojo como un tomate por el esfuerzo, y Luna abrevió su sufrimiento dándole la vuelta a la situación con una facilidad increíble. Luego vino la revancha, que solo duró tres segundos. Slim sabía perder; las cosas no hubieran acabado así si Luna se hubiera enfrentado a su hermano. Pero Krim no hubiera aceptado nunca.

—¡Kriiiiim!

Era la primera llamada. Y Krim ni siquiera la oyó. Nazir y él estaban sentados en el borde de la cama, frente a la ventana. Miraban el cielo, donde se deshilachaban unas sombras grises. Nazir hablaba del cielo, decía que es como el dinero: un hacedor de promesas.

—Cuando miras al cielo, tienes la sensación de que todos los acontecimientos de tu vida se perfilan sobre su inquietante majestad. El cielo parece que te diga: tendrás una vida estupenda, solo tienes que alzarte e ir a por ella. Y el dinero, lo mismo: promete cosas, te promete que podrás comprar esa vida estupenda. Y la historia de la humanidad, mi querido primito, es la historia de esas promesas no cumplidas, peor que incumplidas: promesas chungas, como cuando tu tío preferido te dice que te llevará a la playa pero pasan los meses y no viene nunca a buscarte...

La verdad es que Krim no veía qué tenía que ver una cosa con la otra, pero se esforzaba, se esforzaba para no echarse a reír como un tonto y se esforzaba por relacionar las ideas.

—Cuando mires el cielo piensa en ello, piensa que el cielo es un mentiroso. Y que la única verdadera sabiduría es no escuchar a los mentirosos cuando sabes que están mintiendo. La sabiduría es dejar de alzar los ojos, y bajarlos a la realidad. Desconfía del cielo y de las grandes promesas. ¿De acuerdo, Krim?

—De acuerdo —respondió el adolescente pasándose la lengua por el paladar seco y pastoso.

Nazir ya no dijo nada más, pero miraba el cielo con una intensidad teñida de diversión. Su cabello más que negro era oscuro; la luna le daba reflejos de acero. Krim no sabía si tenía que hablar o callarse, mirar el cielo con aquel tipo raro, o proponerle ir a reunirse con los demás para cenar. Antes de que tuviera que tomar una decisión, los demás irrumpieron en el cuarto.

—¿No os habéis enterado? No, claro, no habéis encendido la luz, ¿verdad?

—No —respondió Nazir—, ¿por qué?

—Se ha ido la luz —dijo Rabia tratando de encender la lámpara de noche de Krim—. ¡Te lo juro, está todo oscuro por todas partes!

Detrás de ella se adivinaban unas sombras ciegas en medio del salón sumido en la oscuridad, donde los móviles bailaban una farándula de luces azules. Krim se frotaba los ojos para asegurarse de que ese corte de electricidad no era fruto de su imaginación drogada. En el salón, Bouzid se hacía cargo de la situación. Había encontrado la caja de los fusibles y le pedía a Dounia que acercase la llama de su mechero. Identificó el fusible culpable, ordenó que alguien desenchufase el último aparato que hubieran enchufado. Pero el fusible volvía a saltar y Bouzid, hundido y avergonzado de no poder ser el héroe de la noche, anunció que había que llamar a un técnico.

—*Zarma*, un electricista —le tradujo Rabia a su vieja tía.

—¿Un electricista en Nochebuena? Ya te digo que nos va a costar un huevo.

Todo el mundo estaba agitado y confuso, salvo el viejo Ferhat, fiel a su puesto junto a la lámpara, sin decir nada y sonriendo suavemente en la oscuridad.

—Siempre podemos ir a mi casa —propuso Dounia.

Al principio todos protestaron: los estómagos rugían de hambre, si se iban ahora tardarían más de una hora en comer, además de que el pavo estaba medio asado, y las bandejas llenas de aperitivos. Pero luego entraron en razón. Podían empaquetar los aperitivos y el pavo se podía recalentar al día siguiente. En efecto, con dos coches el traslado tardó poco más de un cuarto de hora. Krim iba en el Twingo de Dounia, que olía a tabaco frío y al ambientador que no lograba disimularlo. Tanta realidad de golpe le desbordaba un poco: ponerse los zapatos, salir de la casa, desplazarse por nuevos escenarios... Se dirigió a Nazir, que estaba erguido en el centro de los asientos traseros.

—¿Has sido tú, Nazir?

Nazir sonrió torpemente.

—¿Has sido tú el que ha cortado la corriente?

Extraña pregunta, pensó Krim. Pero olvidó que la había planteado en cuanto el coche se detuvo ante un semáforo en rojo, y entonces se preguntó por qué el color rojo le hacía pensar en la nota *la* mayor. También se olvidó de que Nazir no había respondido a su pregunta. En la punta del dedo pulgar y del índice notaba que la resina de cannabis hacía costras en sus huellas dactilares.

Al lado del coche, había otro detenido. Krim observó que el conductor tenía la mirada clavada en el tío Ferhat, que canturreaba en el asiento del copiloto pasajes de canciones orientales. Seguro que era por el porro, pero le parecía que aquel conductor vestido con un plumas blanco —un coloso pálido, con el pelo a cepillo— iba a aprovechar el semáforo rojo para salir del coche y tomarla con ellos. El semáforo se puso en verde, el coche les siguió hasta la calle del cementerio, pero al cabo de un momento Krim se había olvidado de preocuparse.

La urbanización donde se encontraba la casita de Dounia estaba ricamente decorada con los colores navideños. Había velitas en las ventanas, enanitos a la entrada de las plazas de parking, algunos Papá Noeles colgados de los picaportes de los pisos, y guirnaldas, luces que brillaban en la fría noche... en todas partes salvo en casa de Dounia. La última casita de la urbanización no celebraba la Navidad. Las paredes de gotelé rosa estaban pálidas y desnudas. Ya dentro, distribuyeron las fiambreras por la mesa baja del salón y en menos de cinco minutos todos los aperitivos estaban a su disposición, tan bellos en su densidad multicolor que nadie se atrevía a tocarlos. Caviar negro, foie gras beige, tarama rosa, ensalada blanca de pepino, huevas de lumpo rojas, y hasta una salsa de anchoas verdosa que, la verdad, no parecía muy apetitosa.

El tío Bouzid había traído dos botellas de Champomy que logró descorchar con mucha fanfarria. Dounia fue a buscar la bayeta para limpiar el zumo espumoso que había formado charcos en el embaldosado.

La planta baja de Dounia era más espaciosa que todo el apartamento de su hermana. En casa de Rabia se sentían apretados, cálidos, y en cambio la casa de Dounia daba la desagradable sensación de fiesta malograda, donde los invitados, desperdigados por los cuatro extremos de la sala, evolucionaban como peces rojos en una pecera demasiado grande para ellos. A Rabia se le ocurrió la buena idea de encender la tele y reunir alrededor de la mesa baja a los que se empeñaba en llamar alegremente «mis invitados». En la nevera de Dounia solo quedaba cuscús, a ella no le gustaban mucho las fiestas desde que su marido exhaló su último suspiro la noche de San Silvestre.

—¡Ya lo veis! —exclamó Rabia—. ¡Queríamos hacer una cena de Nochebuena como los franceses, y aquí estamos, comiendo cuscús! ¡Gualá, la próxima vez le diremos a Zouzou que prepare directamente la sémola! Te juro que tengo la sensación de que es una señal, *zarma*, Dios quiere reírse de nosotros y nos dice haced lo que queráis pero seguiréis siendo unos moracos...

—¡Gualá! —asintió la tía Zoulikha, dejando el canapé de anchoas que acababa de olisquear recelosamente.

La conversación siguió por esos derroteros turbulentos: Francia, los inmigrantes. Rabia era la más virulenta. Atacaba a todos diciendo:

—Para ellos, somos unos invitados, y los invitados tienen que mantener la boca callada y portarse bien, pero ya hace cincuenta años que somos los invitados, y todos los demás nos pisotean, ¿entendéis lo que quiero decir?

Cuando Rabia decía «¿Entiendes lo que quiero decir?», podías estar seguro de que ella, por su parte, no entendía nada.

Todos lanzaron algún comentario a gritos para imponerse sobre la algarabía general, hasta los más jóvenes alzaban la vista de sus móviles para manifestar su opinión. Nazir le pidió a Rabia si podía desarrollar aquella idea sobre los invitados. Rabia no se hizo de rogar, contenta de que por fin su sobrino participase. Pero Nazir la cortó abruptamente con una frase que pronunció en tono neutro y cansino, como si ya la hubiera repetido demasiadas veces:

—Pero el problema no es si somos invitados o residentes de pleno derecho. El problema es que no hay fiesta, no hay banquete.

—¡Gualá! —repitió la tía Zoulikha, creyendo que Nazir ya había acabado de hablar.

—Francia es como una recepción a la que llegas todo endomingado, y te das cuenta de que no hay nadie, no hay fiesta. No es que la casa no sea hospitalaria, es que sencillamente está vacía. Los inquilinos son fantasmas que intentan convencerse de que son los propietarios, y a los verdaderos propietarios no hay forma de encontrarlos, solo se oye el eco de sus voces que nos dicen que ahuequemos el ala.

La intervención del intelectual de la familia no suscitó más que una aprobación tímida; nadie quería confesar que no entendía la analogía. El tío Ferhat comenzaba a bostezar; alzó la mano para hablar de su nueva obsesión: la luna, o mejor dicho, «la lina»:

—Ti digo que lis americanos no han ido a la lina. Dicen que han ido, pero la virdad es qui no.

Bouzid pensó que se refería a las famosas imágenes de la bandera y el viento… Pero el tío Ferhat tenía otros motivos para rechazar la versión oficial:

—La lina —decía, con gestos extremadamente lentos de la palma de la mano—, la lina es una lámpada. Una lámpada. Y a una lámpada no se puide ir, *t'famet?*

Se interrumpió, con un ademán propio de un poeta incomprendido.

Krim notaba que si seguía sonriendo como un tonto, con los ojos entornados, acabaría por llamar la atención. Probó seis muecas distintas para abrir bien los ojos; cuando por fin pudo mantenerlos así durante más de diez segundos, ya estaba: todo el mundo le miraba con extrañeza.

El tío Bouzid le preguntó ante toda la parroquia:

—Dinos, Krim, ¿qué piensas hacer en la vida ahora?, ¿eh? ¿Tienes algún proyecto? Rab me dice que a veces haces alguna chapucilla en casa. ¿Te gusta el bricolaje?

—Pero ¿qué me estás contando? —saltó Krim, volviéndose hacia su madre—. ¿Qué es eso de que hago chapuzas? ¿Desde cuándo?

Pero lo que Rabia le había dicho a su hermano mayor era verdad. En los días buenos, Krim no paraba de hacer cosas buenas. Inventaba un nuevo sistema para tender la ropa, reparaba la pata de una cómoda coja, acoplaba un estante más en la librería de Ikea del cuarto de su madre. Cuando Rabia iba a agradecérselo con un besote sorpresa, se secaba la mejilla, quejándose tanto con la viveza del gesto de la mano como emitiendo chillidos de repugnancia. Rabia se agarraba a esos «días buenos» de su bebé que se había transformado en un adolescente problemático. A los ojos de su madre, cada uno de sus pequeños inventos solo significaba una cosa: que la quería, que quería a Luna, que no sabía cómo decírselo pero que llegaría el día en que todo iría mejor, que un día ya no tendría que demostrarlo mediante una cortina de ducha nueva o instalando un tendedero de forma más práctica.

Después del aperitivo, pasaron al salón para la cena propiamente dicha. Nazir se sentó junto a Krim. No tenía ojos para nadie más. Después de servir el caldo ingeniosamente diluido por la tía Zoulikha, Dounia sintió alivio al ver que había bastante cuscús para todos los invitados. Mientras la conversación abordaba el tema político, con Chaouch encabezando los sondeos, Dounia se sumió en sus propios pensamientos. Pero no por mucho tiempo. Cuando Dounia notaba que los grandes ojos negros de su hijo mayor se posaban en ella, tensaba el rostro alrededor de los músculos de las mejillas, lista para sonreír a fin de que se le iluminase la piel con un rosado agradable. Pero sus pensamientos le mantenían fruncido el ceño; y los extremos de los ojos se inclinaban hacia abajo, lo que les daba un aire triste aunque sonriera.

Tras inflamarse al llegar al tema recurrente de la suerte de los emigrantes, la conversación volvió a caer en punto muerto. Coincidían, con aquel gesto eterno entre las hermanas Nerrouche, que a veces variaba un poco, como cuando Rabia tomaba la mano de Dounia y la besaba para sellar su acuerdo total. Sí, estaban de acuerdo en lo principal: la situación era escandalosa, y una vez que el escándalo había sido enunciado, acordado, reconocido, ya no resultaba amenazante. A partir del momento en que se había decretado su irrefutable existencia, ya no había víctimas.

Y fue entonces cuando el miedo se apoderó del corazón de Dounia. El miedo de que Nazir, que escaneaba los rostros y se frotaba los dedos, abriese la boca y rompiese el consenso general. Nazir pareció notar que su madre rumiaba ideas negras; la tomó de la mano, pero no osó mirarla mucho rato a los ojos, como para no revelarle el porvenir que ardía bajo sus propios ojos: cinco meses después, la detención al amanecer, el registro entre el llanto de los niños, al día siguiente de una noche de disturbios en los que él, el enemigo público número uno, sería identificado como el principal instigador del crimen.

Dounia se incorporó, fue a la ventana de la cocina para encender el cigarrillo de a media comida y lo fumó hasta el filtro. Nazir se reunió con ella. No era cariñoso, afectuoso como Fouad, cuyas fotos en los periódicos ocupaban toda la superficie exterior de la nevera. Nazir era tan frío como la misma nevera, era cerebral, trágico y fatalista… como su madre, a la que le dijo al oído, en un tono inesperado:

—Lo siento, mamá.

En esa frase, Dounia oyó otra cosa: «No tengo elección».

Y entonces percibió confusamente que él no quería pedir perdón por un crimen ya cometido, sino por una catástrofe por venir, inmensa, brutal, ineluctable.

Él volvió al salón, escuchó distraídamente las nuevas elucubraciones de Rabia. Entre los suyos, se mostraba grave y silencioso. Tenía aires de papa. No reía ni intervenía para no correr el riesgo de decir en voz alta las locuras en las que siempre estaba pensando.

La voz de un niño le sacó de sus meditaciones:

—¿Es verdad que has estado en Los Ángeles? ¿Cómo es?

Nazir echó a su primito su mirada más dura, más penetrante.

—Es como el videojuego GTA, el que pasa en Los Ángeles. Vas en coche durante horas. A lo largo de la carretera hay palmeras, cocoteros. Y no se acaba nunca, conduces, conduces, es el infierno.

Le pidió su número de teléfono, para enviarle algún SMS de vez en cuando, y charlar, como hacen todos los primos.

El tío Bouzid terció en la conversación y lo encareció:

—Eso, eso, tú escucha a tu primo, Krim, escúchale, tiene toda la razón: en este perro mundo no puedes fiarte de nadie, de nadie salvo de la familia. ¿Verdad, Nazir? ¿Eh? ¿Verdad que sí? ¡Eh! ¡Nazir! Oh, oh, aquí la Tierra llamando a la Luna…

Pero Nazir seguía con su sonrisa de piloto automático, boca y barbilla retraídas: esa clase de sonrisa que se dirige a los desconocidos, a los extranjeros, cuando uno se cruza con ellos varias veces en el mismo día pero hay que saludarles igual, para ser educado.

Se volvió hacia su tío, clavó en él una mirada indescifrable, y desviándose de repente hacia Krim declaró:

—Qué idea más rara esto de celebrar la Navidad, ¿no?

LAS FAMILIAS

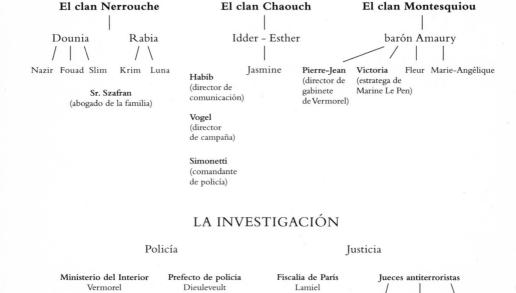

El clan Nerrouche

Dounia — Rabia

Nazir Fouad Slim   Krim Luna

Sr. Szafran
(abogado de la familia)

El clan Chaouch

Idder – Esther

Jasmine

Habib
(director de
comunicación)

Vogel
(director
de campaña)

Simonetti
(comandante
de policía)

Pierre-Jean
(director de
gabinete
de Vermorel)

El clan Montesquiou

barón Amaury

Victoria   Fleur Marie-Angélique
(estratega de
Marine Le Pen)

LA INVESTIGACIÓN

Policía

Ministerio del Interior
Vermorel

DCRI   SDAT
Boulimier   Mansourd

Tellier

Prefecto de policía
Dieuleveult

DOPC
Maheut

Justicia

Fiscalía de París
Lamiel

Jueces antiterroristas

Rotrou   Wagner   Poussin

ELECTRONES LIBRES

Marieke Vandervroom (la periodista)
Susanna (la amazona)
Romain Gaillac (enemigo público n.º 2)

PRIMERA PARTE

EN TORNO A NAZIR

1

Sabía hacer de todo. Sabía hacer juegos malabares, hacer el pino, llorar a voluntad, reír en mitad de una frase. Sabía hacer botar una piedra cuatro veces sobre la superficie de un lago, podía imitar la voz de una veintena de famosos, se sabía de memoria la letra de un centenar de canciones, entre ellas algunas arias de ópera (Jasmine sostenía que habría sido un tenor muy correcto). Muy correcto no era bastante. Como actor, Fouad podía aspirar a la excelencia. Los vídeos que llevaba dos horas mirando aquella mañana le confirmaban que no había usurpado su joven fama. Volvía a mirar los cortometrajes en los que había participado, los papeles secundarios de películas en las que solo destacaba él, y finalmente la serie estrella de la sexta, en la que encarnaba al entrenador de un equipo de un centro de formación profesional al que había conducido al estanque de tiburones de la primera división de la liga.

En todos los papeles estaba natural, encontraba instintivamente los gestos y las miradas apropiados. En la vida real no le gustaban los gamberros, pero ante las cámaras les comprendía perfectamente: la voz se le enronquecía, los labios se entreabrían para dejar pasar la punta de una lengua amenazante; cuando blandía la pistola no tenían que indicárselo para que inclinase la culata en horizontal. Un director de moda aseguraba que era el actor más prometedor de su generación. Podía hacer cualquier papel, era a la vez flexible y sólido. Y desde luego, era guapo. De una belleza latina más que árabe, más ondulada que rizada; una belleza cosmopolita, estándar, que a todos gustaba, que reducía su arabismo problemático a un tipo estético aceptable, a un divertido tropismo de revista femenina; las brumas del pasado se habían disipado, los viejos conflictos, resueltos en dos posados para fotos y unas cuantas entrevistas consensuadas. Francia y Argelia reconciliadas por la gracia de un actor telegénico.

Fouad se quedó muy quieto. De repente, la situación le parecía transparente. Él era la buena conciencia del ambiente en el que se movía: los autores de cortometrajes del este de París. Era la buena conciencia de un areópago de vanguardia.

Nazir era la mala conciencia de la nación francesa entera.

Fouad se dio cuenta de que había pasado la mañana mirándose a sí mismo. Se encontraba guapo. Se encontraba monstruoso. Los episodios de *El hombre del partido* que había visto aún no estaban montados definitivamente. Eran versiones de trabajo, la imagen y el sonido eran horribles. Fouad retiró el DVD de su ordenador portátil y lo guardó cuidadosamente. Se levantó y dio unas zancadas por el piso. Llevaba la sudadera del día anterior, con la que había pasado la noche en Val-de-Grâce. Se rascó los pelos del torso, estimó los volúmenes de su piso. La luz natural solo entraba en la alta y vasta habitación por los intersticios de las persianas eléctricas.

Repitió en voz baja las primeras palabras de la carta que dos horas antes pensaba escribir:

—«Querida Jasmine, conocerte ha sido una de las experiencias más fuertes de mi vida… reciente…». No —se corrigió, volviendo sobre sus pasos—, nada de «una de las», «la más»… Y no «de mi vida reciente» sino «de mi vida entera». Mierda…

Hizo sitio en el escritorio, apartó el ordenador, que tenía la batería casi vacía tras aquellas dos horas de vídeos. Tomó una libreta por estrenar y escribió con la punta roja de su viejo Bic multicolor:

«Querida Jasmine…».

No pasó de ahí. No pasaría de ahí hasta haber descansado, hasta haberse acordado y tranquilizado, hasta haber vuelto a ser operativo y optimista.

¿Qué había ocurrido desde el sábado? Se le había pasado el tiempo sin sentirlo y había tenido que salir disparado hacia Saint-Étienne, había perdido el tren de alta velocidad, flirteado con una directora de cortometrajes que le ofrecía ser protagonista de su próxima película, y más si se entendían. Krim le había sustituido como testigo de la boda, Slim había besado a Kenza en la mejilla, el viejo tío Ferhat se había caído en medio de la pista de baile; nada más llegar el tren a la estación de Châteaucreux presintió el desastre, y no hizo nada para impedirlo.

Volvió al ordenador, enchufó el cable de alimentación, entró en internet. La pestaña de los mensajes recibidos mostraba en grandes caracteres la cifra inédita de 97 no leídos. No se atrevió a entrar en el buzón de recibidos y volvió a Google, donde se le ocurrió teclear su apellido. Jasmine le había confesado dos semanas atrás que había instalado una alerta con la palabra «Nerrouche»: en cuanto Fouad aparecía en internet, se enteraba. Ahora el mismo nombre arrojaba 54 millones de resultados y figuraba en un montón de noticias.

En los parámetros alineados en la franja izquierda del buscador, seleccionó la opción «menos de 24 horas», obtuvo algo más de diez millones de resultados, y luego tecleó en «menos de una hora»: en 0,11 segundos encontró 19.000 páginas. Al apretar la tecla F5, el número aumentaba en tiempo real. Seres desconocidos, en esa terrorífica infinitud de la red, estaban colgando informaciones, comentarios sobre su familia. Su tía Rabia, su madre, él, sobre todo Nazir y Krim. Al clicar al azar en un enlace que de un día para otro había salido de la nada, vio que una página proponía un sondeo para saber si los Nerrouche eran o no un vivero de terroristas islámicos. El sí ganaba por un 91 por ciento. Habían participado miles de internautas. Miles de espíritus humanos, miles de personas reales pensaban que su familia era una red terrorista.

Bajó de golpe la pantalla del ordenador y comprobó que Szafran, el abogado de su familia, no le había llamado. En la lista de llamadas perdidas estaban su agente, algunos amigos, un montón de conocidos, Szafran y —sorpresa— su prima Kamelia. Se tumbó en la cama antes de llamarla. En el techo, la lámpara ventilador seguía averiada. Se adormiló soñando que las cinco palas inmóviles de la hélice eran los cinco dedos inmóviles de una mano crispada sobre su destino, que aún no se había decidido a destruirle.

Pasaron diez minutos; el recuerdo de Krim, furioso en el parking de la sala de fiestas, le arrancó de la siesta. No había descansado y el apartamento le hacía el efecto del camarote de un paquebote hechizado: las paredes podían acercarse, el techo hundirse; de los álbumes de fotos escondidos en los armarios podían surgir los fantasmas de su padre, de su primo, de Nazir. Los muertos, los vivos, los muertos vivientes.

Decidió llamar a Kamelia. Al otro lado del cable, jadeaba, gruñía, parecía muy ocupada. Le preguntó qué pasaba y ella le explicó que estaba cerrando la maleta.

—¿Adónde vas? —preguntó.

—¡Pues contigo, Fouad! Quiero decir, a Sainté. No vamos a dejar a Slim y Luna solos, hombre.

Fouad no había pensado en ello. Su hermanito. Su primita. Su pequeña familia.

Unas horas antes, al amanecer, mientras la policía antiterrorista se llevaba a su madre y a su tía, él hacía el capullo con una familia que no era la suya, a dos pasos del paciente más famoso de todos los hospitales del país.

—Yo también iré, Kamelia, hoy no, pero en cuanto haya visto a nuestro abogado, en cuanto me entere de algo más…

—Haz lo que tengas que hacer en París, yo me ocupo de todo.

—Gracias, Kam —quiso concluir mientras volvía a abrir el ordenador.

—¡Deja de darme las gracias! —se indignó su prima dejando caer ruidosamente la maleta que no conseguía cerrar.

Fouad no oyó este falso reproche; acababa de ver que el número de mensajes no leídos había subido a 98. 98 no leídos.

—No voy a Saint-Étienne por ti, sino por nosotros y por la pequeña ratita, por Luna.

A Fouad este arrebato de abnegación le emocionó, sobre todo porque él no había hecho nada para sugerírselo.

2

Al colgar, se sintió revigorizado. Subió las persianas. La puerta acristalada se abría al balcón. Los ruidos de la plaza le hicieron cerrar los ojos. Aspiró el aire de París y luego volvió a su despacho.

Su móvil estaba sin batería; lo enchufó, subió el volumen del timbre por si intentaban contactar con él, y luego se duchó. El agua tibia le lavaba pero no le purificaba. Tenía ideas confusas, enmarañadas. No lograba ordenarlas, hasta que recordó la mirada condescendiente de la madre de Jasmine, unas horas antes en la sala de espera del Val-de-Grâce. El desdén de clase se mezclaba con el desprecio a su profesión («tu amigo el actor»), pero había algo peor: Esther Chaouch parecía sospechar que había manipulado a su hija para llegar hasta el padre.

Pero quizá se estaba montando películas, por lo menos en este último aspecto. O en los otros. La gente no estaba tan loca.

Durante la campaña, Fouad había representado el papel de gancho para conseguir apoyos de la *beautiful people* para Chaouch. A veces sorprendía unas sonrisas forzadas, o aguantaba miradas sarcásticas de los verdaderos miembros del staff, los que se ocupaban de las cosas serias, que habían estudiado mucho y se habían comprometido a mil cosas para obtener un lugar en las altas esferas de la política nacional. Fouad se protegía de su posible hostilidad redoblando su abnegación. Pero no se engañaba: para la gran mayoría de aquellos tiburones, el *boyfriend* de Jasmine Chaouch no era más que un advenedizo descerebrado e ingenuo, cuyos ojos brillaban sinceramente cuando escuchaba al futuro presidente hablar de la igualdad como el alma de Francia, o de los territorios perdidos de la República como una emocionante «nueva frontera» que conquistar.

La risa espléndida y franca de Chaouch se había convertido en su mejor escudo. Y para protegerse aún mejor contaba con el amor de Jasmine. Aunque los pensamientos malévolos hacen más daño que los simples golpes. Lo que toda aquella gente pensaba de verdad de Fouad le paralizaba. Y mientras intentaba calmarse, los gritos de Jasmine, aquella noche, dando paraditas en el patio para que subiese con ella al piso de su padre, se sumaron a la mirada terriblemente equívoca de Esther Chaouch; como una banda sonora, como si aquello no bastase.

Después de irse, Fouad sintió que iba a pasar horas rumiando aquella situación inextricable en la que se había sentido como un don nadie, un bufón, y encima pariente próximo de un notorio asesino, admitido en la intimidad regia solo por el capricho de una niña medio loca.

Tomó una iniciativa draconiana: se puso a masturbarse.

No desviarse de la idea de Jasmine le exigió una considerable energía mental. Imágenes de otros cuerpos se frotaban contra él, los escotes de las chicas entrevistas en la calle, senos de perfil, senos de frente, tetas rosadas, negras, grandes y pequeñas, también culos, que solo ondulaban para él, la voz de una abogada, su boca que pronunciaba la palabra «ley» de una forma tan sensual… Y luego de repente, en medio de aquel zapping erótico, surgió la voz ronca de la periodista que le había visitado la víspera, Marieke, que posó la mano sobre la suya, su constitución singularmente fuerte, las clavículas protuberantes, las muñecas sólidas, y además el rostro ancho y claro, el rostro de una joven granjera flamenca, pero con un par de ojos de un azul vivo y penetrante.

Normalmente prefería los cuerpos acogedores, tiernos y cóncavos —las redondeces perfumadas de todas las Jasmine de este mundo—; entonces ¿por qué se inflamaba tanto al recordar a aquella Marieke Vandernosequé, que no era sino robustez, miradas hostiles, convexidad?

—No —suspiró abriendo al máximo el grifo de agua fría.

Salió de la ducha sin haberse aliviado.

Se afeitó, se puso ropa limpia y salió al balcón para observar la actividad de la place d'Aligre. En los bancos y en las terrazas de los cafés apenas había nadie. Algunos comerciantes en delantal deambulaban alrededor del mercado cubierto, descargaban camionetas, iban y venían por los puestos con ese enérgico y casi alegre malhumor típico de la gente de los mercados parisienses.

Fouad reconoció a un segurata, un gruñón muy estirado, las manos a la espalda, el hocico inquisitivo, el torso abombado; convencido de su propia importancia, parlamentaba sin cruzar nunca la mirada con un pelotón de vendedores árabes que intentaban que al día siguiente les concediera un lugar mejor para su puesto. Al llegar a París unos años atrás, Fouad trabajó en el mercado del barrio de Clichy. Conoció los despertares de madrugada, los cafés-con-cruasán a precio de amigo en el café de la esquina, el olor a pollo asado que se le quedaba en la garganta mientras intentaba vender sostenes de baja calidad a unas matronas inmigrantes que bromeaban sobre la talla de sus copas, aglomerándose en torno a su puesto. Fouad no tenía talento para el comercio: era demasiado generoso, demasiado parlanchín y sobre todo no soportaba que una clienta se fuera sin llevarse algo que valiera realmente lo que le había costado. Pero su patrón ni podía ni quería echarle, había adquirido demasiada popularidad. Su cara bonita, su juventud y su alegría de vivir atraían mucho más a las clientas fijas que los folclóricos gritos de Enrico, el «rey del sostén», al que Fouad, para beneficio de su jefe había logrado destronar.

Después de los mercados, Fouad había sido camarero en un bar nocturno, acomodador en un teatro, animador benévolo de un taller de teatro en una Casa de Cultura Joven hasta aquel casting al que fue casi por casualidad, siguiendo a una bonita morena que aún le guardaba rencor por haberle birlado tan brillantemente el protagonismo. Todo había ido muy rápido. Les había encontrado gusto a las cámaras, a la atmósfera de los rodajes. Cuando no tenía un papel con frase, se sacaba unos billetes como figurante. Pero frecuentaba las fiestas de fin de rodaje, las tertulias con gente del cine. Su naturalidad gustaba, seducía sin decir nada, solo con la gracia de su extraño carisma, hecho de suavidad y de amabilidad.

No tardaron en llegar el dinero y el éxito. Más abundantes de lo que sus protectores hubieran imaginado. Se le quería incorporar a todos los proyectos buenos, hasta podía elegir, con gran pesar de su agente, que le reprochaba que quisiera arruinar su carrera aceptando primeras películas de autor, sin envergadura ni visibilidad. Fouad no quería hacer carrera. Había empezado a actuar por casualidad, le había interesado y gustado, pero no quería depender de nada. En cuanto a su fulgurante ascenso social, desde luego que era el orgullo de su familia (un orgullo ambiguo, lo sabía, mezclado con un sentimiento de revancha al que él por su parte era completamente ajeno), pero eso para él solo significaba que, en lugar de estar abajo en la place d'Aligre apilando cajones de ropa entre olores de quesos, podía asistir al espectáculo de toda aquella actividad desde el último piso de su casa, tranquilamente, dando sorbos a una taza de café.

—Pfff…

Tuvo un gesto de desdén al pensar en el papel que le propulsó a la gloria. El personaje también se llamaba Fouad. Un guionista con prisas debió de conseguir una lista de nombres árabes acompañados de su significado. «Corazón» le había gustado. Casualmente, la revelación del casting también se llamaba Fouad.

Buena anécdota para la promoción. Los productores se frotaban las manos, invitaban a Fouad a buenos restaurantes, ponían su agenda a su disposición. Todo parecía gratuito y natural. Tenía talento, había gente dispuesta a gastar mucho dinero y energía para descubrirlo a los ojos del público. Cuando empezó a salir oficialmente con Jasmine Chaouch los productores estaban en la gloria. La *success story* de la que eran coautores y felices financieros tomaba una dimensión nacional. Aquel año no había en Francia nada más glamuroso que Chaouch.

—Ya está bien —decretó, de repente.

No pensaba seguir al margen, a merced de los vientos adversos. Tenía que tomar la delantera. Contactar con todos los números de su agenda telefónica. Aprovechar a todos los famosos que durante la campaña había tenido que unir en apoyo a la candidatura de Chaouch. Su misión había sido un éxito; incluso excesivo: cada vez que un humorista de moda o una superstar de la canción emitía un mensaje de apoyo, el candidato adversario disparaba toda su artillería contra «el candidato de la jet set».

La verdad es que Fouad había sabido convencer a aquellas stars vanidosas que soñaban con «devolver la autenticidad» a la política. Para adularles, el joven actor sabía cambiar de voz, sonreír en el momento adecuado, contrariar a su propia naturaleza, franca y sincera; traicionarse, pero por una buena causa. Su sonrisa hacía milagros. Sus ojos entornados no fallaban nunca. Ya que su belleza era terrible, por lo menos que sirviera para algo.

Y en ese estado mental se levantó, entró de nuevo en el piso y volvió a su correo electrónico, llevado por un soplo de viento cuyo frescor sentía en la nuca. Era el viento de las grandes promesas. Pero las promesas son más halagüeñas que la felicidad que anuncian: Fouad aterrizó brutalmente en la realidad cuando se dio cuenta de que el más reciente de los 98 correos no leídos lo había enviado «Nazir Nerrouche».

Era la Jasmine Chaouch de antes: se enteraba de una gran noticia y al instante se ponía a bailar de alegría, sin acordarse de que no sabía bailar, que se movía como una autómata, al contrario que todas aquellas actrices sensuales y liberadas que orbitaban alrededor de Fouad; y entonces se paraba y recobraba su máscara triste y orgullosa de serlo.

Desde que su plegaria fue escuchada, desde que su padre resucitó, Jasmine redujo a la mitad su consumo de antidepresivos. Solo habían transcurrido unas pocas horas, pero le parecía notar ya los efectos del cambio de posología.

Era la nueva Jasmine.

Mariposeaba por los corredores blancos por cuyos blancos ventanales entraba un sol caudaloso. Imaginaba que estaba danzando en el corredor, como una bailarina, envuelta en un tutú y en polvo de estrellas, y ahora le bastaba con imaginarlo. Estaba serena, feliz. A todos los que se cruzaban con ella les dedicaba una sonrisa ciega y apasionada. A su alrededor no había más que luz, ya no había ninguna sombra, ni siquiera, aunque era impresionante, la de la guardaespaldas que no había sabido proteger a su padre.

—¡Valérie! ¡Qué alegría verla! ¿Ha podido hablar con papá? ¿Ha visto lo bien que está?

La comandante Simonetti no había visto nada ni hablado con nadie. Su mirada era incierta, como al despertar de una siesta; tenía los párpados muy hinchados.

Jasmine no prestó atención a todo eso: miraba a su interlocutora directo a los ojos, con intensidad, para acceder directamente al alma. A fuerza de buscarla, acababa no viendo nada de sus manifestaciones extraoculares: los gestos, las posturas, los movimientos de la barbilla y de los labios. Los de la guardaespaldas temblaban mientras contaban su situación:

—El IGS va a volver a interrogarme, señorita Chaouch. Lo más probable es que me suspendan, no sé por cuánto tiempo, aún es pronto para saberlo... Pero no quiero aburrirla con mis pequeños problemas... administrativos.

El adjetivo era demasiado irrisorio para describir su verdadera situación; le hizo comprender a Jasmine, la nueva Jasmine, que su nueva personalidad estaba encerrada en una burbuja, una burbuja de felicidad egoísta y soleada como un cliché. Y aún fue peor cuando la comandante intentó cambiar de tema y parecer desenvuelta y alegre:

—¿Y qué se siente al ser la primera hija de Francia? Supongo que se sentirá muy orgullosa...

Jasmine desvió la mirada del rostro de Valérie. El cristal de su felicidad acababa de romperse en mil pedazos.

—Dígame qué puedo hacer —dijo, borrando las últimas huellas de su sonrisa embobada.

—Lo que usted puede hacer —dijo suavemente la comandante— es disfrutar de su felicidad.

Jasmine le tomó las manos. Estaba a punto de llorar.

—¿Sabe qué, Valérie? Él siempre la ha considerado como una de sus hadas buenas. Antes lo ha dicho: las tres mujeres de mi vida, mi esposa, mi hija, mi guardaespaldas...

—Gracias, señorita. Estoy... sus palabras me conmueven de verdad. Estoy... tan contenta por usted...

La policía se echó a llorar. Lloraba como la gente que no lo hace nunca: a sacudidas, casi escupiendo las lágrimas.

Jasmine se puso de puntillas para besarla.

—Seguro que todo irá bien —la tranquilizó, pensando de repente que desde que se fue no había llamado a Fouad—. Estoy segura de que papá hablará con alguien para que la dejen en paz.

La voz de Habib interrumpió el abrazo; el director de comunicación de la campaña de Chaouch vociferaba por todo el hospital. Jasmine sacudió la cabeza. Sus relaciones con Serge Habib eran tensas desde la campaña; pero incluso antes, antes de aquella locura presidencial, a ella no le gustaba descubrir que el invitado de cualquier noche era aquel hombrecillo nervioso que renegaba como un carretero atascado en el fango. Siempre llevaba trajes grises. Cuando el muñón asomaba de la manga de su americana, Jasmine sentía que iba a pasar algo importante y terrible. A la madre de Jasmine tampoco le gustaba. Porque la señora Chaouch era una intelectual de maneras refinadas y que sopesaba sus palabras. Pero también porque las visitas de aquel comunicador gritón y nuevo rico solían anunciar que su vida íntima iba a sufrir trastornos considerables. Y en efecto, es lo que pasaba siempre. Hasta el último trastorno. Chaouch en coma. Y la voz belicosa de Serge Habib que no cesaba de invadir el espacio y de hacer temblar las paredes del nido de la familia Chaouch.

Jasmine cerró los ojos, recobró la sonrisa, su nueva sonrisa; y se acordó de que Coûteaux la vigilaba de lejos, sin mostrarse. También se acordó de que Coûteaux no gozaba de la simpatía de Valérie; y viceversa: el joven guardaespaldas hubiera hecho cualquier cosa para evitar cruzarse con la mirada de su antigua jefa, convertida en una especie de apestada.

Las dos mujeres se tomaron de la mano como dos viejas amigas. La princesa y la jefa de la guardia. La princesa de repente exclamó:

—¡Valérie, de verdad que tiene manos de asesina!

Se mordió los labios y dejó caer la cabeza hacia delante.

—Lo siento mucho, no sé lo que me pasa en este momento, digo lo primero que me pasa por la cabeza, aunque sea completamente estúpido.

—No, no, si tiene usted razón —la tranquilizó Valérie agitando rápidamente las muñecas—, tengo manos de asesina, pero, bueno, para mi trabajo… son necesarias.

Habib seguía gritando al fondo del corredor. Valérie se despidió de la princesa y desapareció hundiendo sus manos de asesina en los bolsillos de su anorak.

—¡Un traductor, un traductor! ¡Mi reino por un traductor!

Serge Habib corría por toda la planta del Val-de-Grâce donde el presidente se había despertado. Más que un traductor, lo que necesitaba era un cordón sanitario. Era imperiosamente necesario aislar la habitación de Chaouch de la sala de espera convertida en campamento militar: todos los responsables del equipo de comunicación que Habib supervisaba estaban colgados de los teléfonos, intercambiaban notas e informaciones a toda velocidad, mientras que en un cuarto contiguo que les había prestado el médico jefe el comité de dirección de la campaña organizaba videoconferencias con la sede central en la rue Solférino y las grandes federaciones socialistas de las regiones, esta vez alrededor de Vogel, el director de la campaña y principal candidato a primer ministro.

Seis personas sabían que al despertarse Chaouch había hablado en chino: Esther Chaouch, Jasmine Chaouch, Habib, Vogel, el médico jefe y una enfermera. Habib logró reunir a esas seis personas en la habitación del presidente. A la enfermera aquella superpoblación no le hacía ninguna gracia. Aquella «gente de la política» no la impresionaba, pero el médico jefe le hizo comprender con una mirada insistente que tenía que escucharles, que aquello no iba a durar mucho rato.

Para tener a mano el gotero del aletargado Chaouch, la enfermera obligó a Habib a alejarse de la ventana desde la que al principio había querido dar sus instrucciones. Así que los seis se repartieron alrededor de la cama. Esther y Jasmine acariciaban la mano y el pelo de Chaouch. Su rostro había sido liberado de los vendajes más aparatosos. Le habían desentubado. Solo llevaba una ligera máscara de oxígeno para facilitarle la siesta.

El médico jefe estaba muy sorprendido de que hubiera podido hablar nada más despertar. Tenía la voz pastosa, le dolía respirar, pero pudo mirar a la enfermera y dirigirle la palabra. Luego se le humedecieron los ojos ante Esther y Jasmine; aparentemente no había perdido la memoria. Pero ¿había olvidado su lengua materna? De momento el profesor Saint-Samat no podía saberlo. Lo que sí había constatado era que tenía buenos reflejos, y que lograba mover la mano derecha (todos pudieron ver que pinzaba con dos dedos un objeto imaginario). Que pudiese hablar ya era en sí una buena noticia, repitió dirigiéndose a la señora Chaouch.

—Ya veremos si es tan buena noticia —declaró Serge Habib, ganándose la ira silenciosa de Jasmine—. Digamos que tenemos suerte de que no se haya puesto a hablar en árabe.

—Si acaso hubiera hablado en cabilio —le interrumpió Jasmine.

—Árabe, cabilio, chino, da igual. Solo quiero hacerles comprender la gravedad de la situación. Quizá en sueños esté en el País del Sereno Amanecer, pero en la realidad estamos en Francia, el país de la gente que está siempre irritada. Si esto se divulga, muy sencillo: estamos muertos. Todo el mundo pensará que ha perdido la chaveta, que no está en condiciones de gobernar... Los franceses han adorado a

Chaouch, les ha encantado elegirle, y les encantará lincharle si se presenta la ocasión y los gilipollas de enfrente se ponen a gritar más fuerte que nosotros.

Un silencio incómodo siguió a este discurso que Serge Habib había declamado con su voz dura, en la que aún se advertían huellas de acento pied-noir.

Jasmine tuvo un nuevo brote de insolencia:

—Sí, salvo que el País del Sereno Amanecer es Corea.

—Gracias por estas precisiones geográficas, Jasmine —replicó Habib—. Estaba diciendo que si esto se difunde todo el mundo pensará que no es capaz de...

—¡Pero si es que es incapaz de gobernar! —exclamó la joven, señalando a su padre en la cama.

—Jasmine, comprendo que estés un poco nerviosa, pero escucha... De momento lo principal es que Idder se recupere. Después...

—¿En serio? ¿En serio es lo principal?

—Jasmine, esto no te lo tolero.

Esther pasó el brazo sobre los hombros de su hija, como para protegerla de su propia rabia. Jasmine se desplazó al lado de la almohada de su padre y puso cara de no prestar atención a lo que decía Habib. Este se calló, alzó los ojos al cielo y hundió la mano mutilada en el bolsillo del pantalón. Siguió diciendo en voz baja:

—Bueno, centrémonos en nuestro problema. Creo que hay que aplazar la rueda de prensa prevista para el telediario de la una del mediodía.

Vogel observó discretamente cómo reaccionaba el médico.

—Para darnos un poco de tiempo. Porque ya encontrar un puto traductor... perdón. Y luego ensayar un poco, hablarlo con Idder, ver si se siente en forma para salir por la tele a las ocho. Ya sé que se nos va a hacer largo hasta la noche, pero siempre podemos ir filtrando algunas informaciones a la prensa, para ir ocupando el espacio. En cualquier caso yo prefiero esperar hasta la noche y soportar una tarde de histeria y de conjeturas, antes que emitir a la una algunas imágenes sin sonido que en cualquier caso parecerán sospechosas.

Mientras reflexionaba así, en voz alta, daba vueltas a lo largo y a lo ancho de la habitación. En el último momento se volvió hacia el profesor, que estaba observando un gráfico en el dossier del presidente electo.

—¿Profesor?

—Mire, el escáner de esta mañana es bueno, después de comer voy a hacerle otros exámenes...

—Ya, pero ¿usted responde de la discreción de su personal?

—El personal médico del Val-de-Grâce está acostumbrado a este tipo de situaciones —replicó el médico jefe sin ocultar su indignación—. Pero desde luego yo no pienso mentir sobre su salud.

—Nadie se lo pide —le tranquilizó Vogel, apretando el codo de Serge Habib, al que sentía encresparse—. Mire, ya me ocupo yo de buscar a alguien de confianza para que haga de traductor. Podría pedírselo a uno del Quai d'Orsay...

—Ni hablar —le cortó Habib.

—Pero, bueno, Serge —terció la señora Chaouch—, tendríamos que saber lo que Idder...

—Sí, pero el Quai d'Orsay, no. De esa gente no puede uno fiarse. Si la cosa se difunde... Jean-Sébastien —dijo, volviéndose hacia Vogel—, por favor... Bah —renunció, dando media vuelta.

Y se plantó ante la ventana. Vogel tomó el mando. Se dirigió a la pequeña asamblea en conjunto más que a nadie en particular:

—Denme una o dos horas.

—¿Una o dos horas? —saltó Habib—. ¿Y por qué no una o dos semanas?

—Pues no estaría mal —bromeó Vogel mordiéndose los finos labios de tecnócrata—. Porque parece que a todos nos convendría un poco de descanso.

El director de la campaña de Chaouch imponía respeto por su absoluto control de sí mismo, que solía poner a prueba permitiéndose furtivas muestras de ingenio. Se mantenía firme como un faro ante los elementos desatados. Al contrario que Habib, en el pasado había sido ministro. A los dos hombres del presidente les parecía bien que los comparasen con el fuego y el hielo. Jean-Sébastien Vogel tenía la frente tranquila y pura, no tenía ninguna revancha que tomarse ni que demostrar nada. Tras sus rasgos sorprendentemente lisos para un quincuagenario dormitaba un monstruo: un monstruo de paciencia. Mientras su escandaloso camarada se desgañitaba, observó que Esther Chaouch, cuando la imagen de su marido encamado le resultaba demasiado dolorosa, le miraba a él.

El médico jefe tosió para recordar, con cierta displicencia, que aquellas historias no eran asunto suyo.

—Perdón, gracias, doctor —dijo Vogel.

La discusión entre los dos hombres del presidente siguió en el corredor, en voz muy baja.

Esther Chaouch soltó la mano de su marido para ir a reunirse con ellos. Apoyó la idea de Vogel con un pequeño discurso que provocó una serie de tics nerviosos en el rostro del dircom, porque lo pronunció en un tono de indulgencia terapéutica:

—Tienes que aprender a confiar en los demás, Serge. Nadie te está amenazando. Has ganado, has hecho que Idder fuera elegido. Pero aquello era la campaña. El otro era el enemigo. Ahora hay que cambiar de perspectiva. Hay que…

Habib le lanzó una mirada terrible, que le cortó la palabra con más eficacia de lo que lo hubiera hecho la más venenosa de las perfidias. Hundida bajo sus espesas cejas fruncidas, aquella mirada significaba que la mujer no tenía ni idea de lo que hablaba, y que cuidándole a él solo intentaba hacerse bien a sí misma. De repente Habib sintió que la cólera había ahogado por completo su sentido de la medida. El asunto del traductor no era tan importante como para romper el binomio victorioso que había formado con Vogel. Hizo un esfuerzo por relajarse. Reconoció que quizá estaba un poco histérico.

Pero seguía teniendo la impresión de haber cambiado literalmente su reino por un traductor.

4

Vogel solo necesitó cinco minutos para ponerse en contacto con el asesor diplomático del presidente del Senado. Chaouch conoció a aquel alto funcionario sinólogo durante un almuerzo que les había dejado a los dos una impresión excelente. Mientras un coche iba clandestinamente a buscar a aquel traductor, Vogel se concedió unos instantes de tregua en compañía de Esther. Esta tenía que dejar que las enfermeras procediesen a lo que llamaban púdicamente sus «cuidados íntimos»; Vogel la llevó a aquella amplia estancia reservada para las familias, que el atentado y el coma subsiguiente habían transformado en dependencia del domicilio privado de los Chaouch. La luz del día entraba a raudales por una ventana que daba a un patio arbolado. Macizos de flores resistían al deslumbramiento verde acidulado de la primavera. Eran violetas, rosas, blancas, azules; una ola de calor precoz había marchitado algunas; pero la mayoría lucían en todo su esplendor.

—Así que esto es lo que se llama un destino nacional... —divagaba la primera dama, soplando una taza de té humeante que le había llevado un asesor al que le dio las gracias con una sonrisa triste—. Cuando pienso en él, en lo dulce que es, en su sencillez, me pregunto si no hubiera sido mejor que le hubiera disuadido de presentarse... Qué árboles más bonitos...

Llevaba una blusa de flores blancas, que se había puesto una hora antes, sin darse cuenta de que aquella prenda parecía reflejar su clima interior. En su corazón, las estaciones se sucedían continuamente; en menos de tres días el invierno más brutal de su vida había sido sustituido por la más cálida templanza. Pero los rasgos de su rostro aún no lo acusaban; vacilaban al menor recuerdo de aquellas noches de angustia y desesperación.

—Sobre todo es su dulzura —repetía sin pestañear—, su dulzura... pero también su sencillez. La sencillez del tono de su voz, de la forma en que sonríe. Ha sido la primera vez que los franceses escuchaban a un político que no habla una lengua opaca y fría, esa lengua solemne, hablada como una lengua extranjera... y con una entonación tan falsa que acaba por helarte la sangre... Idder ha sido el primero en hablar como un ser humano...

Hasta ahí, Vogel la iba oyendo sin escucharla, con una especie de benevolencia sincera pero automática que le permitía seguir pensando en los problemas concretos que tenía por delante. Al oír el nombre del presidente electo, se quitó las gafas y decidió consagrar toda su atención a Esther.

—Esther...

—Oh, Jean-Sébastien…

Reprimió un sollozo y se volvió hacia Vogel, pensando que hacía meses que no veía sus ojos grises. Esther siempre había apreciado a Vogel. Fue ella quien aconsejó a su marido que le encargase dirigir su campaña. Aquella calurosa recomendación ocultaba un cálculo frío: había que yugular a toda costa la influencia de Serge Habib en la carrera de Chaouch, su carrera convertida en destino. Para este, Habib no era un simple asesor; ni siquiera un amigo de juventud: era una especie de hermano de armas. Se conocieron en la universidad y desde entonces nunca se habían separado, ni siquiera cuando Habib se exilió en Estados Unidos para amasar una fortuna con la publicidad.

Desde las primarias, Esther vio en Vogel un antídoto contra el veneno de Habib. Aquel comunicador arrogante conocía tan bien como ella, si no mejor, los secretos del corazón de su esposo. Y Chaouch le adoraba. Le gustaban su rabia, sus carencias, su labia, incluso su grosería. Esther solo le reconocía cualidades profesionales. Y aún en este campo prefería la inteligencia al instinto, al civilizado Vogel antes que al salvaje Habib. Además, Vogel y Esther pertenecían al mismo mundo: los abuelos de Esther eran polacos y los de Vogel, alemanes. Los dos crecieron con la memoria del fin del mundo, en el seno de familias devastadas por el Holocausto. Esther se decantó por la universidad y Vogel por la política. Pero se entendían, hablaban el mismo lenguaje.

—De todas maneras, esta carrera es extravagante —dijo Esther, acordándose de la tranquilidad de su vida conyugal antes de las primarias socialistas—. No consigo ponerlo en perspectiva. Me acuerdo de él, con la cartera y la bici, llevaba la cartera como un estudiante, en bandolera, con el asa rota… Y nuestra vida era así. Siempre estaba lleno de entusiasmo. Y en el Ayuntamiento de Grogny… sabía cómo se llamaban todos los chicos del barrio. Creo que en dos legislaturas en Grogny conoció a las tres cuartas partes de los habitantes. La gente le adoraba…

—Le adora —la corrigió Vogel. Vio que la había turbado—. Pero creo que hace un momento lo has dicho claramente. En el fondo, su ascensión se resume con muy pocas palabras, una sola cualidad: la confianza que inspira. Es un don… inestimable.

Esther asintió convencida.

Se puso a hablar de su marido, al que manos desconocidas estaban «lavando». Habló de su irrupción en el paisaje mediático, de su llegada al oscuro planeta de la política francesa. Vogel se acordaba de su encuentro con Chaouch, de los que se jactaban de haberlo provocado. En la curiosidad del bretón por aquel casi desconocido había algo de idolatría. Hay cometas por los que uno daría la vuelta al mundo de rodillas, sin pedir a cambio más que la felicidad de verlo pasar ante nuestros ojos.

Decir que los dos hombres sintonizaron es decir muy poco. En aquel momento Chaouch era poco menos que un outsider. A Vogel le ofrecieron un ministerio muy lucido si se sumaba a la candidatura de la favorita en los sondeos. Chaouch, en cambio, no le prometió nada. Vogel no lo dudó ni un instante: se unió a la campaña de Chaouch.

Pero se encontró con un hueso, un hueso llamado Habib. Chaouch nombró a Vogel director de la campaña sin ocultarle que tendría que entenderse de igual a igual con su viejo amigo. Hubo alguna tormenta. Habib quería responder a todos los ataques de la derecha, ojo por ojo y diente por diente, bomba fétida contra bomba fétida. Vogel susurraba al oído de Chaouch lo que de todas formas Chaouch ya pensaba: que había que llevar una campaña positiva, que había que seguir actuando en vez de respondiendo, esprintando sin mirar al de al lado, llevar una buena campaña de front-runner, solitario y solar.

La estrategia de Vogel hizo caer en picado a Chaouch en los sondeos. Para cambiar aquella situación se necesitaba menos estrategia y más táctica. Habib afiló las garras de su muñón. Aprovechó para imponerse como el verdadero director de la campaña, su cerebro, su corazón, sus piernas: dirigió en persona el «comando respuesta», luchó contra los vientos y las opiniones contrarias, incitó a Chaouch a mostrarse más mordiente, más comprometido contra la derecha.

La caída en los sondeos se detuvo.

Habib había ganado. El táctico se había impuesto al estratega.

Irrumpió en la sala luminosa donde Vogel y Esther estaban mirándose sin hablar.

—Está ahí —dijo con voz brusca, reprobadora—. ¿Vamos?

Vogel dirigió a la señora Chaouch una sonrisa ardiente. Se reunieron en el pasillo con el asesor diplomático del presidente del Senado, al que Habib estaba poniendo mala cara.

Cuando Chaouch se despertó de la siesta, a Habib solo le interesaba una cosa: que volviese a hablar en francés y que pudieran desembarazarse del intruso. Pero la enfermera retiró la máscara de oxígeno, de los labios presidenciales se escaparon unos sonidos, que nadie de los presentes entendía, nadie salvo el asesor sinólogo. Chaouch no le miraba, sus ojos húmedos no miraban a ninguna parte.

—¿Y bien? —preguntó Esther.

—Espera —la detuvo Habib antes de pedirle a la enfermera que saliera un momento.

El asesor se volvió hacia Habib.

—Habla en perfecto mandarín, es impresionante. Dice que ha soñado algo. Un sueño largo. Quiere que le den un boli para apuntarlo.

Los dedos de la mano derecha seguían pinzando un objeto imaginario. Así que ese objeto era un boli.

Habib se masajeó las sienes, sin decir nada, paseando una mirada despavorida por la habitación con las persianas bajas. El asesor prosiguió:

—¿Quieren que le pregunte qué ha soñado? A lo mejor…

—¿A lo mejor qué? —replicó Habib—. Usted perdone, eh, pero lo que haya soñado me importa un carajo. Va a ser imposible impedir que ese sueño salga de este cuarto. ¿Y encima quiere usted que le demos un bolígrafo para que lo escriba? ¿Y por qué no hacemos que venga una cámara de la Cadena 7, ya puestos? Chaouch nos cuenta el sueño que ha tenido durante el coma. Con bonitos travelling hacia su cara destrozada y una banda sonora tocada por un xilofonista…

—¡Basta, Serge!

A Esther Chaouch se le escapó un gemido. Todos sabían qué lo había provocado: era «su cara destrozada», que hasta entonces habían fingido ignorar. Y que ahora —desde que la habían nombrado— absorbía toda la cruda luz que emanaba de los fluorescentes que colgaban sobre la cabecera del lecho. La mejilla por donde entró la bala estaba cubierta por una venda, pero nada podía ocultar la boca torcida, donde faltaba una tercera parte de los dientes. Según el médico jefe del Val-de-Grâce, la cirugía estética permitiría «a la larga» recomponer el rostro desfigurado, en buena parte pero no del todo.

El «candidato guapo» —elegido por *GQ* como el hombre más sexy del año— ahora parecía un monstruo.

5

Un poco más avanzada la mañana, Charles Boulimier, el jefe de la DCRI, la Dirección Central de Inteligencia Interior, se presentó en el Val-de-Grâce. Era la segunda vez en dos días que pedía hablar con el equipo de Chaouch; pero desde su última entrevista, Esther Chaouch se había convertido en la primera dama de Francia. Y por nada del mundo quería dar la impresión de que aquella nueva situación la había cambiado: el primer policía de Francia recibió el detalle de una cesta de mimbre llena de repostería fina.

Vogel estaba fuera, ocupado; fue Habib quien llevó a Boulimier junto a Esther.

—Una vez más —insistió el prefecto Boulimier—, gracias por recibirme con tanta naturalidad, señora Chaouch, y créame que no me hubiera permitido molestarla si no fuera un caso de urgencia.

Se sentaba en el borde del banco, con las manos en las rodillas, y movía los hombros rígidos al compás de la cabeza para subrayar lo que decía.

—Bien, es un poco delicado, pero esta mañana a las ocho hemos interceptado un correo electrónico de una de las empresas de mensajería electrónica que tenemos bajo vigilancia desde los disturbios. El correo estaba firmado por «Nazir Nerrouche» e iba dirigido…

—A Fouad.

—¿Lo sabía? —se sorprendió el primer policía de Francia.

—No, pero debo decir que no me sorprende.

—Espere —intervino Habib—, ¿de qué estamos hablando exactamente? ¿De que ha recibido un correo? En primer lugar, ¿y qué? Ha recibido un correo, ¡qué culpa tiene él! Y en segundo lugar, ¿usted cómo se ha enterado?

Boulimier comprendió desde el principio de aquella conversación triangular que le interesaba dirigirse sobre todo a la señora Chaouch y dedicarle muchas señales de respeto.

—Seguro que no saben que se puede vigilar en directo un ordenador a distancia. Y tendría usted razón al sorprenderse, señora, porque hace muy poco tiempo que se puede. Pero...

—Pero usted está mareando la perdiz para hacernos comprender que tiene bajo vigilancia al amigo de Jasmine, ¿es eso?

El prefecto estiró hacia arriba el trazo que era su boca. Sus ojos se clavaron, fulminantes, en aquel vulgar comunicador que un día, en un plató, no dudó en comparar a la DCRI con «una especie de Stasi al servicio de la derecha».

—El juez Rotrou —respondió secamente— ha dado su autorización nada más serle traspasado este expediente, o sea anoche. —Cambió de tono y se dirigió a Esther, con las manos abiertas como muestra de sinceridad y buena fe—. Si me permite una observación personal, señora, tengo que decirle que a todos los profesionales de Inteligencia nos asombraba que el magistrado anterior, el juez Wagner, no considerase oportuno autorizar la vigilancia del hermano del hombre que ha intentado matar a su marido. Ni que decir tiene que la situación es delicada. No se trata en absoluto, como ya hemos acordado juntos, de mezclar a su hija, de una forma u otra, en la pesada maquinaria de la investigación en marcha. Pero hay que comprender que estamos trabajando en la niebla.

—¿Qué quiere usted decir, señor?

—Charles —la corrigió suavemente Boulimier—. Mire, yo solo tengo una obsesión: capturar a Nazir Nerrouche e impedir a quienes le han ayudado que siembren la sedición, el pánico y la muerte en nuestra República. Los métodos de Nazir Nerrouche comienzan a ser conocidos. Confunde las pistas, para desaparecer en la niebla. Pero salgo de la reunión que acabamos de sostener todos los servicios afectados por la búsqueda del cerebro del atentado contra el presidente, y todos pensamos que la mejor manera de neutralizar al jefe de esta red terrorista híbrida (red de la que solo ahora empezamos a percibir su extrema peligrosidad, no a pesar sino precisamente gracias a su desorganización y su apariencia heteróclita), sí, estamos convencidos de que el camino más corto para llegar a Nazir continúa siendo seguir a su hermano.

A Esther aquel laberinto de paréntesis le había dado vértigo. Las palabras largas y duras del prefecto aún flotaban entre las volutas de su conciencia hipnotizada, como barras de metal, del metal con el que se templan las espadas.

En cambio Habib había seguido toda la maniobra; veía claramente el juego de Boulimier. Había adivinado perfectamente la naturaleza del servicio que se aprestaba a pedirle a Esther.

—Observo que aún no ha dicho lo que ponía en el correo.

Boulimier marcó una pausa antes de dirigir la mirada hacia el dircom de Chaouch. Respondió con una voz fría, con acentos implacables:

—Por desgracia, y pese a la condición de pariente de la víctima que ostenta la señora Chaouch, no tengo derecho a revelar un detalle tan fundamental de la investigación.

—Pero entonces ¿qué es lo que quiere usted de mí? —preguntó Esther aflojando un poco la tensión de los hombros, y por consiguiente hundiendo toda su postura.

Boulimier iba a responder cuando vio aparecer a Jasmine Chaouch —el nombre que iba a pronunciar— a la vuelta del pasillo que conducía a la salita.

—Oh, perdón, ¿molesto? —preguntó la joven, que quería hablar con su madre.

—No, no, Jasmine —exclamó la señora Chaouch levantándose con energía—. Ya nos vamos, ¿verdad? Serge, te dejo que arregles los detalles con el prefecto, ¿vale? Gracias.

Madre e hija se alejaron, escoltadas por una docena de siluetas de traje oscuro que acababan de surgir de los corredores contiguos a aquel despacho bañado por el sol. Habib se desplazó para escapar a los rayos que le obligaban a arrugar la frente. Ahora estaba en el lugar de Esther.

—Venga, ¿qué decía el correo de Nazir Nerrouche? Usted quiere que le ayudemos, que le entreguemos los ordenadores y móviles y cuentas de Facebook de Jasmine, y sabe que no va a ser fácil convencer a la señora Chaouch, y por eso va tanteando el terreno. Boulimier, si quiere que le facilite la vida responda a esta preguntita tan sencilla: ¿qué decía el correo?

Boulimier se incorporó, se sacudió el polvo de los faldones de la chaqueta, se ajustó el nudo de la corbata club.

—Lo único que puedo decirle es que le pide a Fouad que después de leer el correo lo borre.

Se calló.

—¿Y?

—Adivine lo que ha hecho Fouad.

—¿Y se lo pide al final del correo? ¿Y cómo puede estar seguro de que quien lo envió fue Nazid Nerrouche?

—Hasta luego, señor Habib.

—Espere, entonces, si es él, eso quiere decir que ustedes pueden geolocalizar su dirección IP, ¿no?

—Hasta luego, señor Habib.

6

Descalzo, con los brazos en cruz, Pierre-Jean de Montesquiou yacía de cara al techo, sobre la gran alfombra verde oscuro de su despacho, en el primer piso del palacio Beauvau, sede del Ministerio del Interior. Acababan de llegar nuevas cajas de mudanza. Aún estaban plegadas detrás de la banqueta del sofá. Quizá a causa de ellas, Montesquiou no llegaba a cerrar del todo los ojos. Paseaba una blanda mirada por la lámpara de cristal de bohemia, los apliques de bronce dorado, los paneles, las molduras.

La ventana entreabierta daba al jardín del ministerio; las últimas gotas de la tormenta que aquella noche se había abatido sobre París aún perlaban los arbustos. El aire era tibio, pero la temperatura ya estaba subiendo. Bajo las ventanas, los pájaros de la mañana cantaban a pleno pulmón; mientras trataba de distinguir sus trinos el joven jefe del gabinete de la ministra del Interior imaginaba sus piquitos estúpidos y peleones, sus vidas insensatas, que pasaban peleándose por cualquier migaja comestible.

Sonó el timbre de su teléfono: la decena de minutos que se había concedido ya había pasado.

—Asquerosos pájaros —escupió.

Se levantó, apoyándose en el taburete que había colocado a su lado antes de tumbarse. Por culpa del cansancio, el bastón se le escapó de las manos; dobló la rodilla útil y lo atrapó con la punta de los dedos. De vuelta al escritorio, tras asegurarse de que sus expedientes estaban ordenados simétricamente alrededor del ordenador portátil, tardó menos de un cuarto de hora en redactar el discurso que la ministra iba a pronunciar al cabo de un rato. Lo releyó y constató que no había nada que corregir, pero esto no le dio ninguna satisfacción. Con las manos juntas, irguió los hombros y echó una mirada al reloj de péndulo entre candelabros que adornaba la chimenea de mármol: se forzó a observar su propio reflejo en el alto espejo biselado, hasta que la aguja de los minutos dio una vuelta completa.

Los mocasines le esperaban al pie del asiento, rigurosamente paralelos. Se los puso, extrajo el anillo de uno de los cajones con llave, y se fue al cuarto de baño del piso. El chatón de la sortija estaba grabado con el escudo de armas de su familia. Montesquiou deslizó el anillo en el dedo anular de la mano izquierda. Luego tomó el billetero, extrajo de él una bolsita de cocaína, extendió una raya corta sobre el mármol del lavabo. En vez de esnifarla, la observó, la estudió sin pestañear durante un minuto largo. Finalmente, recogió con el meñique el montoncito de polvo, lo echó al hueco de la palma y se lavó largamente las manos.

Al sorprenderse de repente en el espejo del lavabo, vio que uno de los dos fluorescentes que lo enmarcaban agonizaba; parpadeaba, batía como el ala de un insecto moribundo, y de forma discontinua, más rato apagado que encendido. Su rostro terso y rubio se le aparecía en un desagradable claroscuro que endurecía sus rasgos, tensos por la falta de sueño; las bolsas bajo los párpados inferiores oscurecían el azul glacial de los iris. Cuando volvió a estar sentado en su despacho, llamó a una de sus colaboradoras mientras se ajustaba la corbata:

—Señora Picard, la espero en mi despacho dentro de veinte minutos.

—Pero, señor director…

Anaïs Picard había llegado a finales del año pasado al gabinete de Valmorel, como consejera técnica encargada de la seguridad en carretera y de desarrollo sostenible. Media hora antes, Montesquiou le había dicho que se fuera a casa a dormir un poco; quince años mayor de edad que su director, no llevaba bien sus métodos tiránicos y la interminable desorientación que parecía querer imponerle.

—Me acaba de decir que podía irme…

—Sí, pero ha surgido una urgencia —la cortó secamente Montesquiou—. Si lo que quiere es un horario comodón, recurra a sus enchufes para que la contraten en la secretaría de Estado de Antiguos Combatientes.

Mientras ella se montaba a toda prisa en un taxi, el señor director ojeó los documentos que sus colaboradores le habían hecho llegar la víspera. Buena parte de ellos versaban sobre los altercados urbanos que agitaban el país desde hacía tres días; también había una selección de prensa sobre Nazir Nerrouche, presentado por los medios de comunicación como un «hijo de la República» que se había «radicalizado» para volverse contra Ella.

Montesquiou dedicó más tiempo a un memorándum sobre una periodista. Se trataba de un informe confidencial sobre la investigación que había realizado Marieke Vandervroom sobre el funcionamiento de la DCRI: en él figuraba el nombre de una de sus probables fuentes, así como una nota biográfica, acompañada de algunas fotos robadas. Montesquiou fue al ordenador y tecleó el nombre de Marieke en Google. Unos cuantos resultados, ninguna foto, una homónima quincuagenaria activa en todas las redes sociales: era extraño, para una periodista, ser tan poco visible… Pero no tan extraño considerando los temas de sus investigaciones recientes, listados en la última página del informe. Asuntos político-financieros, escándalos tapados, y ahora la DCRI. A Montesquiou le horrorizaban esos periodistas cuyo cerebro hierve de ideas sobre conspiraciones. Se puso a esparcir las páginas del dossier, a doblarles las esquinas, a arrugar los pasajes que más le enervaban. Como un brujo vudú que en vez de muñecas de trapo manejase dossiers, redactados por oficiales de Inteligencia.

Seleccionó las notas que iba a transmitir a la ministra y encendió la radio. Alrededor del hospital militar del Val-de-Grâce se había reunido una multitud que gritaba: «¡Cha-ouch presi-dente, Cha-ouch presi-dente!». Cada cinco minutos la emisora contactaba con unos enviados especiales para que informasen de las «últimas novedades» de la situación y la noticia de la mañana, a saber, que el presidente electo había despertado del coma…

Montesquiou suspiró. Unos minutos más tarde, cuando Anaïs Picard apareció en el marco de su puerta, no le dirigió la mirada y le hizo señal de que aguardase a que terminase de escribir antes de dirigirle la palabra. Finalmente dejó la estilográfica y dirigió a la pantalla de su ordenador una mueca grotesca, la boca entreabierta y los párpados caídos:

—Hay un problema con el fluorescente del lavabo, encárguese de ello, señora Picard.

A Anaïs Picard se le cayó el bolso al suelo. Le hubiera gustado quitarse los zapatos de tacón y clavárselos a aquel gilipollas en los ojos, un tacón en cada ojo.

—Supongo que no me ha hecho volver por eso. Así que ¿qué desea?

Montesquiou seguía ignorándola.

—¿Señor director?

—Arregle ese puto fluorescente y deje de comportarse como si estuviera a punto de hacer el equipaje. El traspaso de poderes no se celebrará antes de diez días, si no me equivoco. ¿Quiere usted irse? Nadie le impide que deje su carta de renuncia en mi escritorio. Y asumir las consecuencias para toda su carrera…

Con los nervios a flor de piel, su colaboradora recogió la correa del bolso y cruzó el despacho hasta el pasillo del lavabo. Montesquiou se pasó la lengua por el labio inferior mientras la oía taconear por el parquet.

7

En la parte trasera del todoterreno que avanzaba a tumba abierta por la autopista, rodeada de hombres armados de la cabeza a las botas, Dounia intentaba recrear la sensación del viento en la piel. Al otro lado del cristal, ese viento sacudía los árboles y los sembrados que desfilaban a cámara lenta. Dounia recordó un comentario gracioso de Rabia, cuando cruzaron Francia, años atrás: para saber de dónde venía el viento, había que mirar a los ponis. Los ponis se ponían de espaldas al viento, lo había visto en un documental y juraba que era verdad. Dounia observó que bastaba con mirar el sentido en que se desplazaban las nubes. Rabia le había dicho que eso siempre y cuando se pudiese mirarlas. «Siempre se puede», concluyó Dounia. Pero resulta que ese caso en que Dounia no podía alzar la vista al cielo se había producido: su cancerbero de la DCRI le tapaba la vista más allá de la copa de los árboles en el horizonte, y por supuesto en los campos por los que el cortejo con los girofaros apagados avanzaba a toda velocidad no había ponis, si acaso algunas vacas, que pastaban mirando hacia distintas partes, indiferentes a la dirección del viento.

Con pautada frecuencia les adelantaba el coche de Rabia; después de varias veces de intentar ver el rostro de su hermana, Dounia renunció: iban a toda velocidad adrede, y nunca permanecían más de unos segundos lado a lado, para que los detenidos no intentasen transmitirse informaciones secretas mediante el lenguaje de signos. Con la cabeza apoyada en el vidrio, ahora se concentraba en el viento, en su propia piel, para olvidarse de la tos que la sacudía y el dolor que sentía crecer al fondo del pecho. Con esa segunda visión que desarrollan los aquejados de una enfermedad grave, Dounia percibía con nitidez una miríada de chispas hostiles, estrelladas, en las ramificaciones más ínfimas de sus branquiolos.

Los policías encendieron la radio:

«... pues si yo fuera diputado de izquierdas no estaría nada tranquilo. Mañana aparecerá un sondeo, realizado por Opinion-Way para *Le Figaro*, que muestra que si las legislativas se celebrasen el próximo domingo, la izquierda y la derecha estarían a la par».

«¿Y la extrema derecha?»

«Sí, iba a decirlo: por no hablar de la extrema derecha. Desde luego, son unas elecciones especiales, el mapa electoral rediseñado por la legislatura previa no beneficia a la extrema derecha, pero de todas maneras registra intenciones de voto absolutamente inéditas, que indican que en este contexto excepcional de violencia y de inseguridad máximas, su excelente porcentaje de la primera vuelta aumenta...»

—Bla, bla, bla, bla... ¿no puedes poner otra cosa? —preguntó uno de los policías que flanqueaban a Dounia.

—No, no —respondió el que tenía la mano en la radio—. Quiero que la señora se entere del putiferio que ha montado su hijito.

Dounia cerró los ojos.

«... porque quizá tendemos a olvidar que la secuencia presidencial es una elección a tres vueltas, ¿verdad? ¿Se ha de confirmar la victoria en la segunda vuelta de las presidenciales ganando la mayoría para el Congreso?»

—Sí, se ha de confirmar —respondió sarcásticamente el policía.

«Desde luego —confirmó el experto radiofónico—. En la Quinta República nunca se ha visto que un presidente electo se encuentre forzado a la cohabitación al cabo de un mes. Sobre todo con el porcentaje de Chaouch, rozando el 53 por ciento con una participación récord. Así que este sondeo que le atribuye a la izquierda la minoría en el Parlamento es terrible. Muestra que la volatilidad de la opinión roza la histeria. Es algo nunca visto... Pero bueno, estos últimos días han pasado tantas cosas nunca vistas que ya no sabe uno qué pensar... ¿Puede Chaouch asumir sus funciones, cuando acaba de salir de tres días de coma? ¿Cuánto tiempo durará su recuperación? ¿Podrá participar en el G8 de Nueva York dentro de diez días? ¿Y será...?»

—Venga, vale, apágalo ya, me está dando dolor de cabeza.

Dounia hubiera preferido seguir dejándose acunar por el cotorreo de los periodistas. Pero cuando el silencio volvió al coche, tampoco le pareció mal.

El cortejo cruzó un bosque arrasado por la autopista. Dounia vio dibujarse su rostro en la ventanilla. Como si quisieran borrarlo, los policías encendieron una lucecita; el jefe de la expedición tenía que leer un expediente. Se puso a hablar por teléfono. Llegaban con retraso: el chófer aceleró. Al deslizarse cada vez más rápidos por su campo de visión, los troncos desnudos de los pinos le recordaron a Dounia las piernas de los futbolistas del anuncio de *El hombre del partido*, la serie de su hijo. Por primera vez desde que la habían sacado de la cama, Dounia sintió un ataque de cólera. Lo que le daba rabia no era la velocidad terrorífica a la que circulaba el vehículo, sino aquella maldita serie de la tele. El apellido Nerrouche había aparecido en toda Francia. El orgullo que en su día sintió era un mal sentimiento, uno de esos sentimientos que solo nacen para volverse como un guante y convertirse en su contrario. Ahora, Dounia estaba avergonzada. Sí, todo había comenzado con aquel folletín; y desde el principio tuvo la fulgurante intuición de que un día pagaría el precio de aquella gloria magnífica. Y ese día había llegado. La llevaban a ciento ochenta por hora a algún lugar donde unos superpolis volverían a interrogarla, donde tendría que volver a explicarse sobre el diablo al que había dado la vida, y sobre el cual seguiría sin saber qué decir.

Mientras tanto, una imagen no dejaba de angustiarla: la de la casa abierta a los cuatro vientos y el pequeño Slim aterrorizado y solo, odiado por la familia de su mujer, despreciado por la suya. Se acordaba de una frase que él le dijo, una de esas salidas que solía tener cuando se sentía en total confianza: en cada familia había dos familias, la pequeña y la grande, la de los padres y los hermanos, y la de los primos y las tías; y se podía decir que una familia es feliz cuando las dos familias están unidas. Dounia le sonrió, seguramente le besó en la frente y se guardó lo que sabía: que mucha gente tenía mala opinión de Slim, por su temperamento exaltado y por lo que llamaban sus «maneras». El anuncio de su matrimonio había suscitado mucha perplejidad. La suegra había recibido a Slim, le había echado las cartas y dado su bendición, una bendición glacial que tácitamente se pusieron de acuerdo en atribuir a la procedencia oranesa de la familia de la novia. Pero la omertá era frágil, y como decía Rabia, en las cocinas se cotilleaba que daba asco. «Nerrouche, tu universo implaca-a-ble», cantaba ella a menudo, parodiando el anuncio de *Dallas*. Entre las hijas de la abuela no pasaba ni una semana sin disputa. Dounia siempre había protegido a sus hijos contra el resto del mundo; pero en cuanto a Slim, también había tenido sus dudas. Tan joven, tan inseguro de sí mismo, el pequeño iba a ser el primero de sus hijos en casarse. Hasta donde su cansada memoria le permitía remontarse, no podía recordar ni un instante en que la perspectiva de aquel matrimonio le hubiera suscitado una emoción parecida a la alegría. Al contrario, era una angustia creciente, ampliada por los rumores, las sospechas y los comentarios de aquellos a los que Rabia llamaba la gente que habla, y que nunca lo hacía en presencia suya. Por tres veces esa angustia estalló en una crisis de llanto, primero en el silencio de su alcoba de viuda, luego en pleno Auchan, ante los estantes de alimentación para bebés, y finalmente con Rabia, que lo había adivinado todo y había sido amabilísima, pero no le había dado ninguna solución.

Y luego ocurrió el episodio de Nazir. Nazir había venido en Navidad, y antes de volverse a París había sostenido una larga conversación con su hermano pequeño, reprochándole todo lo que nadie se atrevía a reprocharle, mencionando el asunto y llegando a la conclusión de que la boda era una farsa y que él no quería respaldarla.

Dounia no se enteró de esa discusión hasta la primavera: cuando Nazir regresó a Saint-Étienne, triunfal, cálido con todo el mundo. Al verle, Dounia se asustó: no paraba de mirarla a hurtadillas. Cuando le preguntó por qué no dejaba de espiarla, él a su vez le preguntó por qué le había cambiado la voz desde Navidad. Dounia se sonrojó, y su hijo mayor no insistió. Había tenido detalles generosos con todos los miembros de la familia y había hecho las paces con Slim regalándole una cazadora de cuero carísima, igual que la que llevaba su padre cuando tenía veinte años y aún se preocupaba un poco de estar elegante. Slim lloró, creyendo haber obtenido la bendición de su hermano mayor.

Recordando su rostro extático mientras bailaba el *moonwalk* en la cocina, escuchando otra vez su voz aguda que hacía castillos en el aire hablando de su porvenir con su futura esposa, Dounia sufrió un fuerte acceso de tos. Cuando pudo volver a respirar normalmente, unió los dedos pulgar, índice y corazón y les dio un beso supersticioso, recordando la época, pasada para siempre, en la que se prometía a sí misma que, al contrario que la abuela con sus hijos, ella, Dounia, nunca tendría preferencias por ninguno de sus tres chicos.

8

El único cliente de aquel bar de Pigalle no estaba aún lo bastante borracho para acercarse otra vez a la barra en la que una guapa camarera muy delgadita se afanaba entre suspiros. Llevaba una ancha camiseta de baloncesto que dejaba entrever el sostén. Al llegar él le había tirado los tejos, y ella ya le había servido el tercer whisky consecutivo.

Situado en un sótano, el bar tenía mucho éxito por la noche, pero durante el día solía estar vacío, salvo por los clientes habituales del barrio que hojeaban *Le Parisien* dando sorbos a su primera copa de vino blanco del mediodía. Estos ni siquiera habían llegado aún cuando Marieke entró. Hizo una señal con la cabeza a la camarera.

—Estoy buscando a un tipo joven, moreno...

La camarera se fijó en las pintas de Marieke y le hizo un gesto para que fuese a mirar al fondo del bar. Marieke llevaba un mono de motorista de color rojo vivo. Dejó el casco en la barra y se adentró en la penumbra del local. La luz tamizada provenía de lámparas con forma de platos. Al fondo de la larga y ordenada sala, se abría un hueco, esculpido en la propia pared, provisto de un banco y de una mesa baja en forma de medialuna. De esa especie de guarida asomaba un par de zapatillas deportivas azules con una reja de tiras amarillas fluorescentes.

—¿No es un poco tópico, esto de emborracharse solo a la hora del desayuno?

Fouad había olvidado su acento belga. Estaba muy borracho: la mujer le resultaba excitante, aunque no llegaba a distinguir los rasgos de su cara, borrosos a contraluz.

Aquella voz ronca, aquella actitud agresiva, aquellos ojos penetrantes.

—Acabo de recibir un mensaje de mi hermanito. Me tomo otra copa y te lo leo, y así comprenderás por qué caigo en los tópicos y el alcohol.

—Ah, vaya, así que ahora nos tuteamos —observó Marieke inclinando la cabeza y dibujando una sonrisa pérfida y luminosa.

—¿Qué desea beber, señorita?

—Nada. Venga, me olvidaré de que te he visto en este estado, a cambio de que me sigas inmediatamente y escuches con atención todo lo que tengo que decirte. ¿Señorita? —gritó en dirección a la camarera—. ¿Señorita? Pero ¿esa camarera está sorda o qué?

—No es una camarera —respondió Fouad hipando—. Es una actriz-camarera. O bien una camarera-actriz. Hace un rato hemos estado hablando y hemos llegado a la conclusión de que es actriz y camarera, en este orden. Pero no ha sido fácil convencerla.

—¿Puede hacerle un café doble bien fuerte? Y traiga también un vaso grande de agua.

—El problema es el autoodio. Cuando uno se detesta a sí mismo, todas las personas que nos quieren también nos parecen detestables, ¿verdad? ¿Y por qué? ¡Porque quieren a alguien que es detestable! Así que ellos también lo son. El autoodio es un círculo vicioso.

—Escúchame bien, Fouad. Me has pedido que viniese y he venido. Y he venido porque tengo cosas que contarte —siguió ella en voz baja—. Cosas que, a su debido tiempo, podrían exonerar a tu familia de una vez por todas. Porque no sé si eres consciente de ello, pero si esto sigue a este ritmo, «Nerrouche» va a tener una entrada en el diccionario. Ya veo la definición: «Nerrouche, nombre femenino, se dice de una familia que parece normalísima pero que en el fondo oculta a un nido de terroristas que quieren destruir la nación. Una nerrouche —prosiguió muy seria—: dícese también de una asociación de malhechores que tienen todo el aspecto de ser honestísimos»…

—¿Quieres que te lea el mensaje de mi hermanito?

A Fouad se le cayó el móvil antes de poder leerlo. Se agachó penosamente y rastreó el polvoriento suelo sin lograr encontrarlo.

—Bueno, da igual, dice que no tengo que volver a Saint-Étienne, que él se ocupa de todo, que ha resuelto un viejo problema y que ahora él es el hombre de la casa… Me cago en todo.

—Ten, bébete el café, Depardieu. Y sígueme.

Al cabo de unos instantes Fouad se estaba lavando la cara en el lavabo de hombres. Marieke entró sin avisar.

—Mira, fuera está lleno de maderos.

—¿De qué?

—De polis, tonto. Camuflados. Que te vigilan. Ven conmigo.

Le tomó de la mano y le empujó contra la puerta del lavabo.

—Desnúdate.

—¿Qué?

—Quizá te han puesto un micrófono en la ropa. Venga, quítatela.

—Pero ¿estás chiflada o qué?

—Quédate en calzoncillos, venga, espabila, no serás el primer hombre que veo con el pecho al aire, como comprenderás.

Fouad solo se sacó la sudadera con capucha y los zapatos. Se dejó registrar, esperando no tener una reacción demasiado vehemente.

Marieke apagó su móvil, sacó la batería y lo dejó todo sobre el lavamanos.

—Bien, no hay micros. Escúchame bien. Es la guerra. Son ellos contra nosotros. A partir de ahora no te fíes de nadie. Te vigilan, van a intentar establecer alguna relación directa entre tú y tu hermano, y si después de haberte espiado durante unos días no la encuentran, se van a poner nerviosos, y seguro que habrá alguien en alguna reunión en el tercer subsótano de la DCRI que dirá en voz alta lo que todos piensan en voz baja, a saber, que si no hay pruebas de tu implicación en los actos de tu hermano, tampoco será tan difícil inventarla, ¿no? ¿Entiendes lo que estoy tratando de decirte?

—Oye, que hablamos de la policía.

Marieke rompió a reír.

—Llevo seis meses investigando a la DCRI. Créeme, para esa gente fabricar pruebas falsas es coser y cantar. Llevan tres meses siguiendo a tu hermano, escuchaban todos sus móviles, la vigilancia y el seguimiento y toda la investigación se le han confiado a un grupo secreto, el clan de más confianza de Boulimier, el capo de la DCRI. A Nazir le han dejado actuar. Sé que le dejaron actuar, sé que le protegieron, sé que están protegiendo su fuga e incluso sé por qué hacen todo eso.

—¿Por qué?

—Se está preparando un gran golpe de derechas, un golpe brutal que va a cambiar todo el panorama político francés. Me refiero a una verdadera revolución, algo que ha emergido de las profundidades a la superficie gracias al caos que ha creado el atentado contra Chaouch. Hay que encontrar la manera de salir de aquí sin ser vistos.

Echó una mirada de reojo.

—¿Tú crees que tu amiguita la camarera-actriz nos echaría una mano si se lo pides?

—Pero ¿tú cómo has venido? ¿En moto?

—No me han visto entrar, me he colado por el patio interior. Al llegar he visto enseguida las camionetas blancas con las lunas tintadas.

—¿Y cómo estás tan segura de que son polis?

La periodista suspiró.

—Eres el hermano del hombre que ha encargado el atentado contra Chaouch, sales con la hija de Chaouch desde el principio de la campaña, ¿tú crees que van a dejar que andes por ahí sin espiar hasta el menor de tus actos y de tus gestos?

Bruscamente, Fouad recobró la sobriedad. Su rostro se ensombreció.

—Esta mañana he recibido un correo de Nazir.

—Espera. ¿Qué decía?

Fouad se preguntó si podía fiarse de ella.

—Vale, comprendo que desconfíes. Venga, ponte los zapatos. Tenemos que encontrar una forma de sacarte de aquí.

Fouad la observó; su mirada inquisitiva degeneró en pura contemplación. Se dio cuenta demasiado tarde. Marieke sonrió volviéndose hacia una mejor amiga imaginaria, como diciéndole: «Pero ¿tú has visto la forma en que este tipo me tira la caña?».

—Bueno —Fouad volvió en sí—, el correo de Nazir. Me lo sé de memoria. Decía exactamente: «Borra enseguida este mensaje antes de que lo detecten y reúnete conmigo donde ya sabes».

—¿Y qué más? —preguntó Marieke.

—Nada. Solo eso. Con un gran rectángulo negro en el resto del correo.

—¿Un rectángulo negro? ¿Es un error o qué?

—No sé, un gran rectángulo negro, como una firma. Mierda, tengo que estar loco para contarte esto a… a ti, una periodista.

Marieke se mordió los labios.

—¿Y tienes idea de qué quería decir con eso de «donde ya sabes»?

—¡Claro que no! Hace tres años que no nos vemos ni nos escribimos.

—Entonces era una trampa. ¿Qué has hecho con el mensaje?

—Bueno, lo he borrado, y he vaciado la papelera, qué querías que hiciera.

—Nada, es verdad. Pero te has cubierto de mierda.

Marieke se desperezó, se agarró con sus fuertes dedos a lo alto de la puerta del lavabo e hizo unas flexiones.

—Es un ejercicio que se hace para entrenarse para la escalada. Muscula los antebrazos. A mí me ayuda a pensar.

Antes de la última flexión, se quedó adrede en suspenso, hasta hacer una mueca de dolor. Fouad estaba fascinado; le daba miedo.

—Todos tenemos nuestras manías —comentó con una voz que intentó que sonase neutra pero que, al contrario, revelaba toda su turbación.

—¿Sabes que fui campeona de bloque, tres años consecutivos, hace ahora diez años? Dos años como júnior y el último como sénior.

—Perdón, ¿campeona de qué?

—En escalada está la velocidad, la dificultad y el bloque o búlder... ¡Ya lo tengo! —dijo cambiando de tema—. ¡Un repartidor! Hay que llamar a un repartidor e irse tranquilamente en su camioneta. ¿Cuánto dinero llevas? Le damos todo el efectivo que tengamos, así no pondrá problemas. Luego ya volveré a por mi moto —agregó—. Nos vemos a las siete en las Tullerías. Cuando vayas por la rue de Rivoli, mira hacia arriba, te estaré esperando, ¿OK?

—Pero...

—¿De verdad estás seguro de que no tienes ni idea de qué quería decirte Nazir? ¿Un canal de comunicación, un lugar donde haya podido dejarte un mensaje...? ¿No? ¿Nada? Por ejemplo, ese rectángulo negro es extraño, ¿a ti no te parece extraño?

Fouad dijo que no con la cabeza y apartó suavemente a la periodista para no tener que enfrentarse a su mirada y que no pudiera adivinar que mentía.

9

Es claramente más sencillo y mucho más natural, más humano, mirar hacia abajo que hacia arriba, pero sin embargo aquel día —aquel día de octubre de 2001 que quedaría para siempre grabado en la memoria de los Nerrouche como uno de los escasísimos acontecimientos uniformemente felices de su historia— Krim no lograba interesarse por los caballos que competían a sus pies, en la cinta de césped de los últimos quinientos metros, objeto de la atención unánime de sus vecinos, cuyo clamor aumentaba de volumen según se acercaba la explosión del finish. Desde la altura de sus siete años y de los hombros de su padre, Krim solo tenía ojos para aquellos misteriosos micros tubulares que colgaban por encima de la tribuna. Al final de la cuarta carrera de la tarde —ya descendido de su trono, pero en su silla de plástico— su padre le hizo volver la cabeza y le reprochó en tono de comedia:

—¡Eh, monstruito, que las cosas están pasando allá!

Krim abrió los ojos en su celda, estremecido de miedo: no recordaba el timbre de voz de su padre. Hasta el rostro había perdido las facciones. Se acordaba de las manos, fuertes y anchas, la piel cobriza, endurecida de los hombres que han trabajado expuestos al sol y al frío. De su rostro solo sabía una cosa: que era simple y curtido, uno de esos rostros en los que las emociones no pueden disimularse. La cólera era intensa, pero fugaz. Así que no fue a su padre a quien, aquella tarde de octubre, Krim planteó la cuestión que le preocupaba desde que llegaron a las graderías: su padre estaba demasiado ocupado comparando las casacas de los jockeys con toda una serie de cifras incomprensibles listadas en el papel barato de su *Paris-Turf*. Krim tiró del dedo de Nazir y señaló los micros colgados de cuerdas por encima de sus cabezas, a intervalos regulares, para cubrir todas las gradas inferiores del hipódromo. Su primo mayor (entonces tenía dieciocho años) dijo que eran micros especiales, para grabar los pensamientos de los perdedores.

—Pero ¿quiénes son los perdedores? —preguntó el niño, asustado.

—Pues todo el mundo que está aquí —replicó Nazir señalando con la barbilla a la gente alrededor—. Todos los que han apostado a los caballos. Los micrófonos graban lo que piensan, y al día siguiente sale en el diario del hipódromo. Luego te lo enseño.

Krim torció la boca para indicar que aquello no le parecía nada bien.

—¿Y también graba los pensamientos de la gente que no ha apostado?

—Normalmente no —respondió maliciosamente Nazir—, pero, bueno, depende, por ejemplo si piensas cosas malas, ¡plas, plas! Las graba. Pero si eliminas los malos pensamientos y los sustituyes por pensamientos buenos, el micro no podrá captarlos. ¡Pero mira! ¡Fíjate! Precisamente el nuestro se ha puesto a vibrar…

—¡No, que es el viento!

—¿El viento? —Nazir se mojó la punta del dedo índice y apuntó al cielo—. No, no, yo creo que es la gente que ha apostado aquí alrededor de nosotros, en este momento son muy, muy desdichados...

Según creía recordar, su padre maldecía los resultados de la carrera que acababa de concluir. Esperaba la señal sonora que anunciaba una «impugnación»; si el caballo que llegaba tercero era descalificado, tenían el cuarteto ganador, los cuatro primeros caballos por orden. Su padre no se podía estar quieto. Se pasaba ansiosamente las manos por la cara, como para cambiarla.

—Papá, papá, ¿qué son esos micros de ahí arriba?

—¡Cállate dos minutos, mierda! ¿Es que no ves que estoy ocupado?

Hasta que se proclamase el resultado definitivo no se le podía molestar. Krim refunfuñó, quiso darle una patada a algo; se dio cuenta de que empezaba a tener hambre, vio la bolsa de plástico del Lidl que contenía los bocadillos y se olvidó de que estaba enfadado.

Nazir se había alejado para hablar por teléfono, era el feliz propietario de uno de los primeros móviles, el Siemens SL45, «el Rolls-Royce de los móviles», según decía. La sexta carrera, la del Gran Premio de l'Arc de Triomphe, tardaría una hora y cuarto en empezar; Nazir propuso que fueran a comerse los bocadillos que Rabia les había preparado. El padre de Krim se negó, si ahora se iban luego no podrían encontrar un buen sitio y tendrían que asistir a la carrera más importante desde el borde del césped, apretados entre la gente.

Nazir iba endomingado: un traje Cerruti azul liso, camisa azul cielo y corbata azul con un motivo de lechuzas, que le había prestado un compañero del internado; el azul sobre azul quedaba muy bien, solo desentonaban los mocasines marrones, estaban sucios por arriba y agujereados por debajo, hasta el punto de que había tenido que ponerles las plantillas de otros zapatos y se sentía incomodísimo. Procuraba no levantar demasiado los talones para no mostrar el estado de las suelas. Su actitud quedaba un poco afectada y ridícula.

Krim se escapó de la vigilancia de su padre y salió de paseo por las avenidas del hipódromo, donde se encontró con Foaud. Fouad estaba a años luz de las preocupaciones vestimentarias de su hermano mayor. Paseaba su bonita cara entre una multitud de jovencitas adornadas con sombreros disparatados, la mayoría circulaban por las gradas superiores, en la tribuna reservada, pero a veces, sobre todo a la hora de almorzar, se mezclaban con la plebe de Longchamp y posaban para los fotógrafos oficiales. Así fue como Fouad se topó cara a cara, en lo alto de la escalera donde se había encontrado con Krim, con una mujer que acababa de quitarse los zapatos de tacón alto y que daba unos pasitos de danza, con el brazo extendido sosteniendo una copa de champán. Era una bonita rubia de mandíbula un poco pronunciada pero mirada soñadora, que dijo al adolescente con un exagerado aire de sorpresa:

—¡Oh, qué mono!

Fouad sintió que las orejas le ardían; reunió todas sus fuerzas e hizo una reverencia como las de las películas de época. La mujer le tendió la copa de champán. Krim asistía desde atrás a la escena pero no comprendía nada. Fouad dudaba de si beber de la copa de la desconocida, cuando un potente sonido resonó por el hipódromo.

—Eso significa que hay impugnación —explicó la mujer ante la mueca interrogativa de Fouad—. Venga, ¿no va a tomar un poco de champán, mi hermoso jinete? Yo no debería decirlo —cuchicheó titubeante—, pero creo que ya estoy un poco piripi...

Fouad se mojó los labios y apuró la copa de un trago.

Pronto vio aparecer el chándal de jogging del padre de Krim en la entrada de la gradería. Se excusó y fue a reunirse con él. Su tío le preguntó qué estaba haciendo, Fouad se encogió de hombros. No quería abrir la boca, por temor a que su tío le oliese el aliento alcoholizado. Pero este estaba pensando en otra cosa: aquella impugnación significaba que a lo mejor iban a ganar las cuatrifectas, acertando los cuatro primeros en orden. ¡Una carrera del grupo 1, el día del Premio de l'Arc de Triomphe! Oleadas de esperanza le cortaban la respiración, tenía los ojos húmedos y las manos le temblaban; encendía un cigarrillo tras otro y aspiraba el humo a todo pulmón para tranquilizarse. Ahora poco importaba estar bien situados para la siguiente carrera: bajaron a las taquillas, Krim, su padre y sus dos primos mayores.

Entonces pasaron cosas que Krim no lograba recordar, porque ya entonces no entendió nada. Habían ganado, pero nadie parecía contento. Se hablaba de mucho dinero, de euros, de francos, era al principio del cambio de moneda. Al parecer, su padre había apostado con otro tipo, un burgués con traje y corbata. Estaba intentando encontrarle para felicitarse mutuamente y compartir las ganancias y una copa de champán. Nazir le localizó. Estaba en la zona VIP, o más bien en el paddock, allí donde desfilaban los caballos antes de la carrera, allí donde los jockeys y los propietarios recibían sus trofeos y las aclamaciones de un público de iniciados.

Para acceder a esa zona había que enseñar la patita blanca: una entrada especial y un traje decente. Los jóvenes guardianes bien peinados que vigilaban la entrada al nivel del porche dejaron pasar a un francés sin traje que llevaba una copa de champán; pero le negaron el acceso al padre de Krim. ¿Por culpa del chándal verde y blanco con los colores del AS Saint-Étienne?

Por más que explicaba que había ganado, que quería felicitar al «señor» con el que había apostado, no le dejaron pasar. Nazir intervino. Sacó pecho, como para mostrar la corbata y la buena calidad del traje que llevaba.

—Déjenme pasar, solo un minuto, voy a avisarle y vuelvo.

El joven vigilante no respondió. Seguía dejando pasar a privilegiados provistos de tarjetas con acceso al paddock; una mujer con sombrero no lograba encontrar la suya. Aun así la dejó pasar.

—¿Y ella? —se indignó Nazir—. ¿Cómo es que la deja pasar aunque no lleve tarjeta?

—La he reconocido —respondió el vigilante sonriendo hipócritamente a otro VIP al que acababa de dejar pasar sin tarjeta—. La he visto antes. Oh, y qué, no tengo por qué justificarme. Venga, no insista, o llamo a seguridad.

La seguridad ya estaba en camino. Krim no se acordaba de lo que pasó a continuación. Se acordaba de los puños apretados de Nazir, y de la tristeza de su padre, de su rabia impotente que degeneraba y se transformaba en una espantosa sonrisa de resignación. *Rhlass*. Qué más da. Le estropeaban su victoria. El día más bonito de su vida de turfista. Pero qué más daba. A mal tiempo buena cara.

Krim lo recordaba. El escudo de los Verdes en el pecho. ¡Vamos, Verdes! La amargura de su mirada. Un hombre, un adulto, de repente desdichado como un niño, como una víctima. Era insoportable.

Krim sintió que el corazón se le encogía y le ardía en el pecho. Se incorporó y dio una vuelta a la celda, sin decir nada, para olvidar aquella injusticia, el rostro de aquella injusticia. Ahora sabía por qué no se acordaba de la voz ni del rostro de su difunto padre. Era para protegerse de su mirada de víctima a la entrada del paddock de Longchamp. De los miles de rostros de su padre, aquel era el más vivo, el único capaz de imponerse al olvido. Y él odiaba aquel rostro. Se negaba a recordarlo. Lo cubría de barro, del fango del olvido. Aun sabiendo que si le teletransportasen al otoño de 2001, a aquel desdichado hipódromo, no se contentaría con embarrar el rostro de su padre: le saltaría al cuello y le golpearía, le golpearía sin descanso, hasta que se enfureciese, en vez de sonreír penosamente para no montar un escándalo.

10

Fouad había por fin logrado salir del bar de Pigalle atravesando toda la manzana de inmuebles por los sótanos. Marieke le había aconsejado que apagase el teléfono y le quitase la batería, los polis podían convertir una batería en micro, a distancia, y enterarse de lo que se decía en una conversación como si estuvieran en la mesa contigua. Fouad lo olvidó; estaba obsesionado por la idea de que pronto sabría más sobre Nazir.

—¿Puedo comentárselo a Szafran? —cometió la imprudencia de preguntarle a Marieke antes de separarse de ella.

Al plantear esa pregunta así, admitía de entrada que no era una buena idea. En efecto, Marieke se limitó a inclinar la cabeza hacia abajo, como hacen los présbitas para mirarte por encima de las gafas.

—Pero ¿por qué va a ser ella más digna de confianza que Szafran? —murmuró él, cruzando y descruzando las piernas a toda velocidad.

Frente a él, una joven estaba leyendo en su iPad la versión digital de un semanario. Cuando se sintió observada, alzó los ojos hacia Fouad y los desvió de inmediato, y él comprendió que debía de parecer un zombi.

De repente oyó el nombre de su hermano, en la conversación de dos tipos sentados detrás de su asiento plegable. Prestó atención, pero había demasiado ruido: un entrechocar infernal y permanente de raíles, de ejes, de acero. Repitieron el nombre varias veces, cada vez interrumpido por el chirriar estridente del tren, que obligaba a Fouad a cerrar los ojos. Creyó haber oído sucesivamente las palabras «azar», «asilo» y «nazi». Quizá las tres palabras fueron pronunciadas una tras otra; los pasajeros bajaron en la siguiente estación: se quedó sin saberlo.

Cuando estaba saliendo del metro, Jasmine le llamó. Fouad descolgó al tercer timbrazo.

—Sigo en el Val-de-Grâce, amor mío —susurró ella, saliendo de la habitación de su padre.

—¿Estás con él?

—Sí —respondió su joven novia—. Está bien. Mejor. ¿Fouad?

—Te escucho. Estoy en la calle.

Jasmine estuvo a punto de preguntarle qué estaba haciendo fuera. En vez de eso, contó lo que ella había hecho durante el día desde que se separaron. Tenía la voz frágil, inestable, y sin embargo aguantaba, como un puente de cuerdas sobre un barranco brumoso.

—Fouad, me he pasado todo el día pensando. Así no podemos seguir. Voy a hablar con Habib y con mamá y les preguntaré qué puede hacer papá para que dejen de hostigaros y perseguiros.

—Pero si no es una persecución, Jasmine. Es la justicia. Es una maquinaria. Aunque solo hubiera gente de buena voluntad, seguiría siendo una maquinaria, un sistema. Y no hay individuos que sean más fuertes que el sistema.

—Sí, Fouad. Hay alguien que lo es, precisamente. Si le pido a mi padre que…

Él no se atrevía a desmentirla.

—¿Sabes que al despertar se ha puesto a hablar en chino? Que pueda hablar ya es algo, pero todos tenemos mucho miedo de que le pase algo en el cerebro. ¿Qué sabemos en realidad del cerebro? Francamente, hacemos como que lo entendemos pero no entendemos nada.

Fouad se acordó de la forma en que se habían separado aquella mañana. Él la besó en la frente, como se besa a un niño.

—¿Jasmine?

—¿Fouad?

—Ven, vamos a bailar.

—¿Bailar? Ja, ja, Fouad…

—Venga —insistió Fouad.

—Coûteaux no lo permitirá nunca.

Jasmine intentó localizar a su ángel guardián entre los trajes oscuros al fondo del corredor. En vano.

—Entonces bailemos así, por teléfono. Tengo ganas de bailar, Jasmine. Tengo ganas de olvidarme de todo esto, de vaciar la cabeza ante los días que vienen.

Pero al imaginar aquellos días por venir, se le pasaron de golpe las ganas de bailar. Se había levantado viento.

—¿Por qué te has callado? —preguntó Jasmine antes de añadir entre risas—: ¿Estás bailando?

—Jasmine, voy a llamar a la gente. Voy a intentar… voy a crear un comité de apoyo. Toda la gente que me siguió en la campaña de tu padre. No puedo creer que no haya algunos de ellos que quieran ayudarme. ¿A ti qué te parece?

Al otro lado, Jasmine no decía nada, ni siquiera respiraba. Finalmente suspiró:

—Pienso que en realidad eres tú, Fouad, el individuo más fuerte que el sistema. Y que si necesitas una ayudante para hacer llamadas o escribir correos, puedes contar conmigo.

11

En Levallois-Perret, el abogado Szafran acababa de acceder al acta de prisión preventiva de Krim. Marcó el número de Fouad y le anunció que en aquel preciso momento su madre y su tía estaban sometidas a otra retención a disposición judicial. Fouad no reaccionó, hasta el punto de que el abogado le preguntó si seguía a la escucha. Fouad respondió sí, en un tono fatigado.

—Vamos a pelear —proclamó Szafran con su voz potente y grave que hacía crepitar los teléfonos—. Estoy en Levallois, voy a encontrarme con Abdelkrim y prepararle para el interrogatorio de primera comparecencia ante el juez. Acabo de hablar con unos policías de la SDAT, la subdirección antiterrorista: la puesta a disposición judicial tendrá lugar esta tarde. No creo que vayan a prolongar más los arrestos preventivos, porque saben muy bien que después de haber hablado conmigo no dirá nada más. Lo que va a pasar es lo siguiente: los tres serán enviados al depósito, donde pasarán la noche, y al día siguiente...

—¿Depósito?

—Son unas celdas del Palacio de Justicia donde los acusados esperan hasta el momento de ser conducidos ante el juez. Mañana por la mañana, lo más tarde a mediodía, tendrán lugar los interrogatorios de primera comparecencia, en los que yo estaré presente, por descontado. Antes habré tenido acceso a los expedientes, y estaré un poco más informado de lo que tienen de verdad contra nosotros. Espere, Fouad. Es importantísimo que no repita usted ni una palabra de lo que acabo de decirle. Voy a estar atento para que el destacamento policial que trasladará a su primo, su madre y su tía al Palacio de Justicia evite a los periodistas, conozco al oficial que se ocupa de eso.

—¿Y confía en él? —preguntó Fouad.

—A medias, si quiere que le diga la verdad. Piense que estamos hablando de la comparecencia judicial más mediática de los últimos diez años. Pero tengo la esperanza de que por lo menos sus rostros sean protegidos eficazmente...

Aunque unos minutos más tarde, al ver el rostro de Krim, Szafran casi se preguntó si no hubiera valido más mostrarlo al mundo, exhibirlo como una prueba evidente, como la mejor prueba de lo insignificante que era su implicación en el complot. Acurrucado en el banco que hacía las veces de lecho, Krim dormitaba como el niño grande que era. A cada respiración le temblaban los párpados. Bajo la nariz, se había secado un hilillo de mocos: Krim se los sorbía, puerilmente, cada diez segundos. Szafran observó la forma de sus labios, curvados en una especie de media sonrisa serena.

Pero de repente se ensombreció. Una pesadilla, una premonición, el recuerdo de lo que le esperaba cuando se despertase...

El eminente abogado se instaló ante la mesa adosada a la pared de la celda. Llevaba un traje de lino de color arena. Del bolsillo superior de la chaqueta asomaba elegantemente un pañuelo de seda negra con lunares. Al ver que el rostro de aquel chico desaliñado y adormecido se alteraba, Szafran sintió que acababa de escribir mentalmente una de las frases más fuertes de su futuro alegato. Cuando el proceso comenzase, dentro de un año, un año y medio, quizá dos años, diría tal cual la verdad que acababa de manifestarse ante sus ojos; encontraría el acento apasionado para vencer a los magistrados de aquel tribunal especial, jurisdicción sin jurado, la única habilitada para juzgar casos de terrorismo: el presidente y seis asesores, siete profesionales supuestamente impermeables a las amenazas de represalias, al contagio ideológico, a las ideas que flotasen en el aire, a los movimientos de la opinión pública… y ante los cuales Krim no tenía a priori la menor oportunidad.

De momento, había que hacerle comprender quién era él: el único hombre del mundo del que ahora podía fiarse.

Comenzó por explicarle que ya habían pasado las setenta y dos horas, que ya no estaba solo. La solemnidad era de rigor, dadas las circunstancias, pero pareció espesar más el velo de desconfianza que cubría los ojos del joven que apenas acababa de despertarse. Szafran cambió de tono. Ofreció un cigarrillo a su cliente.

Krim recordó las maniobras de Montesquiou y lo rechazó. Solo se relajó un poco cuando Szafran le habló de su madre y de Dounia, que le habían elegido para ejercer su defensa al mismo tiempo que la de ellas:

—Están bien, las están interrogando, aquí al lado.

—¿Cuándo podré ver a mi madre?

—Me temo que todavía no. Pero haré cuanto esté en mi mano para que sea cuanto antes, confía en mí, chico. Otra cosa —prosiguió Szafran para impedir que la decepción se instalase en el ánimo del muchacho—: Esta noche Idder Chaouch se ha despertado del coma. Por ahora lo único que sé es que está vivo…

Krim pareció animarse. Se enderezó en el banco y se puso a meditar.

—Estaba seguro —murmuró—. Esta noche he… he estado pensando en… ¿sabe usted qué significa su nombre en cabilio?

—¿Su nombre? ¿«Idder»?

—Quiere decir: «Está vivo».

Krim se había enterado en el salón de la abuela, el sábado anterior, en otra vida, la vida de antes.

Szafran observó al chico. Bajo sus cejas fruncidas a veces pasaban luces sorprendentes. Tres días antes los suburbios habían ardido en llamas, pero en los ojos de Krim había otra cosa, no era cólera. Tampoco las luces de la inteligencia, sino más bien los fuegos de una inspiración inexplicable.

—Pero ¿qué quiere decir que las están…? Bueno, entonces la cosa es menos grave, ¿no?

—Desgraciadamente, no —respondió el abogado—. Desde el punto de vista de la justicia una tentativa de asesinato es lo mismo que un asesinato. Pero puede tener un poco de influencia en la opinión pública. En lo que la gente pensará de ti.

—¿Lo que la gente pensará de mí?

Krim se había hasta olvidado de que existía gente más allá de su familia y de los supermaderos que le atormentaban desde hacía setenta y dos horas. Y de hecho la conversación prosiguió en torno a este tema: cómo le habían tratado los policías, es decir, hasta qué punto le habían maltratado. Szafran explicó a Krim que solo tenían media hora y que había que darse prisa. Krim habló del hijo de puta que le había puesto el mote de Rugbyman. Szafran sacó de la cartera una libreta y anotó con gran prosopopeya. Luego le habló de su hermana Luna, de su primo Slim, de sus tías, de su tío Ferhat, que estaba mejor, sin aclarar en ningún momento que estas informaciones no las había conseguido hablando con las personas mencionadas, sino interrogando brevemente a Fouad.

Krim recibió estas noticias bajando los ojos, para no llorar, pero también porque estaba avergonzado de ser el responsable de su desgracia. El eminente abogado vio enseguida que se había ganado su confianza. Entonces le pidió que repitiera con la mayor exactitud posible lo que le había contado a los policías. Krim se tranquilizó al ver a aquel hombre tan bien vestido tomando notas para salvarle. Se concentró y lo repitió todo: los mensajes de Nazir, el viaje a París, el SMS decisivo con su madre amenazada por Mouloud Benbaraka, e incluso la tarde en casa de Aurélie. Szafran le animaba a hablar, murmurando a intervalos regulares «Muy bien», con su voz grave y profunda, y sin dar nunca la impresión de estar juzgándole.

Al cabo de unos veinte minutos, Szafran dejó el bolígrafo sobre la cartera y empezó a limpiarse las gafas. Cuando volvió a ponérselas parecía preocupado. Recorrió con la vista las paredes blancas de la celda, como si solo ahora que tenía las gafas limpias la estuviera viendo de verdad. Posó la mirada en el banco en el que Krim estaba sentado, pareció evaluar su dureza, luego subió hasta el busto de su joven cliente, que flotaba en una camiseta demasiado grande.

−Krim −preguntó bajando notablemente el volumen de su voz−, ¿por qué estás aquí?

−Pues… ya se lo he dicho… El… el TGV, los mensajes que me enviaba…

−No, no, lo que me interesa no es eso. Eso vale para los policías. Yo lo que quiero es comprender, en profundidad. ¿Por qué estás aquí? Estos tres días seguro que has reflexionado, no habrás pensado en otra cosa, ¿verdad? −Krim estaba cerrado como una ostra, con los hombros caídos, los pies balanceándose, como un adolescente en la cama de arriba de una litera−. Me gustaría que me explicaras a Nazir. ¿Cómo pudo convencerte de hacer algo así? ¿Te escribía mensajes desde hacía meses, pero tú no sentías que él te manipulaba, que quería empujarte a hacer cosas… malas?

−No −replicó Krim vivamente, como si ya se hubiera hecho la pregunta mil veces y al final hubiera encontrado la respuesta−. No, no me manipulaba, se lo juro. Ya sé que después de lo que pasó el domingo nadie me creerá, pero…

−Pero ¿por qué tú? −le interrumpió Szafran−. ¿Por qué Nazir no se lo encargó a un profesional? ¿O a cualquier otra persona? ¿Te detestaba hasta el punto de elegirte y destruir tu vida para siempre?

−¡No me detestaba! −replicó Krim−. Dice usted lo primero que se le pasa por la cabeza, no tiene ni idea de la verdad. Me eligió porque… Gualá, yo me callo, no sirve de nada.

−Krim, hablemos con franqueza. Creo que se ha aprovechado de tus incertidumbres, de tus flaquezas, creo que te vio como una botella vacía y te encendió como un cóctel molotov.

Esa imagen hizo saltar a Krim. Sacudió la cabeza.

−¡No! ¡Era el único, el único que me escuchaba, señor! Los demás hacen como que te escuchan, pero solo se escuchan a sí mismos. La gente te da consejos, te da lecciones, pero en realidad se los dan a ellos mismos. Él no. No, está usted muy equivocado.

Szafran no había previsto que Krim saldría en defensa de su verdugo.

—Bueno, eso me lo tendrás que demostrar...

—No sé lo que ha pasado, no lo sé todo, pero... Cuando nos vimos, ya no me acuerdo, el martes, creo, era... Me eligió porque... porque no podía elegir. Si no, hubiera elegido a cualquier otro. Oh, no lo sé, no sé cómo explicar...

No, no sabía cómo explicarlo. Los días humillantes de los que se libraba al escribirle. Las noches opacas en que su móvil vibraba y donde la N detrás de la que se escondía su único confidente aparecía en la cabecera del mensaje que acababa de recibir.

No sabía cómo explicarlo. Aquella luz roja al fondo del pasillo, aquella energía que le poseía después de hablar con Nazir. Aquel patio cubierto por la nieve, el rugido de un helicóptero que desgarraba el cielo. Y entonces la sombra de Nazir apareció en su vida. Y su vida ya no pudo seguir siendo la misma después de aquel zigzaguear sobre la nieve. Szafran se quitó la chaqueta y le ofreció ir a buscarle otro café. Krim no le oyó, y después de mantener la boca abierta durante unos segundos repitió:

—No, Nazir es... Gualá, La Meca... no sé... no sé cómo explicarlo...

12

Es un joven pelirrojo, de mirada asustada, de andares desgarbados. El pantalón de pinzas no le queda bien, la camisa satinada va abotonada a la iraní, su grueso calzado de senderismo (el único par que tiene) acaba de ridiculizar sus esfuerzos de elegancia urbana. Camina tropezando todo el rato, con las manos en los bolsillos y una brizna de hierba en la comisura de los labios. Pero sus grandes pasos no le llevan por la ladera de una colina: al contrario, sube por una de esas calles populosas del distrito VII de Lyon, en el aire saturado de olores fuertes y extranjeros, a maíz a la brasa, castañas calientes y especias que no sabría nombrar, él, que sabe cómo se llaman todos los árboles y la mayoría de las flores.

Se para ante un quiosco, tres portadas diferentes llevan la foto del enemigo público número uno: páginas enteras donde inmensos ojos negros miran hacia el objetivo, ojos sin esclerótica, los ojos de la oscuridad, de una oscuridad que devuelve a nuestro hombre el reflejo desdichado de sus michelines, de sus axilas con círculos de sudor, de la línea blanda de sus hombros caídos.

Dos agentes de tráfico aparecen en la acera de la derecha. Una calle entera es bloqueada por sus silbatos, se indica a los vehículos que den la vuelta a la manzana. Hombres a pie se deslizan entre las barreras, algunos van en chilaba. Camionetas y otros vehículos utilitarios están aparcados ante una serie de carnicerías halal, locutorios telefónicos y peluquerías sin imágenes de maniquíes en el escaparate. En la vía pública, una marea humana hormiguea y se prepara. Aún queda sitio en la acera, en la periferia de la multitud que se descalza.

Empuja sus zapatos hacia atrás, envía a las hileras de otros pares una mirada que le gustaría que fuese penetrante.

No tiene estera, le pasan una botella para sus abluciones. Nadie le sonríe para apoyarle, ninguno de sus hermanos. Se moja las manos, el agua parece deslizarse por su piel, negarse a penetrar en ella.

«Dios el todopoderoso, el misericordioso.»

Las palabras, como el agua, brotan de una fuente tibia, impersonal, casi desecada. En el momento en que hay que arrodillarse, el temor que le paraliza es comparable con el de las clases de gimnasia en el colegio, cuando esperaba en la cola para trepar por la cuerda y después de los apellidos que empezaban por E le tocaba el turno al único que empezaba por F, y eso significaba que luego, inmediatamente, de hecho ahora mismo, ya, le tocaba desafiar a las leyes de la física.

Pero todo el mundo se arrodilla enseguida, y él sigue el movimiento. Y mientras finge que reza entre sus hermanos, un olor le inunda la garganta. Los movimientos de su lengua no logran expulsarlo. El olor no está en el exterior, está en él. Es como el espumear de sangre al nivel de sus encías; no se atreve a escupir.

Allaaaaaaah akhbar... Las siluetas de sus hermanos vuelven a inclinarse, pero él sigue erguido, a contratiempo. Inspira a pleno pulmón, pero cuanto más se llena del exterior, más filtrado parece, más contaminado por ese efluvio mareante que acaba de infestar todo su aparato respiratorio. Como si fuera el sabor de la carne, siente una vergüenza extraña, ancestral. Pero no lo es, lo que tiene en la boca es sabor a pescado. La cabeza le pesa de puras náuseas, la gente va a empezar a mirarle, a ese lechuguino erguido cuando hay que estar de rodillas, y que farfulla incongruencias con los ojos cerrados. Por los alrededores no hay ninguna pescadería. Probablemente sea víctima de una alucinación olfativa. Pero esta alucinación le transporta, le recuerda la última vez que sintió el olor del pescado crudo en las encías.

Y entonces es como si de pronto pudiera viajar en el tiempo, como si pudiera volver a oír aquel loco rumor, la caótica pulsación de aquella otra multitud en la que se deslizó, hace cuatro días, antes del tiro fatal que no disparó pero que, por un rebote tan previsible como inevitable, le convertiría en el segundo hombre más buscado de Francia.

Allaaaaaaah akhbar...

Y sigue la insensata gimnasia. Ahora han vuelto a incorporarse, y él vuelve a estar en el tiempo normal, conocido, familiarmente inhóspito: el presente. Hay que girar las manos de una determinada forma, las palmas hacia el cielo, hay que cerrar los ojos. Cuando vuelve a abrirlos, la náusea ha desaparecido. El olor del pescado ya no está en su interior. Alza la mirada. Más allá de las cabezas, algunas cubiertas con kufi, el cielo es bajo y está terriblemente vacío: sin gloria, sin profundidad, sin horizonte.

Terminada la oración, vuelve al bulevar atestado de gente, mirando al suelo para no llamar la atención. Pero las multitudes anónimas tienen la particularidad de que detectan instintivamente a aquel que espera no ser reconocido. Dos ojos se fijan en él, en los tics de su boca; que él intenta inconscientemente acercar a la nariz, nunca se olvida de que esa separación demasiado pronunciada es responsable de la mitad de su fealdad.

La gente empieza a murmurar a su alrededor, le gustaría no poder oírlo. Aprieta el paso, poco después se descubre corriendo al verse reflejado en el escaparate de un negocio en quiebra.

Aparece una callejuela, se mete en ella. ¿Cómo ha podido arriesgarse tanto estando en su situación? ¿Por qué no ha esperado pacientemente al próximo tren en el vestíbulo de la estación de Part-Dieu? Ahora los cuerpos de policía conocen su rostro, también familiar para todos los que tengan un televisor. La callejuela era un callejón sin salida. Al fondo, descansa la carcasa de una bicicleta, una acumulación de aparatos electrodomésticos y un vagabundo que allí vegeta, incomprensiblemente recubierto de una triple capa de cartones, de mantas y de harapos que huelen a orina. Pero no es la orina lo que paraliza al fugitivo contra el muro y le hace doblarse por la mitad: es el olor del pescado crudo. Después de vomitar, alza los ojos inyectados en sangre hacia la embocadura del callejón y piensa en irse, pero han aparecido dos siluetas. Sus piernas no se mueven, sus bustos rígidos parecen mirar hacia él.

Cree estar perdido, pero un grito desgarra el runrún del centro de la ciudad.

Una mujer pide auxilio.

—¡Policía! ¡Policía!

Los policías abandonan el callejón a la carrera. Una mujer rubia, de unos cuarenta años, con botas de amazona y una mochila con una sola correa.

—¿Qué pasa, señora?

—Creo que he visto al tipo que buscan. ¡Nazir Nerrouche!

Mientras describe el aspecto del enemigo público número uno, se asegura, por encima del hombro del policía que está pidiendo refuerzos, de que el enemigo público número dos ha salido del callejón, con la cabeza gacha.

—Con traje, bien afeitado. Ha entrado en el mercado. Tenía un aire huidizo, como si no quisiera ser reconocido. ¡Estoy segura de que es él!

Los agentes entran en el mercado, con las armas en la mano. A la mujer con botas de amazona se le ha pedido que se quede esperando. Pero en cuanto se oyen las sirenas de los refuerzos, ella vuelve a mezclarse entre la multitud, muy atenta al menor movimiento de la cabeza pelirroja que se vuelve todo el rato recelosamente.

13

Romain Gaillac, veinticinco años, un metro setenta y cinco, pelirrojo, ojos verde botella, aunque en las cinco fotos que el comandante Mansourd había dispuesto en abanico sobre el salpicadero de su coche tenían el color del vómito, o del guacamole, o de las dos cosas.

En este miércoles 9 de mayo de 2012, mientras los programas matinales de las grandes cadenas de radio conectan con el Val-de-Grâce, mientras expertos en derecho constitucional son arrancados de la cama y plantean las situaciones más probables tras el despertar del presidente electo, Mansourd, perfectamente inmóvil en su asiento reclinado al máximo, solo piensa en el misterioso pelirrojo contra el que acaba de lanzarse una orden de arresto europeo, y al que Nazir Nerrouche, con toda probabilidad, hizo su lugarteniente para la ejecución de sus oscuros designios.

El hombre fuerte de la subdirección antiterrorista acababa de regresar de su frustrada misión en Suiza. Tenía que asistir a la ceremonia de homenaje al CRS que había sido asesinado por la noche en el barrio de la Bastille, en el parque de la Coulée Verte. Su coche estaba aparcado a pocas calles de distancia de la sede policial donde ya esperaban las berlinas negras del servicio de seguridad de la ministra del Interior. El comandante guardó el arma de servicio en la guantera, apagó el teléfono, se hizo una cinta con la corbata de su uniforme de gala y se la ató alrededor del melenudo cráneo para taparse los ojos, decidido a concederse veinte minutos de descanso absoluto.

Pero las fotos de Romain Gaillac no se dejaban expulsar fácilmente de su conciencia ¿Quién era aquel chico de rostro extraño y desdichado, con una narizota plantada demasiado arriba en relación con los labios, a su vez desiguales, y que tenía aspecto de estudiante exaltado y a la vez de hijo malcriado de un campesino?

La biografía del joven le intrigaba. La verdad es que no sabía gran cosa salvo que estaba partida en dos, como la de todos los criminales. El antes y el después. Pero en lo poco que conocía del «antes» había algo que no cuadraba. Ese poco se lo debía al teniente al que había encargado que investigase sobre «el pelirrojo». Fue así como Gaillac acabó colgado con chinchetas en la pared de la sala de reuniones de la SDAT. Nazir era «el cerebro», Krim «el crío», Fouad «el actor», Benbaraka «el Caid», y Rabia, Dounia y los demás formaban una jungla de post-it en otro tablero, englobados bajo el alias de «la smala» (en árabe, «la familia», «el cortejo»). Mansourd, tras llevar a cabo los interrogatorios en Saint-Étienne, había insistido en que no se les mezclase con los sospechosos principales del complot contra Chaouch.

Las primeras pesquisas del teniente a cargo del pelirrojo revelaron una conspicua participación en foros de carácter sexual y sitios de citas online, bajo el seudónimo «Julaybib», un compañero del Profeta. Y ahí ya sí que Mansourd no entendía nada. Un «blanquito» convertido al islam, fichado por la DCRI, fotografiado a la salida de las mezquitas salafistas de los suburbios: lo lógico era suponer que aún estaría más fanatizado y sería más pudibundo que un chaval cualquiera de la famosa «tercera generación» de inmigrantes magrebíes. Pero su dirección IP aparecía tras una decena de seudónimos en sitios porno.

Siguiendo las conexiones con otras direcciones IP, el brazo derecho de Mansourd había podido dibujar el mapa de todo un itinerario de locutorios telefónicos en París, y también identificar al propietario de un ordenador al que se había conectado, propietario que había sido sometido a estrecha vigilancia, con permiso del juez. El listado de las conexiones mostraba que se pasaba por lo menos tres horas al día. Incluso había llegado a cometer la increíble imprudencia de inscribirse, ocultando ineficazmente su IP, en un foro de pago sepultado en las entrañas de la web, donde se intercambiaban fotos y vídeos de chicas menores de edad.

Mansourd había podido visionar algunas de esas películas, a menudo sustraídas de Facebook a colegialas ya completamente exhibicionistas. Soñoliento, el comandante vio surgir el contorno de una piscina privada con forma de champiñón: unos niños con el torso desnudo chapoteaban, algunos se zambullían apretando las rodillas contra sus pequeños pechos imberbes. Disminuidas, las fuerzas conscientes del comandante no supieron establecer enseguida la relación con uno de aquellos vídeos que se había obligado a sí mismo a ver hasta el final. Cuando la adolescente protagonista apareció, estaba echada en una tumbona, rascándose con un pie la pantorrilla de la otra pierna. Llevaba una camisa de leñador que probablemente pertenecía a uno de los chicos del grupo. Abierta del todo, la camisa desvelaba un pecho liso y desnudo. Los senos apenas estaban formados, pero los pezones sobresalían, por lo menos el izquierdo, porque el otro quedaba oculto por la ropa.

Tendría unos trece años, un rostro moreno de ojos claros, en el que el hada mala de la Adolescencia comenzaba a rebajar las saludables redondeces, a endurecer los rasgos, a hacer emerger la nariz y a transformar el óvalo infantil en un triángulo. Y era ese triángulo ya visible el que hacía tan impactantes sus grandes ojos asustados.

Porque la chiquilla estaba asustada. Se obligaba a mantenerse tumbada y a no mirar de reojo más allá de su campo de visión inmediato donde retozaban sus camaradas. Pero inevitablemente llegaba el momento en que ya no resistía más y volvía los ojos hacia la izquierda, descubriendo el cañón de un arma que apuntaba hacia ella.

De repente ya no hubo más piscina, ya no hubo camaradas, también la camisa había acabado por caer, y la chica arrodillada echaba hacia la pistola una mirada implorante pero sin lágrimas. Estas aparecieron cuando la obligaron a abrir su boca brillante de muchachita. El cañón del arma entraba en ella lentamente, sin vacilación. Las mejillas de la pequeña se dilataban dolorosamente, sus ojos se inyectaban en sangre, y desbordaban de un nuevo llanto.

El pelirrojo no era el protagonista de aquella pesadilla, de eso se dio cuenta Mansourd, que desde hacía diez minutos se agitaba en el asiento de su coche. Todo aquello no figuraba en ninguno de los vídeos favoritos de Romain. Y además estaba convencido de que quien sostenía el arma era Nazir, no, no cabía duda alguna, era Nazir, con la salvedad de que si mirabas más de cerca el arma que atormentaba a la chica no era una de sus 9 mm grabadas con las siglas SRAF, sino el cañón, que el comandante conocía muy bien, de una Sig Sauer semiautomática, el arma oficial de la policía francesa; con muescas familiares en la culata, y una culata familiar, que se hundía en la palma imprimiéndole un calor familiar, y que pesaba un peso familiar, ni un gramo de más; no, no era la 9 mm de un colega o de Nazir, era un arma familiar, peor aún que familiar:

Era su arma.

Se despertó sobresaltado, se arrancó penosamente la cinta improvisada que le cubría los ojos y abrió la guantera para verificar que su arma seguía allí. Mientras enderezaba el asiento y recobraba el aliento, un agente dio unos golpecitos en la ventanilla.

—¿Señor? ¿Me oye, señor?

Mansourd aspiró grandes bocanadas de aire y alzó la mano para indicarle al policía que esperase un momento. Enseguida abrió la portezuela y explicó que era de la casa. Antes de incorporarse a la ceremonia, empujó la puerta del bar más cercano y pidió dos cafés bien fuertes que se tragó uno detrás de otro. A su alrededor los clientes habituales bebían a grandes tragos tristes la primera cerveza de la mañana, ante la sucia barra. Rostros redondos con narizotas, rostros cuadrados con narizotas: todos parecían estar de vuelta de todo y que ya nada podía sorprenderles.

El comandante procuró que sus miradas no se cruzasen.

14

A Mansourd no le gustaba llevar americana, y se notaba. La camisa estaba bien planchada pero parecía demasiado ceñida; hacía arrugas poco elegantes. La corbata le ahogaba, tenía un cuello demasiado apretado, y se notaba que no sabía qué hacer con los puños de las mangas de la blanca camisa, que asomaban por debajo de la americana dando la impresión de que esta era demasiado corta. En una reunión de policías vestidos de gala es muy fácil distinguir a los hombres de acción de los que redactan notas en despachos con aire acondicionado. Independientemente de la calidad del traje, hay una cierta forma de llevarlo, de moverse dentro de él, la misma diferencia que, por ejemplo, permite a cualquier observador superficial distinguir a primera vista a un político de su guardaespaldas.

Los oficiales reunidos en el patio de honor llevaban el uniforme de las grandes ocasiones: un pantalón de corte militar con una lista marrón en la costura, una guerrera con escudo en el pecho, camisa blanca con gemelos; los galones se llevaban en las hombreras y la gorra de visera y las insignias de grado en la manga, junto al puño. El atuendo se completaba con una faja y guantes blancos.

Mansourd soltó un ligero suspiro burlón al imaginar que se trataba de una asamblea de pingüinos.

En el otro extremo del patio, detrás del atril en el que la ministra del Interior iba a pronunciar el discurso que él había redactado aquella mañana a primera hora, Pierre-Jean de Montesquiou se mantenía erguido en un traje oscuro con botones dorados de un corte impecable, demasiado entallado para estar a la moda, pero de unas hechuras bastante discretas para no llamar la atención en aquella oscura mañana de duelo patriótico. Al contrario de muchos policías y prefectos que le rodeaban, no sudaba. Además de disfrutar de un excelente sistema sudoríparo, el director de gabinete poseía un arsenal de pociones mágicas para mantenerse fresco y relajado en tiempos de canícula. Apoyado en el bastón, pero como sin ejercer ningún peso sobre él, paseaba sobre la llorosa familia del joven CRS una mirada también ligera, impregnada de una especie de curiosidad desapasionada y casi alegre pese a la gravedad de su apariencia.

El joven funcionario se aburría de lo lindo. Daba golpecitos con el índice en el pomo del bastón, a veces fruncía los labios. La fatiga le impedía pensar en cualquier cosa que no fuese su propio aburrimiento, a pesar de que quince tareas pendientes —más o menos confesables, y más bien inconfesables— aguardaban inquietas en el atasco de sus prioridades inmediatas. La orquesta militar pareció aliviarle, distraerle un poco.

Mansourd, que le observaba desde el otro lado del patio, le vio bajar los ojos al reloj y volverse hacia una joven en el otro extremo de la hilera de oficiales.

—No es posible —murmuró el comandante indignado al descubrir que se trataba de Victoria de Montesquiou, la hermana de la serpiente de la place Beauvau.

Era una joven rubia de rostro desigual y torcido, ancha de caderas, con pantorrillas pesadas y una nariz siempre alzada en señal de asco, de una repugnancia preventiva, preparatoria; el mundo en el que se movía no merecía que le diesen una primera oportunidad.

Mansourd estaba escandalizado porque ella dirigía la estrategia de la extrema derecha desde el principio de la campaña. Se la había visto en los platós de la tele atacando a sus rivales del establishment con un aplomo extraordinario. Se parecía a millones de francesas, no costaba nada imaginarla telefoneando a un programa del canal de tele M6 para redecorar su casita residencial. Era el nuevo rostro del partido de extrema derecha: una mujer, moderna, joven mamá de las afueras, que no se deja engañar y conoce demasiado bien las leyes de la comunicación política para caer en los errores y los excesos de las generaciones precedentes.

Mansourd quiso dirigirse a su vecino, para preguntarle qué hacía una representante de la extrema derecha en aquella ceremonia, pero su vecino era un joven pingüino en posición de firmes, con las venas del cuello salidas y las palmas escarlata.

Media docena de oficiales vestidos de gala llevaban el ataúd del CRS a la altura de los hombros: gorras rígidas con visera mate, cordón trenzado sobre la guerrera y guantes blancos de ceremonia. Avanzaban de una forma extraña, a contratiempo de la música que la orquesta interpretaba con una especie de fervor contenido, como un entusiasmo con sordina.

Mansourd se quedó clavado. Acababa de ver en medio del patio a los padres del CRS asesinado, con las gafas y los fulares negros propios de las circunstancias. La aparición del ataúd hizo gemir a la madre, pero casi se desvaneció al descubrir, tras el ataúd cubierto con una bandera tricolor, a un oficial que llevaba un cojín de color granate sobre el que descansaba una gorra de oficial: la gorra que nunca alcanzó a llevar, que correspondía al grado de teniente al que había sido ascendido post mórtem para la ceremonia en curso, y que sin embargo se suponía que le representaba y curiosamente lo hacía mejor que el ataúd en el que realmente descansaban sus despojos.

La ministra del Interior se había instalado en el sitio donde se encontraban las cámaras de las cadenas de información permanente. Las ignoró ostensiblemente y se lanzó a un discurso que en primer lugar recordaba las escandalosas condiciones de la muerte del valiente Frédéric Mulot, devorado por un pitbull en el ejercicio de sus funciones y que se había hecho especialmente heroico por el clima de salvajismo puro y simple que el país sufría desde hacía tres días.

—Ahora quiero dirigirme a los padres de Frédéric, a su madre y a su padre, aquí presentes...

Los sollozos de la madre se redoblaron. Mansourd observó que Montesquiou acababa de despertarse. Su rostro palideció de golpe.

—Señora, señor, pueden ustedes estar orgullosos de haber inculcado en su hijo el sentido del deber, la perseverancia y el valor de los que Frédéric Mulot supo dar prueba a lo largo de su breve carrera.

Montesquiou sabía que de eso nada. De la lectura de su hoja de servicios se desprendía que el cabo Mulot parecía un cobarde. Seguro que hubiera pedido el traslado a un despacho cualquiera, no estaba hecho para la brutalidad del cuerpo de policía en el que se había aventurado por seguir los pasos de su padre; su verdadero padre, fallecido años atrás. En efecto, el hombre que acompañaba a la señora Mulot solo era el padrastro del subrigadier. De ello se dio cuenta la ministra al girar la página de su discurso y leer por encima el párrafo dedicado a los motivos por los que «Frédéric» había elegido incorporarse a la policía nacional...

Se apresuró a concluir el discurso, movió las mandíbulas de izquierda a derecha y agitó la mano tras el atril, enviando señales de que vinieran a ayudarla. Aterrorizado, el comisario que dirigía el cuartel de la policía le hizo señas para que se acercase al ataúd a fin de hacer entrega al difunto de la Legión de Honor póstuma. Vermorel adoptó su voz más solemne, pero el llanto de la madre aumentaba de volumen y se iba volviendo cada vez más embarazoso. Al bajar del atril la ministra dirigió a Montesquiou una mirada asesina. Respiró hondo e intentó consolar a la pobre señora insistiendo en su «dignidad». Pero la señora Mulot no la escuchaba. Escapó de los brazos de su marido y corrió hacia el ataúd que los oficiales habían depositado ante el atril. Trataron de retenerla sin empujarla. Ella arrancó la bandera francesa del féretro y se enredó los pies con ella al tratar de alcanzar el brazo de su marido; finalmente cayó a los pies de la ministra, que no pudo evitar examinarla desde arriba con su desdén natural, olvidando, durante un segundo, que las cámaras estaban pendientes de su reacción y que tenía que dar muestras de humanidad.

Los oficiales, los suboficiales de las primeras filas, el prefecto de la policía de París que se había desplazado hasta allí solo para fastidiar a la ministra, la ministra, y hasta Montesquiou: todo el mundo estaba mortificado. Pero la estampa de aquella madre destrozada impresionó particularmente al comandante Mansourd. Se precipitó a levantarla y la condujo al abrigo de las miradas, susurrándole al oído palabras cálidas de una sinceridad indiscutible.

A pesar de todo, la ceremonia prosiguió. La ministra condecoró al fantasma de Frédéric Mulot con la Legión de Honor, pronunció las palabras rituales y se acercó a la jungla de micros que la esperaban bajo las arcadas.

Antes de responder a las preguntas (tres, ni una más, indicó al guardaespaldas Montesquiou, que se había quedado en segundo plano y ya estaba tecleando en sus dos teléfonos), Marie-France Vermorel hizo una declaración asegurándose de que todas las cámaras estaban listas:

—El presidente, el primer ministro y yo personalmente nos solidarizamos con el dolor de… la familia de Frédéric Mulot, de solo veinticuatro años de…

—¡Señora ministra! —la interrumpió una periodista—, ¿qué piensa de la recuperación de Idder Chaouch?

Algunos de sus colegas se volvieron hacia la joven insensata que acababa de interrumpir a la ministra. La estupidez de la pregunta comenzó suscitando un rumor de reprobación entre las filas de la jauría, pero después del signo de interrogación final se hizo el silencio, los micros se erizaron, todo el mundo esperaba la respuesta.

—Lo que yo pienso es que me alegro —dijo la ministra; sus ojos, cerrados por la cólera, siguieron cerrados más tiempo del previsto—. Le deseo al señor Chaouch que se restablezca pronto y creo que…

—¿Cree usted —la cortó otro periodista tendiendo hacia ella un micro de France Inter— que la decisión de ayer del Consejo Constitucional de declararle incapacitado para el cargo sigue teniendo validez?

—Mire, ahora no es el momento para eso. Ahora es un momento de recogimiento. Le recuerdo que acabamos de salir de tres noches de disturbios, tres noches inadmisibles, intolerables para nuestros conciudadanos, tres noches que han dejado nuestra…

—¿Qué responde usted a los especialistas que dicen que el Consejo Constitucional no puede ir contra la voluntad popular?

—Señora ministra, ¿considera esta mañana a Idder Chaouch como el nuevo presidente de la República?

Montesquiou se pasó la palma de la mano simulando cortarse el cuello, y reiterando los gestos en dirección al guardaespaldas para que la sacase de aquel avispero.

—No estoy aquí para comentar los desacuerdos entre expertos. No es mi papel... Hay un tiempo para comentar y un tiempo para actuar, o por lo menos hay... están los que comentan y están los que actúan. Pero vaya, el señor Chaouch acaba de despertar, es una noticia excelente, dejémoslo así...

Casi lo dejó así. Eso creyó Montesquiou, y suspiró. Pero tres noches en blanco, a las que se sumaba la visión aún candente de aquella ceremonia desastrosa, acabaron con la prudencia de la ministra.

—Lo único que puedo decir es que uno no se recupera de una hemorragia cerebral y de casi cuatro días de coma en un plis plas. Llegado el momento, cada uno habrá de asumir sus responsabilidades. Eso es todo. Gracias.

Un considerable alboroto acogió esta respuesta inesperada. Algunos pedían a la ministra que precisase, y otros precisaban por ella y le pedían que confirmase. Pero el guardaespaldas se llevó por fin a la dama de hierro, que volvió a reunirse con su joven jefe de gabinete en el asiento trasero de su coche blindado. La ministra se quitó las gafas y miró con rabia el reposacabezas de su chófer.

—Señora ministra —arriesgó la voz, repentinamente suave, de Montesquiou—. Una buena noticia...

Como no reaccionaba, anunció la «buena noticia»: los tribunales se estaban portando bien; las penas pronunciadas en las comparecencias inmediatas superaban sus expectativas y enviaban una señal de firmeza que ni siquiera la peor prensa izquierdista se atrevía a condenar. Por lo menos, de momento. Su vieja estrategia seguía dando fruto: detenciones inmediatas, matar la sedición en el mismo nido.

La ministra no reaccionaba: para relajar la atmósfera, Montesquiou pronunció con desenvoltura un famoso dístico de la Edad Media:

—«Acaricia a un malvado, y te perjudicará. Perjudícale tú, y te acariciará».

Vermorel se volvió hacia él, le fulminó con la mirada. Su nariz tembló en señal de repugnancia. Con la mano izquierda plana, le asestó una bofetada monumental. La deflagración fue tan impresionante que hizo que el guardaespaldas y el chófer se volvieran.

Montesquiou no había pasado nunca tanta vergüenza. El Vel Satis arrancó; abrió la boca, acercó la palma de la mano a la mejilla ardiente. A cada segundo que pasaba aumentaba su sentimiento de haber sufrido una injusticia. Era ella la que la había cagado, no él. En el discurso, él había escrito «padrastro» y la ministra lo había pasado por alto.

Y en cuanto a la metedura de pata ante los periodistas, ¡no era culpa suya! ¿Sería que alguien andaba metiendo cizaña contra él? Pero ella… ¿qué le reprochaba, exactamente? Durante la campaña se había producido la misma escena cuando la ministra cometió otro lapsus: programa informático de reconocimiento «racial» en vez de «facial». Montesquiou se creció ante la adversidad, adoptando la estrategia de la fuga hacia delante, la del húsar, la de los mosqueteros: se apoyó en ese lapsus para «abrir el debate» sobre «un tema auténtico», las estadísticas étnicas, a las que Chaouch no parecía oponerse… ¿Conseguiría encontrar un truco de magia similar con el nuevo paso en falso de su jefa? No estaba nada claro.

En el otro extremo del asiento, la ministra parecía haberse adormilado. Más allá de su perfil de lechuza altanera, a través del vidrio tintado, el sol en su cénit rompía sobre los Grandes Bulevares. Retrovisores, antenas de coches, hierro forjado de los balcones, entradas del metro: todo brillaba, todo parecía a punto de fundirse, yeso, cemento, plástico y metal, hasta el armazón de las paredes que iban a hundirse, reduciendo París a un gran montón de cascotes informe y polvoriento.

El joven sacudió la cabeza, se quitó la chaqueta, silenciosamente, para no despertar a la ministra, con mil precauciones de niño maltratado. Desde el principio del trayecto sentía un picor en el ojo, como una acidez. No había tenido tiempo de observar que estaba literalmente empapado de sudor, hasta el punto de que la camisa había cambiado de color y que el sudor que le perlaba con grandes gotas el borde de los párpados mezclaba su sabor amargo a las lagrimitas de su humillación.

15

En el bus Eurolines que le llevaba hacia el sur, Romain seguía inte-
rrogándose acerca del misterio de aquel nombre que apareció en el
desierto de su vida como el inquietante disco oscuro de una nube en
un cielo de seda verde pálido. Así acababa la letanía de sus días insípi-
dos como un potaje interminable que iba tomando a cucharadas.
Nazir. Romain podía contar con todo lujo de detalles medio centenar
de conversaciones que había mantenido con Nazir, sabía qué número de zapato calzaba y cuántas corbatas tenía exactamente. Pero de
repente se veía incapaz de recordar la fecha o incluso en qué estación
del año le conoció. El mismo nombre de Nazir no le evocaba tanto
a una persona de su entorno como a una de esas criaturas medio
hombre medio lobo que se ven en sombra en la parte inferior de los
frescos egipcios.

El lobo cambiaba de hocico, se hacía rata, el perfil de la rata se
alargaba para convertirse en serpiente, y luego en halcón, mientras
que la otra mitad del rostro no se transformaba, lo cual aún resultaba
más turbador: piernas humanas en un pantalón de pinzas, un busto
largo, delgado, con pelos negros a la altura del cuello de la camisa,
manos grandes y delgadas de piel singularmente suave. En cuanto a la
voz de Nazir, era un zumbido continuo e híbrido, inolvidable, que
desde aquel día sin fecha en que sus existencias se enredaron nunca
había dejado de resonar en el interior de su cabezota pelirroja.

Para atenuar su eco, miró los prados, las colinas, los sotobosques, la
Francia inmemorial, la de los castaños y los senderos. El autocar bajaba
por el valle del Ródano. La vegetación iba a transformarse ante sus
ojos, enrarecerse, secarse. Pronto vería olivos al borde de la carretera,
hileras de álamos de Italia bien tiesos; y en el escalonamiento de prados
y boscajes se deslizaron los irreales rectángulos azules de los campos de
lavanda. La radio del autocar difundía un éxito de Lorie ya antiguo:

Yo necesito amo-o-o-oor. ¡Vuelve a besarme!
¡Quiero cada día más! ¡Soy asíííí!

Romain escuchó este aberrante lamento hipervitaminado con los ojos cerrados, apretados al máximo, la boca suspendida sobre la correa de su reloj de pulsera, como si quisiera morderla.

Se volvió bruscamente, impulsado por un presentimiento. A su alrededor todos los viajeros eran pobres: obreros adormilados, mujeres de obreros preocupadas, estudiantes achispados. En fin, gente que no podía pagarse un billete de TGV. Una mujer le intrigó. Estaba hablando por teléfono, dos hileras por detrás de él, al otro lado del pasillo. Romain se preguntaba si no le habría reconocido, le parecía que estaba hablando de él con su interlocutor. Era una rubia de unos cuarenta años, con cara de americana, dientes fuertes y blancos, pómulos altos, nariz minúscula y labios demasiado finos.

Sus miradas se encontraron. Romain vio que la de ella estaba afectada por un ligero estrabismo divergente. Bajó los ojos, fingió haber observado algo sorprendente en el paisaje. Medio minuto después, cuando volvió la cabeza, la «americana» estaba hablando, en efecto, en inglés, en voz baja, riendo. Se había olvidado por completo de su existencia. Romain apoyó la sien izquierda contra la ventanilla. Estaban rodeando los suburbios de una ciudad bastante grande, sureña: entre los techos de pizarra asomaban las impresionantes copas de pinos parasol, y a veces de palmeras; la luz era cálida, tupida, velada, todavía no era suave, estaba llena de partículas de humedad y de polución. Pese a la protección del vidrio, Romain se puso a toser; tosía pensando en la polución, en la toxicidad del mundo.

—¿Qué está haciendo ahora? —preguntó el interlocutor de la americana.

—*Nothing* —respondió ella calándose unas gafas sin graduar, decorativas—. *He's staring outside. Looking crazy. What should I do when he leaves the bus?*

Montesquiou no sabía qué contestar a la amazona. Además, ya no era una amazona. Había cambiado las botas por unas sandalias. Ahora iba disfrazada de viajera hippie. En el compartimento del equipaje, su gran bolsa de campista contenía un pareo, una cartera, un manual de yoga ashtanga, un tapiz. Visitaba todos los ashram del Viejo Continente.

—Mire, sígalo discretamente hasta que él se arriesgue demasiado y usted tenga que intervenir. Esperemos que sea lo más tarde posible…

Al cabo de un minuto, el capitán Tellier vio pasar la silueta de Montesquiou por el pasillo principal de la SDAT: lo primero que vio es que ya no parecía tan resplandeciente como los días previos. El joven *jefe bis* de la place Beauvau —así es como le gustaba presentarse— no se secaba la frente preocupada con un amplio pañuelo bordado sino con unos pañuelos de papel de color rosado.

Tellier había recibido instrucciones claras de Mansourd. Se plantó ante el hombre del bastón y le obstruyó el paso. Montesquiou estaba acabando de redactar un SMS.

—Desde luego —dijo sin apartar la vista de la BlackBerry—, usted siempre está en el lugar equivocado en el peor momento, capitán. Venga, venga, todo esto le supera, sea bueno, déjeme pasar y hablar con el comandante… mientras sigue siendo comandante.

Tellier evitó todo acento apologético al repetir que tenía órdenes muy claras.

—Solo que, querido amigo, las órdenes que usted haya recibido no tienen ningún valor comparadas con…

—¡Ya basta de intimidaciones! —explotó Tellier—. ¡Basta! ¡Dentro de una semana está usted fuera, usted, Vermorel y toda su pequeña mafia saldrán de Beauvau!

Algunos policías alzaron la vista de sus pantallas. Montesquiou bajó la suya y dibujó un círculo con la punta del bastón, a los pies del capitán Tellier. Luego le dirigió una sonrisa de asesino, miró su labio leporino y se alejó sin añadir nada.

16

En el minúsculo despacho donde se apretaban Mansourd y tres hombres de su grupo el ambiente era eléctrico. El capitán Tellier entró con una hoja de papel recién impresa. Mansourd le preguntó qué pasaba. El capitán seguía con los nervios a flor de piel. Las venas sobresalían de sus largas manos descarnadas.

—¡Desembucha, coño! ¿Qué pasa?

—¿Qué pasa? Que estoy harto. ¡Eso es lo que pasa!

—¿Harto de qué?

—¡Pues, por ejemplo, de esta investigación que no va a ninguna parte!

Mansourd explicó que Montesquiou tendría otras cosas de que ocuparse al final de la jornada.

—Hemos recibido una grabación en vídeo, pero con detalles... digamos turbadores. La hizo el chófer de Montesquiou.

—¿Y quién la envía?

Mansourd alzó los ojos hacia el techo. Poco le importaba.

—Oiga, jefe —comentó Tellier bajando la vista—, ¿está usted seguro de que no deberíamos...? En fin, ¿no cree que estamos metiendo la nariz en algo que hace que también deberíamos pensar en... en protegernos, no?

Mansourd descartó esos temores con un gesto. De pronto aguzó el oído:

—Chsss... chsss... ¿oyes? Es el viento del miedo... Y si ahora lo oímos es porque ha cambiado de campo. ¿Alguna novedad sobre el pelirrojo?

—Todavía no —respondió el capitán—. Pero con todos los avisos de búsqueda y visto el perfil del pájaro, pillarlo es cuestión de horas...

Pero Tellier no sabía hasta qué punto estaba, en aquel preciso momento, cerca de la verdad. Era incluso cosa de unos minutos: el autocar que transportaba a Romain se había detenido en un control en el peaje a la salida de Aix-en-Provence. Los gendarmes hacían desfilar los coches, los registraban de arriba abajo y comparaban los rostros de los ocupantes con las fotos de Nazir y de Romain. Antes del autocar solo quedaban dos vehículos. Romain apretó la mochila contra el pecho, hundió la barbilla y al momento toda su jeta escarlata. ¿Lograría hacer creer que estaba dormido cuando los gendarmes circulasen por el pasillo central del autocar? No, era imposible.

Sintió pánico. Era imposible salir por la puerta central, que solo el chófer podía activar. Y si convencía al chófer de que le abriese la puerta delantera, los gendarmes le verían de inmediato. La salida de la autopista tenía el aspecto de un río desbordado. Romain observó los matorrales alrededor. Eran lo bastante altos para esconderse, pero ¿cómo llegar hasta ellos?

A sus espaldas, un rumor creció. Una señora bastante gruesa se había levantado y avanzaba por el pasillo, sostenida por unos pasajeros preocupados. El chófer renunció a seguir toda la escena por el retrovisor y se volvió refunfuñando, como un telespectador al que de repente le han arrebatado el mando a distancia. Le explicaron que había una pasajera encinta, que quizá acababa de romper aguas.

El chófer parecía un conejo paralizado por los faros de una camioneta.

—¿Quizá? —gritó, dignándose por fin a alzar su gran culo del asiento acolchado.

Para cagarse encima, ningún momento es bueno. Un instante con la guardia baja y Romain ya tenía los calzoncillos empapados. El estrés acumulado desde que el autocar se había detenido, pero también, seguramente, un poco de alivio. Aquella mujer encinta era una señal del destino.

Solo hablaba tagalo, nadie la entendía. El chófer abrió la puerta delantera del autocar. Algunos pasajeros que no tenían nada que ver con la situación aprovecharon para salir a tomar el aire. Otros, como Romain, se quedaron paralizados en sus asientos. De repente alguien le agarró por el brazo y Romain se dio la vuelta. La americana de la penúltima hilera le indicaba la salida. Romain agarró su mochila y se dejó guiar. Unos gendarmes se estaban acercando a paso rápido. La aglomeración alrededor de la mujer encinta permitió a la americana y a Romain dar la vuelta al autocar sin ser vistos. La americana indicó a Romain que echase a correr. En menos de diez segundos estaban entre los matorrales. Romain miró a la mujer que acababa de salvarle. Quiso decirle algo, pero la americana le ordenó que siguiera corriendo con la cabeza gacha. Ella intentó ponerse a su espalda, pero Romain prefirió continuar detrás.

Temía que oliese el efluvio de toda aquella mierda que le había manchado los calzoncillos.

17

Al cabo de una hora —una hora caminando por el bosque, lejos de carreteras y de poblaciones—, Romain se detuvo y alzó la vista hacia las copas de los árboles que se perdían en el resplandor del sol.

—¡Stop!

La americana había cortado una rama para hacerse un bastón de excursionista. Se volvió hacia el joven creyendo que se había detenido para descansar un momento. Pero no era el caso.

—Stop —exigió él, dejando la mochila a sus pies en el talud.

Buscó anárquicamente algo dentro. La americana se mantuvo tranquila y le preguntó qué estaba buscando. Romain estaba perdiendo la paciencia mientras buscaba en la mochila. Puso rodilla en tierra y alzó la cabeza, aturdido, creyendo que la americana iba a atacarle.

En la mano izquierda, Romain sostenía una pistola. El cañón temblaba. Sus ojos también.

—Ahora quiero saber... quién es usted.

—*Yes*, pero baja el arma —dijo la americana, entreabriendo apenas los finos labios.

—¡Me lo va a decir, o si no, disparo! Es una poli, ¿verdad?

—No exactamente —respondió la americana—. Te lo contaré todo, pero primero baja el arma. Los dos sabemos muy bien que no vas a disparar.

—Usted está buscando a Nazir, estoy seguro de que busca a Nazir. Si piensa que yo le voy a traicionar se equivoca, se equivoca muchísimo.

Romain se secó la frente, se acordó de las catastróficas sesiones de tiro en el bosque, a la salida de las cuales Nazir tuvo que rendirse a la evidencia: nunca podría hacer de su fiel discípulo pelirrojo el ejecutor de la última fase de su plan. Romain le había decepcionado, y eso le impidió conciliar el sueño durante semanas enteras; no le decepcionaría por segunda vez. La americana avanzaba con pasos lentos. La vista de Romain se enturbiaba cada vez más.

—Voy a proponerte algo, Romain.

—¡Me conoce! ¡Claro!

—Trabajo para Nazir. Tengo que reunirme con él y darle una documentación falsa, una documentación falsa americana.

—Ja, ja.

—Ya sé que no me vas a creer. Te voy a pedir una cosa. Dispárame una bala en el hombro.

—¿Qué?

La americana no hablaba en broma. Su mirada fija decía que hablaba muy en serio.

—Nazir me dijo que te lo propusiera. Dispárame en el hombro, y así me creerás. Quiero que te fíes de mí, y sé que no puedes fiarte de mí solo con palabras. Yo tampoco me fiaría. Necesitaría una prueba. Bueno, pues la prueba es esta. Dispárame en el hombro.

—¡Pero usted está completamente loca! —gritó Romain cerrando los ojos para darse valor.

—En el corazón no, por favor, apunta bien, *please*. ¡Venga! *Shoot me now! Shoot! Shoot me!*

Romain no lograba decidirse. Bajó el cañón del arma y se reprimió para no llorar como un niño.

—*Well*, ya veo que él tenía razón cuando decía que tú nunca hubieras podido matar a Chaouch… *Come on*, sigamos, ya hemos perdido demasiado tiempo.

Vencido, Romain recogió su mochila y guardó dentro el arma.

—¿Cómo sabe usted… todo eso?

—Acabo de decírtelo: trabajo para Nazir. Ahora tenemos que reunirnos con él lo antes posible.

—¡Pero ese no era el plan! Yo tenía que desaparecer… esconderme de la policía…

—¿Y para esconderte de la policía bajabas hacia el sudeste, hacia la frontera con Italia…? *Really?*

Al cabo de un minuto proseguían su marcha forzada a través de la vegetación seca del pinar. Los crujidos enervaban a Romain. Le preguntó a la americana cómo se llamaba.

—Susanna —respondió la mujer sin volverse.

Romain se esforzó en tratar de recordar si Nazir había pronunciado alguna vez ese nombre.

—¿Y cómo me ha encontrado?

—Te lo explicaré en el coche —declaró Susanna abandonando su bastón entre los matorrales.

—¿Qué coche?

—Eh, no creerás que vamos a ir a Génova a pie, ¿verdad?

El coche estaba esperando a los fugitivos en un pueblo dos kilómetros más al sur. Romain ya no comprendía nada.

—¿Cómo podía usted saber que nos detendríamos en un control precisamente ahí? ¡No, usted me está tomando el pelo! ¡Pero no me engaña!

Susanna respondió con una sonrisa irónica.

—Enséñeme la documentación falsa —insistió Romain.

La americana vaciló.

—Está en el maletero, cuando lleguemos podrás verla con tus propios ojos.

Al cabo de media hora, a la entrada de una aldea que parecía un rancho fantasma, había, en efecto, un coche que obedeció al mando a distancia de Susanna. Era un Volkswagen cupé con matrícula alemana.

Romain dejó la mochila en el suelo y abrió el portaequipajes. Metió la cabeza dentro para buscar el supuesto pasaporte, la americana cogió discretamente la pistola del fondo de la mochila y volvió a cargarla con las balas que le había quitado una hora y media antes, mientras el joven orinaba en el bosque. Por fin Romain encontró el pasaporte en cuestión; de pronto oyó el ruido de un cargador, dio la vuelta al coche a toda velocidad.

—¿Qué está haciendo?

—Dejar mis huellas dactilares en tu arma —dijo Susanna sin alzar la vista hacia Romain.

—Este pasaporte podría muy bien ser un engaño —decidió el joven blandiendo el documento ante las narices de la americana.

—Ya no sé qué más hacer para que te fíes de mí. Pregúntame algo, si quieres.

Tendió el arma a Romain. En la culata estaban grabadas las letras S, R, A, F.

—¿Qué quieren decir estas siglas?

La americana contuvo la respiración. Romain pensó que la había pillado y que, sintiéndose acorralada, pasaría al ataque. Ella tenía un aspecto seco y nervioso, el busto alto, los hombros rectos, las manos nudosas, el tipo de constitución física toda elasticidad y velocidad que tienen los adeptos a las artes marciales. Pero no combatirían en aquel sendero de tierra herbosa: Susanna sabía la respuesta.

—No son siglas, quiere decir «cólera». SRAF quiere decir «cólera».

Romain olvidó volver a preguntarle cómo había dado con él. Se instaló en el coche, en el asiento del copiloto. Le volvía el tic de la boca, volvía a sentir náuseas. La idea de ir a reunirse con Nazir le sumía en un estado de exaltación que en aquellos últimos meses se había vuelto muy familiar. Pero el olor del pescado le volvía a las narices e invadía todo su aparato respiratorio.

La amazona se dio cuenta y le aconsejó que abriese la ventanilla. Romain obedeció. Con sus tics de la boca y las manos temblorosas, era como para preguntarse cómo se le había ocurrido a Nazir la idea de confiarle la menor responsabilidad. Pero después de que hubo vomitado, reanudaron la conversación con un espíritu diferente, casi libre de desconfianza; y entonces, mientras el Volkswagen se adentraba en las bellas autopistas del sur, Susanna comenzó a comprender: a comprender quién había sido Nazir para Romain, quién había sido Romain para Nazir, y por qué se habían vuelto indispensables el uno para el otro, como lo son los profetas y sus discípulos, los amos y sus esclavos.

—Antes de conocerle yo me movía en un círculo muy pequeño —explicaba el joven con una melancolía cansada, ese tono que se usa para contar una historia mil veces repetida—. Mis colegas y yo nos lo pasábamos bien. Teníamos ideas, debatíamos… Entonces le conocí y me hizo abrir los ojos, comprendí que solo hablábamos por hablar, que éramos unos tontos, una pandilla de frikis que soñaban con… con la guerra de civilizaciones…

Se había puesto a hablar por razones que solo él sabría, por sacarse un peso de encima, por el sencillo escalofrío de pronunciar frases como esta:

—Sé algunas cosas… Cosas que si las contase tendrían implicaciones enormes para muchísima gente…

A alguien que sabe hacer hablar a los demás se le reconoce en que nunca se pasa, no fuerza la mano de la persona a la que sonsaca, y sabe muy bien que el error más frecuente de los criminales no es volver físicamente al lugar del crimen, sino volver constantemente en sus pensamientos, dar vueltas en torno a él, evocarlo sin cesar, en una subconversación que el oído instruido adivina en las observaciones más triviales o mejor disfrazadas. La americana tenía ese oído, en parte gracias a un curso de psicología aplicada que recibió quince años atrás; pero sobre todo lo tenía gracias a una larga frecuentación de ambientes de delincuencia. Así que escuchaba despotricar a aquel joven excitado, le estimulaba de vez en cuando con un «ah, vaya», con un «uau»; pero nunca intervenía para corregir la trayectoria anárquica de su discurso, convencida como estaba de que del estanque turbio de sus confesiones acabarían por emerger las dos o tres perlas negras que ella había ido a pescar...

18

En la sede de vidrio y acero de la DCRI en el barrio de Levallois-Perret reinaba una agitación insólita. Mansourd había enviado a Tellier a representarle en la gran reunión, convocada por los jefes de la DCRI y de la SDAT, para hacer un primer balance de la investigación y distribuir las tareas. La sala, llena, se dividía en dos: el grupo DCRI que había investigado sobre Nazir durante la campaña electoral y el grupo SDAT que había tomado el testigo bajo el impulso del juez Wagner.

Rotrou acababa de devolver a la DCRI la dirección de la investigación. En aquella sala de reuniones, la diferencia de estilo entre la gente de Inteligencia y la policía judicial saltaba a los ojos: los funcionarios de la DCRI, vestidos con trajes oscuros, rostro augusto y pelo corto, estaban sentados alrededor del gran escritorio oval, con la nariz hundida en sus expedientes; los de la SDAT parecían cualquier equipo de investigación de una brigada de policía judicial parisiense: zapatillas de deporte, camisetas, mentones peludos. Adosados a las paredes como malos alumnos, aparentaban un desinterés absoluto por la pantalla del PowerPoint. Algunos manejaban cigarrillos que no tenían derecho a encender. Los miraban sonriendo silenciosamente, por ejemplo, cuando uno de sus colegas de Inteligencia enumeraba, con la mayor seriedad, las recientes «apariciones» de Nazir:

—Esta tarde, en Lyon. La policía del distrito VII interpela a otro sosias de Nazir. Traje con chaleco, la misma altura, pero en fin, que no era árabe...

Aquella misma mañana, un poco antes, los informáticos de la DCRI habían recibido capturas de pantalla de Chatroulette, un sitio de internet de visiofonía aleatoria. Gente anónima con webcam se conectaba con otros desconocidos con webcam, y cuando se cansaban zapeaban. Un usuario de aquel lugar creía haber cumplido con su deber cívico enviando a la policía la grabación de una webcam de un tipo que se parecía a Nazir. Aunque hubiera sido él, la policía no habría podido encontrarle nunca. Además, aquel «Nazir» potencial había zapeado al internauta al cabo de veinte segundos; en su lugar dos adolescentes descocadas habían aparecido mostrando los pechos manchados de rotulador rojo y maquillaje. Otra grabación que había que tirar a la basura.

Al contrario que a sus colegas, aquella historia de Chatroulette no hizo reír al capitán Tellier… Vio en ella una metáfora de su investigación. Con lo poco de que disponían para encontrar a Nazir, lo único que podían hacer por ahora era confiar en la buena suerte.

El prefecto Boulimier hizo su entrada, con el subdirector de antiterrorismo. Los hombres de la DCRI se levantaron para saludar a su jefe, los de la SDAT se limitaron a bajar los ojos, según la acreditada tradición de insolencia mansourdiana. Nadie de la SDAT respetaba a aquel subdirector de la policía fantoche que se bajaba los pantalones ante los jueces. Y todo el mundo desconfiaba de Boulimier, que enseguida pronunció uno de esos discursos melosos que él bordaba. De inmediato los hombres de Mansourd notaron que estaba intentando enredarles, o, como decía el comandante, metérsela doblada.

—Bueno, dejemos las cosas claras, las coordenadas han cambiado un poco desde que han designado al juez Rotrou. Pero espero, señores —se volvió hacia los maleducados de la SDAT y les dedicó su mejor sonrisa de serpiente—, que no se sientan ustedes desairados. El caso es grave. Un hombre ha encargado el asesinato del presidente de la República, ha atentado contra los mismos cimientos del Estado y ahora no es momento para que estalle una guerra entre policías. Ya hemos perdido demasiado tiempo; a mi modo de ver, ahora…

Boulimier quería dar preferencia a la pista Nerrouche, la única sobre la que disponían de informaciones concretas. De momento las otras pistas solo eran hipótesis de trabajo: Al Qaeda del Magreb Islámico no había reivindicado ni comentado el atentado contra Chaouch; en cuanto a la eventualidad de un grupúsculo de extrema derecha, los servicios de Inteligencia competentes no habían detectado nada anormal en las semanas precedentes a la segunda vuelta.

—Los Nerrouche —repitió Boulimier golpeando con el dedo la primera página de un expediente abierto sobre la mesa—. Los Nerrouche son la clave. Quiero saberlo todo sobre Moussa Nerrouche, el tío de Argel. ¿Y de Romain Gaillac, qué se sabe? ¿Los de la SDAT habéis transmitido vuestras informaciones?

—Sí, señor director —respondió Tellier tratando de ignorar las muecas de amargura de los hombres de su grupo.

—Bien.

Al salir, el director central de Inteligencia Interior apoyó la mano en el hombro de Tellier.

—Capitán, unas palabras, por favor.

Tellier le acompañó hasta los ascensores. Cuando a Boulimier le pareció que ya estaban bastante apartados, murmuró:

—Voy a entrar en el ascensor, y usted va a saludarme con la cabeza y vuelve con sus hombres, y dentro de diez minutos justos viene a reunirse conmigo en el segundo sótano. ¿Me ha entendido, Tellier?

—Señor, yo…

—Diez minutos.

Las puertas del ascensor se cerraron ante Boulimier. Tellier fue rápidamente al despacho de Mansourd para advertirle de las maniobras del prefecto. Mansourd le entreabrió la puerta pero no le dejó pasar.

—Comandante, acabo de ver a Boulimier…

Mansourd se impacientó.

—Pero ¿es que no ves que estoy ocupado? —Apartó la mano del auricular del móvil—. Disculpe, señor juez, dentro de un momento estoy con usted.

—Pero es que quiere verme…

—¡Pues mejor para ti!

La puerta se cerró en las narices del capitán. Durante un minuto dio vueltas por el despacho que compartía con los otros miembros del grupo. Estos acababan de llegar de la gran reunión con los «colegas» de la DCRI; no disimulaban su amargura. Tellier se quedó de pie ante la ventana mientras ellos despotricaban contra Boulimier, con los pies sobre sus planes de trabajo y las latas de Kronenbourg desbordando de la papelera.

—Joder, chicos —dijo por fin Tellier—. ¿Estáis locos, bebiendo a estas horas? Luego no os extrañe que nos retiren los casos, después de...

—¡Oh, ya vale, mierda! —contestó Xabi—. Qué más da, si ya nos han dado por culo. Esos hijos de puta se han vuelto a agenciar el caso, ahora lo único que podemos hacer es quedarnos mirando.

Tellier avanzó hacia aquel teniente bajito y le apartó las zapatillas del escritorio. Xabi, desequilibrado, se plantó ante Tellier, con los puños crispados.

—¿A ti qué te pasa? ¿Es que tengo yo la culpa de que Mansourd te trate como a una mierda?

—Vaya, vaya, pero si el nene ahora se nos pone gallito... Más te vale que no te olvides de quién es quién aquí.

Tellier consultó el reloj y salió del despacho. En el ascensor no eludió su poco agraciado rostro en el espejo tintado de oscuro. Incluso acercó el labio leporino a la superficie reflectante hasta que su boca mutilada besó la de su reflejo.

Boulimier le estaba esperando en las catacumbas. Las paredes de los pasillos no estaban pintadas, las puertas eran gruesas y estaban dotadas con cerraduras electrónicas, que se activaban con códigos de seis cifras. El jefe invitó a Tellier a que le siguiera a una espaciosa estancia cerrada con llave, vacía salvo por una mesa de interrogatorios y un armario de acero inoxidable.

—No le voy a hacer perder el tiempo, capitán. Usted está en la SDAT desde hace cinco años. ¿Cómo se siente en el grupo de Mansourd?

La boca de Boulimier era un trazo duro y rectilíneo, en el que unos labios hubieran parecido superfluos. Para hablar se entreabría por el extremo izquierdo, dando a su rostro perfectamente cuadrado el aire de tener cosas mejores que hacer que perder el tiempo con el interlocutor que tuviera en aquel momento, una actitud utilísima para su función, y que había tenido que perfeccionar paralelamente a su legendaria agenda de direcciones.

—No le entiendo, señor, en el grupo de Mansourd estoy muy bien.

Boulimier dio unos pasos por la estancia y se acodó en el estante más alto del armario vacío.

—No diga chorradas, Tellier. En las reuniones nadie se da ni cuenta de que está usted presente. Como siga así, dentro de pocos meses ni las puertas automáticas se abrirán a su paso.

—Si no tiene nada más que decirme, señor director...

Boulimier se ajustó los faldones de la chaqueta y se dirigió hacia la salida.

—Hay que tener sueños, o por lo menos ambición. Le dejo hasta las ocho de esta tarde para que medite mi proposición. Después, será demasiado tarde.

—Pero ¿qué proposición? —preguntó Tellier antes de que el gran Manitú saliera por la puerta.

19

Los clubes de tenis salpicados por el oeste de París son otros tantos centros de poder. Desde el distrito XVI a los distinguidos claros en el Bois de Boulogne, impecables pistas de tierra batida acogían a una élite cuya composición incestuosa denuncia regularmente *Le Canard Enchaîné*: grandes empresarios, jerarcas de la política, magnates de la prensa, altos funcionarios, distinguidos abogados y magistrados, editócratas, plutócratas, falsos aristócratas y antiguos pordioseros, desde luego figurones de los medios de comunicación, pero también asesores ocultos a los que no se puede ver en ningún otro sitio aparte de allí, y que comparan sus juegos de piernas a la sombra dorada de árboles a menudo centenarios, antes de reorganizar el mundo —literalmente— alrededor de una mesa, entre la ducha, el jacuzzi y el masaje.

Pero eso no era para el juez Wagner, que esperaba prudentemente, con una limonada, en el salón con aire acondicionado del Racing Club de Boulogne. En short a cuadritos y polo rosa, había elegido la butaca más cerca del ventanal. El complejo deportivo estaba hecho a base de edificios pequeños dispuestos en forma de herradura alrededor de la terraza de gravilla blanca. Cubierta por una inmensa cristalera con los vidrios tintados de azul, una edificación contigua al parking iba siendo agrandada año tras año para acoger cada vez más terrenos cubiertos. Las fachadas estaban enlucidas con vigas de madera, los vastos techos cubiertos de paja, las avenidas bordeadas de césped y de macizos de flores. Todo respiraba el lujo campestre y discreto de una Francia normanda tradicional, segura de sí misma y perfectamente impenetrable.

Wagner tenía las manos húmedas mientras observaba las idas y venidas de aquella gente, a parte de la cual reconocía. En medio de aquella falsa desenvoltura deportiva se sentía aún más incómodo que embutido en un esmoquin, en el entreacto de un recital de su mujer.

Se frotó los ojos y vio a lo lejos al fiscal de París, que le esperaba con los brazos abiertos, con su eterno buen humor hipócrita.

—¿Cómo se le ocurre hacerme venir aquí, Jean-Yves?

—Oh, venga, no empiece otra vez, ¿eh? —bromeó Lamiel, titubeando—. Además, ha sido usted el que ha insistido en verme antes de irse...

—Pero no... ¡no así! Maldita sea —estalló el magistrado, que sentía cómo el sudor le invadía la blanca cabellera—. Menuda pinta tengo, vestido de tenis en esta especie de puticlub...

—Cálmese. Escuche, acabamos de pasar tres días en el planeta Marte. Entre el domingo y ayer por la noche han ardido más coches que durante todas las noches de San Silvestre de los últimos diez años.

Habían llegado a su pista. Wagner dejó su bolsa en el banco y observó las cosas que llevaba Lamiel: termobag, grips y overgrips, antivibradores de recambio, muñequera y cinta de esponja para el sudor, hasta la gorra azul con una F mayúscula que se caló con satisfacción suprema.

Viendo que su compañero observaba esta última coquetería, el fiscal explicó:

—Es la F de Federer, eh, no la del *Figaro*.

—Me voy de París —prosiguió Wagner—. No quiero que Aurélie se quede en Francia con todo lo que... volverá para hacer la selectividad dentro de un mes, y ya está.

Lamiel se puso a hacer estiramientos.

—Bueno, pues no sé qué decirle. Además, si se va, no acabo de comprender por qué quería... en fin, supongo que no ha sido solo para despedirse de mí, ¿verdad?

—Jean-Yves —dijo Wagner de repente, en voz baja—, en todo este asunto hay algo turbio. Rotrou va a desplegar toda su energía para no descubrir nada. Estoy convencido de que la familia Nerrouche no tiene nada que ver con el atentado, y hasta he llegado a pensar que también Nazir ha sido manipulado. Puedo proporcionarle un testimonio oficioso de una...

—No, no, Henri, calle ahora mismo.

—Es una conspiración a gran escala, créame, ¿cómo se explica semejante fallo de seguridad si no hay un cómplice en el mismo seno del servicio de protección? Y eso no es todo, no me hará usted creer que le parece normal que todos los registros de escuchas del tercer móvil de Nazir hayan sido clasificados secretos en el último momento...

—Pero, bueno, ¿qué quiere de mí?

—Desde su posición, puede usted dejar claro que los Nerrouche solo son peones.

—¿Y suponiendo que yo quisiera dejar clara semejante cosa...?

—La comparecencia ante el JLD.

El juez Rutrou, que había heredado el caso, iba a enviar a Krim, Dounia y Rabia ante el juez de las libertades y de la detención, en presencia de su abogado y del representante de la fiscalía a cargo del expediente, y que en aquel caso era el mismo fiscal de París: era inevitable que el juez les enviase a prisión provisional, salvo que Lamiel se opusiera. Pero nunca se veía una cosa así, que una fiscalía se opusiera frontalmente a la voluntad del juez de instrucción. De ahí la respuesta divertida de Lamiel:

—Supongo que está de broma...

Wagner estaba preparado para una respuesta negativa de su antiguo colega; pero no por ello dejó de decepcionarle. Se dejó caer sobre el banco, entre las bolsas de deporte.

—Estoy a punto de contactar con alguien, Jean-Yves. Me voy, esto ya no es de mi incumbencia, pero quiero ver a esa periodista, Marieke Vandervroom, que ha investigado sobre la DCRI durante toda la campaña. Creo que sabe cosas, y que yo quizá le podría comentar que...

—No, ni se le ocurra —le interrumpió Lamiel—. Amigo mío, creo que necesita usted descansar. Vaya, vaya, si hubiera sabido que era esto lo que quería decirme... ¡Y además, por favor, ella no! Esa periodista está loca, lo sabe usted tan bien como yo. Tiene unos métodos... Ni siquiera sabría cómo definirlos. Lo cual no me extraña, porque no tiene métodos. Es una sociópata, créame.

—¿Prefiere usted que haga una llamada al abogado? ¿A Szafran?

Lamiel se quitó la gorra de Federer para saludar a dos siluetas que iban a jugar en la pista contigua.

—Bueno, ahora en serio, Henri, de todo esto ni palabra. Está usted cansado, y lo comprendo. En un momento u otro todos nos cansamos. A usted le ha tocado ahora. Bah. Mire, voy a hacer como si no hubiéramos mantenido esta conversación. Violación del secreto de la instrucción por un juez, si esto se llega a saber no será cuestión de una sanción disciplinaria o de archivar el asunto. Puede usted acabar en prisión, Henri, en prisión, si se le ocurre contar semejantes tonterías a los periodistas.

—Sí, pero entonces el abogado tampoco se entera del tema —insistió Wagner en voz baja.

Lamiel mostró las palmas al cielo.

—¿Qué quiere que le diga, Henri? Usted cree que hay un gabinete negro en la place Beauvau. —Lanzó una risa en previsión de la bromita que se disponía a hacer—. ¡Pues nada, hombre, solo tiene usted que organizar un gabinete blanco!

El austero juez lorenés recogió sus cosas del banco y alegó que al final no tenía tiempo para jugar el set previsto. El fiscal de París dejó caer la raqueta al suelo, escandalizado.

20

En el minúsculo despacho que le habían prestado al juez Poussin en el ala del Palacio de Justicia de Saint-Étienne reservado a la instrucción, solo había una tronera. Muy madrugador, el joven magistrado se había zampado una bolsa de chips al vinagre y dos repugnantes cafés de máquina. El estómago empezaba a protestar, el móvil estaba sin batería. En su buzón de correo, Wagner le informó de que llevaba media hora intentando comunicar con él. Poussin abandonó la mesa, volvió para cerrar los expedientes, se dirigió hacia la puerta, volvió por última vez a la mesa y luego se fue en busca de un teléfono, con los brazos llenos de actas demasiado comprometidas para dejarlas sin vigilancia.

El despacho de la secretaría del área estaba entreabierto: dos gruesas damas con el pelo teñido cotorreaban con aquel acento local que Poussin había descubierto la víspera, y del que no estaba seguro de si estaba más cerca del cantarín meridional o del gran norte minero. De momento, otros dilemas acuciaban al pobre juez tartamudo: no se atrevía a empujar la puerta de la secretaría, a causa de las miradas molestas y de la conversación desafortunada que habían tenido la tarde anterior. Guillaume Poussin era una de esas personas que no se atreven: no se atrevía a hacer pasar una carrera de taxi como nota de gastos, no se atrevía a contradecir a un superior por una nimiedad cualquiera; a veces, ante la tele, miraba un concurso con su compañero y no se atrevía a decir la respuesta correcta en voz alta. Esta discreción patológica le planteaba serios problemas en las audiencias que tenía que manejar con criminales confesos. En el momento de comunicarles la acusación, balbuceaba. Le parecía que su vida no había sido más que una sucesión de situaciones embarazosas: manos mal estrechadas, besos a destiempo, reglas de urbanidad no respetadas, regalos desproporcionados para sus medios y el servicio recibido...

−¿Señor juez, es usted?

Le habían visto. Empujó la puerta; las dos secretarias le miraban, divertidas.

−Ne-ne-necesito u-u-un telé-teléfono.

Lo instalaron a una mesa y fingieron seguir trabajando, atentas a las pantallas de sus ordenadores. Poussin dejó pasar tres minutos antes de explicarles que necesitaba estar solo. Vejadas, las secretarias salieron a disfrutar de una pausa inmerecida y dándose el lujo de renegar a media voz. Wagner estaba esperando la llamada de su joven colega. Le preguntó sin preámbulos en qué estaba trabajando desde que Rotrou había sido designado en su lugar. Poussin había tenido una larga conversación telefónica con el Ogro de Saint-Éloi, la víspera a medianoche. Rotrou le había planteado los hechos consumados: retiraba una considerable parte de la investigación a la SDAT para confiársela a la DCRI. Poussin no protestó: estaba trabajando en una pista paralela, la agresión al viejo tío de Nazir, Ferhat Nerrouche.

Wagner se alteró:

—¡No, no, está usted perdiendo el tiempo! ¡Eso es lo que Rotrou quiere, enterrarle en Saint-Étienne mientras él se queda en París para culpar a los Nerrouche! Escuche, tiene usted que ver a alguien. Es una guardaespaldas de Chaouch, a la que recibí ayer, antes de que me despojasen del caso. La comandante Valérie Simonetti, voy a ponerle en contacto con ella...

—De ac-ac-acuerdo —respondió Poussin—. Pero ¿e-ella qué-qué-qué me va a decir?

—Que en el seno del servicio de protección de Chaouch ha habido movimientos insólitos. Que el día del atentado el mayor Coûteaux tuvo iniciativas extrañas, iniciativas que la comandante Simonetti explicó en la audiencia del departamento de Asuntos Internos pero que no se tuvieron en consideración. Coûteaux goza de apoyos en altas instancias, quizá incluso en la IGS. Y finalmente, ayer tarde mientras recogía mis cosas tuve tiempo de comprobar que nadie le ha investigado ni preguntado nada. Lo han reasignado de inmediato, a la protección de Jasmine Chaouch...

Poussin asentía con el mentón, con tanto énfasis que acabó moviendo la cabeza como un demente.

Tras haber acordado que era urgente hablar con aquella guardaespaldas, Poussin volvió a hablar de su «intuición» sobre la agresión al viejo Ferhat Nerrouche. Había estado indagando. El Servicio Regional de la Policía Judicial de Saint-Étienne acababa de enviarle el inventario de las huellas dactilares obtenidas en el domicilio del anciano, y en su sombrero de piel. Entre ellas figuraban las de un hombre al que la DCRI seguía desde hacía años, un militante de extrema derecha, miembro de un grupúsculo conocido por sus actividades violentas.

Poussin pidió a la sección de la DCRI encargada de vigilar las movidas de la extrema derecha que le faxearan de inmediato el expediente del tal Franck Lamoureux. Esperaba re-re-recibirlo aquel mismismo día.

—Escuche, Guillaume —comentó Wagner—, no sé qué decirle. Franck Lamoureux. Por el amor de Dios. Siga sus intuiciones, pero piense que si no hace usted nada, Rotrou se va a poner las botas...

Poussin se preguntó si el odio de Wagner hacia su célebre rival no le ofuscaba un poco. No dijo nada, desde luego, y colgó deseándole tontamente a su colega, que acababa de sufrir el peor revés de su carrera, aquel del que nunca se recuperaría:

—Que si-si-siga usted bien, señor juez.

Wagner volvió a su casa. Las maletas de su mujer ya estorbaban el paso en el vestíbulo. El inmueble se alzaba al borde del parque de Buttes-Chaumont. Toda la quinta planta pertenecía a los Wagner: las seis ventanas de la fachada, los dos pisos del rellano. El pasado domingo, Krim había elegido espontáneamente la doble puerta de la izquierda al salir del ascensor. Un largo pasillo distribuía las salas de estar, a la derecha. Y al fondo de ese pasillo, el juez intentaba forzar la puerta del cuarto de Aurélie. Su hija única había levantado una barricada allí dentro, al enterarse de que se la llevaban a la fuerza a Nueva York, para poner el Atlántico entre ella y Krim. Había cerrado la puerta con llave y desplazado un armario para asegurarse de que su padre no pudiese entrar.

El juez consideró la posibilidad de entrar por el balcón, pero este no seguía todo el piso hasta los dormitorios; tendría que saltar, y era innecesario: si él oía el llanto de ella a través de la puerta y el armario, también Aurélie podía oír sus llamadas a la calma y a la responsabilidad. Se lanzó a una larga negociación sin respuesta; ¿cómo iba a imaginar que aquel demonio de chica se pondría los auriculares con el volumen de su iPod al máximo?

—¡Cuento hasta tres! Aurélie, ¿me oyes?

Esperó tres veces tres segundos antes de contar hasta tres. Así, el espacio entre el uno, el dos y el tres estaba saturado de esos nueve segundos suplementarios que ya de entrada le había concedido.

—¡Aurélie! —gritó.

Ninguna respuesta. Retrocedió, dio unos pasos por el pasillo. Cuando volvió a la carga fue con los puños cerrados y el abdomen tenso. Dio una buena patada a la puerta. El cerrojo tembló, pero aguantó. ¿Cuántas veces, a lo largo de su carrera, había requerido el uso de los arietes de la BRI para reventar una puerta?

Pero la Brigada de Búsqueda e Intervención ya no estaba a sus órdenes. Además, él estaba viejo: la rodilla derecha le dolía.

El cerrojo de la puerta de Aurélie emitió un chasquido. El juez oyó el ruido de los pies desnudos de su hija sobre el parquet. Entró en el cuarto. Era un campo de batalla; el piso de un sospechoso después de una hora de registro. Sentada en el alféizar de la ventana, con los auriculares puestos, Aurélie fingía ignorarle. Llevaba su albornoz de piscina azul marino a rayas y sus nuevas zapatillas de deporte rosas. Wagner fue a grandes pasos hacia ella y le arrancó los auriculares.

—¡Pero qué haces! —gritó la joven, que desde que tenía uso de razón no había recibido ni un bofetón.

—¿Por qué no respondías? ¿Por qué? ¿No te parece que ya has hecho bastante? ¡Especie de... niñita caprichosa!

La sacudió por los hombros hasta que rompió a llorar.

—Tenía puestos los cascos, papá, para, tenía puestos los cascos.

Fuera de sí, Wagner recogió los malditos auriculares, abrió la ventana y los tiró a la calle. Aurélie explotó.

—Bueno, venga —murmuró Wagner en tono de excusa divertida—. ¿Y no tenías que ir a la piscina? ¿O era solo una astuta excusa para salir de juerga?

Aurélie dejó de llorar y rugió de indignación. ¿Cómo podía su verdugo creer ni por un solo instante que bastaba con una bromita tonta para hacerse perdonar?

Wagner la dejó tranquila, estuvo dando vueltas por la cocina y bajó a la calle —en calcetines— a recoger la corona de plástico de su princesita.

De vuelta al piso, se instaló ante el piano de cola de su mujer, desempolvó distraídamente el teclado, y le dio cien vueltas a aquella idea del gabinete blanco que le había dado Lamiel en son de burla. Wagner se la tomó muy en serio. Se acordó de una conversación que había tenido con un amigo, magistrado jubilado, al que estimaba mucho. Aquel viejo encantador y malicioso le puso en guardia contra su orgullo. Wagner el gran juez incorruptible, el vencedor de los corsos, el protector de los acusados sin fundamento. El caballero blanco, cabalgando gallardamente sobre el corcel de la independencia judicial. No podía negar que aquella imagen le adulaba, pero ahora había consideraciones mucho más graves en juego. Lo que más le preocupaba no era la inocencia de los Nerrouche, sino la hipótesis de una corrupción de gran envergadura en la cúpula del Estado. Se sentía responsable. ¿Responsable ante quién? ¿Ante la magistratura? ¿Ante Francia? No: solo admitía tener responsabilidad frente a sí mismo, ante el sentido de su propia decencia.

Fue a buscar su teléfono profesional en la caja fuerte de su despacho y marcó el número privado del único poli que en aquel caso le merecía confianza.

21

El capitán de la DCRI que había dirigido la detención de Dounia y de Rabia informó al abogado Szafran de que esta acababa de ser suspendida, y que al cabo de una hora «las sospechosas» serían transferidas al Palacio de Justicia. Los interrogatorios de primera comparecencia tendrían lugar a la mañana siguiente, había que avisar a las dos mujeres de que pasarían la noche en aquel último círculo del infierno parisiense que púdicamente se conocía como «el depósito». Szafran fue volando a Levallois-Perret y tuvo la desagradable sorpresa de descubrir, aglomerados alrededor de la manzana de casas que abrigaba la fortaleza de Inteligencia, a ejércitos enteros de periodistas.

El brigadier jefe de la brigada especial del depósito salió a recibirle a la entrada de las celdas. Estaba encargado de coordinar el traslado de Krim, Rabia y Dounia Nerrouche en tres convoyes diferentes.

—Señor —declaró solemnemente Szafran—, me había dado usted su palabra.

Pocos abogados habían adquirido, en el crepúsculo de su carrera, la autoridad y el prestigio del que disfrutaba Szafran entre sus colegas, sus socios, sus pasantes y hasta en las comisarías de provincia: cuando Szafran era designado para una detención preventiva los oficiales de la policía judicial recibían recomendaciones especiales de la fiscalía, advirtiéndoles de los prodigios de imaginación y de obstinación que era capaz de desplegar para invalidar procedimientos aparentemente irreprochables.

Basten estas palabras para explicar la viveza de las protestas del brigadier jefe encargado de los convoyes:

—Le aseguro que no es cosa mía, señor letrado. Le ruego que me crea.

Si hubiera tenido delante a otro abogado, el policía se hubiera limitado a encogerse de hombros y lanzar una sonrisa socarrona. No tenía por qué justificarse. Y, sin embargo, lo hacía, y con tal insistencia que Szafran acabó por creerle.

El abogado se volvió hacia su pasante, Amina. Para ayudarle en este caso, Szafran la prefería a los dos pasantes-tiburones de su despacho, que siempre competían por acceder a primera línea de combate. Le había explicado a la joven que la prefería precisamente por sus escrúpulos: no era a pesar de ellos, sino precisamente a causa de ellos, por lo que ella estaba allí, a su lado en aquella fortaleza del contraterrorismo, rolliza y concentrada, sus kilos superfluos embutidos en un traje sastre demasiado negro que le daba aspecto de azafata de un congreso de concesionarios de automóviles. Otro elemento decisivo había sido su mal humor: Amina lo pregonaba siempre, escrito en su mal maquillado rostro. Para asistirle en este caso, Szafran no quería a un mocoso ni a un primero de la clase. Quería a alguien que se sintiera emocionalmente implicado, alguien que hablase con las manos, que llevase cada día los mismos tacones gastados, alguien que no supiera ocultar sus emociones; en definitiva: quería que su asistente procediese del mismo ambiente que sus clientes.

El brigadier jefe le prometió a Szafran que les quitarían las esposas a sus clientes en cuanto ingresaran en las celdas del depósito. Esto era algo que los abogados solían tener que exigir: se enviaba a gente presuntamente inocente a aquella ratonera hasta la cita con el juez, y se la hacía pasar la noche en un banco rudimentario, en un calabozo insalubre, a veces sin quitarles las esposas, cuando, según la terminología imperante, aún no había nada que reprocharles.

El brigadier jefe volvió a sus asuntos. Szafran le preguntó a Amina:

—¿Usted quién cree que ha avisado a los periodistas?

Amina alzó las cejas.

—¿De verdad piensa que el juez ha podido telefonearles?

—No es que lo crea, señorita, lo sé. Propongo que le rindamos una pequeña visita de inmediato.

Y diciendo esto agarró el maletín y con paso resuelto franqueó la sala que llevaba a las «jaulas» de la DCRI. Tenía derecho a media hora con cada una de sus clientas, y pensaba aprovechar cada segundo. Empezó hablando con Dounia. Al enterarse de que disponían de poco tiempo, ella sugirió que cedía el suyo a su hermana. Al abogado le impresionó su aspecto. Se mantenía erguida, la angustia que debía de encogerle el corazón solo se expresaba en la ligera inclinación de las cejas hacia la arruga central de su ancha frente. Alrededor de los ojos todavía se adivinaban las ínfimas señales de mugre de la noche que los policías habían interrumpido; pero no parecía haber llorado. Tenía la mirada estable y atenta, y la posaba con delicadeza, ya en la boca del abogado que le estaba explicando su situación, ya sobre la esquina de la mesa que les separaba. Asentía educadamente, mantenía juntas las manos. De manera que Szafran no insistió cuando, después de notar que a ella le costaba cada vez más disimular la tos, le preguntó si quería que la viera un médico, y ella respondió negativamente, con una media sonrisa educada que significaba que no quería molestarle más.

En la celda de Rabia las cosas pasaron de manera muy diferente. Al contrario que su hermana mayor, la madre de Krim no había tenido tiempo de cambiarse. Fue ella la que abrió la puerta a los policías que fueron a detenerlas. La encontraron en camisón y pantuflas. En camisón y en pantuflas se la llevaron a las celdas de prisión preventiva de la DCRI, donde la interrogaron unos hombres a los que no había visto durante la primera oleada de interrogatorios en la comisaría de Saint-Étienne. Le habían explicado que no se trataba del mismo cuerpo: los que la interrogaron antes eran los de la SDAT, la Subdirección Antiterrorista. Ellos pertenecían a la DCRI, la Inteligencia Interior; tenían atribuciones de policía judicial pero dependían directamente del Ministerio del Interior.

Rabia estaba demasiado impresionada para comprender ni una maldita palabra de lo que le contaban. Se había despertado cuando le pidieron informaciones sobre Moussa, su hermano mayor, sobre el cual no tenía nada que decirles, salvo que se había ido a instalarse en Argel cuando conoció a su futura mujer, que vivía allí. Todo esto se lo contó a Szafran durante la media hora a la que se añadieron unos diez minutos gracias a la generosidad de Dounia; lo contó en un caos de hipidos y lágrimas ardientes, salpicados de temblores, en los que dejaba de hablar y hacía gestos de arrancarse los cabellos. Hubo un momento de calma cuando el abogado le anunció que acababa de hablar por teléfono con su sobrino Fouad, y que Luna había sido llevada a casa de una de sus tías mientras Kamelia llegaba de París para ocuparse de ella. Aquellos nombres familiares fueron como un rayo de sol en el tormento de Rabia. Pero enseguida otros nubarrones lo ocultaron. ¿Por qué los polis le negaban el derecho a ver a Krim y Dounia, si estaban en el mismo edificio? ¿Cómo iban a conseguir que todos reconocieran la evidencia, a saber, que eran inocentes de aquella barbaridad que empezaba a poder formular, aunque no a comprender: que ella y Dounia habían participado activamente en la constitución de una red terrorista?

—¿Cómo pueden creer ni siquiera por un segundo que...? Usted me cree, ¿verdad?

—Por supuesto, señora —respondió Szafran—, y usted a su vez créame: lucharemos. Hemos de asumir esta actitud: luchar. Al juez que mañana la interrogará no le preocupa la verdad, quiere culpables fáciles, un relato que guste a la prensa. A partir de ahora, piense que estamos solos. Solos, pero juntos. Usted y yo.

Junto a Szafran, Amina también estaba al borde del llanto. Rabia tenía cuarenta años: hubiera podido ser su tía, o su hermana mayor. En la gran familia tunecina de Amina había varias Rabias. También se alisaban la rizada cabellera con la plancha, y a la mañana siguiente, si las sorprendías recién levantadas, antes de asearse, esos pelos se disparaban en todas direcciones, parecían brujas y daban pie a toda clase de bromas en el desayuno.

Pero ahora no se trataba de ninguna broma. Szafran tomó las manos de su clienta. A Amina la sorprendió verle tan cálido.

Rabia retiró las manos de inmediato.

22

—Ahora tengo que explicarle lo que va a pasar hasta mañana...

—Me han dejado en camisón —dijo Rabia sin escuchar al abogado, clavándole una mirada en la que relampagueaba la ira.

Con la punta de los dedos pinzó un bordado a la altura del pecho. No era propiamente un camisón sino una prenda bereber, amplia y cómoda, que solía ponerse por la noche, después de preparar la cena de los chicos, verles comer y lavar los platos a mano; en el número 13 de la rue de l'Eternité no había lavavajillas. En su pequeño vocabulario privado, aquel vocabulario rabiesco del que Krim y Luna disfrutaban burlándose, ponerse la prenda bereber tenía un nombre: ella lo llamaba «ponerse cómoda»; se sentaba con las piernas cruzadas en el sillón, bajo la lámpara halógena, y mientras los niños se embrutecían ante la tele, leía una de esas novelas de cubierta plastificada que se llevaba a capazos de la biblioteca municipal. A Rabia nunca se le hubiera ocurrido presentarse en público así, «cómoda». Además detestaba a las mujeres de su edad que hablaban árabe en la calle y la sermoneaban sobre el frankfurt que ella se comía adrede en pleno Ramadán, las mismas que pretendían ser musulmanas cuando hacían —otra de sus expresiones fetiche— las mil y una picardías en cuanto sus maridos volvían la espalda. Que aquellas moritas hipócritas (*mounafikin*) recibieran vestidas a la argelina, era a los ojos de Rabia una circunstancia muy agravante.

Así es más fácil de comprender que su desesperación se concentrase, aquella tarde, en un tema en apariencia tan fútil como la ropa con la que tenía que comparecer ante todos aquellos hombres, fuesen de la policía antiterrorista o del colegio de abogados de París. Y cuando Szafran le explicó lo que ocurriría a continuación —el depósito del Palacio de Justicia en el que pasaría la noche, su encuentro a la mañana siguiente en el que dispondrían de más tiempo para establecer una estrategia, la comparecencia ante el juez de instrucción y otra ante el juez de la libertad condicional—, lo primero que preguntó no fue cuándo podría ver a Krim (esto fue lo segundo) sino si los periodistas podrían filmarla o fotografiarla vestida de aquella degradante guisa.

Szafran tuvo que admitir que los temores de Rabia no carecían de fundamento. Los policías que la iban a conducir le cubrirían la cabeza, como solían hacer espontáneamente; pero los motivos bereberes de su prenda quedarían a la vista y podrían ser objeto de interpretaciones que perjudicasen a su clienta.

—Señora, no se preocupe, le voy a pedir al responsable del traslado que no se le vea la ropa.

—¿Y mi hijo? —preguntó a renglón seguido—. ¿Cuándo podré verle? ¿Aunque sea dos minutos, solo para oírle la voz?

Szafran no quería mentirle ni abrumarla. Pero sobre el tema de Krim, la verdad era tan dura como la puerta blindada que volvió a cerrarse sobre Rabia cuando el tiempo concedido para su entrevista se agotó.

Saber que su nene estaba allí, a pocos metros de ella, insuflaba en Rabia un terror que no tenía parangón. Quería identificar a los culpables, y probablemente los había: Nazir, como decían los noticieros, y ella misma, que quizá no se había comportado con bastante firmeza con su hijo, y Dios sabe quién más. Pero no importaba. En el fondo, el único culpable de aquella separación cataclísmica era Krim. Al disparar contra Chaouch había disparado al corazón de su madre.

Sobrevivía, pero en una dimensión paralela en que, aunque él hubiera estado junto a ella, no hubiera podido tocarle, o escucharle, como esas almas condenadas a una eternidad errante. No podía culpar a Krim. A los niños no se les culpa, y menos a los propios. Aquella separación forzada, aquella prohibición de besar la cabecita testaruda de su hijo era un fenómeno de la misma clase que un terremoto que se tragase ciudades y poblaciones enteras: era la obra obstinada de una fatalidad ciega y anónima.

Cuando la sacaron de la celda en el rostro de Rabia flotaba un aire de resignación. Le cubrieron la cabeza con el chaquetón de un policía y la ayudaron a subir a un furgón camuflado con las ventanillas tintadas. El trayecto era parecido al que había hecho la víspera, de Saint-Étienne a aquel suburbio parisiense que no conocía: bólidos circulando a doscientos por hora, escoltados por motoristas, sin detenerse ante ningún semáforo.

Esta vez fue más corto. Pasaron veinte minutos, y Rabia vio una masa de edificios austeros y amenazadores, apretados unos contra otros a la orilla del Sena, que reconoció —sin poder identificarlo con exactitud— como el castillo donde iban a emparedarla viva. A la salida se había podido evitar a los periodistas, a la llegada fue más difícil. El furgón tuvo que detenerse a la entrada del Palacio. Se llamó a unos gendarmes de refuerzo, para impedir que los cámaras se apretasen contra los vidrios opacos tras los cuales sabían que Rabia les estaba mirando.

Cuando hubo vía libre, el furgón se precipitó a un patio interior protegido por inmensos portones de metal negro. En aquel recinto los periodistas no podían entrar; al apearse del vehículo, Rabia casi los añoraba. Fue conducida al sótano, más allá de una pesada verja. El gran hall le dio una impresión lúgubre, con sus bóvedas de piedra, sus columnas oscuras sobre las que los neones lanzaban una luz pálida, y sobre todo con los gritos de los hombres encerrados, que ella intentaba amortiguar haciendo chasquear las pantuflas contra el suelo tan fuerte como podía, como hubiera hecho para ahuyentar a unos escarabajos de su camino.

El depósito estaba dividido en dos secciones: «la ratonera», donde estaban detenidos prisioneros transferidos desde la cárcel para ver al juez, y el depósito propiamente dicho, con los hombres separados de las mujeres. A las mujeres las recibían unas monjas. La que se ocupó de Rabia era una matrona con bigote que balbuceaba de corrido su letanía de instrucciones y consejos. El policía que las escoltaba liberó a la prisionera a la puerta de su celda. Un olor a orina y a vómito le subió a la nariz; Rabia aspiró grandes bocanadas de aire para no vomitar. Descubrió un espacio de unos tres metros cuadrados. Los muros encalados en la última rehabilitación ya amarilleaban. Contra el que había frente a la puerta se extendía un estrecho banco; le habían incrustado una colchoneta azul. Rabia se dejó caer encima, le pareció dura, pero menos de lo que esperaba. También pensó que si una se acostumbraba al hedor, el sitio no era tan desastroso como se lo había pintado el abogado.

Una mancha oscura y movediza en una esquina de la celda la hizo cambiar de opinión. Subió rápidamente los pies a la colchoneta y se echó a llorar.

SEGUNDA PARTE

1

El crepúsculo derramaba su más bella luz dorada sobre las paredes del palacio del Louvre; los sillares tomaban delicados matices rosados. Fouad observaba los reflejos incandescentes en el enlosado de la rue de Rivoli, y se acordó del fuego que había propagado Nazir, cuando eran niños, en el piso en que vivían en lo alto de un bloque al que sus padres se mudaron cuando nació Fouad. Fouad acababa de cumplir un año, Nazir tenía cuatro, se despertó en plena noche, trotó hasta la cocina y encontró el largo encendedor eléctrico que Dounia usaba para encender la cocina de gas. Al niño le divertía el chasquido del encendedor, le fascinaba la llama que brotaba. Por suerte Dounia dormía con un ojo abierto: pudo levantarse a tiempo para impedir la tragedia, pero toda la mampara que separaba la cocina del comedor se quemó.

Cuando Fouad llegó al lugar de su cita con Marieke, a esta no se la veía por ningún lado, tal como había advertido. Fouad se acordó de que ella le dijo que mirase hacia el sur desde la entrada junto al metro; y luego que alzase los ojos. Comprendió que ella le estaba esperando en una de las canastas de la Gran Noria.

Atravesó la pequeña feria, entre el olor de los churros y del algodón de azúcar. Marieke estaba en la cola; le vio, fingió no conocerle. Lo hizo tan bien que Fouad pensó que de verdad no le había reconocido. Se colocó a su espalda; una peca que tenía en la nuca atrajo su atención: estaba posada sobre Atlas, la última vértebra. Iba peinada a la garçonne: un cuadrado asimétrico, con volumen por encima para alargarle el rostro en la frente y en la mandíbula demasiado ancha.

Fouad sintió que iba a meter la nariz en el hueco de su nuca perfumada. Tenía agujeros en las orejas, se la imaginaba ante el espejo de su cuarto de baño, quitándose los pendientes y desmaquillándose los labios, y la imagen le gustaba tanto como si la hubiera soñado haciendo las operaciones inversas. La belleza de Marieke era singular y natural; los adornos apenas la mejoraban. La siguió a su banco y la escuchó hablar evitando mirarla a los ojos. El paisaje que se encogía a sus pies ofrecía una distracción inesperada. A lo lejos, el sol era una bola nítida, casi esquemática, que se disponía a abandonar el horizonte rosa como un pasajero se baja de una escalera mecánica, sin lamentarlo, sin darse ni siquiera cuenta.

—Acaban de meter a mi madre y a mi tía en el depósito —murmuró Fouad—. El calabozo del Palacio de Justicia...

—Lo siento, Fouad.

Fouad se reprochó que pareciese que mendigaba su compasión. Pensó en cambiar de tema:

—¿Sabes qué ha pasado esta mañana? Chaouch, al despertar, hablaba en chino. Todo su equipo estaba aterrorizado con la idea de que no hable francés nunca más. ¿Te imaginas, un presidente que ya no sabe hablar en francés? ¿Qué se hace, se anulan las elecciones?

—¿Y cómo te has enterado? —preguntó Marieke, de repente preocupada.

—Jasmine —respondió Fouad.

—Deberías ser más prudente con este tipo de informaciones. Joder, ten más cuidado...

—¿Ahora me estás diciendo que desconfíe de ti?

—No, de mí no, pero... Escucha, Fouad, lo que voy a decirte es literalmente radiactivo. Fouad, a tu hermano Nazir le ha ayudado gente situada muy arriba, muy, muy arriba. Según mis primeras informaciones es probable que entre esos apoyos ocultos figure el jefe de la DCRI y el director del gabinete adjunto a la ministra del Interior, Montesquiou en persona. Quizá la cosa apunte aún más arriba, pero de momento no tengo pruebas... ¿Fouad? ¿Me estás escuchando? ¿Por qué sonríes?

Lo que le hacía sonreír era su acento impetuoso: la dureza de las erres que a veces pronunciaba fuertes, a la flamenca; las vocales enérgicas, exóticas, coloristas como con gouaches de tonos marinos.

—¿Preferirías que hable asshí —bromeó Marieke—, estirando el cuello como los burgueses?

Marcó una pausa, paseó por los techos de París una mirada exaltada que asustaba.

—Todo esto te lo cuento para ayudarte, supongo que eso lo comprendes, ¿no?

—¿Quieres ayudarme? —preguntó Fouad—. ¿De verdad quieres ayudarme? Entonces deja de hablarme de Nazir. Desde el entierro de mi padre no ha pasado un solo día sin que luche con todas mis fuerzas para no pensar en él, y desde que nos conocemos...

—Sí, desde ayer.

—Da igual, desde ayer, si lo prefieres, no haces más que hablar de él, querer que hablemos de él...

—¿Qué decías de un entierro?

—El entierro de mi padre, hace tres años, tres años, cinco meses, nueve días. Desde entonces no he vuelto a hablar con el psicópata de mi hermanito. Nerón —exclamó, siguiendo el hilo de sus pensamientos—. Quiere incendiar Roma, quiere arrastrar consigo a Roma en su caída. Y yo soy el único que puede impedírselo.

—¿El único? Exageras un poco, ¿no? Yo estoy contigo, Fouad.

—Él quería un entierro religioso, esa es la historia. Todas las ceremonias que mi padre detestaba, que mis padres detestaban. Mi padre pasaba cantidad. El islam, todo eso, era un infiel, un rebelde de mayo del 68, si lo prefieres. En toda su vida no rezó ni una sola vez. Mira, entre los musulmanes de Francia este regreso al islam es muy reciente. No, en serio, cuando yo era un crío no se hablaba de eso nunca. Fue hacia el año 2000 cuando la gente empezó a obsesionarse con eso. Nazir, sí. A él siempre le ha obsesionado. En toda su vida nunca ha tenido ni un solo pensamiento religioso, te lo juro. Pero para él era una cuestión de orgullo, de orgullo étnico, una forma de sacar pecho después de... en realidad, ¿después de qué? Ah... Venga, te escucho. Explícame hasta qué punto estoy hundido en la mierda.

—Que no, que esto va mucho más allá de tu existencia, Fouad, por valiosa que sea. Es una conspiración de proporciones gigantescas, déjame explicarte...

Marieke pagó una segunda vuelta. Mientras la noria volvía a bajar, le contó a Fouad cómo, al principio de la campaña electoral, decidió interesarse por la DCRI. Marieke intentó sonsacar a algunos funcionarios. Se negaban a hablar con ella pero parecían tener mucho que contar. Rascando un poco comprendió que había varias irregularidades: en los pisos inferiores de la fortaleza de vidrio y acero de Levallois se sospechaba que Boulimier ponía los extraordinarios recursos de Inteligencia Interior al servicio de sus amigos políticos, especialmente de la corriente de la «Derecha Nacional» dirigida por Vermorel. Se trataba de filtraciones a la prensa, de vigilancias a periodistas o adversarios ideológicos, de escuchas sin autorización judicial y con fines privados. ¿Se había convertido la DCRI en una especie de policía política al servicio del presidente?

Después de tres meses de trabajo preparatorio, Marieke estaba segura de que acabaría descubriendo algo. Pero la campaña puso a todo el mundo de los nervios y existía una sección especial de la DCRI encargada de intimidar a los demasiado locuaces, una especie de policía de las policías interna que podía, de forma discrecional, «deshabilitar» a los funcionarios díscolos, retirarles su precioso acceso a materias reservadas. Las fuentes de Marieke tomaban precauciones dignas de la época de la Stasi en Alemania del Este: antes de cualquier cita en un café, varias vueltas previas de observación del lugar, salidas por separado, móviles apagados, batería extraída del móvil. Marieke se contagió de su paranoia: guardaba sus notas en un disco duro externo, cambiaba las claves de sus correos electrónicos casi cada día.

Ya casi había renunciado cuando un contacto fue a verla para hablarle de una investigación oficiosa sobre un joven hombre de negocios sospechoso de asociación con banda criminal para preparar actos terroristas. Aquel «joven hombre de negocios», explicó Marieke, no era otro que Nazir. El misterioso contacto no podía decir nada más, pero Marieke insistió; y acabó por soltar esta frase: «Si quiere usted comprender el peligroso romance entre la DCRI y la Derecha Nacional investigue a Montesquiou».

Fouad suspiró, abrumado. La Derecha Nacional le sonaba vagamente a aquel grupo de diputados de derechas que siempre estaban demostrando lo islamófobos que eran, pero hubiera sido incapaz de nombrar a ninguno de ellos, salvo a Vermorel.

Marieke se volvió hacia él para aclararle las cosas.

2

—Montesquiou es el director del gabinete adjunto a la ministra del Interior, Vermorel. Empezó como simple asesor técnico en la place Beauvau. Procede de una familia de nobleza antigua. Ciencias políticas, escuela HEC de altos estudios de comercio, quedó el quinto en su promoción de la ENA, Escuela Nacional de Administración. En vez de incorporarse inmediatamente a una gran institución, prefirió el poder local. El típico tío que sueña con dirigir una subprefectura y rondar los ministerios. Para comprender cómo es tendrías que verle: un tipo alto y rubio, con bastón, sonrisa rapaz, el pelo cortado a cepillo, la caricatura del yerno ideal, por no hablar de los nudos de corbata ridículamente gruesos, y además esa mirada, una mirada viciosa y dura, la mirada de un tipo que con menos de treinta años ya dirige de facto la policía de la quinta potencia mundial...

Marieke no le contó que ella no le había visto nunca. Naturalmente, él había rechazado todas sus solicitudes —engañosas— de entrevistas y de «perfiles», alegando que prefería permanecer en la sombra, mantener su insignificante persona al servicio del país de forma discreta. Entonces Marieke siguió la pista de Montesquiou por el ángulo de sus mentores: y fue un fracaso. Sus antiguos profes y directores de prácticas contaban todos el mismo cuento sobre el joven superdotado apasionado por la cosa pública, la administración del Estado, el interés superior de la nación. Siempre salían los típicos grandes conceptos: deber, patriotismo, sentido del servicio, que sonaban particularmente huecos si observabas bien su trayectoria y descubrías los primeros cueros cabelludos que arrancó en su ascenso hacia la cima de la place Beauvau, el Ministerio del Interior.

Marieke siempre prefería avanzar que retroceder, y subir más que bajar; pero para comprender cabalmente aquella irresistible ascensión al alto funcionariado público tuvo que resignarse a zambullirse en los abismos en los que Montesquiou había precipitado a las víctimas colaterales de su ambición. Sus enemigos eran legión, tanto de izquierdas como de derechas. Eran locuaces y maldicientes, como suelen serlo los cobardes. Su rencor era infinito: el de los traidores que han sido traicionados por otros aún más traidores que ellos. En fin, según el conocido prototipo de la derecha francesa, se mostraban más implacables con la estrella ascendente que les había arrojado a la oscuridad si era de su propio bando que si era del contrario.

Un día, amenazó implícitamente, bajo los artesonados del ministerio, a su superior jerárquico inmediato, el director del gabinete propiamente dicho, que en realidad no era más que un viejo prefecto fatigado, conocido por sus costumbres sexuales liberales y más interesado en sestear en su butaca que en las puñaladas entre cortinajes. A pesar de eso, en vísperas de la campaña, cuando intentaba retomar las riendas del gabinete, su adjunto tuvo la increíble caradura de hablar de las «notas blancas» que llegaban con cierta regularidad al escritorio de la ministra, y sugerir que tan cerca ya de la consulta presidencial no era bueno presentar un flanco desprotegido, o mejor dicho abrir la boca para que el enemigo arroje en ella sus bombas fétidas.

Se llamaba «notas blancas» a las que los policías redactaban sin firmarlas, cuando, por ejemplo, una personalidad del mundo político-mediático era cazada en el Bois de Boulogne en compañía indeseable. La mitad del gabinete estaba al corriente de las prácticas libertinas de su director oficial, así como de sus excursiones al Bois. Aquel día las paredes de la sala de reuniones temblaron. Montesquiou contaba con apoyos poderosos en las más altas esferas. «El señor director», verde de rabia y de impotencia, se había tenido que tragar su orgullo. Montesquiou le había humillado en público y él no se atrevió a decir nada. Después de aquella advertencia, de aquella primera escaramuza sobre el parquet crujiente del palacio Beauvau, ya no le habían vuelto a llamar «señor director adjunto»: a ojos de todos sus colaboradores, Montesquiou se había convertido simplemente en «el señor director».

El odio que provocaba este joven y brillante sociópata se hacía más y más denso, así como la niebla que envolvió su irresistible ascensión. Había una versión que Montesquiou no desmentía: el presidente saliente se había fijado en él y le propuso incorporarse a su equipo de samuráis en vistas a su reelección, que se anunciaba incierta; necesitaba elementos como él para acompañarle a primera fila del campo de batalla; pero la Vermorel quiso conservarle a su lado y por eso le ofreció aquella promoción.

—He hablado con tipos que me decían mirándome a los ojos que si Montesquiou ha llegado tan arriba es porque se mojó en operativos de la secreta para salvarle el pellejo a la Vermorel. Otros contaban que logró silenciar asuntos relativos a la pareja presidencial. Un tipo sin moral, sin límites, dispuesto a cualquier cosa por servir a sus jefes, y que fascinaba a los periodistas. Lo que también descubrí es que Montesquiou mantiene relaciones muy estrechas con Boulimier, el jefe de la DCRI, que también conoce muy bien a su padre. Y el padre de Montesquiou, Dios mío, menuda pieza también. Un aristócrata, católico integrista, que posee varios purasangres y propiedades por toda Francia. En resumen, lo que comprendí enseguida es que Montesquiou padre y Boulimier eran uña y carne...

—¿Boulimier, el jefe de la DCRI?

—Sí. Empezaba a pensar que había pinchado en hueso cuando descubrí que Victoria, la hermana de Montesquiou, está comprometida con la extrema derecha. Con otros jóvenes diplomados, temerarios o suicidas, lo que prefieras, que organizaron una estrategia de desdemonización que aparentemente fue un éxito durante la campaña...

Fouad empezaba a negar con la cabeza, con la vista clavada en el suelo.

—Pero espera, que estoy llegando al meollo del asunto...

—No, para —la interrumpió el joven actor tratando de incorporarse—. La DCRI, ahora la extrema derecha... en qué mierdas me has metido, joder...

—Fouad, te necesito, pero te juro que mucho menos de lo que tú me necesitas a mí.

La noria había dado ya su segunda vuelta. Marieke anunció a Fouad que podía pagar una tercera vuelta. Pero Fouad ya no quería escucharla más. Estaba saturado. Nazir, Chaouch, Montesquiou, por hoy ya estaba bien.

En aquel mismo momento, Jasmine Chaouch se dejaba maquillar en la sala de espera del pabellón sobre cuya escalinata iba a tener lugar la rueda de prensa. Su madre y ella escoltarían al médico jefe del Val-de-Grâce. Al fondo se alinearían los que formaban parte del círculo restringido de los superasesores: Habib, Vogel y media docena de responsables. En el fondo, ella hubiera preferido estar sola con su madre y el médico para anunciar la gran noticia. No: en el fondo, hubiera preferido que Fouad también estuviera allí con ella.

Consultó el móvil y decidió llamarle. No había respondido a llamadas precedentes, salvo un SMS explicándole que se moría de sueño y necesitaba tumbarse un rato. Esta vez descolgó. Jasmine oyó soplar el viento en el auricular.

—¿Estás despierto? Te oigo mal, ¿estás en la calle?

—Sí, perdón, Jasmine, ¿puedo...?

—Pero ¿por qué no estás delante de la tele? ¡Vamos a salir enseguida, date prisa!

—Te oigo muy mal, por culpa del viento —gritó Fouad mirando la belleza despeinada de Marieke—. Te llamo justo después, ¿vale?

Colgó, aterrado: era verdad que el viento le impedía seguir aquella conversación, pero lo que oía tan mal no era la voz de Jasmine sino la suya; tenía miedo de traicionarse, de parecer que le ocultaba algo.

Jasmine mantuvo el móvil en la mano durante unos instantes y lo blandió en dirección a la maquilladora, como para tomarla por testigo. Se levantó y dio unos pasos por la sala de espera. La gente, todos muy ocupados, se interrumpían para sonreírle, saludarla, felicitarla. Pero sus sonrisas se desdibujaban muy rápido, en cuanto concluía el intercambio y volvían a sus conversaciones serias.

Jasmine buscó con la mirada a su guardaespaldas; Coûteaux la vigilaba a distancia, sin inquietud en aquel entorno superseguro.

Al fondo de la sala, ante la ventana, Jasmine vio a su madre hablando con Vogel y Habib: algo parecía haberla asombrado muchísimo, agitaba la cabeza, como negándose a creer algo.

Cuando Jasmine se acercó a ellos, se callaron de golpe.

—¿Qué ha pasado, mamá?

—Nada, nada, querida.

—¡Que sí, algo ha pasado seguro!

Habib y Vogel esperaban a que Jasmine se fuera para seguir hablando.

—¡Te digo que nada, Jasmine! Cosas de politiqueo, nada que pueda interesarte… Venga —la despidió la primera dama—, dentro de dos minutos estoy contigo, ¿te parece bien?

3

Montesquiou tenía la sensación de haberse pasado el día recorriendo París de arriba abajo, en el asiento trasero de potentes coches climatizados. Acababa de colgar tras una conversación extenuante e inútil. El chófer no podía reprimirse y le lanzaba miradas inquietas por el retrovisor. Montesquiou le hizo pagar su nerviosismo:

—No, pero escucha, Agla, óyeme, Agla, ¿cuánto tiempo hace que conduces para mí?

—¿Perdón, señor?

—¡Sí, te estoy hablando, gilipollas! Me conoces desde hace más de seis meses y sigues sin comprender que no me gusta que me mires por el espejo ni que escuches mis conversaciones. ¿Quieres que te despida o qué? ¡Responde! ¿Quieres que te eche?

—No, señor —respondió sumisamente el chófer.

—No, ¿qué?

Montesquiou se inclinó hacia él. Miró fijamente su gruesa cara negra y mofletuda en el retrovisor.

—Repite conmigo, Agla: «Se lo prometo, señor, no volveré a mirarle por el retrovisor».

Las orejas de Agla ardían, sus puños apretaban el volante.

—Te escucho, Agla. Estoy esperando.

—«No volveré a mirarle por el retrovisor» —repitió el chófer con acento de África occidental.

—«Se lo prometo, señor.»

—¿Perdone?

—Te has olvidado de «Se lo prometo, señor».

El móvil del chófer emitió un cloqueo electrónico.

—¡Y ese puto teléfono tenlo apagado mientras conduces! Desde luego, los negros y sus móviles…

Cuando se cansó de hostigar al chófer, Montesquiou llamó a Boulimier. El jefe de la DCRI no respondió, creyendo que Montesquiou solo quería saber cómo había ido la entrevista. Pero este insistió. Boulimier verificó que en la antesala de su despacho no había nadie esperándole.

—Boulumier. Le escucho.

—Acabo de hablar con nuestra amiga la amazona.

—Le escucho.

—Ha tenido que intervenir para evitar que localizasen al pelirrojo. Pero su tapadera se sostiene, se hace pasar por una fugitiva, parece que se ha ganado su confianza y están en un hotel cerca de Aix-en-Provence. Se quedarán allí unos días antes de pasar a Italia.

—Vale, muy bien, yo me ocupo de lo demás.

Lo demás le estaba esperando en el segundo sótano de la DCRI. Boulimier se dirigió a la sala donde aquel mismo día había estado discutiendo con el capitán Tellier. Al empujar la puerta vio que el poli de la SDAT tenía el rostro inexpresivo, pero el labio leporino le temblaba.

—Pero no ponga esa cara de funeral, capitán. Venga, siéntese. Lamento no haberle invitado a mi despacho, pero vista la naturaleza clandestina de nuestra entrevista, comprenderá…

—¿Qué quiere de mí?

—La cuestión es más bien qué puedo ofrecerle.

Boulimier le indicó una silla, que Tellier rechazó. Se soltó el botón medio de la chaqueta y se sentó.

—Usted me perdonará, pero después del día que he pasado quisiera descansar un par de minutos.

—No tengo ningún motivo para fiarme de usted —declaró nerviosamente Tellier.

—Los mismos que pueda tener para fiarse de Mansourd. Está desquiciado. Solo piensa en sí mismo. De momento usted no tiene nada, y él se empeña en despreciar la pista de los tíos yihadistas de la encantadora familia Narrouche. ¿Y sabe por qué? Porque quiere hacerse notar. Aunque se produjese un milagro y cogiese a Nazir, aunque triunfase y le nombraran subdirector de Antiterrorismo, ¿usted qué ganaría? Nada. Seguiría siendo su hombre para todo, el pequeño capitán a la sombra del tenebroso superpoli, el que se traga sus rabietas y el que tiene que cargar con todo el trabajo sucio.

—Usted no conoce en absoluto al comandante.

—Es un hombre del pasado, querido amigo. Va a la suya. No comprende la especificidad de este caso.

—¿Qué quiere usted decir? —preguntó Tellier sentándose por fin ante el gran jefe.

—Mire, él cree que la manera de pillar a Nazir es buscándome las cosquillas a mí y a Montesquiou. Escúcheme, Tellier: su legendario comandante está para sopas, sus teorías de conspiraciones fantasmales le han cegado por completo. Y mientras tanto, hay alguien en la sombra que se lo está pasando bomba, ¿quiere saber quién? El prefecto de policía de París. Dieuleveult estaba loco de rabia de que dejasen tirada a su querida sección antiterrorista del 36. Pero al ir viendo cómo evoluciona la investigación, ya le digo yo a usted que está encantado. Tres noches de disturbios y ni una sola pista seria para atrapar a Nazir. Si se llega a enterar de la operación secreta de anoche, nuestro fiasco saldría en la portada de todos los diarios en menos que canta un gallo. Como en Levallois sigamos dando palos de ciego, le devolverán el expediente a París. Y si París recupera el caso, Inteligencia tardará años en recobrarse del golpe...

—Pero ¿eso qué tiene que ver conmigo?

—Jefe de grupo —declaró Boulimier consultando el reloj—. Jefe de grupo en la DCRI. Recupera la investigación del caso, que después de todo comenzó aquí. Tendrá a sus órdenes a todos los elementos que hasta ahora han estado trabajando sobre Nazir. Se le facilitarán todos los requerimientos, todas las comisiones rogatorias que quiera con Rotrou. Usted sigue el juego, desvitaliza la descabellada línea de trabajo de Mansourd, y sobre todo, por el amor de Dios, obtiene resultados. Para toda la policía francesa sería un deshonor que Nazir siguiera riéndose de nosotros durante meses. Hay intereses que nos superan, mi querido Tellier. Francia, Tellier. Piense en Francia.

El capitán estaba dando rodillazos repetitivos contra el tablero de la mesa. De repente, se atrevió:

—Pero ¿cómo sé que no elijo el equipo perdedor? Francamente, ¿qué puede pasar para que el próximo ministro del Interior no le eche? En mi opinión, a usted le echarán antes aún que a los demás, les servirá como ejemplo. El espía del Elíseo, primera víctima de la operación de limpieza general.

Boulimier le respondió con una sonrisa de esfinge:

—Pero ¿por qué cree usted que el próximo gobierno será de izquierdas?

—¿Cómo?

Tellier ni siquiera había contemplado la posibilidad de una derrota de la izquierda en las próximas legislativas. Un poco desestabilizado, cortó:

—Escuche, da igual. Necesito tiempo para pensarlo. Deme hasta mañana.

—¿Mañana? —Boulimier se rio—. Tiene usted exactamente siete segundos, hasta que yo llegue a esa puerta.

Se incorporó, se alisó los faldones de la chaqueta y tendió la mano hacia el picaporte.

—Está bien —masculló Tellier—. Lo haré.

El jefe de la DCRI cerró los ojos y se volvió hacia el capitán.

—Ha tomado la decisión correcta. Bienvenido a la gran familia de Inteligencia Interior, capitán.

4

Unos kilómetros más al este, Marieke escuchaba con un oído el discurso de Xavier Putéoli, quien consideraba, sin abandonar en ningún momento su sonrisa más viscosa, que la continuación de la publicación del reportaje de ella sobre la DCRI tenía que ser pospuesta. La joven escribió un mensaje a un becario de *Avernus*, suplicándole que le hiciese un pequeño favor que, a su debido tiempo, ella sabría recompensarle: inventarse algo para atraer al jefe a la sala de reuniones. El becario bebía los vientos por Marieke, y obedeció.

Putéoli se ausentó. Marieke aprovechó para correr hacia el ordenador portátil de Putéoli. Su correo electrónico estaba abierto en una pestaña de Internet Explorer.

—Pfff, pero quién usa hoy día Internet Explorer —murmuró la periodista recorriendo la lista de los últimos correos.

Le oyó gritar en la sala de reuniones y apenas le dio tiempo a volver a la página precedente antes de que Putéoli pusiera la mano sobre el picaporte de la puerta de su despacho. Cuando entró, Marieke estaba de pie ante la ventana, como embebida en la melancolía vespertina de la encrucijada de tres bulevares. Putéoli no reparó en ella, estaba demasiado ocupado en maldecir la «impericia» de esos becarios subnormales. Cuando por fin vio a Marieke, necesitó unos cuantos segundos y dar unas cuantas vueltas con el índice para acordarse de qué habían estado hablando.

–Ah, sí, de la DCRI. Mira, escucha, Marieke, ya sé que como procedimiento es un poco atrevido, pero si confías en mí, no lo olvidaré...

Marieke seguía de pie junto a la ventana. Se abrió la cazadora, un poco demasiado despacio.

–Xavier... ¿puedo llamarte Xavier por dos minutos?

Putéoli se volvió, ofreciendo a Marieke su sonrisa más babosa.

–Claro, te escucho, querida Marieke.

–Xavier, lo sé todo. Boulimier, Montesquiou, sus maniobras en la DCRI... para proteger a Nazir...

La sonrisa de Putéoli dejó de babear; su boca, ahora apretada, parecía un fruto seco.

–No sé si te sigo...

–No perdamos el tiempo. Sé muy bien que si has financiado mi investigación ha sido para tenerme vigilada. Ese no es el problema. A mí la investigación me importa tan poco como a ti, crees que me molesta que la publiques la semana que viene, pero por mí como si la publicas dentro de seis meses.

Putéoli se levantó, caminó en dirección contraria a Marieke para cerrar la puerta y bajó la persiana.

–Lo que ahora quiero saber es hasta dónde se remonta la cosa. ¿Más arriba que Montesquiou, o solo hasta Montesquiou? ¿Vermorel? ¿El presidente saliente?

Putéoli perdió la paciencia.

–Andas muy equivocada pero da igual, es triste para ti, pero da igual. Lo que me inquieta –blandió el puño en su dirección– es que tu paranoia puede tener efectos desastrosos. ¿Cómo explicártelo? No, no, a pesar de todo lo que pueda decirte…Aunque hiciésemos una contrainvestigación, y te demostrase punto por punto que no has comprendido nada, no te convencería. Lo tuyo ya no tiene nada que ver con la razón ni la sensatez, es un fenómeno religioso. Es una especie de religión chiflada, que se apoya en todo un corpus doctrinal: la ideología de la transparencia… y ya está, produce a gente así, gente como tú.

—Podemos entendernos —le cortó Marieke—. Yo sé que tú no estás implicado en todo esto. Para meterse en un lío así hay que tener ciertos huevos. Tú en cambio te contentas con que el amo te dé unas palmaditas en el lomo. Lo que quieres es poder ronronear como un gato grande al pie de los poderosos. Te piden favores puntuales, no haces preguntas indiscretas. Pues bien, te diré una cosa: tú sigue así. Te ofrezco un trato. Tú respondes a una pregunta, y yo a cambio…

—¡Un trato!

Putéoli se partía de la risa.

—Te doy la primicia del mes. Sobre Chaouch. De una fuente segura. Una persona próxima a la hija de Chaouch.

Putéoli alzó vivamente la cabeza, olfateó la noticia.

—¿Qué querías preguntarme?

—La pregunta más vieja del universo. ¿Por qué? ¿Por qué se ha montado ese gabinete negro en la place Beauvau? ¿Por qué ayudar a Nazir?

—Ah, pero entonces… ¿lo crees de veras? Un gabinete negro en la place Beauvau… ¿Para asesinar a un candidato a presidente? ¿De verdad una parte de tu cerebro sopesa seriamente esa posibilidad?

Su sonrisa, su seguridad, hicieron titubear a Marieke por primera vez.

—Es muy interesante —añadió Putéoli—, pero no quisiera perderme la rueda de prensa del Val-de-Grâce. ¿Cuánto falta? ¿Veinte minutos?

5

Faltaban veintidós. En el hospital militar, los próximos a Chaouch eran muy conscientes de ello. Mientras un equipo del telediario de France 2 salía, bien escoltado, del cuarto de Chaouch, Serge Habib miró el reloj y consideró que disponía de cinco minutos para relajarse un poco. Eligió una pared en la que podía apoyarse y hacer algunos estiramientos. El ascensor vigilado por una multitud de guardaespaldas vomitaba con regularidad rostros conocidos a los que había que saludar. Para ser un comunicador, Habib se mostraba particularmente inepto cuando tocaba sonreír sin motivo; la urbanidad le horrorizaba. Pasaron diez minutos. Habib había hecho una siesta de pie, como los caballos. Cuando Vogel apareció entre las puertas del ascensor, el jefe de comunicación de Chaouch le preguntó sin más preámbulo por qué parecía preocupado.

—Sale en todas las cadenas. También lo da la AFP, en el extranjero, en todas partes.

—¿De qué estás hablando?

Vogel tomó a Habib por la manga y le llevó ante el televisor de la sala de espera. Habib, amodorrado, había oído vagamente un rumor procedente de aquella sala atestada, pero no había prestado atención.

En la pantalla, un texto al pie le devolvió bruscamente a la realidad. Tras leerlo una primera vez se frotó los ojos. Se los volvió a frotar, a conciencia. No daba crédito a lo que leía.

SEGÚN UNA FUENTE CERCANA A LA FAMILIA CHAOUCH,
AL SALIR DEL COMA EL PRESIDENTE ELECTO HABRÍA
HABLADO EN ÁRABE.

En otras cadenas los redactores tomaban precauciones hipócritas: «¿Noticia o fake news?», «a la espera de ser confirmada...» o simplemente «rumor», como si el rumor fuese una subcategoría de la información. A Habib cualquier nadería podía sacarle de sus casillas. En cambio esa noche, al descubrir aquella catástrofe, pareció extrañamente tranquilo.

—¿De dónde procede? —le preguntó a Vogel, sin mirarle.

—Un tuit de Putéoli, que todos han rebotado.

—Hay que cambiar la intervención de esta noche... Esther. Tiene que ser Esther quien se indigne. Si viene de ella, podemos conseguirlo.

Aparecieron tres miembros del staff de Vogel que querían que les diera luz verde para constituir un equipo de respuesta excepcional y reaccionar de forma preventiva a la rueda de prensa que a la mañana siguiente iba a dar la rival derrotada de Chaouch en las primarias, y que podía echar abajo el plan de comunicación que se habían pasado el día entero confeccionando. Habib les fusiló con la mirada.

—Una respuesta preventiva, ¿tú has oído lo que dicen? A saber qué les enseñan en sus caros colegios. Primero, habla la señora. Y cuando la señora ya ha hablado, se dice que solo ha dicho tonterías. ¡Pero no antes, especie de cretinos de los Alpes!

Uno de aquellos jóvenes pareció sentirse más humillado que los otros. Vogel terció:

—¿Por qué no dejas de aterrorizar a mi staff?

—Tus tontos con máster no me gustan nada. No me gusta la forma en que hablan, no me gusta su corte de pelo, no me gustan esas caras que sonríen todo el rato, y sobre todo no soporto su falta absoluta de sentido común, de instinto. Estáis tarados —bramó cuando ya habían desaparecido al fondo del pasillo—, una pandilla de tarados que creen que la política es cosa de palabras complicadas y de brainstormings al calor de la chimenea.

—Vale, gracias, Serge, ya te hemos entendido.

—Pero ¿te das cuenta de los daños causados? ¡Un puto rumor! ¡Ya puedes desmentirlo tanto como quieras, ahora Chaouch es el presidente que sale del coma hablando en árabe! ¡HABLANDO EN ÁRABE! —aulló en plena sala de espera.

Ninguna enfermera se atrevió a pedirle que bajase la voz.

Vogel, que le sacaba una cabeza, le tomó por los hombros con las dos manos.

—Venga, que no es el fin del mundo. Desmentimos, contraatacamos. Mantén la sangre fría, Serge…

—Ha sido Jasmine —tronó de pronto Habib—. ¡Jasmine! Voy a estrangularla. ¡La conozco desde la cuna y voy a estrangularla!

—¿Sabes cuál es tu problema, en el fondo, Habib? No es que detestes a los demás, es que le quieres demasiado a él. A tu gran hombre, a tu presidente.

—También es tu presidente —replicó Habib, sacando el móvil.

Vogel se retiró para dejar que aquel hombrecillo furioso y solo que había hecho elegir al séptimo presidente de la V República se desfogase al teléfono.

6

Fuera del Val-de-Grâce, docenas de millones de franceses descubrieron, estupefactos, el nuevo rostro de su presidente. Le habían filmado, sin sonido, unos minutos antes del telediario de la noche: estaba en su cuarto, con aspecto tranquilo y concentrado, mientras a su alrededor las enfermeras y los miembros del staff se relevaban, trabajaban con la mayor naturalidad como si no pasase nada. La filmación duraba en total veintinueve segundos. Se veía a un hombre en la cama pero vivo, que alzaba débilmente la mano para saludar a la cámara. Habib había hecho un aparte con el periodista y le había dicho, con toda la seriedad que pudo reunir:

—Estas imágenes se van a ver en todo el mundo. Usted disfrutará de su medio minuto de gloria. Si hay un segundo de más, le cortaré los cojones.

En vez de pedir el equipo audiovisual de la campaña, había considerado más sensato que fuese un periodista independiente el que entrase en la habitación. Durante los interminables veintinueve segundos de la secuencia se moría de angustia esperando que de la boca del presidente no saliera ningún sonido exótico.

Cuando el periodista abandonó el cuarto, Habib se inclinó sobre la cama de Chaouch. Este mantuvo cerrados los ojos durante un rato, como para darle las gracias. Pero la expresión de su mirada era neutra, maquinal. Parecía que quisiera hacer un gesto, el gesto de mutis, ya hablaremos luego, pero la mano le parecía demasiado lejana, demasiado pesada. Habib dio unos golpecitos en esa mano y la dejó descansar. En la planta baja, todo el mundo estaba listo para la rueda de prensa en directo. Habib vio a Vogel hablando con Esther. Llevó a todo el mundo a la escalinata.

—¿Te ves con ánimos para indignarte ante las cámaras, Esther? —le preguntó Habib al oído—. Un arrebato, seco, franco, les dices qué despreciable te parece eso. Esa palabra y no otra, ¿vale? Despreciable. Habla con sinceridad y todo saldrá bien.

En el tramo de la línea 1 en que se encontraba Fouad, los pasajeros se habían congregado en torno a un iPad que podía captar el telediario en directo. Abundaban los comentarios, pero Fouad seguía sentado en su silla abatible, deliberadamente aparte de aquellas imágenes que fascinaban al mundo entero. A su lado, en otra silla abatible, una niña jugaba con una goma del pelo que hacía pasar de un dedo al otro. En vano intentaba llamar la atención de su madre, reunida con los otros pasajeros del vagón alrededor de la pantalla.

Fouad le lanzó una sonrisa, y la niña respondió con un vivo movimiento de la barbilla. El asiento era demasiado alto para ella: sus zapatitos negros se agitaban en el vacío, a unos centímetros del suelo. Fouad conocía bien la trayectoria de la línea 1, sabía que después de la parada de Saint-Paul el metro daba una vuelta pronunciada. Cuando las puertas volvieron a cerrarse, anticipó el giro y tendió el brazo en dirección a la niña. El tren giró y la cría perdió el equilibrio, pero su hombro encontró la inesperada protección de la palma de Fouad. Si no hubiese sido por él, se habría caído. Pero no se daba cuenta, abstraída en la gomita roja que podía ponerse alrededor de un dedo, de dos dedos, de tres, de cuatro, e incluso, cerrando al máximo las falanges, alrededor de la manita entera.

Al levantarse para bajar en Bastille, Fouad fue proyectado por una sacudida del tren que frenó antes de entrar en la estación. La niña se rio al ver a aquel señor tan alto y tan guapo dando un paso de bailarina para no caerse al suelo. Fouad le sonrió. Ella se tapó los ojos con las manos, aquellas manitas apretadas alrededor de la gomita roja, y le dirigió a Fouad una mueca que aún le enternecía mientras daba la vuelta a la plaza, alrededor de la majestuosa Columna de Julio.

7

En ese mismo instante, tres coches con las ventanillas tintadas avanzaban a toda velocidad por la carretera de circunvalación en dirección al norte. Esther Chaouch iba a la alcaldía de Grogny para manifestar su gratitud al equipo municipal que había organizado varias manifestaciones silenciosas en el momento de los disturbios. Estos habían afectado gravemente el departamento de Seine-Sant-Denis, una parte de la decimotercera circunscripción que iba a convertirse, como pronto veremos, en la más famosa del mapa electoral francés.

Para esta visita de cortesía, Esther pidió a Vogel que la acompañase. A su lado se sentía tranquila. Él se mantuvo respetuosamente callado durante todo el viaje, mientras la primera dama estaba sumida en sus pensamientos. Le había dado las buenas noches a su marido acercando a sus ojos ya entornados aquella joya Van Cleef que él le había regalado la tarde de su elección como alcalde de Grogny. Era un trébol de cuatro hojas, en oro blanco y nácar. A la señora Chaouch no le gustaba llamar la atención en las recepciones; prefería lucir joyas discretas. Para la rueda de prensa, se había puesto unos pantalones negros, una chaqueta de traje sastre también negra, una blusa blanca sencilla y aquel collar que le había traído suerte. Expertos en trivialidades hablarían de ello en los días siguientes, celebrarían la sobriedad de la primera dama en los suplementos dominicales de la prensa nacional. Al abrigo de los cotilleos, bien acorazada contra el estúpido murmurar del mundo, Esther intentaba disfrutar del momento. Pero no lo lograba. Seguía sintiendo el peso de las noches precedentes. Desde el atentado solo había logrado dormir una hora aquí y otra allá. Durante esas siestas soñaba que no había pasado nada, que Idder estaba vivo, que estaba trabajando en el cuarto de al lado; y a cada despertar, una crisis de llanto la paralizaba en la cama.

La llegada a la plaza del Ayuntamiento se hizo bajo una salva de aplausos de una multitud, en parte procedente de barriadas remotas. Algunas mujeres iban con la cabeza cubierta. Al paso del convoy de la primera dama, aplaudieron como en un espectáculo, retenidas en el perímetro exterior de la plaza por cordones de gendarmes.

Esther Chaouch tenía fama de ser una mujer sobria, de mirada profunda y serena. Esa mirada se veló de golpe al encontrarse ante el lugar del atentado.

Desde aquel domingo maldito las banderas estaban a media asta. En las escaleras que llevaban a la fatal explanada en la que su marido había querido seguir estrechando manos, no había nadie.

Esther sintió el latido del pulso en las muñecas. Los gritos horrorizados de la multitud. El despliegue de los policías encargados de la seguridad de Chaouch. Sus gestos aplomados, sus miradas asustadas. Y luego, los helicópteros. Vogel en el coche volando a toda velocidad hacia el Val-de-Grâce, saltándose los semáforos. Los desconocidos en las aceras. Las palabras de Vogel sobre el cierre del espacio aéreo. El cierre del cielo. Esther acarició el collar y recorrió lentamente las cuatro hojas del trébol. Presentía que Vogel, sentado en el otro extremo del asiento, adivinaba la angustia que sentía. Se dominó.

—¿Sabes cómo han reaccionado los periodistas a la rueda de prensa? ¿A mi intervención?

—Están reaccionando muy bien, Esther. Muy bien.

—Jean-Sébastien, te agradecería mucho que no me tomases por lo que no soy. Soy catedrática de historia —dijo afectando un tono irónico.

Y era verdad. Era profesora de historia de la Antigüedad en la Sorbona, autora de una celebrada *Historia del Imperio romano desde su caída hasta la actualidad.*

Vogel demoró la mirada sobre los ojos de la primera dama. Tenían la forma típica de las bellezas askenazis: un óvalo alargado, trágico e inteligente; cejas espesas; iris cuya negritud parecía misteriosamente profundizar la prominencia de la nariz.

Vogel enunció de una tirada los tres hechos que se deducían de la velada, según los medios de comunicación:

—En primer lugar: el presidente está vivo, pero tocado e incapaz de llevar las riendas de la quinta economía mundial. Segundo: tiene un buen equipo que perfectamente puede formar gobierno y gestionar los asuntos de diario mientras él sigue su convalecencia. Tercero: las legislativas. Habrá que esperar a los resultados de esa increíble cantidad de sondeos que se han realizado estos tres últimos días para saber si el atentado y los tres días de disturbios nos «ayudan» (entre comillas) a nosotros o a la derecha. Ya te he comentado las grotescas salidas de tono de la extrema derecha y de la gente de Vermorel. Por lo demás, parece que se está configurando un gran consenso nacional de apoyo al presidente. Ya nadie o casi nadie cuestiona los resultados de las elecciones, y ya no se cuestiona la decisión del Consejo Constitucional. En cuanto al rumor, estoy convencido de que después de tu intervención, tus palabras tan... fuertes, los columnistas de los medios de comunicación más importantes van a transmitir un mensaje claro a las redacciones. No me extrañaría que en los próximos días asistamos a algunos mea culpa grandilocuentes. Me imagino un editorial de *Libération* o una tribuna en la sección de opinión de *Le Monde*: «¿Cómo es posible que hayamos llegado a esto?». Citando *in extenso* tu frase: «¿Cómo es posible que hayamos llegado a...

—... a enfangar a un hombre que acaba de ver la muerte de cara?».

Un guardaespaldas abrió la portezuela de Esther. Ya fuera, le preguntó a Vogel qué se decía sobre el atentado y sobre Nazir Nerrouche.

—Bueno, sobre este extremo son menos claros. Pero dejemos eso, Esther.

En el vestíbulo del Ayuntamiento todos los empleados municipales estaban reunidos ante la monumental escalinata. Aplaudieron profusamente a la primera dama, que no se esperaba un recibimiento tan caluroso. Algunas mujeres lloraban. Sorda a las protestas de los guardaespaldas, Esther Chaouch estrechó la mano a todos los que estaban presentes en el hall e incluso acarició en la mejilla a una asistenta de limpieza con la que recordaba haber intercambiado a veces sonrisas cómplices.

Volver a verse entre seres humanos normales le hizo bien. Lejos del mundo al que no pertenecía, aquel mundo de intrigas palaciegas y de palabras milimetradas, pronunció un discurso de agradecimiento sincero y no pudo reprimir una lagrimita. El exprimer teniente de alcalde de Chaouch tomó la palabra y anunció que había un aperitivo en la sala de fiestas. Era un cuarentón deportivo, un antiguo entrenador de boxeo que ocupaba el puesto de Chaouch desde que este emprendió el vuelo hacia la presidencia. Su rostro era la viva imagen de la franqueza y la lealtad, cualidades que Chaouch valoraba tanto que a la hora de elegir a su sucesor las había preferido a la experiencia y los diplomas de otros concejales.

La señora Chaouch no podía quedarse más rato. Los motores de su séquito ya estaban en marcha. Pidió un cuarto de hora al jefe de su dispositivo de seguridad. Vogel se había quedado en segundo plano desde el principio de la visita. Vio a la primera dama de Francia, la esposa del presidente de la República, quitarse la chaqueta del traje sastre y mezclarse con los empleados municipales alrededor de un bufet «sin remilgos». En vez de canapés, panecillos y grandes añadas de champán, había ganchitos, tostaditas con salmón y botellas de refresco Oasis y de un espumoso rosado, así como atún a la catalana, en homenaje a una célebre «anécdota» de Chaouch, que pasó a la posteridad, sobre la revolución de las vacaciones pagadas y las áreas de descanso de las autopistas en las que sus padres preparaban bocadillos de ese atún en conserva barato y rico en calorías.

Esther se servía ella misma, escuchaba las felicitaciones de aquellos desconocidos, les preguntaba qué tal sus críos, si la familia llegaba a fin de mes. Durante los disturbios habían prendido fuego a dos guarderías. Una mujer un poco alterada le contó a Esther que su niña tenía pesadillas desde hacía tres días.

–Pero ya sé que no es culpa suya, señora Chaouch.

Y luego una señora con acento de las Antillas abrazó a Esther y declaró:

–¿Sabe uté po qué la queremos? ¡Po' que nunca se ha mudao! ¡No, de veras, podía habe'se ido a vivir a París pero se ha quedao en Grogny con nosotro'!

La mujer retrocedió rápidamente, blandiendo el pulgar en alto ante la primera dama, para mostrar su alegría de que existan personas como Esther Chaouch y a la vez su enfado porque no todo el mundo sea como ella. Vogel observaba desde lejos aquel despliegue de sociabilidad: había tenido una mala impresión al entrar en la alcaldía casi del brazo de la esposa del presidente, como si le estuviera sustituyendo.

Recibió una llamada de Habib, que no lograba contactar con Esther: había que anunciarle una noticia importante. Vogel llevó a Esther a un lado y le pasó su teléfono.

El bello y suave rostro de la señora Chaouch se iluminó al enterarse de la noticia.

–Ha vuelto a hablar en francés –anunció en voz muy baja. (Habib ya le estaba hablando de otra cosa)–. Sí, sí, oye, Serge, más adelante ya veremos, ahora déjame que respire un poco, ¿quieres?

—Es una noticia excelente —comentó Vogel inclinando la cabeza con deferencia.

—Pues yo no estaba nada preocupada —mintió Esther—. Nos hemos comunicado con la mirada. Él estaba ahí, delante de mí, y yo estaba allá, en sus ojos.

Le devolvió el teléfono a Vogel. A Vogel se le cayó al suelo. Al verle agacharse con la agilidad de un muchacho para recogerlo, Esther tuvo la impresión, brevísimamente, de estar viendo a su marido unos meses atrás.

Al final del bufet, la primera dama, rodeada de una treintena de vecinos, esperó en silencio ante la fachada del Ayuntamiento.

El primer teniente de alcalde accionaba una manivela para izar las banderas tricolor y europea.

El instante era solemne, el viento parecía haber dejado de soplar. Aquellos retales cargados de símbolos se elevaban hacia el cielo donde brillaba ya la bola plateada de la luna. Esther respiraba pesadamente. Enseguida murmuró al oído de Vogel:

—Me pregunto con qué habrá soñado, durante el coma.

—Pronto lo sabremos —pronosticó Vogel, no muy convencido.

Le costaba menos pronunciar aquella semiverdad que afrontar la decepción que estaba empezando a dominar el rostro de la primera dama.

En el coche que les devolvía al Val-de-Grâce, Esther silenció las nuevas llamadas de Habib. Muerta de cansancio, se abandonó a hacer confidencias, con la frente inclinada hacia la ventanilla por la que desfilaban los neones de una zona industrial.

—Habib, Habib, Habib. No debería ser tan dura con él. ¿Sabes? No me cae mal.

—Ya lo sé.

—Es un poco bruto, no es muy refinado, pero... Protege a Idder desde siempre. Es como su hermano. Cuando me casé con Idder, sabía que también me estaba casando con Habib. Si Idder logró conquistar la alcaldía de Grogny fue gracias a él. Igual con la diputación, con todo. Todo es gracias a él. Sí, eso, es como su hermano, Habib, es su mejor amigo, su guardaespaldas. Su condena —añadió a media voz, sacudiendo la cabeza.

Vogel no se atrevió a preguntarle qué quería decir con eso. Ella, como si leyera sus pensamientos, se recobró y siguió en un tono impostadamente banal:

—Quiero decir que se condenaría por él, que no lo dudaría un segundo.

—Sí, ya lo he entendido —mintió Vogel.

El resto del trayecto permanecieron callados. Pero Esther no estaba cómoda en aquel silencio. Sentía que había hablado demasiado de sí misma; quiso reequilibrar discretamente la conversación y le preguntó con dulzura a «Jean-Sébastien» cómo había llevado el divorcio de su mujer. Vogel sabía ocultar sus emociones y anular cualquier señal de malestar personal. Habló de su hijo, su hijo Christophe, que había salido con Jasmine un poco antes de que se sumara a la campaña de Chaouch. Como Esther no comentó nada sobre la relación entre sus hijos, tuvo que responder a la pregunta con exactitud:

—No, no, lo llevo bien, además de que aquello se había vuelto imposible.

Esther se volvió hacia su rostro alargado, donde las gafas alzaban una barrera de reflejos infranqueables. Como no podía verle los ojos, le miró la boca.

—Te estoy preguntando cosas muy personales —decidió de repente—. Perdona, solo espero que eso no plantee ningún problema, ya sabes, cuando seas primer ministro.

—Si llego a primer ministro —se oyó Vogel corregirla, en el tono de quien habla por hablar.

8

Como SMS, no podía ser más seco:

«Te espero en el banco frente a mi casa. Ven rápido».

Fouad estaba loco de rabia. Daba vueltas al banco, se sentaba, no lograba quedarse quieto más de unos segundos.

Marieke le había traicionado.

Aquello hacía que todo lo demás fuese secundario, especialmente la ausencia de respuestas de las celebridades a las que había estado todo el día llamando para pedirles apoyo, por correo electrónico o por teléfono: sonaba y siempre le desviaban al buzón de voz. ¿Ya le habían puesto en la lista negra? ¿Todos? ¿Y tan rápido? ¿Toda aquella gente a la que le encantaba hacerse fotos con él o invitarle a sus fiestas VIP?

Daba igual: Marieke le había traicionado.

Cuando llegó, ya no llevaba el mono rojo sino una falda plisada, bailarinas y una torerita de ganchillo arremangada para sentir en la piel el frescor de la primavera. Al mirarla Fouad olvidó que no quería verla nunca más. Ella se deslizó a su lado en el banco, probó varias posturas, acabó por sentarse sobre sus piernas cruzadas. Tenía arañazos en las rodillas, pero la piel de las pantorrillas era suave y rosa como el aire del anochecer.

—No sé cómo decírtelo, Marieke, pero tenemos que dejar de vernos. Ya tengo bastantes problemas para que tú me des más.

En un primer momento Marieke no reaccionó. Luego se echó a reír.

—Si supieras cuántos hombres me han dicho eso… He acabado por advertírselo a todos los tíos que intentan ligar conmigo: soy un problema con patas. Soy peligrosa. Atraigo los problemas como la mierda atrae a las moscas. Y así ya de entrada me libro de los cobardes. Es decir, de la casi totalidad de bípedos con rabito.

—No, no, no me has entendido bien. Mírame. —Esperó a que ella se volviera para mirarle—. Sé que te has chivado de lo que te dije sobre Chaouch… Eso de que habló en chino. —Se enervó al tener que cuchichear—. No solo lo has chivado, sino que lo has hecho con mala leche, para perjudicarle más. ¡No intentes decir que no has sido tú, no puede haber sido nadie más!

—Pero si no he dicho que no he sido yo —le desafió Marieke.

—¿Cómo? Pero… ¿por qué lo has hecho? Y en realidad, ¿qué quieres de mí? ¿Quieres que sea tu fuente para darle exclusivas al peor diario de este país? *Avernus*, coño, *Avernus*. Desde luego, tengo que admitir que me has dado el pego, y no es la primera vez que me pasa. Y seguramente tampoco será la última. Has elegido el momento en que yo era más vulnerable, y entonces me has echado el guante. Lo que no entiendo es: ¿por qué arruinar tan pronto tu credibilidad? ¿Has pensado: «Aprovechemos ahora que aún está con Jasmine para sacarle alguna que otra noticia»?

—¿Ah, porque piensas dejar a Jasmine? —ironizó Marieke sonriendo lentamente, altos los pómulos, las mandíbulas fuertes, los ojos llenos de aplomo y de intensidad femenina.

—No he dicho eso, lo sabes muy bien.

La conversación volvió a caer en un punto muerto.

—Lo he hecho, sí, te he traicionado —confesó Marieke—. Pero he cambiado esa mierda de exclusiva que pasado mañana nadie recordará por una información que tiene una importancia enorme para el futuro de nuestra investigación.

—¿Nuestra investigación? Escucha, Marieke, deja de hablar, deja todo esto, las mentiras, las manipulaciones. Yo también me he informado, entérate, de cómo te echaron de todos los periódicos en los que has trabajado, cómo te condenaron por lanzar acusaciones falsas en el tema de aquel cementerio nuclear en Alsacia… La gente dice que estás loca, que conviertes todas tus investigaciones en un asunto personal, la gente dice que eres una paranoica, Marieke. Y yo empiezo a creer que es verdad.

—¿Por qué?

—¿Por qué? Porque estas historias tuyas sobre un gabinete negro en Beauvau no hay quien se las crea. Probablemente la mayoría de los políticos son gente despreciable, no lo sé, ¡pero no conspiran para asesinar a candidatos a presidente! ¡Estamos en Francia, Marieke, no estamos en Dallas!

—Ya ves, ese es el problema con la ceguera. Es el mismo problema que la servidumbre: la gente no quiere ver, quieren ser esclavos, acaban por querer a la voz de la propaganda, como se quiere a un padre malo, esperando que si le miramos con amor dejará de pegarnos. ¿Quieres que tengamos una conversación a fondo sobre el tema? ¡Venga, yo encantada!

Cambió de postura, se puso de rodillas en el banco, frente a Fouad, dispuesta a luchar.

—Pero es que estoy muy ocupado —dijo Fouad, que de repente sentía un peso enorme sobre los hombros.

—Fouad, estás metido en la mierda. Tu familia está en la mierda. O bien te fías de los poderes oficiales, o bien te haces cargo de la situación real. Las autoridades no quieren la verdad, pese a lo que dicen;

quieren paz. Más vale una injusticia que el desorden. Y en este caso las víctimas de la injusticia son los Nerrouche. Así que te digo lo que pienso: de la mierda solo se sale afrontando la verdad. Yendo a buscarla como sea. Tú solo eres incapaz de hacerlo, así que te ofrezco mi ayuda. Y a mí lo único que me interesa es la verdad.

—¿De verdad es lo único que te interesa?

—No, tienes razón, también quiero ver la cara de esos fachas gilipollas de la place Beauvau, quiero ver la cara que pondrán cuando caigan. Montesquiou, Boulimier, Vermorel, quiero ver cómo caen y se hacen daño. Porque se lo merecen.

—Ya lo ves, lo has convertido en un asunto personal... Ya sé lo que me vas a decir: «Es que es un asunto personal». Pero resulta que no, no quiero saber nada, a mí todas estas historias no me interesan.

No se atrevía a alzar el rostro hacia Marieke, como si llevase escrita en la frente la evidencia de su réplica: Ya no tienes elección, y si estas historias no te interesan, serán ellas las que se interesarán por ti.

—Está intentando asesinar a mi familia, eso es lo que sé: Nazir. Envía a Krim al matadero, lo que me da una rabia tremenda pero no me sorprende. No, creo que siempre me he imaginado que un día se volvería loco y que haría algo de este tipo... algo terrible. Y cuando lo imaginaba, sabía que él no se inmolaría como todos los otros psicópatas, que él tendría que ser original, como siempre en su caso, y que aniquilaría a los suyos. Soy el hermanito de Nerón.

—Pero aún no habéis sido aniquilados —dijo Marieke con una voz suave, como extranjera.

Los caracteres fuertes tienen también sus fragilidades. Y delicadezas inesperadas.

Fouad continuó:

—Él y yo no cabíamos en la misma casa. Era demasiada testosterona, demasiados deseos opuestos, demasiados conflictos todo el rato. No puedo seguir hablando de él —prosiguió Fouad después de tomar aliento—. Hablar de él es hacerle existir.

Marieke se acercó al joven actor, le acarició brevemente la mano, quiso que la caricia pareciera una palmadita amistosa.

—Yo soy una persona sencilla —dijo él—. Quiero fiarme de la gente, porque sé que ellos también pueden fiarse de mí. Creo que se vive mejor y que se honra más el hecho de estar vivo fiándote de los demás y teniendo siempre la verdad como horizonte, como virtud cardinal.

—Confía en mí, Fouad. De verdad, confía en mí. Te he confesado que para mí esto ya es un asunto personal, y también te he confesado que empecé esta investigación con sentimientos malos, equivocados. Créeme, quiero que la verdad estalle, solo eso. Y además quiero que te metas en el coco que tú no estás en el equipo de los Chaouch. Los Montesquiou están con los Montesquiou, los Chaouch con los Chaouch, y tú estás con los tuyos. Tú y yo. Nuestra guerra es la investigación. Nuestra arma es la verdad.

—¿Sin más jugarretas? ¿Me lo prometes?

—Sin más jugarretas... O con las menos posibles. Es una brooooma... Mira, cuanto más lo pienso más convencida estoy de que el rectángulo negro del correo de Nazir no es inocente, que quizá sea una señal. Negro, como el gabinete negro. Creo que es lo que quería decir... bueno, tenemos que trabajar juntos.

Fouad la miró a los ojos, con ardor, con tanta franqueza como si la tomase de la cuadrada mandíbula para obligarla a confesar cuáles eran sus verdaderos móviles.

Los ojos de Marieke eran claros y profundos. Ardían sin cesar. Aguantó el examen sin flaquear. Pronto Fouad se dio cuenta de haber olvidado el motivo de aquel duelo. Era como si el rostro oceánico de la joven le llamase: su hermosa boca se entreabría sobre la alineación ligeramente imperfecta de los dientes superiores, la piel blanca estaba salpicada de pecas que parecían aclararla en vez de oscurecerla. Ella apretó los labios y los frunció hacia la derecha, hacia la izquierda. Se volvió, constató que la plaza estaba desierta, alzó los brazos de puro placer; aspiró una gran bocanada de aire. Cuando Jasmine hacía eso, ponía los ojos en blanco, sacaba la lengua, enredaba los brazos, tenía un absoluto empeño en manifestar hasta qué punto había necesitado llenarse de aire exterior. En Marieke, el deseo primaba sobre la necesidad de expresión. Todos sus movimientos parecían gratuitos, naturales. Sacó pecho, y los hombros, al erguirse, se hicieron más anchos. Rebosaba salud.

Ahora Fouad recordó el motivo de aquel duelo de miradas. La confianza había salido victoriosa. Iba a decírselo, pero ella se le adelantó y le preguntó con su voz ronca, imperceptiblemente risueña:

—Y aparte de esto, Aladino, ¿todo va bien con la princesa Jasmine? Fouad se sintió terriblemente ridículo. Balbuceó unas palabras confusas e ininteligibles y se levantó para volver a casa.

9

En los días siguientes al despertar del presidente electo, Esther Chaouch y Jean-Sébastien Vogel se veían a diario, hablaban sin cesar por teléfono. La experiencia gubernamental de Vogel, así como las intrigas de la precedente corte del Elíseo le habían enseñado que el estatus de primera dama de Francia, aunque solo fuera oficioso y protocolario, no por ello dejaba de conllevar poder en determinados aspectos, como la elección de colaboradores o el casting ministerial, un derecho de veto y una capacidad de influir que la asimilaba a una auténtica vicepresidenta.

Y además Chaouch aún no estaba al timón, y aquella corte en la que ya germinaban los grandes antagonismos futuros aún no se había instalado en el Château, sino que seguía repartida entre la sede del PS en la rue de Solférino y el pabellón de rehabilitación del Val-de-Grâce, convertido en la antesala más concurrida del reino. Allí el presidente recibía del orden de seis visitas diarias. Durante el resto del tiempo se limitaba a refrendar las decisiones del tándem Vogel-Habib, que filtraban las visitas como verdaderos porteros de discoteca. Esther quería reducir el número de esas visitas a cuatro. Respaldada por su nuevo aliado, varias veces desembarcó en el espacio VIP para echar al importante inoportuno que impedía a su marido proseguir armoniosamente su convalecencia.

Los escasísimos afortunados que pudieron conversar con el presidente durante aquel extraño periodo de transición dieron prueba de una discreción y de una delicadeza que sorprendieron muchísimo a los detractores pavlovianos del mundo político. Una cita con Chaouch encamado en el Val-de-Grâce se convirtió en el nuevo hito del tipo de recuerdos que los políticos se guardan para sus últimas revelaciones. En aquella amplia alcoba con las persianas bajadas, presidida por un televisor en sordina por el que desfilaban los males y las desgracias del mundo, flotaba una especie de aroma a historia. Quien hubiera conocido al candidato Chaouch sabía que era tan accesible, encantador e ingenioso ante las cámaras como en privado. Por ello el choque de verle ahora aún resultaba más doloroso. No bromeaba con las enfermeras; no reía nunca.

El profesor Saint-Samat explicó a sus íntimos que no había que darle muchas vueltas a ese fenómeno:

—Piensen que hay zonas enteras del cerebro que no han sido irrigadas —disertaba con su fuerte acento gascón—. Y que el aneurismo provocado por el trayecto de la bala ha destruido el correspondiente porcentaje de neuronas.

La señora Chaouch aprendió por sus propios medios que una neurona destruida no podía regenerarse: así que había que multiplicar los ejercicios destinados a crear nuevas conexiones entre las neuronas supervivientes. Vogel le había encontrado unos tochos escritos por brillantes especialistas americanos. Y ella dedicaba la mitad de su tiempo libre a leerlos, subrayarlos y tomar notas. Sentada, descalza, en la alfombra de su salón en Grogny, llenaba de garabatos innumerables páginas de cuadernos, marcaba remisiones a otros textos, consultaba el iPad para visualizar detalles anatómicos, hacía constantes preguntas al profesor Saint-Samat. Hasta el día en que estuvo en disposición de cuestionarle algunas de sus decisiones. La filosofía francesa de la rehabilitación no le gustaba.

—Un poco cada día durante mucho tiempo está bien para la gente de cierta edad o con mala salud, ¡pero mi marido es un atleta! Durante la campaña hacía jogging a diario, juega a fútbol cada semana desde hace más de treinta años. ¡Necesita una terapia más intensiva, más ejercicios, más gimnasia, él mismo lo está pidiendo! Compréndalo: si no, se aburre. Quiere hacer más, y en un periodo más breve.

Era el método americano.

El profesor Saint-Samat nunca respondía a bote pronto a sus preguntas de estudiante empollona. Se tomaba el tiempo necesario para estudiar con ella cada escáner del presidente, explicándole qué significaba tal zona oscura en tal lugar del cerebelo. Pero la mención de las escuelas americanas de rehabilitación le impacientó. Se inflamó, habló de la gratuidad de la asistencia sanitaria, de la medición del tiempo, y hasta mencionó el modelo de seguridad social francés, y casi llegó a sugerir que las exigencias americanizantes de la señora Chaouch contradecían las promesas de campaña de su marido.

Habib intervino en este debate, para apoyar, excepcionalmente, a la mujer del presidente. Él también deseaba acelerar la rehabilitación de Chaouch: «el rey» se aburría si no podía tragarse su ración cotidiana de cinta de correr; algo de lo que Habib se burlaba. Pero para él, cuanto antes estuviera en pie Chaouch, antes la izquierda asumiría el poder. Porque todo el mundo dudaba. Después de haber polemizado sobre la supuesta indecencia de los veintinueve segundos en que se veía a Chaouch en su cama de hospital el día en que despertó, después de haber hablado durante cuarenta y ocho horas de las primeras palabras que había o no había pronunciado en árabe al salir del coma, a la prensa ahora le preocupaba la escasez de sus apariciones. Había que estar tranquilizando sin cesar, y Habib había tenido la singular idea de atribuirse a sí mismo esa tarea. Él, el comunicador menos ponderado del mundo, comparecía en los platós de televisión para vender los extraordinarios progresos del presidente… con sus trajes de corredor de comercio y su desagradable muñón. Sudaba a mares en cada programa. Era el precio que pagaba por contener su legendaria violencia verbal.

Pero ante sus colaboradores, explotaba. Ya nadie de su entorno se atrevía a mover un dedo. Habib, con sus trajes que le venían grandes. Cuando estallaba en cólera, daba dos pasos atrás, uno hacia delante, puño y muñón en jarras, bajo los faldones de la chaqueta. Y volvía a la carga, gritando hasta que las venas del cuello casi le estallaban:

—¡Hay que dar un relato! ¡Serializar! ¡Quiero episodios, giros narrativos, no esas chorradas que escribís en vuestra jerga apestosa de licenciados de la ENA! ¡O cuentas una historia o se te comen crudo! La derecha está contando que el presidente es un impostor, un francés falso, un débil, que por su culpa la nación es débil, que hay que votar por la restauración de la fuerza y el regreso al orden. Pues bien, nosotros tenemos que ir respondiendo a todo. Se cuenta otra historia. ¡La historia de una resurrección! ¡Cómo Chaouch renace de sus cenizas! ¡Y cómo lo va a poner todo en marcha de nuevo! Operación Lázaro. Chaouch, Chaouch, levántate, anda y preside…

Como un productor de series para la tele, Habib ya solo miraba las curvas de popularidad y las audiencias.

—Hay que hacer que la gente no tenga ganas de zapear. Es preciso que cuando un tema relativo a Chaouch salga en la tele la gente saque su bolsa de palomitas. La resurrección de Chaouch, episodio 2. ¡No cómo habla, cómo piensa, si los análisis son optimistas, no! Sino lo que come al mediodía, qué marca de pijama lleva, y los VIP que pasan a saludarle, los mensajes de apoyo de los grandes del mundo... todo eso es lo que me interesa. Y yo no soy exigente, soy como el público francés, lo que me interesa es lo que interesa a los ciudadanos-espectadores que pagan impuestos y que tienen derecho a un show de calidad, una creación original, como en la tele por cable.

Aquella noche, Esther se había colado en la sala de los comunicadores. Se le escapó una risita burlona, especialmente llamativa porque el silencio que envolvía las soflamas de Habib siempre era absoluto. Todos fingieron no haberla oído, pero a la salida del meeting la primera dama no pudo ocultar las lágrimas que le asomaban a los ojos tras oír hablar de una resurrección que las tardes que pasaba junto a su marido se empeñaban en desmentir.

En efecto, Chaouch sufría. Su marido sufría. Su cuerpo era el cuerpo de otro. Un hombre exhausto y amorfo. Los miembros le pesaban y adoptaba posturas agarrotadas. Combatía la ley de la gravedad con la energía de la desesperación. Sus músculos habían perdido la fe. Afortunadamente su espíritu no había cambiado. Pero mantenían conversaciones en puntos suspensivos. A veces no respondía a una pregunta. Otras veces intentaba alzar la voz para tapar la de su mujer. Los pensamientos se precipitaban a su frente contraída. Cuando unos entraban en contacto con otros, no se reforzaban mutuamente: se rompían.

La miraba con una confusión de bestia herida.

Había injertado en las anfractuosidades de su propia carne los temblores de un seísmo de proporciones nacionales.

Esther, la atea, maldecía a Dios. Pero un buen día, Idder le pidió que le llevase uno de sus viejos cuadernos de música: quería dictarle algo. Por supuesto, Esther ya no rugía contra la Providencia mientras buscaba en los cajones de su escritorio en Grogny. Y cuando estuvo de regreso en el Val-de-Grâce con aquellos cuadernos llenos de pentagramas vírgenes bendecía a Dios, perdonaba al diablo, celebraba el progreso de las neurociencias y quería dar las gracias personalmente a cada miembro del servicio de rehabilitación; pero su marido la detuvo y pronunció, con un suspiro doloroso:

—Lo que te voy a contar tiene que permanecer en absoluto secreto. Insisto en la palabra «absoluto». Vamos a necesitar varias sesiones de trabajo. Al final de cada sesión, tendrás que esconder el cuaderno en la caja fuerte del despacho del profesor. Y no se lo contarás a nadie. Ni a Jasmine, ni a Serge, ni a…

—Jean-Sébastien —completó Esther después de diez interminables segundos durante los cuales su marido estuvo callado, viéndola sin mirarla, pareciendo comprenderla sin juzgarla.

10

En caso de victoria de la izquierda en las legislativas, Vogel iría a Matignon: pasaba el tiempo haciendo de lanzadera entre Solférino y el Val-de-Grâce. Se encontraba con los barones del partido, los viejos outsiders, las estrellas nacientes. Había los que estaban dispuestos a vender a su madre por una secretaría de Estado, y los que, igual de advenedizos, pedían sin ambages si podían difundir su posible candidatura a tal o cual ministerio. Para los puestos importantes, la visita a Chaouch precedía a la visita a Vogel. Los visitantes no podían contenerse y espiaban la cara destrozada del presidente. En realidad lo que más les chocaba no era ni la hemiplejía del lado izquierdo, ni la boca desdentada, ni siquiera su mirada vacía e inmóvil. Lo peor era la voz. Una voz átona, sin color ni respiración; una voz de aparato informático recitando instrucciones pregrabadas en secuencias independientes.

Claro que uno acababa por acostumbrarse. A la salida se repetía —con la bendición de Habib— que era asombroso que el cerebro de Chaouch no hubiera sufrido merma alguna, sino al contrario.

En esas circunstancias un candidato al Ministerio de Justicia formuló una expresión que hizo fortuna: hasta después de sufrir un accidente cerebral y un coma de tres días, Chaouch seguía siendo el *smartest guy in the room*. Aquel candidato era el antiguo ministro de Justicia del presidente saliente, que se había sumado a la candidatura de Chaouch entre la primera y la segunda vuelta, mediante un tuit, un simple tuit que había precipitado la debacle de la derecha. Vogel tenía previsto recompensarle, pero unos parlamentarios socialistas tan competentes como él en cuestiones de justicia habían movido sus peones y hecho saber que no perdonarían que un hombre de derechas recuperase su propio ministerio-sinecura. Habib comprendía las razones de los unos y de los otros.

—En último término —sugirió el astuto dircom—, siempre podemos anunciarlo y beneficiarnos del efecto del anuncio, sin que luego haya que darle el cargo de verdad...

Era el tipo de reflexiones que a menudo salían de la boca de Habib. Esta, de labios gruesos, se abría en una torva media sonrisa de complicidad, la sonrisa de un *consigliere* de la Cosa Nostra con una desfachatez típicamente semítica, toda cejas arriba y abajo y gesticulación de las manos, ya sea alzadas al cielo o abatidas sobre el corazón como muestra de su buena fe.

Cuando Esther Chaouch se enteró de las intenciones del «manco» —por una indiscreción quizá calculada de Vogel—, se indignó:

—¡Eres tú, Jean-Sébastien! ¡Eres tú el que debería ser la eminencia gris de Idder! Te pareces a él. Habib es demasiado perverso, demasiado violento. Es su lado oscuro. Muy oscuro, casi negro —exclamó, para de inmediato reprochárselo a sí misma—. Quiero decir, por la forma autoritaria con la que trata a sus colaboradores.

Al cabo de unos instantes, ya no se acordaba de que se había enfadado tanto. Fue la noche en la que Chaouch pronunciaba su discurso de victoria, difundido desde el jardín del Val-de-Grâce. Habib se había empeñado en que el realizador no le enfocase más abajo del pecho, para que solo se pudiera sospechar que estaba sentado en una silla de ruedas. Llevaba una camisa azul sin corbata, arremangada para que pareciese un manager a punto de volver al trabajo. Por desgracia no se podía hacer nada con su cara torcida, envuelta en vendas. Y tampoco se podía disimular su voz de autómata.

Esther miró a su marido en la pantalla del Citroën 6 que la llevaba de vuelta a Grogny. Acababa de pasar la tarde con él. Su tono maquinal y sus ojos sin brillo la habían deprimido más que de costumbre.

—... de manera, mis queridos compatriotas, que solo espero una cosa —decía aquella voz que no alteraba ningún rasgo, que no aclaraba ningún plano del rostro desestructurado, de manera que igual hubiera podido emitirla una cajita situada tras el cráneo—. Lo único que espero es poder ponerme pronto a trabajar, al servicio de Francia y de los franceses... he encargado a mis colaboradores más cercanos que organicen la transición tras el traspaso de poderes... tengo la intención de representar a nuestro país en el G8 de Nueva York dentro de unos días...

Esther Chaouch apagó el televisor y cerró los ojos para calmar su agitada respiración.

—Nueva York... —musitó desdeñosamente.

Al cabo de un minuto llamó a Vogel:

—Ya sé que es solo físico, y que además es temporal, Dios mío, eso espero, pero... Oh, antes se alegraba —explicaba a su confidente incansable—. Exactamente, antes se alegraba. Una melodía, un recuerdo de infancia, una buena noticia en los sondeos. Por eso todo el mundo quería estar con él. Todo le sorprendía, todo lo veía como si fuera la primera vez. Y su curiosidad... su curiosidad irradiaba a su alrededor. —Reprimió un gemido que se le escapó por el uso repetitivo de aquel pretérito imperfecto funerario—. Oh, tú lo conociste, Jean-Sébastien, viste que hacía que la gente fuera mejor, cómo les hacía mejores: no prodigándoles consejos sino viviendo, viviendo con su propia luz, de forma que imitarle era... como imitar la vida.

Vogel quedó «muy emocionado» por la perorata de la primera dama. Y le dijo que antes que primera dama era primera esposa.

No podía ocultar su admiración por la señora Chaouch. Su devoción y su voluntad de acero le impresionaban, y sin embargo más le impresionaba su nueva pasión por la neurocirugía. Que no carecía de cierto patetismo. Se había lanzado a intentar comprender el cerebro de su marido de la misma manera que otros se lanzan al tren, o sacrifican ambiciones y carrera: por amor.

De manera que Vogel siempre respondía lo mismo a la gente, muy numerosa, que le preguntaba cómo soportaba Esther Chaouch la prueba de la rehabilitación: no era ni una primera dama ni una esposa excepcional.

—Sencillamente, una mujer enamorada.

11

Después de pasar la noche del miércoles en el calabozo del Palacio de Justicia, Dounia y Rabia supieron, cada una por su lado, que Krim también había dormido en una de las celdas destinadas a los que tenían que comparecer ante el juez, en el sector hombres. A primera hora de la mañana Szafran había ido a buscarle para conducirle al despacho del juez. Krim bostezaba, se estiraba, se frotaba los ojos soñolientos con sus torpes puños de chaval.

—Te he traído ropa de recambio —le anunció Szafran, dejando sobre la colchoneta una bonita caja de cartón de una marca lujosa.

Krim dio las gracias al abogado sin mirarle. Abrió el paquete como si se tratase de un regalo de Navidad. Dentro encontró bien plegados unos pantalones vaqueros Levi's que le venían como un guante, una camiseta American Apparel azul, una chaqueta de verano y mocasines marrones. Ya vestido, le decepcionó seguir pareciendo un patán al lado de su abogado, que aquel día llevaba un traje de franela gris con cuadritos finos, que probablemente costaba dos mil euros.

Siguiendo a aquel hombre alto, impresionante por su prestancia y su dignidad, Krim recordó una confesión de Aurélie, en el barco a motor que les había llevado a las calas: le había dicho que a veces, sin saber por qué, soñaba con tener un niño. Y él pensó muy fuerte, tan fuerte como si alguien gritase dentro de su cabeza: A mí lo que me parecería un sueño sería tener un padre.

Por supuesto, no dijo nada, y tuvo que responder a la pregunta que más veces le habían hecho en su vida —«¿En qué estás pensando, Krim?»— con una de esas miradas vaporosas y culpables, probablemente la misma que ahora dirigía al abogado Szafran en el cuarto vetusto y de techo donde los gendarmes los acababan de encerrar.

Fuera, el rocío hacía brillar los tejados de pizarra. Dentro, la madera crujía y el polvo espeso absorbía los rayos de sol primaveral.

—Bueno, Krim, el plazo de retención a disposición judicial es de veinte horas. Quiere decir que entre ayer por la noche, cuando terminó tu prisión preventiva, y esta mañana, en que tienes que ser presentado ante un juez, no puede pasar ni un minuto más. Hay jueces que comprenden que en realidad el abogado no puede ponerse al corriente de los pormenores del expediente de su cliente: entonces hacen un interrogatorio de primera comparecencia protocolario, solo para suspender el plazo, en el que el juez pide confirmación de la identidad del encausado y algunas nimiedades administrativas, y luego acepta la interrupción provisional, para que la defensa disponga de más tiempo. Algunos jueces respetuosos de los derechos lo hacen así. Aunque son una minoría muy pequeña.

—Y...

—Y nuestro juez, el juez Rutrou, forma parte de otra pequeña minoría... que opera en el sentido exactamente contrario. Así que te voy a pedir una cosa. Cuando entremos en el despacho del juez, has de hacer una declaración espontánea. Dirás que te niegas a responder a las preguntas.

Krim desvió la mirada para reflexionar.

—Pero ¿eso quiere decir que iré a la cárcel?

—De todas formas irás a prisión provisional. Pero tú confía en mí. Explicaremos que todo lo que has dicho durante esta prisión preventiva absurdamente larga lo has dicho porque los policías te han obligado, que han sido brutales, y que desde el punto de vista de la justicia tu testimonio no puede tomarse en consideración.

En la voz del gran abogado había una especie de autoridad suavizada, una firmeza que el temperamento impresionable de su joven cliente calibró. Cuando el secretario judicial de Rutrou llamó a su puerta y preguntó si estaban listos, Szafran recobró automáticamente la voz habitual:

—Todavía no he acabado con mi cliente, caballero. Déjenos un poco más de tiempo, va a hacer una declaración espontánea.

Mientras el abogado releía las actas de la prisión preventiva, de los registros, o la nota de resumen redactada por el capitán Tellier por cuenta de la SDAT, el juez Rutrou se zampaba su segundo desayuno de la mañana ante la ventana de su despacho. No sentía ninguna presión particular: para los casos de terrorismo, los procedimientos eran impecables y el papel de los abogados raramente era decisivo. El Ogro imaginaba que Szafran habría aconsejado sensatamente a Krim que reiterase sus confesiones y culpase de todo a su primo Nazir. A cambio de detalladas informaciones sobre la red que este había constituido, Krim pediría un poco de clemencia, el poco de clemencia que se le pudiera conceder teniendo en cuenta los gravísimos hechos de los que era culpable: el derecho a ver a su madre en prisión provisional, el derecho a escribir y recibir cartas...

Pero cuando Szafran apareció en el marco de la puerta, sacando pecho en su toga de abogado con el cuello orgullosamente amarilleado por los años, el juez comprendió por el simple rigor de su postura que no estaba allí para apelar a su integridad, a la grandeza de su espíritu o a su bondad. El Ogro se había vestido deprisa y corriendo; una punta del cuello de la camisa asomaba sobre la chaqueta.

Sin echar ni siquiera una mirada hacia el detenido, le ofreció al gran penalista su manaza marcada por hoyuelos rosados. Este mantuvo la mano a lo largo de su toga y pronunció esta frase, con voz seca y solemne:

—Me niego a estrechar la mano de un lacayo del poder.

La rabia de Rotrou se disfrazó de sonrisa, una sonrisa torpemente sonora.

—Muy bien, entonces no perdamos tiempo.

Después de constatar la identidad del compareciente, y de su abogado, y notificar que pensaba «investigar a Abdelkrim Bounaïm-Nerrouche por los hechos consignados en la requisitoria introductiva», el juez aspiró una bocanada de aire y lanzó una mirada malvada a su secretario, al que veía temblar ante el ordenador en el que tenía que consignar toda la entrevista.

—Bien, ahora hablando en seri...

—Mi cliente desearía decir algo —le interrumpió Szafran posando la mano sobre el antebrazo de Krim, liberado de las esposas.

Toda aquella hostilidad era muy incómoda para el joven. Pese a las explicaciones de Szafran y a la fe ciega que tenía en el criterio de un hombre de voz tan grave y majestuosa, se preguntaba si ganarse la inquina del juez era una buena estrategia.

—Rechazo la prisión preventiva —balbució Krim, comprendiendo demasiado tarde que lo había mezclado todo en su cabeza.

Como esos directores de orquesta que, con una simple alteración de la apertura de los ojos, son capaces de indicar a un instrumentista timorato la amplitud exacta de un crescendo o la sutileza de una frase compleja, el abogado Szafran le ofreció a su joven cliente una mirada de una suavidad infinita, indulgente en la ligereza del guiño, mientras el resto de su rostro permanecía duro y belicoso.

Reforzada su confianza, Krim declaró:

—Me han obligado a hacer declaraciones falsas y ahora me niego a responder a sus preguntas.

El juez Rutrou asintió con la cabeza haciendo girar el bolígrafo alrededor del pulgar. Buscó la mirada de su secretario.

—Secretario —dijo como si se le hubiera olvidado cómo se llamaba—, anote que el compareciente se niega a responder a las preguntas.

Szafran se levantó. Los dos gendarmes que habían escoltado a Krim volvieron a ponerle las esposas.

—No sé a qué juega, abogado —dijo Rutrou en voz alta, cerrando el expediente—, pero no van a ser sus clientes quienes ganen la partida.

Krim volvió la cara, creyendo que tenía que decir algo. Szafran le señaló el largo corredor de la galería Saint-Éloi. Rodeados de gendarmes, pasaron ante el despacho cerrado del juez Wagner; habían arrancado la placa y solo quedaba un rectángulo pegajoso y polvoriento. En la escalera que les llevaba a los pisos inferiores, Krim quiso rascarse la nariz. Las esposas no se lo impedían completamente. Volvió hacia el abogado el rostro liso de anchos pómulos y le preguntó con una especie de curiosidad desapasionada:

—¿Y ahora qué va a pasar?

Szafran le apoyó la mano en el hombro, sin dejar de andar, y le echó una mirada que significaba: Todo irá bien, confía en mí.

Dos horas más tarde la misma escena se repitió con Dounia y con Rabia. Pero esta vez el abogado no pudo limitarse a un guiño paternal para tranquilizarlas.

Tras el interrogatorio de primera comparecencia, las hermanas tenían que encontrarse con el JLD, que decidía sobre su eventual ingreso en prisión provisional. En efecto, Dounia había creído comprender que había otra posibilidad, la de la libertad condicional. Antes de su audiencia con el JLD le preguntó a Szafran si su hermana o ella tenían alguna pequeña posibilidad de obtenerla. El abogado explicó que era más que excepcional que un juez de las libertades contradijese las recomendaciones de un juez de instrucción, sobre todo si este juez tenía el peso y la reputación de Rutrou. En cambio, el fiscal presente durante la audiencia podía expresarse, según esa vieja regla de la fiscalía que estipula que «la pluma es sierva pero la palabra es libre».

No obstante, Szafran prefería no esperar nada de Jean-Yves Lamiel, el jefe de la fiscalía de París, del que ya en varias ocasiones precedentes había podido constatar que carecía de columna vertebral. En el Tennis Racing Club de Boulogne, Wagner había intentado hacerle hablar a favor de las Nerrouche, subrayando especialmente que no había ningún indicio sólido de que formasen parte del complot.

Dos nuevos elementos habían justificado el mantenimiento de la prisión provisional de las dos hermanas: la confesión de Dounia al comandante Mansourd, en la que reconocía haber efectuado transferencias bancarias a la cuenta de Nazir; y aquel expediente de los servicios secretos argelinos que incriminaba a los difuntos maridos de las dos hermanas y sobre todo a su hermano Moussa. Al cruzarse con Lamiel ante la planta de los JLD, Szafran actuó de la misma forma que en las sucesivas comparecencias de Dounia y de Rabia:

—¡Lo que se les reprocha no es ni más ni menos que su pedigrí! Algo turbio en su familia lejana… ¡cuando no, directamente, en su familia difunta!

—Abogado, no haga una escena en medio del pasillo. Venga a mi despacho.

Szafran dejó a sus clientas con sus guardianes y se sentó en la butaquita del despacho del fiscal.

—Mire, señor Lamiel, usted es un hombre sensato. Vamos a armar castillos de arena basándonos en expedientes reservados en los que no hay nada, y todo para fabricar un cuento chino. La familia magrebí aparentemente normalísima, que resulta que era un vivero de islamistas radicales. ¿Pruebas? No se necesitan pruebas: se supone, y repito, se supone, que un tío exiliado en Argel desde hace décadas se metió en líos con el GIA. De los maridos de mis clientas ni siquiera «se supone» nada, salvo repetidos viajes al país de sus antepasados. Menuda cosa. Da igual que no pueda establecerse ninguna relación objetiva entre el tío Moussa y los maridos de mis clientas. En todo este asunto hay algo que no acaba de cuadrar. ¡Pues no, señor juez de las libertades, no, no y no! No se envía a dos madres de familia ejemplares, dos mujeres respetables, con antecedentes perfectamente limpios, y además con una hija menor de quince años, no se las envía a prisión provisional porque hay «algo que no acaba de cuadrar».

Con los brazos cruzados ante su escritorio, Lamiel agitaba la cabeza, con sus grandes ojos clavados en el dossier, que estaba al revés y por tanto no podía leer nada en él. Parecía estar pensando en otra cosa, quizá en Wagner. Szafran se calló y miró a su adversario.

Se daba golpes con la palma de la mano en la rodilla, como hacen los francmasones para aplaudir.

—Lo siento, abogado. Es un caso demasiado importante. Si me opusiera a su detención...

—... se convertiría en el héroe de la fiscalía.

—Ja, ja —se rio el fiscal—. Usted sabe que las cosas no van así. La institución judicial...

Szafran se negaba a aguantar el menor monólogo de aquel hombre de sonrisa untuosa.

—Bueno, no puedo contar con su coraje —resumió, incorporándose—. Pues nada, me las apañaré sin usted.

—No se pase usted de orgulloso, Szafran.

El gran abogado se tensó.

—Que yo sepa no hemos comido nunca del mismo plato, señor fiscal, ahórreme sus confianzas.

Salió rápidamente y telefoneó a Amina. Ya no tenía ninguna duda sobre la estrategia a adoptar: una jugada de póquer. En vez de presentar a sus defendidas ante el JLD pidió diferir la comparecencia durante cinco días. De manera que sus clientes deberían pasar automáticamente esos cinco días en la cárcel. Ese jueves, cuando Rabia quiso saber de qué servía demorar la audiencia con el juez de las libertades, Szafran le respondió que ahora no había forma alguna de ahorrarles, a ella y a su hermana, la prisión provisional. En cambio, al cabo de cinco días había una posibilidad.

—¿Qué posibilidad? —insistió Rabia, a quien Amina le había llevado ropa limpia.

—Es cuestión de fechas y procedimientos, es muy complicado y más vale que por ahora no sepa usted nada.

Szafran les dio a todos sus clientes instrucciones precisas sobre la casilla donde debían marcar en el formulario de ingreso en detención. Insistió mucho, pidiéndoles que repitiesen varias veces lo que acababa de explicarles.

A Rabia le costaba concentrarse: no soportaba la idea de no ver a Krim antes de que este fuera a la cárcel. Hablaba de eso como de un viaje de estudios a Inglaterra. ¿Cómo iba a poder dormir por la noche sin haber hablado con su hijo desde el sábado, hacía ya más de cinco días?

—De momento es imposible. Señora —zanjó Szafran—, tiene usted que mentalizarse de que no va a poder visitarle, al menos antes de que sea usted absuelta de este caso. Tiene que comprender que el juez Rotrou no hará nada para facilitarle la vida. No permitirá que se comunique usted con el exterior, de ninguna de las formas.

A causa de la calificación de terrorismo en sus expedientes, sus clientes serían internados en el área de alta seguridad de sus respectivas prisiones. Dounia y Rabia serían encarceladas en Fresnes, Krim en la Santé.

Rabia lloró silenciosamente al imaginar los días que la aguardaban… y en realidad no pudo imaginarlos. Szafran pasó la mano por la cabeza de Rabia y la animó a llorar en la solapa de su toga.

Cuando llegó el turno de Dounia, el abogado añadió:

—Ya sé que no quiere ver a un doctor, pero si necesita uno, sepa que Fresnes dispone de su propio centro médico, el EPSNF.

—Gracias, abogado —respondió Dounia con voz débil—, pero no se preocupe.

La marcha de Krim en el furgón policial fue el momento más duro para el abogado. No podía prometerle nada. Le acompañó hasta la puerta trasera del furgón. Había una serie de jaulas parecidas a las que se ven en los grandes remolques que transportan caballos, parecidas a las que antaño llevaban especímenes de monos desconocidos de las colonias.

—Muchacho, ahora tienes que ser fuerte. No quiero engañarte, el juez no nos va a hacer ningún favor.

Krim quiso responderle que en tal caso no debería haberse mostrado tan agresivo con él. Se abstuvo. La voz del abogado tenía un tono tan grave que exigía una escucha silenciosa.

—Rotrou rechazará todas las peticiones de visitas, de cartas, todo lo que podría hacer tu estancia en prisión más soportable. Creo que esto solo será por algún tiempo, y yo voy a luchar para que al mismo tiempo siga otras líneas de investigación, estudie las otras pistas.

—Pero...

—Ya sé. Tú disparaste. Pero voy a hacer que se vea la verdad, que es que no podías decidir, que solo eras un peón, que otros... elementos, fuerzas más potentes, conspiraron para hacer que apretases el gatillo. ¿Comprendes?

—Comprendo —respondió Krim tras una pausa, preocupado por otra cosa que acabó por formular así—: Pero ¿por qué también envían a la cárcel a mi madre y a mi tía? ¡Ellas no han hecho nada!

—Déjalo de mi cuenta, Krim. Es un error muy grave. No dejaré que pase sin más, créeme.

Krim sacudió febrilmente su barbilla imberbe.

—No voy a decirte que no hagas tonterías, eso puedes entenderlo tú solito. Los primeros días van a ser duros, pero vendré a visitarte. Sí, gracias a Dios no pueden impedirle a un abogado que visite a su cliente.

Los policías presionaban a Szafran para que acabase de hablar con su cliente.

—Una cosa más, Krim.

Miró alrededor y se inclinó hacia el oído del chico. Los policías no oyeron lo que le dijo, pero quisieron saberlo cuando el furgón hubo abandonado el recinto del Palacio de Justicia. Krim empezó por no responder nada. Uno de los policías dio un porrazo contra su jaula.

—¡Ya vale! —gritó Krim—. ¡Ya vale, qué problema tienes!

—¡Ya vale, vale ya! —se rio el policía.

La sirena resonó, justo encima de la cabeza de Krim. Llegaron a la Santé en menos de media hora. Krim fue llevado a un despacho donde tuvo que rellenar un formulario, el primero de una larga lista.

Un señor gordo del registro de ingresos le indicaba lo que tenía que hacer. Llevaba un jersey azul marino con las insignias de la administración penitenciaria. Su mirada no se encendía nunca, pero tenía algo de tranquilizante: sus redondeces, sus gestos cuidadosos, quizá también las oscilaciones de su voz un poquito aguda.

Reunió los efectos personales de Krim, procedió a la numeración de sus huellas dactilares.

Luego tuvo lugar el registro, un largo registro corporal muy penoso para Krim, que detestaba su desnudez, incluso cuando era el único espectador de la misma.

Se sintió aún más desnudo ante el oficial de la institución, un teniente barbudo con cara de vendedor de teléfonos móviles, que le interrogó sobre la muerte de su padre después de presentarle la tarjeta del inventario para que la firmase y proceder a una rápida verificación de identidad. Lo que él quería verdaderamente verificar, acabó por admitirlo, cansado de la pasividad del que iba a ser el interno más joven del centro de alta seguridad, era:

—Solo queremos estar seguros de que no te vas a suicidar. Las precauciones que tenemos que tomar… etcétera —añadió, falto de ideas.

—Lo que faltaba —masculló Krim.

—Eres un DAS, detenido de alta seguridad. Aquí solemos decir que DAS significa detenido de alta sensatez. Supongo que ya imaginas por qué.

Lo que más sorprendía a Krim era la amabilidad de toda aquella gente. El tipo del departamento de ingresos le había dicho: «Todo irá bien, no te preocupes». El teniente quería saberlo todo sobre sus posibles tentativas de suicidio…

De hecho, era aún peor. Peor que la brutalidad de los polis antiterroristas en la DCRI. Aquí, todos hacían humildemente su trabajo.

Aquí todos parecían empleados de un albergue un poco austero pero correcto. El posadero con uniforme de carcelero le asignó una celda C424 y llamó a un guardia para que le llevase a ella. Cuando Krim se levantó para la siguiente etapa, el teniente le dio un consejo extraño:

—Y si alguien grita cosas sobre ti y Chaouch, ni caso. A veces las noticias corren, se saben y... todo eso —se lio.

Luego, después de una serie de pesadas puertas con barrotes, Krim descubrió el pasillo en que se encontraba su nueva celda, en la que iba a pasar las peores horas de su joven existencia. El guardia le explicó que estaría solo. Los detenidos de alta seguridad no compartían celda. Tenían horarios de paseo diferentes, en los que estaban custodiados por cuatro colosos con chalecos antibalas, miembros de los ERIS, unidades de élite de la policía penitenciaria. Los DAS como él estaban de hecho como en régimen de aislamiento, pero no permanente. Lo primero que Krim observó al entrar en su celda C424 no fue la extrema estrechez de la cama o su deprimente proximidad con la taza del váter. Tampoco fue la suciedad del suelo o la silla con el respaldo hundido. No, fue el techo. En cuanto se quedó solo se tumbó en su colchoneta y siguió mirando el techo.

Y durante los cinco primeros días, esa fue su actividad principal. Descubrió que la prisión era, sobre todo, una multitud de ruidos ensordecedores. Estaban las teles, las radios, las puertas que daban golpes continuamente, los ruidos eléctricos inquietantes, y sobre todo, los aullidos. Krim casi prefería los insultos y las amenazas de muerte entre los presos del pasillo. Porque si no, era un aullido puro, un aullido como él nunca había oído antes: una especie de confesión de desesperación, de súplica a la nada, un odio sin articulación y sin objeto, es decir, un odio a la vida misma.

Así que el techo fue lo que impidió que aquellos aullidos volvieran loco al joven prisionero. Aquello que Szafran había llamado «la quinta pared», cuando le murmuró al oído a la puerta del furgón. Le había dicho que la única verdadera pared de la prisión era el techo, porque impedía a los hombres ver el cielo, y en el cielo la infinita majestad del universo y la infinita relatividad de nuestros dolores:

—Cuando miras al cielo, deja de tener importancia lo que te pase, todas las complicaciones, las nubes que se te han metido en la cabeza. Cuando miras al cielo comprendes que las nubes de verdad están allí arriba, y que lejos, por encima de nuestros asuntillos humanos las nubes se estiran blandamente, los vientos chocan, las estrellas brillan, y cuchichean como adolescentes que se aburren al principio de una fiesta de pijamas.

Luego, para ayudarle a ver el cielo pese a todo, el abogado amante de la astronomía le explicó que a causa de la polución en las grandes ciudades ya no se veían las estrellas. En el entorno de Krim, la mayoría de la gente libre también tenía aquella quinta pared encima de la cabeza. También eran prisioneros, en cierto sentido. Y Szafran odiaba la prisión. Muchas veces viajaba a desiertos situados en las mismas latitudes que nuestras grandes ciudades privadas de estrellas. Contemplaba hasta la embriaguez aquellos cielos llameantes del desierto. No les sacaba fotos, para que viviesen libremente en su memoria. De regreso a París, cuando trabajaba hasta avanzada la noche, soñaba con ellos. Eran tan suyos como los recuerdos de su infancia. En el fondo de cada ser humano había un almacén tan grande y luminoso como un cielo abierto. Una fuente viva, que cada uno había cerrado con llave. Esa cerradura era la que había que romper. A aquello era a lo que había que apegarse: a tesoros que nadie podía confiscarnos. Y aquello era mucho más valioso que todos los colocones nocturnos de hachís, concluyó la eminencia del derecho, antes de un último guiño, que Krim adivinó más que vio a través de la densa malla de la reja de la puerta trasera del furgón.

13

Szafran estaba mascando su tercer chicle consecutivo en la antesala del despacho del juez Rotrou, en el último piso del Palacio de Justicia. Amina no se atrevía a decir ni mu. La frente alta y despejada de su jefe parecía atormentada por mil ideas. Profundas arrugas surcaban su piel de arriba abajo, pero tenía un perfil inteligente: los labios descansaban el uno encima del otro formando una línea inmóvil; de vez en cuando las finas aletas de su nariz curva, que recordaba a la de John Lennon, se retraían sutilmente. Tenía el cuello flaco característico de un sexagenario que se preocupa por la buena alimentación; la nuez estaba oprimida por el nudo de la corbata, muy apretado. Parecía a la vez tenso y tranquilo, absolutamente loco de rabia e imperturbablemente filosófico. Sentado en la punta del banco, con las manos en las rodillas, los hombros rectos, estaba en alerta, listo para saltar.

—Es la flecha de los partos...

La joven se sobresaltó. Aunque cuchichease, la voz de Szafran era la de Wotan, la de Sarastro, la de la estatua del comendador: la voz de los tiranos y de los sabios.

—Los arqueros partos fingían batirse en retirada, y mientras huían iban lanzando sus flechas.

Amina no comprendió la alusión, pero notó que se expresaba como ante el tribunal. Había escuchado a Szafran perorar en la última sesión del tribunal de lo penal. Como otros jóvenes talentos recién egresados de la universidad, asistía a numerosos procesos. No se perdían ningún juicio importante. Participaban en los concursos de elocuencia, devoraban las obras de los veteranos más venerables. Si hubiera cromos Panini con la efigie de los abogados más eminentes, no cabe ninguna duda de que los hubieran coleccionado, como niños fanáticos.

Amina se sentía incómoda con su propia idolatría, sobre todo porque había leído, tomando muchas notas, los libros de Szafran: su requisitoria contra los excesos represivos de la justicia francesa, así como aquel ensayo que tanto ruido había hecho, en el que proponía, a partir de su experiencia como director de un observatorio de los sistemas penitenciarios, la supresión pura y dura de la cárcel, «institución que es un vestigio de tiempos bárbaros»... En su fuero interno, a la joven le parecía que exageraba, que cedía al canto de las sirenas de la provocación mediática, como cuando declaró, en un plató de televisión, después de aquel doble asesinato de una crueldad sobrecogedora, que para él la situación ideal, como abogado, era precisamente hacer declarar inocente a un acusado de cuya culpabilidad no tenía duda, signo paradójico de que la justicia funcionaba.

Esa perorata le había hecho ganar miles de visitas en YouTube. Allí se mostró tan vehemente y persuasivo como durante sus célebres alegatos beethovenianos: arengando a su auditorio, teatralizando su propia miseria moral, exponiendo, sobre todo, la de los jurados sedientos de castigo, exactamente al contrario de esos litigantes que seducen, engatusan, y ganan, si ganan, provocando la emoción y suscitando la piedad del jurado. En cambio Szafran no la suplicaba jamás. Pero la obtenía en la forma más pura: cuando había acabado de hablar, aquellos desconocidos a quienes les correspondía la abrumadora tarea de decidir la suerte de un hombre estaban hechos polvo, bañados en sudor y en lágrimas. El acusado, el culpable, el inocente, la víctima: no eran figuras de la retórica, eran personas, seres de carne y hueso. Y sobre todo de sangre. La sangre que había brotado de la mejilla izquierda de Chaouch. La que manchaba las manos de Krim. Y la que Amina, reproduciendo irónicamente el papel de las mujeres de su familia, relegadas al hogar y a las tareas más ingratas, ahora tenía que consagrar toda su energía a limpiar.

Una señal silenciosa de Szafran la arrancó de sus meditaciones.

—Mire —dijo él, señalando la ranura de luz que se filtraba bajo la puerta del despacho.

Una sombra la pisoteaba, como si bailase alternando de un pie al otro.

—Está con ese rollo desde hace diez minutos.

—¿Es Rotrou?

—No sé —respondió Szafran, divertido—. Probablemente no, hubiéramos oído sus jadeos de jabalí a través de la puerta.

Al cabo de unos instantes, esta se entreabrió, volvió a cerrarse a medias, se abrió del todo. En efecto, no era el Ogro sino su secretario, un hombre endeble y de piernas cortas, dotado de un enorme cráneo como una peonza demasiado grande para su base. Tenía el cabello escaso, dispuesto en mechones confusos a ambos lados de la frente, donde la calvicie había comenzado su implacable labor de zapa con unas profundas entradas.

Timothée Chicon tanto podría tener treinta como sesenta años. Tenía cuarenta y cinco justos. El abogado no sabía la causa de su aspecto de tristeza infinita, pero al verle aparecer en la puerta apenas entreabierta, con su tez amarillenta, sus cejas bajas, tuvo la certeza de encontrarse ante el hombre más desdichado del mundo.

—Lo... lo siento mucho... muchísimo. Mmm. No va... en fin... perdón, al contrario de lo que le he dicho hace un momento por teléfono, pues... no va a ser posible recibirle hoy, lo siento... eh... lo lamento, señor abogado...

Amina lanzó un profundo suspiro. Chicon vaciló. Aseguró que Rotrou estaba en una conferencia telefónica urgente con el otro juez encargado del «caso», Poussin. Por un curioso mimetismo, se atascó repetidamente en el nombre del juez tartamudo. Comprendiendo que mentir por encargo era para él un suplicio, Szafran no insistió.

—Pues bien, dígale a Rotrou que nos veremos mañana por la mañana, y que sus métodos me parecen... No, mejor déjelo estar, después de todo usted no tiene la culpa, ¿verdad?, no pinta nada —añadió pérfidamente—. Dígale sencillamente que nos veremos mañana por la mañana.

Dicho lo cual se levantó, enérgica y misteriosamente encantado.

Chicon se retorció las manos a izquierda y derecha. Repitió varias veces el principio de su discurso.

—Señor juez, tengo que interrumpirle un segundo... Señor juez, solo un instante.

Soñaba con ser autoritario y natural; pero en el momento de llamar a su puerta, los dos golpes fueron inaudibles.

El Ogro estaba hablando por teléfono.

—¡No!

El secretario se sobresaltó, creyendo que Rotrou le hablaba a él. No se atrevió a llamar de nuevo y volvió a morderse las uñas otra vez.

De hecho, Rotrou estaba hablando por teléfono con un viejo amigo periodista. Disertaba sobre las llamadas al terrorismo en internet, la blogosfera de las derechas, las amenazas de una parte de aquellos militantes virtuales de una guerra civil en caso de victoria de Chaouch...

—Todos los indicadores están en rojo. Ya no se necesita reclutamiento *in real life*, ahora los jóvenes son intoxicados en internet y a partir de ahí luego ya se incorporan a los circuitos reales. Pero esto hace que nuestro trabajo sea cada vez más difícil. Tenemos que lidiar con chicos de dieciocho años que acaban de descubrir un vago corpus ideológico... y que tienen el entusiasmo de los nuevos conversos.

—¿Es el caso de Abdelkrim Nerrouche? —preguntó el periodista.

—A priori, sí. Todo el mundo dice que ha sido «manipulado» por su primo, pero al final los hechos cuentan otra cosa. Los hechos dicen que había previsto salir de Saint-Étienne el domingo por la mañana, el billete del TGV fue comprado dos semanas antes. En París había un coche esperándole, y también una copia exacta de la pistola de 9 mm con la que se estuvo entrenando durante meses... Tengo que dejarte, querido Xavier...

El Ogro colgó y jadeó unos instantes. Tenía los antebrazos, gruesos como jamones, extendidos sobre el protector de escritorio de cuero. El juez notaba que se le quedarían pegados por el sudor. Cuando oyó unos golpes discretos en la puerta y vio asomar la minúscula silueta de su secretario, con un gesto seco arrancó de la mesa el antebrazo derecho, efectivamente pegado por el sudor, y golpeó la mesa con el puño.

Chicon dio un saltito y desapareció a toda velocidad, como una cucaracha rociada de insecticida.

14

De vuelta en su despacho, Szafran le explicó a Amina que al ver a aquel secretario judicial se le había ocurrido una idea. Pero no dijo nada más y subió a su guarida para reflexionar. Su «guarida» era su verdadero despacho; recibía en el del piso, informatizado, luminoso y limpio, pero donde de verdad trabajaba era en el desván, al que se accedía por una vieja escalera de caracol. Allí se había habilitado dos cuartos que olían como una polvorienta librería de segunda mano. En efecto, había allí centenares de libros amontonados en las estanterías y unos sillones Voltaire en torno al pupitre ante el que Szafran pasaba horas leyendo y meditando, quieto como un grabado de Durero, casi siempre descalzo, en invierno cubriéndose con una capa y en verano refrescándose con un ventilador portátil. El otro cuartito disponía de un sofisticado telescopio, apuntando hacia el tragaluz.

La secretaria del despacho, una matrona ciclotímica fiel a Szafran desde su primer caso, contaba que las noches de verano, cuando no había nubes y en el despacho no había nadie más, «el viejo loco» subía al tejado de pizarra para reflexionar y disfrutar del espectáculo de las estrellas. Aquella tarde, por primera vez desde hacía mucho tiempo, exhumó unas hojas manuscritas de su caja fuerte perdida en la jungla de libros. Se trataba de unas notas personales que había tomado durante su último enfrentamiento con Rotrou. Igual que un boxeador que la víspera de enfrentarse con un adversario visiona los últimos combates de este, Szafran recordó el talón de Aquiles del poderoso juez antiterrorista: su irresistible tendencia a complacer al poder constituido. Era un vicio que Szafran veía como consustancial a la función de magistrado instructor, por lo menos cuando estos se veían forzados a investigar sobre asuntos de Estado: con muy pocas excepciones, eran fuertes con los débiles, y débiles con los poderosos. Szafran podía ser comprensivo con la mediocridad; pero la cobardía de los semifuertes que se ensañan con los pocos a los que pueden aplastar sin correr peligro de represalias le parecía imperdonable.

No dejaba de pensar en la cara del secretario de Dotrou mientras releía los recortes de prensa del caso en el que se había enfrentado al Ogro. De repente bajó al piso, sin acordarse de calzarse, y buscó información sobre Chicon, antes de llamar a Fouad. El joven encajó las noticias que Szafran le anunciaba con demasiada facilidad para su gusto. El abogado le preguntó qué tal iba de moral, si había podido hablar por teléfono con Jasmine Chaouch y, finalmente, si por casualidad no habría «hecho una tontería».

Fouad, exclamó:

—¡Claro que no! ¿Qué tontería?

—Por ejemplo, hablar con la prensa —aventuró Szafran, al que raramente le engañaba la intuición.

Le pareció que para ser un actor Fouad mentía bastante mal. Cuando se lo dijo, Fouad —que estaba muerto de cansancio—, en vez de negar que hubiera mentido, dijo que él tenía de la profesión de actor una idea completamente opuesta a la que Szafran parecía tener...

—Si me permite un consejo de hombre mayor, duerma un par de horas, Fouad.

Fouad asintió y colgó con un mal sabor de boca. Había mentido muy mal, pero, sobre todo, ¿por qué lo había intentado? ¿Por qué no le había contado a Szafran todo lo que le había dicho Marieke?

La respuesta era amarga, como suelen serlo esas evidencias que uno se niega deliberadamente a aceptar: Fouad tenía miedo de que Szafran le recomendase vivamente que no la volviera a ver; y él quería volver a verla, no pensaba en otra cosa.

Por su lado, Amina había tomado la iniciativa de constituir un archivo selectivo de lo que se venía diciendo desde hacía tres días sobre la familia Nerrouche. En su inmensa mayoría, los medios de comunicación sostenían la tesis de una red terrorista camuflada bajo la apariencia de una apacible familia de inmigrantes, la mayoría tomando precauciones hipócritas (hay que esperar a las conclusiones de los jueces, pero parece evidente que...), otros de forma frontal, como Putéoli, que no dudaba en sacar las consecuencias ideológicas de los movimientos de aquella familia, que simbolizaba, trágicamente, el fracaso de la «integración». Los que se oponían a esta versión lo hacían llamándola «la versión oficial», en sitios de la blogosfera conspiranoica, o en Twitter, mediante trinos de ciento cuarenta caracteres.

En su buzón de correo, Amina recibía en directo comunicados y alertas de Google sobre los Nerrouche.

«Tiene 1 correo no leído.»

Amina fue a la pestaña que parpadeaba en naranja. El correo comenzaba por FWD: era un artículo de Avernus.fr que le «ofrecían» desde una cuenta de abonado, y que mencionaba los trabajos secretos de un think tank cercano a los Chaouch, destinados a generalizar la discriminación positiva con criterios étnicos en determinado número de sectores. Al final del correo Amina leyó una nota que había agregado el remitente protegido tras el seudónimo Racismo_Anti_Blancos:

«Todos merecemos las mismas oportunidades, en fin, sobre todo si nos llamamos Mouloud o Amina».

Amina alzó los ojos de la pantalla de su ordenador. Al fondo de la espaciosa sala en la que trabajaban los pasantes, había una puerta que conducía a los despachos de los otros dos socios de la firma. Amina vio salir de allí a uno de los dos pasantes que Szafran no había elegido.

Ella le fulminó con la mirada. Él le respondió con una sonrisa cómplice.

Al cabo de unos instantes Szafran llamó a Amina a su despacho. Mientras se ajustaba la falda de su traje sastre, la joven sintió que le iba demasiado ceñido y se sonrojó pensando en sus michelines. Llamó, entró en el cuarto con las paredes pintadas de azul claro. Szafran estaba en calcetines, sentado ante la pantalla de su ordenador pero de una forma ingrávida, como si se hubiera instalado en una butaca hecha de nubes.

—Ha hecho usted un buen trabajo, Amina. Sencillamente, quería decírselo, y también pedirle si podría...

Szafran se calló: los ojos de la pasante estaban húmedos, los párpados sombreados por el rímel. Primero creyó que se trataba de una emoción residual del encuentro con Rabia en la DCRI. Pero cuando se incorporó y la vio desviar la mirada, comprendió que era otra cosa, algo que la afectaba personalmente.

—¿Está usted bien, Amina?

—Sí, sí, perdone, es... ha sido un día muy largo, y además Chaouch, no saber...

—Siéntese un momento —decidió Szafran señalando una de las dos butacas destinadas a las visitas. Se sentó en la otra y prosiguió, juntando las manos—: Voy a hacerle una confidencia y luego tiene que prometerme que no volveremos a tocar el tema. ¿Está de acuerdo?

La joven estaba de acuerdo.

—Mire. Hasta el pasado 22 de abril, yo nunca me había acercado a una urna. No votaba. Si algún día lee usted alguna de las obras que he perpetrado, cosa que no le recomiendo, comprobará que pertenezco a una generación que gritaba en las barricadas: «No votes, no alimentes al sistema», «Si votas luego no te quejes».

Aquellas frases sonaban extrañas en boca de un hombre que solía expresarse con tanta circunspección.

—Así que no le voy a engañar, para mí la democracia representativa es como el infierno, solo que no está empedrado de buenas intenciones como suele decirse, sino de opiniones. Yo me niego a opinar. Pienso que puedo hacer un mejor uso de mi cabeza que dedicarla a decidir si es mejor un galgo o un podenco. Y, sin embargo, el pasado 22 de abril voté, y hace unos días volví a votar. Aunque el programa del candidato socialista no me convence. Encuentro que en las cuestiones que me afectan es pusilánime. Su programa judicial es el menos malo de la historia de los programas judiciales, pero de todas formas no es suficiente para ganarse mi adhesión. Y, aun así, metí en la urna la papeleta que llevaba su nombre, y voy a decirle por qué.

Se incorporó, se volvió hacia el viejo reloj colgado como un sol anacrónico en la pared de aquel despacho minimalista.

–El año próximo celebraré mi cuarenta aniversario en los tribunales de París. Pues bien, créame, lo único que este medio siglo me ha enseñado con toda certeza es que no hay nada más peligroso que la masa de la buena gente. –Hizo una pausa para subrayar aquella paradoja y que su interlocutora la asimilase–. Y ahora le diré cuál es la novedad que Chaouch representa: él procede de esa tierra de nadie de la que el Estado se ha desentendido desde que la creó, y donde tiene aparcados a sus hijos malditos. Si Chaouch no se traiciona, va a religar ese territorio necrosado a la República. Rescatará precisamente a esos hijos malditos. Y si se traiciona, bueno, pues solo habrá sido una campaña de publicidad endiabladamente buena. A decir verdad, no sé qué pasará. Pero he pensado que valía la pena formar parte del movimiento.

Amina miró los calcetines ricamente bordados de Szafran. Su cortesía era glacial, parecía no poner ninguna emoción en su argumentación. La cual, por eso mismo, le parecía a la joven más conmovedora.

–Ahora váyase a casa, Amina, y procure descansar un poco. Mañana por la mañana tendremos acceso a los expedientes de nuestros clientes. Porque así es la vida, fíjese –concluyó alzando las cejas–, he votado a un hombre por primera vez en mi vida, y ahora me voy a pasar meses, quizá años, defendiendo a su asesino.

15

En Google Maps, Génova es el segundo puerto del Mediterráneo; en las enciclopedias es una capital regional de seiscientos mil habitantes, una ciudad llena de historia y de cultura, etcétera. Desde el ojo de buey de uno de esos paquebotes de crucero que con regularidad hacen escala allí, Génova aparece como una deslumbrante terraza sobre el mar, una caótica y formidable maraña de torres medievales y de edificios modernos, de miradores floridos y de cúpulas negras y blancas. Pero antes de disfrutar de los niveles superiores, realzados con palmerales y pinos, hay que hundirse en la casbah del viejo puerto: en vez de los zocos de la otra orilla, por todas partes hay mercados de pescado y de marisco, entre las iglesias, en la piazzetta más ínfima, en las encrucijadas de esas callejuelas estrechísimas que allí se llaman *vicoli*.

En esa casbah europea no se oye al muecín, sino la salsa que se escapa de los locutorios de internet que atienden chicanos venidos del Ecuador. A través de los viejos muros de ese dédalo de callejuelas se difunde una atmósfera licenciosa. Es una maraña de pavimentos desnivelados y estrechas calles que se superponen y se entrecruzan lascivamente, por donde circulan las vespas, las ratas y los perros abandonados entre la indiferencia general; es una red de callejones anárquicos, infestados de putas de por lo menos tres continentes, que fuman, estallan en carcajadas y cotorrean desde la mañana a la noche en la perpetua penumbra de la ciudad vieja. Porque esa jungla de piedra no conoce la luz del sol, ni siquiera en verano; salvo tal vez aquí y allá, en alguna plazuela tendida ante un palazzo que luego se reconvirtió en inmueble de viviendas: subsisten algunas fachadas ornamentadas con frescos del Renacimiento; a veces entre sus colores ajados y los desconchados aún se puede ver a una o dos vírgenes botticellianas, en una nube llena de *putti* y de vapores rosáceos.

En el sótano de uno de esos palacios de tres pisos tan altos que parecen ocho, casi imposible de encontrar en la ciudadela de gruesos muros hostiles a las conexiones a internet, había un respiradero enrejado, que los rayos del sol acariciaban cada día exactamente a las once cuarenta y cuatro. Aquella visita de la luz solo duraba un cuarto de hora. Cuando el ángulo del edificio de enfrente ocultaba el sol, nunca había pasado el mediodía; entonces los ocupantes de aquella cloaca volvían a cerrar su modesta apertura al mundo exterior mediante un ingenioso sistema de planchas desmontables. La estancia en la que estaban instalados era contigua al sótano de un cine decrépito que proyectaba películas porno a partir de las trece horas, y hasta avanzada la noche. Los gemidos de italianas cachondas les impedían conciliar el sueño; así que habían decidido dormir por la mañana, hasta la hora de apertura del cine.

Su cama era un colchón de matrimonio puesto directamente en el suelo. En su mitad de la almohada, una joven y bonita cabeza rubia desplegaba las ondas de su cabello, por fin limpio. Tumbada sobre sábanas húmedas, Fleur acababa de pasar una hora releyendo su viejo diario íntimo. Había mirado mucho rato las polaroid pegadas en los halos de purpurina, entre las líneas cuidadosamente manuscritas. Ahora tenía los ojos fijos en el techo, y ataba al metrónomo idiota de la lámpara ventilador el hilo de los ensueños que le había provocado la visita a su pasado adolescente.

Se obligó a sonreír; se imaginaba lo peor: que los pocos días que acababa de pasar con él serían la pauta del porvenir, una vida en fuga permanente, de mañanas frías, de desconocidos hostiles, una vida sin descanso, sin intimidad y casi sin luz, en que ella iba a besarle y él la rechazaba sacudiendo los dedos. Por fin lo tenía muy cerca —ahora justo al lado, al final de la almohada, de espaldas a ella para dormir—, pero nunca le había parecido tan lejano.

Fleur conocía muy bien aquella temible inmovilidad que se apoderaba de él cuando dormía: su respiración era casi imperceptible, no elevaba el pecho ni agitaba la nariz, parecía que simplemente estuviera en estado de latencia como los monitores de los viejos PC que, cuando pasaban veinte minutos sin que los utilizases, se ponían a difundir lluvias de estrellas psicodélicas. Por eso la joven se sorprendió tanto cuando de repente él se agitó, con los ojos aún cerrados, y murmuró algo: parte de una frase desarticulada, en tres tiempos, que repitió. Ella se asomó a su perfil de mejillas sombrías por la barba incipiente, y vio que las cejas y las mandíbulas se crispaban a intervalos regulares. Lanzaba gruñidos que iban decreciendo, los hombros y los brazos se sacudían espasmódicamente, con sacudidas cada vez más bruscas.

De repente entreabrió los ojos.

—¿Nazir?

Él se llevó las manos a la cara y respiró con ansiedad.

Al cabo de unos instantes había logrado calmarse. Tumbado, con las manos cruzadas sobre el ombligo, le contó a Fleur lo que había soñado, le dijo que era un sueño recurrente. Secretamente contenta de que por fin mantuvieran una auténtica conversación, Fleur se reprimió para no gritar y ponerse de rodillas en la cama como hacían su hermana gemela y ella cuando compartían habitación.

Nazir elegía cuidadosamente las palabras, hablaba lentamente en la penumbra:

El sueño comenzaba en medio de un bosque, un bosque de la provincia del Lyonnais. El término «bosque del Lyonnais» correspondía a la densa maleza por la que él corría a toda velocidad, no porque le persiguieran, sino solo para no llegar tarde. Pero llegaba tarde, a una playa de arena fina, con tamariscos y palmeras agitadas por el viento. En la terraza de una cabaña frente al mar, estaba reunida una familia vestida de blanco para un cóctel. Todos tenían el pelo blanco, pero los rostros eran lisos, sin arrugas, eternamente jóvenes. Las chicas vestían de tenis, tenían los ojos azules, sus cuerpos eran rubios, bronceados, jóvenes y vigorosos, pero también tenían el cabello blanco, y parecían inmensas, inaccesibles, tan puras y perfectas como el azul de aquellas latitudes que solo conocían el verano.

El padre estaba furioso: le hizo comprender que llegar con retraso era una cosa, pero llegar sin nada era aún peor. La atmósfera acabó por despejarse. El invitado contaba historias divertidas, hacía el mico, empezaba a caerle bien a todo el mundo. Y de repente oía un ruido de toses procedentes de aquella playa con aspecto de fin del mundo. Se desplazaba hasta el otro extremo de los tablones de la terraza, cerraba los ojos para concentrarse en las conversaciones del cóctel, pero el ruido no cesaba. Era el ruido de una tos monstruosa, la tos de un animal que le parecía familiar: la tos familiar de un animal familiar. Como no conseguía quitársela de la cabeza, decidió irse de la terraza. La familia rubia y blanca agitaba los brazos, con grandes ademanes de despedida. Sus sonrisas impecables, el cabello blanco de las chicas flotando en el viento. Al final de la playa, tras haber escalado unas dunas y atravesado manglares y arenas movedizas, percibió unas siluetas oscuras tumbadas en paralelo al borde del agua. Quizá había cinco o seis, al principio creyó que serían morsas, de hecho eran peces gigantescos, quizá grandes atunes, o grandes peces rojos, varados en la arena a varios metros del agua. Sentía que tenía que pasar por encima de ellos, lo sabía, pero cada paso le encogía el corazón, le daban ganas de aullar de tristeza, sin comprender por qué. Acababa llegando hasta el último de aquellos invertebrados agonizantes, que era el que venía oyendo toser desde el cóctel, y descubría horrorizado que era su madre, Dounia, transformada en pez. Sus branquias se agitaban despavoridas fuera del agua, y era de aquellas hendiduras enloquecidas de donde procedía la respiración ronca y húmeda. Naturalmente no podía, no se atrevía a pasar por encima de ella, la tentación de aplastarla para abreviar su agonía hubiera sido demasiado fuerte. Pero ella insistía. Él se negaba. Aquello duraba horas.

Y se despertaba.

Horrorizada, Fleur se tapó la boca con la mano. Nazir le dirigió una sonrisa inescrutable. Ella intentó adivinar un remordimiento, un sufrimiento, le hubiera gustado descubrir miedo, pero la sonrisa permanecía estable en su ambigüedad, sin grietas ni emociones, como su voz mientras le contaba el sueño. Y en sus ojos, ya perfectamente alerta y despiertos, la joven ya no pudo leer más que la satisfacción del mago que acaba de realizar con éxito uno de sus trucos. Ella le hubiera querido preguntar si de verdad había tenido aquel sueño o si se lo había inventado, pero sabía lo que le respondería: que cuando recuerdas un sueño siempre lo reescribes, que el mismo recuerdo es una reescritura, sí, le respondería que en realidad los sueños no existen.

Así que decidió volver a tumbarse boca arriba y contemplar el refrescante movimiento perpetuo de la lámpara ventilador, cuyas hélices daban la impresión de girar cada vez más rápido. Impresión que persistía inexplicablemente, aún después de comprender que era engañosa. Fleur respiró a pleno pulmón. Si tenían que engañarla, mejor que la engañase una divertida impresión óptica que las mentiras impenetrables del hombre al que amaba.

16

Entre los dos jueces de instrucción del polo antiterrorista de París saltaban chispas. El joven juez Poussin estaba empezando a perder la paciencia. Rotrou jugaba a hacerse el gallito, le hablaba como a un subalterno. Su voz hacía gemir al teléfono:

—Óigame, se lo repito por última vez: ¡no! Bueno, usted haga lo que le parezca, claro, pero me ha pedido mi opinión y yo se la doy.

Poussin acababa de enviarle una nota que había escrito sobre el probable agresor de Ferhat Nerrouche, del que había recibido el expediente de la DCRI: además de la vieja ficha policial, había descubierto unos informes de vigilancia del departamento que se ocupaba de los movimientos de extrema derecha. Franck Lamoureux era un hombre sometido a estrecha vigilancia desde mediados de los años noventa, cuando fue condenado por homicidio involuntario. Salió de la cárcel en 1998 y no tardó en reanudar sus actividades políticas en la nebulosa de los movimientos más o menos delirantes que hozaban en los ambientes más turbios de la extrema derecha.

—En el 2007 fundó la FRA-ASE.

—¿La qué?

—La FRAASE. Fe-fe-federación Radical de los Anti-Antirracistas del Sud-Este.

Rotrou no sabía si Poussin había tartamudeado o si de verdad había dicho que en alguna parte del país existía una federación anti-antirracista.

Comenzaba a estar harto.

—La FRAASE también se hace llamar la Liga del Var.

—Mire, Poussin, todo eso es muy instructivo, pero no veo qué relación tiene con nuestro caso…

—La re-re-relación es que F-F-Franck Lamou-reux está muy pró-próximo a Victor-r-ria de Mont-t-tesquiou…

—Y yo estoy muy próximo a la jubilación, eso no quiere decir nada. Montesquiou… ¡Mezclar el apellido de Montesquiou con todo eso! Mire, haga lo que quiera, pero por el amor de Dios, dese prisa, cuando haya acabado con esos nazis taaan malos y con sus viejos árabes tatuados quizá podamos empezar a ocuparnos de los asuntos serios: cómo es posible que Nazir Nerrouche ganase tanto dinero y lo ocultase tan bien durante todos estos años. ¡La pista financiera, Poussin, eso es lo que debería interesarle! ¡Eso es lo que es urgente, por Dios bendito! Yo me dedico a desmantelar la red Narrouche y usted se ocupa de la pasta de Nazir. En un mundo ideal... ¿me está oyendo, Poussin?

Poussin dudaba de si hablarle de la conversación que pensaba mantener con la antigua jefa del servicio de guardaespaldas de Chaouch. Se acordaba de las precauciones que Wagner le había recomendado insistentemente. Si alguna gente bien situada estaba implicada en un complot contra Chaouch, había que desconfiar de todo el mundo, empezando por el juez de instrucción cuya complicidad con el ejecutivo era muy notoria. Ya había cometido un error siendo tan directo al relacionar a Franck Lamoureux con el clan Montesquiou. Tenía que ser más prudente.

El joven juez colgó sin haber mencionado el nombre de Valérie Simonetti.

Tenía las palmas de las manos húmedas, las axilas pegajosas. Decidió salir a tomar el aire. Guardó los expedientes en la cartera y dio un rodeo para evitar a las dos secretarias judiciales: estaban en la máquina de café ante el ascensor, se dirigió hacia las escaleras al final de la planta, y volvió a escurrirse para no tener que aguantar una conversación con el voluble presidente del tribunal que la víspera había ido a recibirle y que ahora departía con los policías en el vestíbulo de entrada.

Una vez fuera, se dio un paseo por el barrio, reconstruyendo por enésima vez el puzzle de las veinticuatro horas anteriores al atentado. Detrás del Palacio, una calle sinuosa atravesaba el suburbio al final del cual se encontraba el inmueble de la abuela Nerrouche. Sus pasos le llevaron ante la iglesia de Saint-Ennemond. Una plazuela de gravilla ocre se abría en el triángulo formado por la iglesia, el inmueble de la abuela Nerrouche y la mediateca municipal. Había unos viejos árabes hablando en voz baja. Poussin se sentó en un banco y les observó fingiendo que escuchaba su buzón de voz.

Aquellos viejos —se les llama los *chibanis*, en árabe, «los ancianos»— llevaban chaquetas muy gastadas y que les venían muy grandes; los pantalones de lona no iban a juego, algunos llevaban chándal y zapatillas. Azul obrero, naranja yema de huevo, verde, gris oscuro con costuras negras: lo lúgubre se declina en variedades irreconciliables; y nunca llevaban la ropa con colores a juego. A ellos les daba igual. Aquella sociedad de viejos machos indigentes y pacíficos era indiferente a todo: años atrás, aquellos hombres rotos reconstruyeron Francia; ahora forman parte del mobiliario urbano, al mismo nivel que las estatuas y los árboles de las plazas, que las rejas que protegen los plátanos y el canturreo urinario de nuestras bonitas fuentes. Los más activos juegan a la petanca, la mayoría frecuenta las abarrotadas instalaciones de la seguridad social. Después de pasar medio siglo a este lado del Mediterráneo siguen sin hablar francés de verdad, y no quieren sacarse el carnet de identidad. Antes soñaban con volver al terruño. Un día ese sueño se desvaneció. Desde entonces, sus rostros apergaminados tienen una mirada triste sin emoción. Sus familias les han olvidado, muchos viven solos en los mismos hogares a los que llegaron después de la guerra. Después de la muerte social, la vida sigue; y sigue empeñada en atormentar a esos que continúan vistiéndose cada mañana pero nunca se lavan los dientes.

También los fantasmas tienen sus caprichos.

También tienen sus alegrías. Para la mayoría de los *chibanis* es el tabaco de mascar y las apuestas hípicas. Unos minutos antes de la primera carrera, hacia las diez, sus desgarbadas siluetas se arrastran hasta los bares de apuestas PMU que no faltan en el centro de ninguna ciudad de Francia. Allí también se ven incorporados al decorado. Uno entra en esos bares sin fijarse en ellos, aunque sean muchísimos, todos con las cabecitas pendientes de la pantalla que da los resultados que hasta los analfabetos saben leer. Huelen a viejo, a calzado Robusta de tienda barata, al mal papel de los terrones de azúcar y los tíquets sin premio que dejan caer con indiferencia al suelo de baldosas, al pie de la barra, por donde de vez en cuando un camarero pasa la escoba. Si pueden, apuestan su magro sustento, y así disponen de un peculio que les permite seguir perdiendo sin inquietud. Si no, contemplan aquellos magníficos corceles que vuelan por la tierra batida de los hipódromos que nunca pisarán; las casacas de colores vivos compiten y les ignoran. Nada les concierne de verdad. Estudian el *Paris-Turf* del día como otros siguen la actualidad: para sentir, aunque sea confusamente, que el ancho mundo se mueve.

En esta comunidad de supervivientes sin catástrofe, la tragedia y la pena no reinan como amos absolutos. También se puede encontrar a gente curiosa, divertida e incluso elegante. El juez Poussin vio materializarse al final de la plaza a un viejo tocado con un borsalino, que combinaba esas tres características. Vestía un traje gris casi de buen paño; tenía lustrados los mocasines blancos, la corbata violeta parecía de seda. Alzó los brazos y sus compadres le dirigieron una acogida digna de las que se les dan a los humoristas, a los animadores de un grupito de gente dormida.

—*Salaam aleikum*, señor Djilali, *labes?* Aaaaah… Buenos días, señor Chikroun, *labes?* ¿Estás bien? ¿Sigues con dolor de barriga como ayer?

Abrazó un buen rato a sus camaradas, como si hiciera años que no les veía: les tiraba de las orejas, les palpaba la panza. Poussin se preguntó de qué debían de estar hablando.

Notando de pronto que se habían fijado en él, sacó de la cartera el expediente del viejo Ferhat Nerrouche y fingió estudiarlo. Al abrirlo al azar, se encontró con las fotos del cráneo tatuado del anciano. El joven juez tuvo un momento de repulsión. Acababa de pasar media hora contemplando a aquellos viejos en el aire azul y radiante de la mañana, les había visto perfilarse y moverse lentamente, adormilados como sonrientes dinosaurios en la joven y fresca luz de la primavera. Y ahora tenía ante los ojos una cruz gamada, una polla, cojones peludos, todo eso grabado sobre la piel olivácea y apergaminada de uno de ellos. Aquella misma mañana Poussin había recibido el expediente del probable agresor, Franck Lamoureux, y casi de inmediato había avisado a Wagner, antes de enfrentarse al Ogro atrincherado en París. Guardó las fotos en la cartera y pasó ante el tropel de viejos tratando torpemente de comunicarles su simpatía. La mayoría de ellos alzaron la barbilla y entornaron los ojos en señal de estupor. Pero el viejo elegante se sacó reverencialmente el borsalino y gratificó al joven juez, al que no conocía, con una sonrisa tan grande que casi se le cae la dentadura postiza.

17

Hay dos clases de hombres: los padres y los tíos. Los que están hechos para tener hijos y los otros.

Así hablaba Bouzid. Bouzid era un tío, al punto de que hasta sus hermanas le llamaban ya tío Bouzid. Sentado en un banco del parque de la Tête d'Or, pasaba revista a las fotos de la boda del sábado anterior, y en aquellas fotos a los hijos de sus hermanas y de sus cuñados. Para evitar el sol que inundaba la pantalla de su móvil, cambió de sitio. Unos niños estaban jugando en el césped ante él, tendían las manos hacia las cervatillas que daban saltitos en su recinto de piedra. Al ver aparecer a aquel árabe calvo, sucio y furioso, las madres se llevaron a sus hijos un poco más lejos. Otros les reemplazaron. Niños de la burguesía lionesa, de veintiún botones, como si salieran de misa. Sus juegos en voz baja fueron interrumpidos por dos críos sucios que se perseguían insultándose, dos chavalillos negruzcos, de menos de diez años, pero que ya habían hecho el cambio:

—Tu madre me la chupa por un céntimo de euro.

—¿Ah, sí? —gritó el chico de voz más ronca—. ¡Pues tu madre está muerta! ¡Y además no te quería, hijo de la gran puta!

El otro era menos fuerte pero no podía dejar pasar aquello. Se abalanzó sobre su enemigo jurado que hace apenas una hora debía de ser su mejor amigo. Los padres de los niños franceses estaban horrorizados. Reclamaban que alguien les separase. Bouzid sintió que se esperaba algo de él. Se imaginó a sí mismo deteniendo la pelea de aquellos criajos maleducados; se imaginó las miradas de admiración de aquellos burgueses repeinados. Una vergüenza nueva le encogió el pecho: lo que le humillaba no era la mala imagen que daban aquellos niños árabes sino sus propias ganas, grotescas, de quedar bien e incluso de ser premiado con una mirada zalamera, una mirada que significaba que por suerte algunos son como usted.

En su espíritu se formuló una pregunta inédita. Quizá solo fuera un efecto perverso de la fiebre que le había asaltado desde el principio de aquel pugilato, pero pensó claramente: ¿Y si Nazir tuviese razón?

No siguió por ahí, no quiso saber en qué podía Nazir tener razón. La situación parecía bastante elocuente; no necesitaba comprenderla, le bastaba con abrir los ojos para verla. Mientras tanto los gamberrillos seguían corriendo uno tras el otro, escupiéndose.

Bouzid no tardó en ver a su sobrino en el granuja que quería que la madre del otro se la chupase por un céntimo de euro. Krim. Tenía ganas de estrangularle. Como el pensamiento del cuello de Krim entre sus manos no le abandonaba, hizo el gesto. Apretó un cuello imaginario entre las manos separadas de forma dramática.

Se levantó y se alejó sonriendo como un loco.

La manga le olía mal. La olió y se pasó la mano por la barbilla. No se había lavado ni afeitado desde la víspera. Había pasado la noche en el área de autopista donde había dejado el autobús. La policía le estaría buscando. Su hermano mayor, Moussa, le mataría en cuanto le localizase, aunque solo fuera por no haber respondido a ninguna de sus veintidós llamadas telefónicas. Cada una de ellas había dado pie al mismo dilema agotador; le quedaba un poquito de batería antes de ser del todo libre. Cuando quedase fuera de servicio de verdad, ¿qué iba a hacer? Tenía su tarjeta de crédito, podría vagabundear hasta gastar los pocos cientos de euros que tenía en su cuenta.

Como para acelerar el momento fatídico en que el móvil se quedaría sin batería, siguió hojeando el álbum de fotos de la boda. Aquella actividad consumía tanta energía como una llamada. Cada foto tenía un peso determinado. Fouad y Krim charlando en el balcón. Rabia riéndose a carcajadas. Los viejos de la familia amodorrados en la sala de fiestas. El pobre Ferhat apretando la mano en torno a la de Krim, al que siempre había querido mucho. Bouzid había sacado fotos de los pasteles distribuidos sobre la mesa. Ante el canapé de la abuela había refrescos, Oasis, Pepsi, Sprite, Coca, incluso Coca argelina.

Sobre esta última bebida una de sus hermanas —ya no sabía cuál— había dicho que o te gusta a la primera o ya no te gusta nunca.

Bouzid sonrió. Enseguida se acordó de que había grabado un vídeo de los niños. La pequeña Myriam cantaba el eslogan de un anuncio, «Beba leche cada día para tener salud y alegría». Luego obligaba a su hermano a bailar en medio del salón, según una coreografía sofisticada de un videoclip que Bouzid no conocía. Viendo a aquellos críos inocentes que no se imaginaban la tragedia que iba a abatirse sobre la familia, Bouzid se sintió mareado. Sonó el teléfono. Descolgó, oyó a su hermano gritarle y acabó diciéndole dónde se encontraba para que fuese a buscarle.

—Pedazo de tonto —escupió el tío Moussa—. Bueno, ¿te acuerdas de Roberto el Portugués?

—¿Roberto el Portugués?

—Sigue siendo poli, me ha dicho que para lo de Ferhat han hecho eso de las huellas. Y ya saben el nombre del tipo que le agredió.

—¿Quién es? —preguntó Bouzid, apretando mucho el móvil.

—Por teléfono no, *arioul*. Espérame en los muelles del río, hacia la salida de la autopista. Llego dentro de una hora.

Al colgar, Bouzid se sentía como al despertar de una noche demasiado larga. Observó de nuevo las cervatillas que brincaban en su retal de césped. Sus gráciles movimientos empezaron a conmoverle, porque mezcló con ellos el recuerdo de la coreografía de su sobrinita. Pero detrás del amor que sentía por los niños de la familia se ocultaba una pequeña verdad viperina; y si levantaba la piedra bajo la que se escondía, aquella serpiente le cogía por el cuello y le ahogaba: con casi cincuenta años no tenía hijos, y ya no los tendría.

Una de las cervatillas se plantó y pareció mirar hacia él. Bouzid escupió a sus pies y dio un codazo al respaldo de su banco.

Al cabo de una hora no reconoció a su hermano en los muelles de Saône; y con motivo: Moussa conducía un viejo monovolumen con las ventanillas tintadas, del que luego Bouzid se enteraría que tanto la matrícula como la documentación eran falsos. La abuela iba en el asiento de delante, con los puños tendidos hacia el horizonte que iba descifrando a toda velocidad en el mapa de carreteras que llevaba desplegado sobre las rodillas como una manta.

Moussa conducía nerviosamente, acelerando y aminorando brutalmente. Sentía un clamor de escrúpulos tácitos que se reunían y subían hacia él desde los asientos traseros, donde iba sentado el renegado. Eran movimientos de cabeza que él sorprendía en una esquina del retrovisor, suspiros acompañados de ligeros chasquidos de lengua reprobatorios. Moussa no podía aparcar el coche en el arcén de la autopista, así que sencillamente se puso a maldecir a Bouzid:

—¿Tienes algún problema? ¿Quieres que esperemos a la policía, es eso?

—¡Pero si no he dicho nada! —se defendió el hermano pequeño.

—¿Quieres que le pongan, *zarma*, una multa? ¿Una pequeña multa? ¡Dilo, venga! ¿Crees que para el honor de la familia basta con una multa?

Detrás de cada signo de interrogación se ocultaban los sobreentendidos. Al quedarse en Francia, Bouzid se había reblandecido, feminizado. Bastaba con ver cómo dejaba que unas mujeres le llevasen cogido de la nariz. De todas las perfidias que Moussa no pronunció, esta fue la que hizo reaccionar a su hermano soltero: que era un solterón, un tarugo incapaz de conservar a una mujer durante más de dos meses. Pero no se sentía con ánimos de pelearse con Moussa. Intentó desviar la energía negativa de la conversación hacia su hermana pequeña, Rachida.

—¿Y Rachida qué? ¿Ella no quiere avergonzarnos? ¿Dirigirse a los periodistas para decirles, *zarma*, que se va a cambiar el nombre, que no tiene nada que ver con Rabia y Dounia?

—De eso ya me voy a ocupar yo —respondió Moussa—. Pero hoy por hoy ese no es el problema.

La yaya pidió que acabase la lucha fratricida y se dirigió en cabilio a su hijo mayor:

—¿Estás seguro de que le ha reconocido? Era él, ¿no?

—*Yeum*, por décima vez sí, era él, son fotos buenas.

Comprado a un alto precio, el chivatazo del amigo poli de Moussa ofrecía más que la dirección y el teléfono del agresor del tío. Indicaba el lugar donde estaría aquella misma tarde a las dieciséis horas, a saber, en las dependencias de un hipódromo normando donde se celebran tradicionales subastas primaverales de potros yearlings.

Moussa no había logrado que su contacto le dijese cómo era que la policía conocía con tanta exactitud la agenda de Franck Lamoureux. Esa información podía ser decisiva, y al salir por fin de la autopista por la que acababa de conducir durante cuatro horas, Moussa se reprochaba no haber insistido más.

Durante ese tiempo la abuela mascullaba conjuros meneando verticalmente la cabeza. Sus manos de bruja representaban escenas de ultraviolencia, pero en un pañuelo de bolsillo: un chófer que les adelantó por el lado de la anciana podría haber creído que estaba hablando de partir el pan o de cortar leña para la chimenea.

Un poco más al sur, una ambulancia conducía al viejo Ferhat al hospital de Lyon donde tenía que someterse a un escáner. El servicio de transporte medicalizado comprendía la ida, el regreso y la conversación del chófer. Ferhat había rehusado tumbarse en la camilla del vehículo, así que hacía el viaje delante, al lado de aquel joven árabe barbudo que exhibía en el salpicadero un ejemplar del Corán. Desde que habían cruzado el Ródano, el chófer aleccionaba al viejo, hablaba de los grandes principios del islam, elaboraba razonamientos cansinos y falaces que Ferhat no escuchaba, dejando vagar la mirada vacía y profunda por la campiña industriosa y perfectamente asfaltada de los alrededores de Lyon. El conductor le preguntó cuánto tiempo hacía que vivía en Francia. Ferhat hizo como que estaba atontado por las medicinas y no comprendía la pregunta. El otro insistía, y Ferhat acabó por responder con su sonrisa de analfabeto que siempre hacía que los pesados se callasen respetuosamente.

En el silencio subsiguiente, el viejo examinó su pasado, recordó su llegada a Francia en lo más agitado de los «acontecimientos» que agitaban su país natal. Al principio, vivió al fondo de un poblado de chabolas en las alturas de Saint-Étienne, trabajaba como mozo de almacén en una factoría donde se destrozaba los riñones cargando y descargando cajas llenas de cosas tan pesadas como insignificantes. Añoraba su vida de joven campesino en las montañas cabilias. Los días al aire libre, las noches glaciales en las que la gente se calentaba contando historias y fumando shisha. Su padre era minusválido, así que era él, el adolescente risueño y encantador, el que ayudaba a su madre en el campo, y quien se ocupaba de sus dos hermanitas que morirían ambas poco después del gran exilio hacia aquel país de fábricas y de edificios solemnes. Había abandonado Argelia poco más o menos a la edad que ahora tenía Fouad. Se parecía mucho a Fouad cuando era joven: un chico fuerte, valiente, con un rostro agradable y ojos brillantes. El conductor de la ambulancia le hizo bajar de las nubes. Desde hacía un kilómetro un coche estaba intentando adelantarles, los pasajeros hacían señales para llamarles la atención. Ferhat reconoció al joven juez que le había interrogado; agitaba las manos para que hiciera parar la ambulancia. El chófer comprendió que no le dejaría tranquilo y que conocía a su pasajero. En cuanto pudo se paró al pie de un terraplén de escombros que anunciaba el principio de una zona industrial. El juez aparcó detrás de él, iba acompañado por un policía vestido de civil que enseñó su identificación al chófer mientras Poussin se excusaba ante el viejo tío Nerrouche por haberle perseguido de aquella manera.

—Tengo que en-ense—señarle unas fotos, señor, y q-que u-u-usted me diga si reconoce a la p-p-persona que se ve en ellas.

Ferhat quiso salir para entender mejor qué le estaba diciendo el joven juez, pero bajarse del vehículo resultó más difícil de lo que parecía. Poussin le propuso que no se moviera de su asiento y le tendió algunas fotos de gran formato: todas mostraban al mismo hombre, primero tal como aparecía en una vieja foto de carnet de identidad ampliada, y luego algunos años más tarde, fotografiado a escondidas en la calle, y en un reportaje de France 3, entre los participantes en una conferencia en la que él era el único que iba rapado al cero y llevaba una camiseta sin mangas que revelaba sus gruesos brazos tatuados.

—Es é-él, ¿ver-verdad?

Ferhat asintió. Hubiera reconocido el cráneo afeitado de su agresor entre un millar de hombres con la cabeza rapada. Ya le había reconocido sin dificultad en la foto de carnet que le había puesto ante las narices su sobrino Moussa, que había ido a verle aquella mañana. La que ahora le estaba mostrando el juez era la misma foto de carnet. Pero de la visita de su sobrino había prometido no hablar, e hizo como si viera las fotos de aquel coloso de extrema derecha por primera vez. Pero no contaba con la sagacidad de Poussin. Antes de soltarle le preguntó, como si tal cosa, si los hombres de su familia conocían la identidad de su agresor. Franck. Franck Lamoureux.

A Ferhat no le gustaba mentir, se limitó a encogerse de hombros, con aire huraño.

—Señor N-N-Nerrouche, detesto insis-sistir, pero espero que no se le haya ocu-ocu-currido tomarse la justicia por su mano...

El viejo Ferhat no estaba de acuerdo con la expedición punitiva que preparaban sus sobrinos. Se lo había dicho, le había pedido a Moussa que hablase con Fouad, lo que había irritado prodigiosamente al tío de Argel, el hombre fuerte de la familia desde la muerte del abuelo. Moussa había estado en prisión, había vivido el interminable decenio de la guerra civil en Argel mientras sus hermanas francesas se lamentaban de su poder adquisitivo. No necesitaba que sus decisiones las respaldase un chico que actuaba en peliculitas, y menos cuando se trataba de lavar el honor de los suyos.

—No, no —respondió débilmente el viejo devolviéndole las fotos al juez—. Di todas formas, la justicia is Dios, is Dios quien juzga, siñor juez.

Poussin apoyó la mano izquierda en el hombro del viejo, con un ademán de inesperada solicitud. Le aseguró que se haría todo lo necesario para que antes del anochecer Franck Lamoureux fuera detenido. Ferhat alzó las cejas.

—Quizá sirá demasiado tarde, hijo mío. Quizá sirá ya demasiado tarde.

18

Al teléfono con el juez Wagner, Mansourd dejó escapar un resoplido de búfalo.

—Esto es la Berezina. Esto, quiero decir, la SDAT. Tellier se ha pasado al enemigo. ¿Se acuerda de Tellier, el capitán Tellier?

—Por supuesto —respondió Wagner, que no se acordaba más que de su labio leporino y de sus aires de eterno estudiante frustrado.

—Se ha pasado a la DCRI, como jefe de grupo. Una promoción increíble. Sobre todo después de que Rotrou le haya devuelto el grueso de la investigación. Yo a usted siempre le he tenido en gran estima, señor juez, muchas veces su manía de atenerse al procedimiento nos ha hecho perder mucho tiempo a la gente del servicio, pero por lo menos a usted le respetamos. Sabíamos que es usted independiente, o por lo menos que no obedece órdenes de nadie. Rotrou ni siquiera intenta disimular su proximidad con Montesquiou y toda esa pesadilla horrible de la Derecha Nacional…

—Pero entonces ¿usted qué hace, si Tellier ha vuelto a tomar el mando?

—La DCRI se lo ha quedado todo. Mis hombres están asqueados. Ya desde ahora le digo que este asunto traerá cola y va a hacerle daño a la policía. Hay algunos que no perdonan tan fácilmente como yo.

—Pero ¿la vigilancia de Fouad ha revelado algo al menos?

—Ese es completamente inocente. Nunca he estado tan seguro de la inocencia de un tipo al que siguiera. Pero se le ha metido en la cabeza llevar su propia investigación con esa maldita periodista metomentodo... ¿Se acuerda de aquella grabación pirata que incriminaba a Montesquiou? Parece ser que fue Marieke, la periodista, quien la desenterró y la envió. Lo peor es que está en lo cierto, por lo menos en buena parte de lo que dice. Pero el odio la ciega, y además, de todas formas, la sombra de Montesquiou se extiende por todas partes en la policía. Tiene cogidos por los huevos a un número incalculable de gente, si se le declara la guerra se necesita por lo menos el apoyo de un juez. Y tengo como la impresión de que Poussin es un poco demasiado... moderado para asumir ese papel... Tengo que dejarle, señor juez.

Mansourd acababa de recibir un SMS de uno de sus hombres. La DCRI había lanzado una oleada de detenciones simultáneas en varios barrios de los suburbios parisienses. Tellier y Rotrou iban a ser las estrellas de los informativos de la noche y de las portadas de la prensa de la mañana siguiente. Si lo hacían bien, si los polemistas oficiales de la prensa de París mordían el anzuelo, su secuencia triunfal podía durar hasta una semana. El comandante aparcó en doble fila, para no perderse las noticias de la radio. France Info difundía un boletín especial en el que un puñado de expertos comentaba en directo «la redada antiterrorista».

«Una vasta operación de desmantelamiento de una célula islamista sospechosa de estar relacionada con Nazir Nerrouche... Los agentes de la DCRI, respaldados por el Grupo de Intervención de la Policía Nacional y supervisados por el célebre juez Rotrou, vicepresidente del polo antiterrorista del Tribunal de Primera Instancia de París, que estará con nosotros al teléfono dentro de aproximadamente once minutos...»

Mansourd gruñó, volvió a hacer crujir su cuello de toro. Había aparcado, sin darse cuenta, cerca de una escuela de primaria. Dos niñas se detuvieron a hablar junto a su coche. Mansourd las oía cotorrear sobre una compañera de su clase que había vuelto a hacer de las suyas. Sus vocecitas incomodaron al comandante. Las niñas le incomodaban desde que la suya encontró la muerte en el atentado del tren regional en la estación Saint-Michel, el 25 de julio de 1995. Tenía entonces once años. Mansourd sobrevoló mentalmente los decenios que había pasado sin ella. De pronto se abrió el portal de la escuela, revelando un patio decorado con dibujos infantiles que derramaba a la calle una cascada de niños sobreexcitados.

La voz del juez Rotrou en la radio reclamó su atención. Habían transcurrido los once minutos y el Ogro de Saint-Éloi, sin aliento, resumía las conclusiones de la tarde:

«Si aún hubiera alguna duda sobre la extensión y la organización de la red Nerrouche —y hay que llamarla la red Nerrouche, les guste o no a los conspiranoicos internautas amantes de las novelas de espionaje—, pues bien, la operación de esta tarde la ha despejado. Acabamos de interrogar a siete personas ya conocidas por nuestros servicios, algunas de las cuales están ligadas al islamismo radical. Sobre estos siete individuos recaen fuertes sospechas de pertenencia a la red Nerrouche. Están en prisión provisional y serán presentados ante la justicia en el plazo más breve posible, aunque les recuerdo que la extrema peligrosidad de estas personas así como su pedigrí terrorista autorizan una prisión preventiva prolongada que puede durar hasta cinco días. También hemos descubierto tres escondrijos de armas diseminados en tres barrios de Seine-Saint-Denis y del Val-d'Oise. De momento no tengo más comentarios que hacer».

En cambio Mansourd sí tenía uno. Pero se abstuvo de pronunciarlo en voz alta, por miedo a que lo oyese alguno de los niños que pasaban junto a su coche.

19

El consejo de redacción que se celebró aquella mañana en las oficinas de *Avernus* fue el más tenso que el diario había conocido en mucho tiempo. Para la portada hubo un rápido acuerdo sobre la noticia del día:

«Redada antiterrorista. Desmantelamiento de la red Nerrouche».

La tensión aumentó unos grados en la sala de reuniones cuando se discutió cómo tratar la segunda «noticia importante» del día: la cancillera alemana, así como un responsable de la ONU, acababan de compartir sus inquietudes sobre la independencia de la investigación de los servicios franceses sobre el complot contra Chaouch.

El «experto en internacional» del periódico tomó la palabra. Deseaba que la «provocación de Merkel y sus consortes» saliera en portada del *Avernus*, y que se añadiera la respuesta de la ministra del Interior, que le parecía «bastante apropiada», y pedía que se le hiciera una entrevista especial. Tras enconados debates, admitió que el jefe de gabinete de la ministra había hecho llegar al diario cinco preguntas y otras tantas respuestas milimetradas.

Una oleada de protestas resonó en la sala, sobre todo por el lado de los jóvenes reclutas, que le reprochaban a la vieja guardia que manifestase una sumisión excesiva a la agenda del «cojo» (así llamaban a Montesquiou).

—No pueden ustedes decir eso —replicó el «experto en internacional», buscando el apoyo de Putéoli—. Además, les ruego que aparquen por un momento sus buenos sentimientos deontológicos y consideren la gravedad de esta injerencia alemana y onusiana.

A renglón seguido contó aquella «interviú»... como si él la hubiera realizado. Vermorel estaba indignada, con razón, con las potencias extranjeras que intentaban desestabilizar nuestro país. Y de paso aprovechaba para ajustar cuentas con los rumores que atribuían el atentado a oscuros grupúsculos de extrema derecha, con el pretexto de que estos habían criticado brutalmente al «candidato árabe». Recordaba que, aunque no se excluía ninguna línea de investigación, especialmente la de Al Qaeda del Magreb Islámico, en el estado actual de la investigación todo parecía indicar que el proyecto terrorista de Nazir Nerrouche había recibido un apoyo más o menos activo de varios miembros de su familia. La reciente redada de la policía antiterrorista confirmaba esta tesis de forma casi definitiva. A continuación, la ministra prohibía que nadie hablase de un «candidato árabe». Era un candidato francés, que se había convertido en presidente de la nación, punto final. No se podían poner en cuestión los valores de la República, etcétera.

—Pero qué más da lo que digan unos y otros —analizó un treintañero desenvuelto sentado al fondo de la mesa—, lo único importante es que se haga viral, y nada más. Como se retrasen un segundo, Francia se pasa a la izquierda. —Su rival, quince años mayor, estaba a punto de estrangularse con su fular—. Vamos a ver, las cosas claras, no veo qué ganamos nosotros con convertirnos en portavoces de la derecha. Dentro de tres semanas son las legislativas, no hay que ser un profeta para adivinar que serán una hecatombe…

—Eh… bueno, eso ya se verá —intervino el especialista político—. Tres noches de disturbios hasta en el corazón de París, los barrios a sangre y fuego, un policía caído en combate, un presidente electo que sale del coma, una familia árabe de lo más normal que resulta que era un vivero de terroristas…» en fin, todo esto es miel sobre hojuelas para la Derecha Nacional. Sin contar que en el PS ya han empezado a apuñalarse entre bambalinas y que la cosa no tiene pinta de arreglarse…

—¡Que no! —insistió el otro, antes de citar al rey Clovis—: «Quema lo que has adorado, adora lo que has quemado». ¡Exacto! Los franceses van a querer liquidar a la derecha gubernamental. En todo caso, lo que tú dices va a ayudar a la extrema derecha, como durante la campaña.

—¿Sí, y quién tiene la culpa? —saltó el «experto en internacional», arrancándose el fular rosa.

—Pero ¿de qué estás hablando? —le preguntó el treintañero, fingiendo incredulidad.

Tras escuchar aquellos debates apasionados, Putéoli se acordó de que Marieke tenía que hacerle una llamada. Apartó su silla de la mesa y ofreció a los rostros de sus periodistas una sonrisa indescifrable.

—Bien, amigos, voy a llamar a Montesquiou y anunciarle tranquilamente que aceptamos publicar una entrevista con Vermorel siempre y cuando nos deje preguntarle lo que queramos. Si no le gusta, que coloque su comunicado disfrazado de entrevista donde quiera. Y, por otra parte, hace un momento os he estado escuchando atentamente sobre a quién favorece el atentado de cara a las legislativas, etcétera. Y me ha sorprendido mucho que nadie haya mencionado el rumor… Sí, sí, ese, no os hagáis los sorprendidos…

Los ceños se fruncieron, las cabezas negaron todas al mismo tiempo, como si fueran una sola.

El especialista político clavó la mirada en el techo.

—Los dirigentes de la derecha siempre han dicho que en caso de empate a tres no podía haber alianza con la extrema derecha… en el peor de los casos se dará la consigna de ni-ni, ni izquierda ni extrema derecha. Pero...

—Pero ¿quién os habla de esos dirigentes? —preguntó Putéoli—. ¿A quién se ha visto desde el atentado? ¿En todos los medios de comunicación? La verdad es que es fascinante —disertó el redactor jefe levantándose para desentumecer las piernas— cuánto nos cuesta imaginar a la gente fuera del marco en el que la hemos visto siempre... ¿No os parece?

Nadie se atrevió a pedirle al jefe que se explicase un poco más. ¿Sabía algo que ellos ignoraban?

Putéoli dio la reunión por acabada. La sala se vació. Cuando se quedó solo, el apologeta de la derecha desacomplejada se sujetó la cabeza entre las manos. Su sonrisa de Gioconda se borró.

Marieke estaba esperando a Fouad en la puerta de Choisy, al pie de las torres. Llevaba una blusa negra muy cerrada, severamente abotonada hasta la base del cuello. Cuando llamó a Putéoli empezó asestando el primer golpe:

—No recuerdo que me hayas dado las gracias por la exclusiva sobre Chaouch hablando en chino.

—¿Ah, era en chinooooo? —bromeó Putéoli—. Yo había entendido que en árabe. Pero, bueno, fuese como fuese, gracias.

—Supongo que has avisado a tu querido Montesquiou de que a lo mejor metía las narices en sus asuntos...

Putéoli se inclinó.

—Sabías muy bien que se lo comentaría. Así es la guerra, ¿no? Mi pobre Marieke —añadió—. Si supieras hasta qué punto estás equivocada... Lo peor no será cuando hayas perdido todos los juicios por difamación, lo peor será cuando la gente se ría al pronunciar tu nombre. Marieke Vandervroom, la periodista que creía que unos altos funcionarios se habían reunido en algún sótano lleno de humo para planear el asesinato de Chaouch. La profesión se burlará de ti. Y tú sufrirás. Porque ese es el único castigo verdadero...

—Sí, ya, sufriré mucho —comentó Marieke disponiéndose a colgar, mientras su interlocutor intentaba terminar su homilía a voz en grito:

—El único castigo verdadero es la risa, ¿me entiendes? ¡La risa de los demás, el RIDÍCULO! —bramó antes de asestarle una patada a una de las sillas vacías que tenía delante.

Después de esta bronca, Marieke fue a reunirse con Fouad. Le estaba esperando al fondo de un restaurante chino desierto. La periodista estaba de mal humor. Después de escuchar al joven actor hablar de su abogado, que acababa de visitar a su familia en la cárcel, lanzó un suspiro despechado. Fouad le preguntó qué pasaba.

—¡Pues nada! ¡Ese es el problema, que no pasa nada! El lunes por la mañana tengo que ver a mi fuente, si no me pasa una pista buena estamos jodidos. Damos palos de ciego. He contactado con los tipos de Wikileaks. ¡Publicarán mi reportaje, sí, pero por ahora no hay ningún reportaje! No hay nada. Sospechas… Y además, tú, con ese Szafran… Quizá deberías desconfiar. El gran abogado filósofo…

Ella creía que este tenía sus propios intereses, que dirigía una cruzada en varios frentes a la vez, contra las cárceles, los policías, la magistratura, la violación de los derechos de la defensa, las intolerables medidas de excepción que se podían tomar en cuanto un caso era calificado como terrorista. Ante tales frentes de batalla, la suerte inmediata de la familia Nerrouche parecía un poni sacrificable.

—Y no me extrañaría que la prisión provisional de tu madre y tu tía le fuese de perlas. Es la caja de resonancia ideal para él, quiero decir, para sus propias luchas.

—No sabes lo que te dices.

—¡No digo que sus causas no valgan nada! Además, estoy a tope con él. Pero quizá el hecho de que haya solicitado una demora no sea inocente. Reconoce que esta petición de retrasar la audiencia es un poco extraña. ¿Por qué lo ha hecho?

—Tiene un plan.

—Pues si no lo hubiera hecho, como máximo el JLD les hubiera endosado un control judicial semanal y hala, ya estarían de vuelta en casa. Pero aparentemente Szafran ha preferido hacer su numerito con los jueces… y este es el resultado: ¡todos en chirona!

—Te digo que tiene un plan —repitió Fouad—. El próximo martes hará cinco días desde la petición de vista diferida. Vuelta ante el JLD, que salvo que suceda algo muy imprevisible, decretará prisión provisional para todo el mundo, Krim, mi madre, mi tía…

—Pero ¿entonces por qué ha solicitado demorar la vista? —se impacientó Marieke.

Fouad se cerró como una ostra. No tenía ningún motivo para fiarse de ella después de la exclusiva que le había vendido a Putéoli. A Szafran se le había ocurrido la manera de invalidar la prisión provisional de Dounia y Rabia pidiéndoles que marcasen dos casillas en sus formularios, el recurso y la libertad condicional. Los plazos de consideración del recurso y de la libertad condicional no eran los mismos, y el abogado contaba con los días festivos. De ahí la demora en la vista. Todo el mundo se preparaba para un largo fin de semana de puente, con más motivo porque el jueves siguiente era la investidura de Chaouch...

—A veces hay que fiarlo todo a un golpe de suerte. Eso me ha dicho Szafran. A la suerte y a los vicios de procedimiento.

La sequedad de esta respuesta dejó a Marieke dubitativa. Se desabotonó la blusa negra para rascarse la espalda. Se vio el tirante negro del sostén. Fouad desvió la mirada. Había pasado la noche con Jasmine. Se habían abrazado con ternura, pero Fouad no había querido ir más allá. Y ahora se volvía a encontrar ante las clavículas altas y pronunciadas de Marieke, y se hacía películas. Imaginaba que ella se levantaba, sin dejar de mirarle, se iba al lavabo, como si nada, y le esperaba allí, con la braguita colgando del picaporte interior en señal de desafío.

20

Romain acababa de salir de su escondite y de ver el sol por primera vez desde hacía setenta y dos horas. Susanna le había confinado en un apartotel donde le llevaba bocadillos dos veces al día y de donde le había dicho que no se le ocurriese salir. El mundo exterior estaba lleno de desconocidos provistos de un arma temible para el criminal en fuga: la memoria visual. El vigilante nocturno solo tenía que abrir un ojo al ver a Romain cruzar el vestíbulo del vasto hotel enmoquetado en azul; y aunque volviese a la siesta o a la pantalla de su ordenador, el rostro del enemigo público número dos quedaba grabado en la prodigiosa burocracia de su cerebro. Ante estas explicaciones, Romain había cedido y obedecía. No había salido ni un solo instante. Había pasado en aquel pequeño estudio aquellas largas horas de angustia y de soledad. En un rincón estaba la cocina, en otro la tele, con un sillón cómodo, y había un cuarto de baño con una amplia bañera.

La víspera de su marcha, Romain se había sentido de humor juguetón; había intentado hacer un chiste:

—Bueno, que te persigan no es tan desagradable, te permite alojarte en buenos hoteles.

La americana sonrió a contratiempo, y a Romain le pareció ver pasar por su mirada inexpresiva una especie de exasperación que le aterró. Era como la aleta de un tiburón que asoma a la superficie de un lago; una mirada que ya le había lanzado Nazir, que significaba que su paciencia tenía un límite, y que también significaba que quizá no había entendido la gravedad de la situación en que se encontraba. A causa de aquella mirada que sorprendió por casualidad, Romain se pasaba las noches en vela.

A la mañana siguiente tenía ojeras y los párpados le pesaban; le dolía la cabeza. Cualquier movimiento parecía costarle el doble de la energía necesaria. Alzar un brazo le deprimía.

Se detuvieron en una gasolinera.

—Tú quédate en el coche mientras voy a pagar, hay cámaras por todas partes.

Romain tenía la cabeza hundida entre las manos. La americana vio el extremo de su frente salpicada de acné moverse en señal de asentimiento. Abrió la portezuela, pero de repente él le preguntó, con voz enronquecida y un poco brusca, como después de una larga mañana de silencio:

—¿Por qué un pasaporte americano? ¿Por qué quiere ir a América? Es una locura...

Susanna echó una mirada al reloj y volvió a cerrar la portezuela para responderle, en un cuchicheo, con una media sonrisa conspiradora:

—Pero ¿qué dices? Ahora la que duda soy yo...

—¿Qué quieres decir? —preguntó Romain apartando las manos de la cabeza.

—¿Quieres que me crea que no te habló de un G8 en Nueva York? ¿Un G8 al que asisten los principales jefes de Estado... entre ellos, probablemente... Chaouch?

—¡Sí! ¡Sí!

—Bueno.

—¡Sí! ¡Ahora me acuerdo! Me habló el sábado, la noche de los peces...

Romain se sonrojó y se puso a balbucear sin decir nada. La americana informó inmediatamente a Romain de la continuación de su plan. Iban a pasar dos noches más en Francia, en el coche mejor que en un hotel, para no tentar a la mala suerte. Y el lunes por la noche, cruzarían la frontera.

¿Fue la perspectiva inminente de volver a ver a Nazir o el cruasán con demasiada mantequilla que se había zampado en dos bocados en el parking del hotel? Fuera lo que fuese, le volvieron las ganas de vomitar, y Susanna tuvo que dejarle abrir su portezuela.

—¿Otra vez ese olor de pescado? —preguntó vigilando los alrededores.

Romain vomitó cuatro veces al pie del coche. Cuando se incorporó, observó el horizonte, el horizonte hacia el que no tenía derecho a ir como cualquier otro ser humano. El viento agitaba unos árboles que seguían la vía de acceso y la autopista. Los coches desfilaban unos detrás de otros, mezquinos, con prisas locas de no ir a ninguna parte.

—¿Y esa historia de los peces qué es exactamente?

Romain se forzó a sonreír. Se pasó la mano por la cara, blanda y lívida, y respondió:

—No es nada, un mal recuerdo. Venga, tenemos que irnos, ¿no? Venga, venga —resopló, inesperadamente impaciente por incorporarse al insensato cortejo de los coches sin destino.

21

—Bueno, dicto, me escuchas, ¿verdad? Nos alegramos de la recuperación del señor Chaouch y reiteramos nuestras plegarias y nuestro apoyo a la familia y a sus allegados. Ni una palabra más ni una palabra menos. ¿Lo has anotado todo? Lo envías a la AFP dentro de diez minutos, ¿OK? Vale, dicto: Nuestra oficina central ha registrado una afluencia masiva de nuevos afiliados estos tres últimos días. Se estiman en cerca de mil quinientas afiliaciones al día, sobre todo por internet, o sea un crecimiento del mil por ciento en comparación con los días normales. Firmado: Victoria de Montesquiou, directora estratégica, etcétera. Espera un momento. —Se interrumpió para preguntarle al hombre que conducía su coche—: Franck, ¿qué porcentaje es? Me he olvidado, ¿es setecientos o mil?

—Mil —respondió lacónicamente el chófer.

Victoria vio que abandonaban la carretera nacional para tomar la regional bordeada de árboles, que llevaba a la mansión de su infancia. Colgó y se cambió de zapatos, contorsionándose en el asiento del copiloto.

—¡Tú quieres que tengamos un accidente!, ¿verdad? Estás haciendo todo lo posible.

Franck decía cosas así. Sus mandíbulas mussolinianas se hacían más pesadas, sus ojos, grandes y demasiado pegados, se entornaban. Su boca era de esas que nunca se cierran del todo. Con el cabello cortado al rape y su estatura de coloso moldeada en un polo Fred Perry, parecía un actor porno que no logra reciclarse.

Victoria prefirió no reaccionar. Se acordó del domingo de Pascua en que Franck conoció a sus padres. Incómodo por sus orígenes obreros y su aspecto de charcutero achispado, Franck se mantenía en guardia, procurando no poner los codos sobre el mantel verde manzana que él era el único de la mesa que no se había atrevido a manchar.

—¡Venga, arranca!

Franck cortó el contacto y se volvió hacia Victoria, con el antebrazo izquierdo apoyado en el volante.

—¿Qué soy yo para ti exactamente? ¿Soy tu chófer? ¿Por qué me tratas como a una mierda?

—Pero ¿qué te acabo de decir? Ya discutiremos esta noche, cuando hayamos acabado.

Franck la cogió por el cuello, con su gruesa mano derecha con el pulgar separado para apretar en la glotis.

—Para —dijo ella, con la punta de los labios.

Pero Franck se conocía su papel de memoria.

—No, no paro —gruñó, con voz brusca, que sonaba falsa—. ¿Qué te he hecho yo para merecer esto?

—No tan fuerte, Franck, no tan fuerte...

Esto quería decir: Más fuerte, Franck, más fuerte.

Victoria intentó soltar el cierre delantero de su falda, pero lo hizo mal y el botón saltó. Deslizó la mano dentro de la braguita.

—Dime algo, mierda, Franck, dime algo.

—Calla la boca, soy yo quien decide si hablo o no.

Al cabo de un cuarto de hora se reunieron con el padre de Victoria, el barón de Montesquiou, en la subasta de mayo que tenía lugar en un pequeño hipódromo normando. Las subastas de aquel modesto hipódromo no eran tan populares como las de Deauville o Saint-Cloud, pero atraían a una multitud sorprendente, de propietarios, de intermediarios, de ricos curiosos que a veces le regalaban un caballo a la novia del momento, por capricho.

Se entraba en el complejo armoniosamente florido por un portal de verjas esculpidas en forma de cabeza de caballo. El parking se abría a un amplio césped a los dos lados de un camino de losas que había que seguir a pie, entre los caballos. Sus mozos los llevaban de la brida, primero por unos patios flanqueados por boxes, y luego a los pasillos de la vasta pieza octogonal donde tenía lugar la venta.

Mientras desentumecían las piernas al aire libre, los compradores los observaban, tomaban notas, sobre su fisonomía, su dentadura, las particularidades de su forma de andar, su eventual nerviosismo. A estos que tomaban notas se les volvía a encontrar en las primeras filas de la sala donde se celebraba la venta. En el centro había un ring majestuoso, por el que desfilaban los animales, bajo los números de cuatro o cinco ceros poderosamente amplificados por los altavoces y repetidos hasta que alguien alzase la puja:

—Diez mil, diez mil, diez mil, doce mil, quince mil, quince mil...

A veces nadie pujaba. Entonces el subastador tomaba la responsabilidad de invertir la tendencia:

—Diez mil, diez mil, ocho mil, ocho mil, siete mil...

Los ojos del potro así humillado no reaccionaban. Seguía con su desfile de princesa, orgullosamente, como si no pasara nada. Y tenía razón. Cuando el barón de Montesquiou compró su campeona dos años atrás, sus pujas tardaron mucho en despegar. Los compradores escrutaban sus músculos tensos por la marcha, dio coces varias veces, se veía que tenía mal carácter, que tenía un corazón rebelde bajo las manchas grises de aquel pecho abombado, un corazón rebelde y complicado. Al contrario que todos esos yearlings sin alma en los que se fijaban las gafitas redondas de los intermediarios vestidos con traje de tres piezas. Tenían un sistema de señales secretas, conocidas por unos agentes que espiaban las reacciones del público y hacían subir las pujas al oído del subastador.

El barón estaba sentado en la última fila, mandíbulas altas y apretadas, las dos manos ricamente ensortijadas posadas una sobre la otra en el pomo de un bastón paraguas de tela verde grisáceo, que casaba muy bien con su uniforme de gentleman-farmer. Ninguno de los potros que desfilaban le llamaba la atención.

En la entrada del salón, a la izquierda del ring, vio aparecer un sombrero blando que le era familiar. Enseguida se pudo ver el rostro cuadrado del señor Boulimier, cuando Victoria salió a su encuentro, sin tenderle la mano, sin mirarle siquiera, hablándole al oído y asegurándose de que ningún curioso les hubiera reconocido. Victoria llevaba ceñida la cintura de su falda con una especie de fular con motivos orientales. Al darse cuenta, el barón alzó una ceja. Ella le hizo señal de que se reuniera con ellos. Él volvió vivamente la cabeza y miró desfilar el potro bayo por el que las pujas habían llegado a cincuenta mil euros. Probablemente Victoria seguía reclamándole, pero al barón le daba igual. Otra vuelta más, y el potro fue adjudicado. El barón apuntó el montante de la venta en su catálogo. Verificó los nombres de sus progenitores, trazó un círculo alrededor del semental del que ya había oído hablar. En el momento en que pasaba la página para la siguiente venta, el potro bayo que se resistía a abandonar la alfombra dejó en ella un soberbio excremento, que sin embargo no arrancó ni la menor sonrisa a su nuevo propietario, un africano flotando dentro de su horroroso traje verde satinado.

Los agentes de seguridad condujeron a Boulimier y Victoria por un dédalo de puertas disimuladas, con toda la discreción que exigía su estatuto de VIP de incógnito. Abrieron ante ellos una puerta de dos hojas, y volvieron a cerrarla con llave detrás de ellos. Al final de un corredor con las paredes decoradas con cuadros y trofeos, llegaron a una especie de bar como solo se ven en los clubes deportivos, con una barra llena de botellas de calidad mediocre y una gran cristalera que daba al conjunto del complejo, dominado a lo lejos por las tribunas del hipódromo.

Con las manos a la espalda, una alta silueta contemplaba aquella construcción como si fuera el castillo de su reino. Pierre-Jean de Montesquiou volvió hacia los recién llegados su rostro contrariado.

—¿Dónde está papá? —preguntó—. ¿Y Franck? No os ha seguido nadie, ¿verdad?

—Franck está en el coche. En cuanto a papá, como puedes imaginarte, sigue hipnotizado por todo ese rollo…

Montesquiou torció el gesto. Un viejo orgullo de clan le impedía burlarse de los miembros de la familia en público, y con más motivo si se trataba del patriarca.

—No seas tan dura con él, Victoria. Ponte en su lugar dos minutos, ¿quieres?

Inmóviles ante la cristalera, permanecieron hombro con hombro para no mirarse. Eran como Plutón y Proserpina, dos sombras azules ante los juegos crueles del inframundo.

Sus siluetas se ensombrecían inexorablemente. Boulimier tomó la palabra para evitar que surgiesen las antiguas querellas entre hermano y hermana:

—He hecho la parte de trabajo que me tocaba: el capitán Tellier está con nosotros, Mansourd está debilitado, aislado, y poco importa lo que la hermana de ustedes le haya contado al hermano del chiflado, se puede considerar que, con Mansourd fuera de juego, ustedes ya no tienen nada que temer. Yo he cumplido. Pero ustedes… no tanto, si me lo permiten. Solo tenían que hacer una cosa —añadió malignamente mirando a Montesquiou—, asegurarse de que Waldstein sigue con Nazir en Suiza para que fuésemos los primeros en cogerle, e incluso eso… Bueno, ahora ya es demasiado tarde. Habrá que improvisar.

Victoria sujetó a su hermano por el codo y alzó la cabeza en dirección al cielo, con los ojos cerrados como para aprovechar el sol. El ventanal estaba recubierto de espejos semirreflectantes que teñían de ocre la luz del día. Victoria se soltó el cabello, que le llegaba hasta los hombros; se hizo un moño y vio pasar a Franck por la avenida, a sus pies.

Estaba hablando por teléfono, parecía agitado. La avenida prolongaba el parking, había un callejón sin salida donde se guardaban los cubos de basura. Cuando Franck alzó la mirada en dirección a la cristalera, Victoria comprendió por su ausencia de reacción que no podía verles.

—Ahora en serio, ¿cómo puedes estar con ese palurdo? —preguntó Montesquiou.

—Ya lo ves, esa es la diferencia entre tú y yo, PJ. Tú desprecias a la gente y se te nota en la cara.

Montesquiou se volvió hacia su hermana, los ojos torvos, la boca despectiva.

—Tiene una frente muy estrechita, ¿no?

Allá abajo, Franck se daba golpes en la nuca con la palma de la mano, escupía, se palpaba los huevos. Todo lo que hacía le daba la razón a Montesquiou.

—Mira, cuando necesite un asesor sexual ya te avisaré.

—Asesor sexual... —murmuró Montesquiou, asintiendo con la cabeza.

—No, en serio —dijo Victoria—, ese desprecio que las élites tienen por el francés de a pie, el francés de a pie lo nota continuamente. Antes había una cristalera recubierta de espejos que permitía a las élites despreciar al pueblo allá abajo, sin que el pueblo se diese cuenta. Esa época se acabó. Ahora todo el mundo lo ve todo por todas partes. Vivimos en la era postespejo semirreflectante.

—Me preocupas, Victoria. Si empiezas a creer en las chorradas que dices, es el principio del fin. Mantén las fronteras estancas.

—¿Entre qué y qué?

—Entre lo que haces como que crees y lo que de verdad crees.

—¿Y en ningún momento se te ha pasado por la imaginación que mi compromiso pueda estar desprovisto por completo de segundas intenciones? Quizá creo exactamente en lo que digo que creo. Quizá, al contrario que todos vosotros, nosotros estamos conectados con el pueblo, el pueblo real, no el de las lindas leyendas doradas de la izquierda, sino el del ama de casa que mira el folletín de la tele y los programas de decoración de Valérie Damidot, y el de su marido que escucha los debates tabernarios de las emisoras de radio y que no necesita estadísticas ni encuestas sociológicas para comprender que la patria de sus antepasados se está convirtiendo en un subcalifato lleno de salvajes...

–¿Y quieres que me crea que tú ves a Valérie Damidot? ¿Tú?

Victoria apoyó la mano en el hombro de su hermano y le susurró al oído:

–Franck me graba todos los programas en la Freebox...

Boulimier acababa de terminar su llamada telefónica junto a la barra. Se reunió con los dos jóvenes.

–Preferiría que no nos quedásemos mucho rato aquí. Victoria, su padre debe reunirse con nosotros, ¿verdad? Vamos todos.

Victoria se disponía a salir cuando vio a dos hombres enmascarados escalando una de las paredes que daban al callejón sin salida por la izquierda. Uno de ellos era calvo, el otro rubio, los dos llevaban máscaras con la cara del brujo Gargamel, el malo de los Pitufos.

–Pero ¿esto qué es? –dijo Victoria apoyando las manos en el vidrio tintado–. ¿Cómo se abre? ¿PJ?

Pierre-Jean le dio un golpe en las manos antes de que tocasen el picaporte de la cristalera. En el momento en que los dos hombres enmascarados alcanzaban lo alto del muro, se quedaron quietos, mirando hacia el parking. Dos coches provistos de silenciosos girofaros entraron en el callejón a toda velocidad. Los dos hombres bajaron del muro antes de ser vistos. Desde el bar convertido en palco de teatro, nuestros tres conspiradores vieron a una docena de policías que le ponían las esposas a Franck. El suboficial a cargo de la operación inspeccionó los alrededores y finalmente alzó la mirada hacia la cristalera.

–¿Esto qué quiere decir, Victoria? –le preguntó su hermano mayor, agarrándola por la muñeca–. ¿Por qué detienen a Franck? ¿Qué has hecho ahora, maldita sea?

–¡Pero déjame! –respondió Victoria–. ¡Suéltame! ¿Creías que iba a dejar que Nazir le lavase el cerebro a Florence sin hacer nada? Tú pon la otra mejilla si quieres, yo prefiero devolver el golpe.

Boquiabierto, Montesquiou soltó la presa de la muñeca de su hermana.

–Entonces ¿qué? ¿Qué has hecho?

—Yo nada —respondió Victoria, furiosa—. Es Franck. Siguió… ya sabes a quién a Saint-Étienne. Le vio hablar con su padre. Y al cabo de unos meses, después de Pascua, enloqueció. Dice que lo hizo por mí.

—Pero ¿qué? ¿Qué hizo?

—Bueno, pues vengarse.

—¿Con el viejo? —saltó Montesquiou—. ¿Se ha vengado con un viejo? Pero ¿de qué? ¿A él qué le importa…?

—Pensaba en mí —intentó decir Victoria—, pensaba en Florence. No quería que se repitiese…

—Pero ¿nadie le dijo a ese gilipollas del Neandertal que el padre de Nazir murió hace tres años? ¡No solo nos mete en problemas sino que además se equivoca de blanco! Hemos de irnos cada uno por su lado —decidió Montesquiou, tomando su bastón.

—Ya le dije que no nos podíamos fiar de ella —siseó Boulimier señalando a Victoria.

—Estoy… mortificado, Charles. No sé qué decirle, estoy desolado. ¿Cree usted que podemos contar con Tellier para controlar los daños?

—Yo me ocupo —gruñó Boulimier.

Mientras tanto, Franck Lamoureux escuchó que estaba detenido y en prisión provisional por golpes y heridas, agresión de carácter racista, tortura e incitación al odio racial.

Cuando los tíos Nerrouche volvieron al coche, la abuela les preguntó qué había pasado. Moussa se volvió hacia su hermano pequeño Bouzid, espiando en su calvicie sudorosa la menor señal de alivio, para poder reprocharle el fiasco absoluto de aquella venganza enmascarada.

22

Fleur daba vueltas arriba y abajo por el húmedo sótano. Al cabo de un rato se puso a contar los pasos. Al llegar a cuarenta y seis se detuvo y decidió recorrer las baldosas hasta haber cubierto hasta el mínimo milímetro. Contar, avanzar, retroceder, descontar, de forma exhaustiva, con una tenacidad de ángel exterminador.

Nazir se había cambiado el traje Lanvin por una chilaba inmaculada. Solo la barba y los ojos eran negros.

—¿Tú qué crees que es el infierno? —preguntó ella de repente, en el tono de quien llevará muy mal no obtener respuesta.

Al cabo de un minuto, después de tranquilizarse retorciéndose los nervios como un paño empapado, añadió:

—Ya lo sé, para ti el infierno es la servidumbre. Lo que me explicaste el otro día, sobre tu hermano.

Nazir pegó los codos al torso, hizo algunos movimientos de gimnasia.

—Yo no te explicaba nada, discutíamos. Y además no hablábamos de «mi hermano», hablábamos de un espécimen mediático. Y de su gusto por los padrinos, por los mentores, los padres sustitutivos. Fouad siempre los ha cortejado, para sustituir a su verdadero padre por un padre espiritual, es decir, inteligente.

—Inteligente —repitió Fleur, que no se atrevía a insistir.

Nazir estaba inspirado. Pensaba en voz alta:

—De hecho, su odio a su verdadero padre se desarrolló de forma paralela a sus maneras de puto, dispuesto a travestirse de lo que sea para obtener los favores de un padre francés, occidental, honorable. Este padre sustituto es la nación. Fouad se aprendió de memoria el catecismo de la República, lo recitaba en público, era el pequeño árabe que vibra de emoción al pensar en la Asamblea Constituyente. Se olvidó de que a los ojos de un padre adoptivo uno siempre corre el riesgo de volver a ser el bastardo que en el fondo es, y que nunca ha dejado de ser.

—¡Pero yo también soy una bastarda! ¡Todos somos bastardos!

Nazir la ignoró, prosiguiendo a su ritmo lento y controlado:

—En el caso de Fouad, es una configuración mental de colonizado. Que se ha amplificado con su pequeña gloria televisiva… hasta encontrar a Chaouch, el padre ideal, y salir con la idiota de su hija, para llegar hasta él, su Dios vivo. Llegar hasta Chaouch, eso es lo que yo vi en los ojos de Fouad cuando le entrevistaron en el *Grand Journal*. Es lo que todo el mundo hubiera visto si no fuera por las lentejuelas y las luces y el confeti. Llegar hasta Chaouch…

También eso era lo que Fleur leía ahora en los ojos de Nazir, sus ojos tranquilos y sombríos, vibrantes e inmóviles, como un lago de montaña a la hora más negra de una noche sin luna.

Corrió hacia él, se abrazó a su torso, lo apretó con todas sus fuerzas, y por fin apoyó en él su cabeza de Medusa rubia; pegó el oído a su corazón, cuyos latidos no oía a través del espeso tejido blanco de la chilaba.

Una hora después, la crisis había pasado. Fleur estaba sentada en la cama, la carne blanca de las rodillas visible a través de la sábana. Con el boli en la boca, instalaba un escritorio improvisado.

—Empiezo a dictar —le avisó Nazir—. Queridos amigos. Punto y aparte. Se puede engañar a la gente, porque son sonámbulos. Vosotros, en cambio, no lo sois. Habéis comprendido que hay algo que huele a podrido en el reino de Levallois-Perret. He sido objeto de una manipulación de gran envergadura, de la que pronto os daré detalladas explicaciones que os volverán insomnes del todo.

El dictado duró un minuto más y concluyó de esta manera:

—… punto y aparte. Nazir N. Punto y aparte. P.D.: Sabré si está con vosotros, nada de trucos.

Fleur escribió esta carta con el bolígrafo de tinta negra, en una tarjeta que Nazir le había dado y que en el encabezamiento llevaba el nombre de un hotel de Nueva York.

No quiso saber más. Se levantó para darle el dictado a Nazir, que estaba sentado contra la pared del tragaluz, inmóvil y alerta, como un predicador a punto de entrar en escena.

Tras leer la carta, pensó que estaría bien hacerle un cumplido para prevenir el estallido de otra crisis.

—Bonita letra.

—¿Bonita letra? —repitió Fleur.

—¿Y ahora qué pasa? —le preguntó Nazir al ver que sus rodillas se entrechocaban de forma cada vez más rápida.

—Pasa que ya no te comprendo —respondió Fleur volviéndose en dirección opuesta a la ventana—. De hecho solo piensas en una cosa. Vengarte. Vengarte de él. Chaouch te da igual, y lo mismo todos esos políticos mentirosos. Me hiciste creer que íbamos a provocar el despertar de las conciencias, que la juventud europea despertaría… Y no pasa nada. Nos pudriremos aquí hasta el fin de nuestros días porque lo único que te interesa es sencillamente hacer daño a tu hermano pequeño.

—No estoy seguro de si hablas en serio. Ahórrame tiempo, dime que estás de broma.

El semblante de Fleur se ensombreció. Se pasó las manos por el cabello, para darle volumen.

—Tú no quieres cambiar el mundo ni a las personas. Lo que quieres es que las cosas sigan como son, pero que Fouad sufra. Crees que no ha sufrido bastante, que para él todo ha sido demasiado fácil.

—Es verdad —admitió Nazir, levantándose para estirar las piernas—. No quiero cambiar a la gente. No quiero cambiar a la gente, lo que quiero cambiar es el modo de pensar de la gente. Quiero que sus pensamientos se vuelvan hacia ellos mismos y quiero que las grietas de esos pensamientos se entreabran, se dilaten, se calienten, y quiero que una gran idea fecunde a esos pensamientos, por fin disponibles, por fin liberados.

Fleur se volvió, saltó de la cama.

—¿Eso es lo que has hecho conmigo? ¿Me has entreabierto para fecundarme? Entonces ¿por qué no follamos nunca? ¿Por qué no me miras nunca, Nazir?

—Yo te he liberado, Fleur. Podrías haberte convertido en la hermana de tu hermano. Pero he despertado tus energías durmientes. Imagina por un instante toda esa violencia que tenías dentro, lo que habría pasado con ella si no me hubieras encontrado. La pequeña fugitiva se habría asustado. Te habrías vuelto a tu pequeño mundo, habrías seguido el camino que los Montesquiou siguen desde siempre. Sacrificar sus deseos profundos, sus pulsiones, sacrificarse a sí mismos por la gloria de un apellido que hace siglos que ya no significa nada.

—No me has respondido. ¿Por qué ya nunca me miras? ¿Ya no te parezco guapa, es eso? Ya no me deseas. Ni siquiera sabes qué aspecto tengo…

Nazir se acercó a la cama, se inclinó ante la joven.

—Mira, cierro los ojos.

—¿Y qué?

—Cierro los ojos, y entonces tienes mil caras. La primera, es cuando estás enfadada. Los labios se te crispan, el mentón se arruga, el hoyuelo se contrae, hasta que parece tu culito bloqueado. Tu segunda cara es cuando reflexionas intensamente. Los ojos miran hacia el extremo inferior izquierdo, te muerdes el labio superior hasta que encuentras una respuesta. Curiosamente, cuando estás pensando la frente se te alisa. Tu tercera cara es cuando tienes miedo. Las mejillas palidecen, la piel parece hacerse traslúcida. En el extremo de los párpados aparecen dos arruguitas. Tus ojos se oscurecen. Tu cuarta cara es cuando estás avergonzada. La sonrisa se vuelve fea, los labios hacen muecas. Tu quinta cara es mi preferida: cuando estás eufórica. Y esta no puedo describirla. Ya no hay rasgos expresivos, particularidades. Solo está tu boca brillante en medio de un óvalo infantil y luminoso, con los dos ojos verdes y… exaltados.

Abrió los ojos, quizá esperando ver ese rostro. Pero Fleur ocultaba sus lágrimas con las manos; no le estaba mirando.

—No tengo los ojos verdes —sollozó—. Llevo lentillas verdes, que tú me obligas a llevar. Ah, tengo que salir —dijo aspirando grandes bocanadas de aire—. Cuando haya respirado un poco fuera estaré mejor.

Salía dos veces al día, una vez para ir a buscar comida y otra, al crepúsculo, para comprobar si el paquebote había llegado. Nazir le había confiado esta misión. Cuando viera entrar el *Costa Libertà* en el puerto de Génova podrían, por fin, abandonar aquella ratonera.

—Si vas a salir, ¿puedes echar la carta que acabamos de escribir?

Fleur tomó la carta y se asomó a comprobar que la callejuela estaba desierta.

—¿No me dices que tenga cuidado?

—¿No pensabas tenerlo?

Nazir esperó diez minutos antes de alzar el colchón bajo el cual ella escondía su diario íntimo. De pie en medio de la habitación, leyó las últimas páginas:

«Camino por la ciudad desierta, a veces un carabinero me sonríe. Me deslizo hasta el viejo puerto, paso bajo la carretera suspendida que sigue la orilla del mar. En la orilla, encuentro el pontón abierto al público y lo sigo hasta el último grupo de planchas flotantes, ligadas a la larga serpiente de madera por unas amarras que se podrían cortar con una simple navaja suiza. Miro la puesta de sol en el mar, estoy contenta y como siempre que estoy contenta pienso en él…

»... esperamos el regreso de ese paquebote que vimos la primera noche, ese increíble edificio flotante, majestuosamente iluminado, que se desplaza con una lentitud de dinosaurio, anunciando su paso con la sirena. Si cierro los ojos y me concentro, aún puedo oír esa sirena... el ruido mate, grave y vibrante de la libertad. Porque cuando el *Costa Libertà* regrese de su periplo oriental y emboque de nuevo la entrada del puerto, será el momento de huir hacia el próximo decorado de nuestro idilio maldito. Pero no tengo miedo. Nazir sabe lo que hace. ¿Habrá reservado un camarote en el barco? ¿Espera documentación falsa para que embarquemos sin peligro? No lo sé, él sabe. Tiene un plan...

»... cuando discutimos siento que podría dejarlo todo. Romperme. Ir a la policía y hacer que me repatríen a Francia. Pero me sería imposible vivir sin él. Sé que es el diablo... una especie de diablo, un diablo de hombre. Pero solo temen al diablo los que nunca le han visto. El diablo no es amigo nuestro; es demasiado malo, demasiado sincero para ser amigo nuestro. Tampoco es enemigo nuestro. Quiere que vivamos, que quememos la vida. No es amigo nuestro, ni enemigo, sencillamente es nuestro hermano, nuestro gemelo oscuro que nos impulsa a salir de nosotros mismos, de nuestros caminos trillados. Es lo que ha hecho Nazir por mí. A veces me gustaría que tú también, que todo el mundo le conociera como yo le conozco...».

Nazir vio que esta última frase había sido borrada y reescrita, subrayada antes de ser tachada. Cerró el grueso diario íntimo, lleno de esa vida que él había «liberado»; finalmente lo volvió a meter debajo del colchón, mascullando con una voz al borde de la risa:

—El diablo...

TERCERA PARTE

REHENES

1

Sobre la mesa de teca estaban dispuestas dos bandejas de cruasanes y de panecillos con chocolate, potes de mermelada de higos y de arándanos sin etiquetas, biscotes, una barra de pan, huevos revueltos, huevos duros, pequeñas salchichas asadas y una docena de tiras de tocino ahumado.

En el domicilio del prefecto de policía de París, un dúplex ultramoderno encaramado en el décimo y último piso de un edificio en Les Invalides, se desayunaba en serio. La terraza daba toda la vuelta al cubo de vidrio que coronaba el alto edificio cuadrangular de forma vagamente inquietante, como el botón de un detonador.

A las siete y diez en punto, cuando el joven comisario Thomas Maheut franqueó la puerta de entrada del dúplex, cuidadosamente afeitado y perfumado como para una cita galante, supo apreciar el insólito honor que le hacía su jefe, vestido con un albornoz blanco, al invitarle a compartir sus cruasanes calentitos y los huevos amorosamente revueltos por la espátula de silicona de su esposa.

Cambió de sitio para mirar la torre Eiffel al lado de su comisario. Este nunca había visto al prefecto de policía tan humano y animado. Claro que ese era el objetivo de aquella invitación. Mahout se imaginaba que iba a pedirle un favor gigantesco.

—Ya ve usted que París no arde —declaró Dieuleveult señalando al horizonte con un gesto de la mano—. Y no es gracias a Vermorel, puede usted creerme.

El prefecto de policía se levantó, cerró la cristalera corredera, en la que se encontró de narices con su propio reflejo. Bajo el albornoz llevaba una camiseta de la que asomaban algunos pelos del pecho. Tomó el abridor de huevos de acero inoxidable y lo accionó en el vacío, por el mero placer de escuchar el movimiento del resorte.

–Maheut, Maheut –canturreó mientras mordisqueaba una salchicha–. Desde hace unos meses tengo a un hombre de confianza en la nebulosa de la place Beauvau. Digamos que está situado en la periferia, sí, muy en la periferia de las actividades ordinarias del ministerio. Se llama Waldstein, en fin, es un seudónimo.

–¿Y la periferia... quiere decir...?

–Digamos que ha frecuentado mucho los ambientes de la secreta. Pero no seamos ingenuos, cuando el interés nacional está en peligro no siempre las guerras pueden librarse a la vista de todo el mundo. Así que hay que ensuciarse las manos para cavar las trincheras de esas guerras confidenciales. ¿Verdad? Bueno, pues digamos que en el pasado tuvimos ocasión de trabajar juntos y que en estos últimos meses ha sido reclutado por la DCRI, por orden de Boulimier en persona. ¿Para hacer qué? Ni él mismo lo sabe exactamente. Su misión consistía en vivir en Suiza durante unas semanas, en Zurich, bajo una falsa identidad de barbero. Cuando llegase el momento ya se le diría qué tenía que hacer. Lo que ni Boulimier ni Montesquiou sabían es que, paralelamente, yo también le había confiado una misión. Y todo ha ido bien, hasta la semana pasada. De repente ha dejado de responder al teléfono. Así que no voy a andarme con rodeos: quiero que usted tome el relevo.

–Pero... ¿en qué consistía su misión?

–Oh, se trata de menudencias, pero a menudo son las menudencias las que hacen que los grandes proyectos avancen, ¿verdad? Bueno, para ser del todo claros, se trata de informar a una periodista. El viernes pasado tuve que desplazarme yo mismo, para honrar la cita semanal de esta periodista con mi... hombre de confianza. Dejé un mensaje para retrasar la cita hasta hoy. Es una periodista de investigación, de las más duras. Habrá que informarla sobre las actividades de Vermorel y de su brazo derecho... ciertas zonas turbias, ¿comprende? Eso es...

–¿Eso es lo que hacía su Waldstein?

–Exactamente. En este sobre hay una serie de documentos, que he hecho retractilar para que no caiga usted en la tentación de echarles una mirada. A partir de ahora va usted a tener que pensar en su capacidad de engañar. A su debido momento le iré avisando de las modalidades concretas. Guarde el sobre en lugar seguro, no comente esto con nadie y espere mis instrucciones.

La semana anterior, Thomas Maheut había aceptado tácitamente la misión que el jefe quería confiarle; aquella mañana ya ni siquiera se contempló la posibilidad de no renovar su acuerdo: Dieuleveult le entregó el sobre y se levantó de un salto. Era un hombre del poder, a menudo sus conversaciones telefónicas se limitaban a cuatro palabras —diga, no, de acuerdo—; no era de los que te dan palmaditas en el hombro: en vez de eso te miraba como a un dossier, sin decir nada, con una curiosidad tan intensa como robótica.

—Por cierto, ¿ha visto la ceremonia? —preguntó distraídamente—. Esa madre rabiosa, ese pobre CRS… Y Vermorel. Todo el mundo ha comprendido que, además de tener un corazón de piedra, no tiene ninguna inteligencia táctica. Así que por lo menos ha servido para algo. Ha sido su primera ceremonia de este tipo, ¿no?

—Sí, señor. Me he enterado de las noticias sobre el chico… Mohammed Belaïdi, «Gros Momo», como se hacía llamar. Tiene pocas posibilidades de salir adelante, la columna ver…

—Es muy importante, ¿sabe? —le interrumpió el prefecto de policía, al que le importaba tan poco la suerte de «Gros Momo» como los sentimientos de su comisario—. Vermorel y Montesquiou forman un tándem cuya peligrosidad no se puede usted ni imaginar… no sé si está usted al corriente del rumor…

—¿Qué rumor?

—Estamos en vísperas de un big bang político. Una recomposición espectacular del escenario. El expediente que acabo de entregarle contiene todos los elementos necesarios sobre este tema. Escúcheme bien, Maheut: los asuntos humanos se mueven como las mareas. Hay que saber detectar la marea, y aprovecharla. Los acontecimientos tienen su propia… poesía, simplemente hay que saber prestarles oído, escuchar el ruido de la resaca… Nunca se sabe cuándo se presentará la próxima oportunidad de echar a esos animales que ocupan la place Beauvau…

Maheut no se sentía cómodo. Se alisó la larga corbata con el pulgar y el índice, se remojó el paladar con un sorbo de zumo de naranja.

—Pero, con su permiso, señor, el mismo calendario les va a echar, ¿no? Ya han dejado el ministerio, si no me equivoco...

Dieuleveult adoptó un aire misterioso.

—Con esa gente todo es posible, créame, su inventiva no tiene límites, están dispuestos a cualquier cosa para mantenerse en la pomada... Escuche los informativos, mire a su alrededor. Estamos asistiendo a una formidable campaña mediática concebida para definir a esa familia, los Nerrouche, como un vivero de terroristas implacables. Vamos, esa redada absurda de Rotrou que no ha pillado ningún pez gordo... No es sino el primer paso del plan de Montesquiou, la fase A...

El joven comisario quiso preguntar cuál sería la fase B, pero Dieuleveult prosiguió sin mirarle:

—En cuanto a nosotros, piense que la seguridad, y particularmente la seguridad de la capital, no es de izquierdas ni de derechas. ¿Me sigue? En Antiterrorismo hay una plaza vacante. Todo va a ir bien, no lo dudo, basta con que entregue este expediente a nuestra amiga periodista. Bien, en lo que a usted respecta, Mansourd está en un mal momento, nunca llegará a subdirector de Antiterrorismo. Usted es uno de los comisarios más jóvenes y brillantes de Francia. Tiene un cierto sentido político, es discreto. En fin, nunca se sabe, eso está claro, pero ¿ha pensado alguna vez en Antiterrorismo? No, no me conteste. Piense en ello, sin prisas. Y no hace falta que le diga que, de todo esto, ni una palabra. Simplemente piense en aquella pregunta que con mucha astucia formulaba el viejo Brecht: ¿qué pasa con el agujero cuando el queso desaparece?

—Evidentemente, señor —respondió Maheut, que no había pillado el sentido de la cita.

—¿Qué pasa con el agujero cuando el queso desaparece? —repitió soñador el prefecto de policía—. Una pregunta increíble, ¿verdad? Pues bien, lo único que puedo decirle es que pronto lo sabremos, mi querido Maheut.

Dieuleveult se encontró camino de la puerta con su mujer, que seguía sin cambiarse, y ambos acompañaron a su protegido hasta la salida. La señora se había puesto las gafas de sol. El uno junto al otro, envueltos en albornoces blancos, parecían una pareja de palomos opulentos de vacaciones: dos palomas mafiosas que le despedían risueñas, y cuya sonrisa se apagaría brutalmente en cuanto cerrasen la puerta.

Maheut pensó en sus rivales en el seno de la prefectura de policía, pensó en su envidia. Cuando por fin se quedó solo sobre la moqueta roja del rellano intentó alegrarse de esa envidia para expulsar la vergüenza que impregnaba su flamante traje. Llamó al ascensor, con prisa por verse resplandeciente en el espejo y poner freno a sus estúpidos escrúpulos deontológicos.

Su corbata azul oscuro con la insignia de la prefectura de policía se reflejaba en los batientes cerrados del ascensor. Enseguida se dio cuenta de que este tardaba una eternidad en llegar. Para no correr el peligro de que el prefecto le alcanzase, bajó al piso noveno. En el piso superior se oyó un cloqueo mecánico. Por fin se abrieron las puertas, pero al vacío: los cables del ascensor, que se había quedado bloqueado en el décimo, giraban sin lograr hacerlo bajar. El comisario adelantó prudentemente la cabeza y vio que la cabina estaba atascada entre los dos últimos pisos. Se asomó más y lanzó una mirada al hueco del ascensor. Inexplicables sonidos metálicos subían hasta él desde el fondo del abismo, como un coro de voces espectrales: ruidos de paredes oxidadas, de cuerdas y cables enredados, los ecos de topes y de engranajes averiados.

Se estremeció y se dirigió hacia la puerta cortafuegos, donde le esperaban las tranquilizadoras escaleras de toda la vida.

2

Al cabo de dos horas, Marieke había escaneado el expediente entero y trasladado el fichero a varios discos duros externos. Sentada en el sofá de su piso, se hacía cruces de lo que acababa de revelarle aquel nuevo informador. Parecía sentirse incómodo cuando le anunció que Waldstein ya no iría a verla. Era un joven suboficial de aspecto marcial, que no la miró en ningún momento a los ojos. Daba igual: la información que le había transmitido Thomas Maheut valía su peso en oro.

Al cabo de una hora, Fouad estaba sentado en el alféizar de la ventana, sumido en la lectura de aquellos documentos. Marieke se mordía las uñas preguntándose por qué tardaba tanto; estaba tan impaciente como si le hubiese dado a leer alguno de sus poemas.

A Fouad le costaba concentrarse. Marieke estaba con los pies descalzos. De vez en cuando los veía recorrer el parquet crujiente de aquel estudio cuyo mobiliario se reducía a un colchón tirado en el suelo, un tocador lleno de frascos y cremas de belleza y un armario de zapatos, con un batiburrillo de sandalias, tacones altos y crampones de escalada.

Al cabo de diez minutos, Fouad, que se había tumbado en la cama, dejó caer el montón de documentos y dijo con voz temblorosa:

—Es increíble, es una locura.

—¿Has visto los listings al final?

El dossier contenía una veintena de hojas y unas cuantas fotos robadas de gran formato. Montesquiou y su hermana inmortalizados a la salida de inmuebles sin entradas acristaladas, con aire de conspiradores. Había otros rostros que Marieke reconocía como elementos de la extrema derecha y que se mezclaban con dos o tres tipos de la derecha vagamente familiares, el tipo de diputados a los que entrevistas al final de un congreso, cuando no has podido hablar con los barones.

Los papeles que acababa de obtener Marieke demostraban que durante toda la campaña algunos responsables de los dos partidos, derecha y extrema derecha, habían celebrado reuniones ultrasecretas, y habían estado negociando en vistas a un posible «futuro en común». Las actas de esas reuniones se habían llevado escrupulosamente. Montesquiou y su hermana dirigían los debates, comentaban juntos notas de síntesis, informes de expertos, estudios de sondeos, especialmente sobre las «circunscripciones conseguibles» en las próximas legislativas. Marieke creía que a partir de una serie de facturas podría demostrar que uno de esos informes no lo había realizado una institución privada sino directamente los servicios del Ministerio del Interior.

—Han hecho todo el trabajo por mí. Todo lo que ya tenía contra ellos no es nada comparado con esto. Me lo dan todo hecho, solo tengo que ordenarlo un poco. ¡Tengo el reportaje de la década!

—Pero el reportaje no es tuyo —dijo ingenuamente Fouad—. Los que te han pasado esto seguro que tienen un interés del que no sabes nada...

Marieke meneó la cabeza; se negaba a atender a esos escrúpulos:

—Son simplemente denunciantes de la DCRI, suerte que hay uno o dos. Y además, aunque tengan su propia agenda, a mí me da igual. Esto funciona así. *Win-win.*

—Marieke, me das miedo.

—¡Que no, que nos da igual! ¿Comprendes lo que significa eso que has estado leyendo durante media hora? ¿Una oficina, en el corazón de la place Beauvau, que financia intereses políticos privados?

Fouad asentía, desconcertado. Las últimas páginas consistían en notas biográficas detalladas de los parlamentarios miembros del partido de la derecha. En vistas al próximo congreso extraordinario del partido, cuya fecha no se había anunciado en ningún momento, iban a plantear una moción que sintetizaba las propuestas de su corriente: la moción «Orgullo y Herencia». El autor de aquella moción era Montesquiou, y su madrina Vermorel. Y los apoyos desgranaban la lista de los diputados y los senadores de la Derecha Nacional.

Para los otros mastines de la derecha, en lo alto de las fichas figuraba una anotación rudimentaria: A para «caliente», B para «tibio» y C para «frío». Caliente significaba que el diputado no tendría que ser convencido, que seguiría a Vermorel con los ojos cerrados. Frío significaba que habría que trabajarle cuerpo a cuerpo, que tenía miedo de perder su circunscripción, o bien que tenía escrúpulos «morales». Solo había una diputada con la nota C por este último motivo: era una diputada mestiza que había tenido problemas judiciales con la extrema derecha. Era un caso muy particular. En su inmensa mayoría, los diputados que se habían sumado a la corriente de Vermorel lo hacían sobre la base de una fe límpida: la derechización de la población ya se había producido; las fracturas identitarias crecientes del «país real» exigían una gran alianza de derechas.

—De hecho —explicó Marieke—, los que han montado todo esto son los hermanos Montesquiou. Cuidándose mucho de no dejarse ver nunca juntos en público. A partir de Pascua la frecuencia de las reuniones aumenta de forma exponencial. Se ven hasta tres veces por semana.

—Es increíble. No comprendo cómo… cómo han hecho para mantener secretas esas negociaciones durante toda la campaña…

—Bueno, es muy sencillo: solo estaban implicados Montesquiou y su hermana. Y como no son conocidos, si empezaba a haber fugas hubiera sido fácil destituirles. Pero hay otro factor: estaban protegidos.

Tenían todo un destacamento de espías que trabajaba para ellos, como una policía política, ya me entiendes… espionaje de periodistas, de informadores, de chivatos…

Fouad asintió, muy serio. Se levantó, y vio a Marieke de espaldas, masajeándose la nuca ante su espejo de cuerpo entero.

—¿Qué vamos a hacer, Marieke? ¿Crees que se puede publicar algo esta semana? La opinión pública dará un vuelco —profetizó apretando los puños—. El viento va a cambiar, nos dejarán tranquilos y el juez se verá obligado a ponerse a buscar a los verdaderos culpables.

—Temo que no sea tan fácil —le respondió Marieke quitándose la blusa y desabotonándose los vaqueros.

Fouad abrió la boca al verla de repente en sostén. Fue como una deflagración, un deslumbramiento de carne blanca y aterciopelada.

—Pero ¿qué miras, animal?

—¿Cómo que qué miro, cómo quieres que no mire si te pones en pelotas delante de mis narices?

—Solo me estoy cambiando rapidito, no hace falta que se te salten los ojos como a un crío de trece años.

3

Aquella mañana Jasmine durmió hasta muy tarde; le despertó a mediodía un guardaespaldas que no era Coûteaux. Ella lo supo ya antes de verle, por el ritmo demasiado lento de los nudillos al llamar a la puerta de su dormitorio.

El hombre que apareció en el marco de la puerta tenía el cabello blanco muy corto, la mirada fija y el cable blanco de su auricular a la vista; todo lo que Jasmine detestaba: un perro guardián con aspecto de militar vestido de civil, con aquella fina cola diabólica que asomaba del cuello de su camisa después de recorrer la columna vertebral desde el culo contraído por la importancia de su misión.

—Señorita Chaouch —se presentó, sacando pecho—, soy el teniente coronel…

—Un gendarme —le cortó Jasmine—. Bueno, por qué no, cuantos más seamos… ¿Dónde está Coûteaux?

—A partir de hoy quien está a cargo del dispositivo de su seguridad soy yo —respondió educadamente el gendarme del Servicio de Protección de Altas Personalidades antes de señalar a los antiguos hombres de Coûteaux que esperaban detrás de él, en el salón, y que saludaron con una ligera inclinación a la chica, a la que llevaban varias semanas acompañando en sus desplazamientos.

—No me ha respondido —insistió Jasmine, que solo se había puesto una zapatilla, la derecha. Los dedos de su pie izquierdo se alzaron al mismo tiempo que sus cejas—. ¿Dónde está Aurélien? ¿Está enfermo?

—No está —declaró el gendarme. No tenía derecho a decir más, pero se negaba a reconocerlo para no asustar a la joven—. A partir de ahora el mayor Coûteaux ya no se va a ocupar de su protección.

Jasmine iba a alzar la voz cuando su madre la llamó para confirmarle que al día siguiente la esperaban en el Val-de-Grâce, para una reunión un poco especial con su padre, de la que habían hablado la víspera. Se trataba de un briefing de los investigadores de Antiterrorismo: a Jasmine la había sorprendido que la invitasen, la había sorprendido tanto que había tenido insomnio. Y como no quería molestar a Fouad se había confiado a su nevera; en los últimos tiempos sufría frecuentes ataques de bulimia. Devoraba inquietantes cantidades de helado Ben & Jerry's. Se preparaba unos banquetes nocturnos con té y natillas, en los que mojaba galletitas de mantequilla.

Mientras Jasmine salía y acababa presentando excusas a su nuevo guardaespaldas, Fouad soportaba una nueva salva de explicaciones de Marieke sobre los documentos extraordinarios de cuya existencia acababa de enterarse:

—Han preparado muy bien su golpe de Estado, están esperando el traspaso de poderes del jueves para anunciar su alianza para las legislativas. Tienen un buen plan de comunicación, Fouad, han previsto todas las alternativas.

Marieke se desplazó, tomó a Fouad por el brazo.

—Si son capaces de montar una oficina para esto, no veo por qué no iban a ir más allá. ¡No tienen límites, ya ves que no tienen límites! Te lo digo mirándote a los ojos, tal como lo pienso: Montesquiou y Boulimier, y probablemente también la hermana de Montesquiou, encargaron el atentado contra Chaouch para crear las condiciones propicias para su especie de alianza nacionalista.

Escrutó la mirada inmóvil de Fouad, acechando la primera luz que indicase que le había convencido. Pero aquella luz no se encendía.

4

Mansourd avanzaba como un caracol por la vía de la izquierda de la carretera de circunvalación del oeste; de pronto vio que el piloto de la gasolina estaba en rojo. No había podido evitar los atascos provocados por la manifestación: el «pueblo de derechas» desfilaba para protestar contra Chaouch, un «inválido en el Elíseo»; el pueblo de izquierdas bajaría a la calle al día siguiente. Desde la derecha se ridiculizaba al Frankenstein que representaba a Francia en el G8. Al día siguiente, desde la izquierda, se evocaría y exaltaría la memoria de Roosevelt en Yalta.

El prefecto de la policía había concedido todos los permisos que pedían los organizadores, y a tres días de la investidura del presidente electo París parecía una olla a presión a punto de explotar. Como un silbido in crescendo, los lemas de odio convergían hasta formar, en la place de la Concorde, una sola exigencia, vibrante, solemne: de dimisión, de inhabilitación.

Alrededor de aquella olla a presión, los atascos se eternizaban, poniendo a prueba la paciencia de los vecinos apolíticos de París y la Île-de-France. El comandante, que era uno de ellos, acababa además de tragarse cientos de kilómetros: al final puso el girofaro en el techo para meterse en el carril de emergencia. No le gustaba abusar de los privilegios de su cargo, pero esta vez podía justificarlo por las «necesidades de la investigación», aunque empezara a desesperar de que esta avanzase.

Llegó a su casa, en Courbevoie, un poco antes de las dieciocho horas. Tenía alquilada una casa un poco triste, con las paredes de revoque verde pálido; desde que se instaló allí, diez años atrás, el jardincillo había degenerado en jungla. Era lo único que había cambiado: los muebles eran los mismos, los armarios seguían recubiertos de formica y los muelles del colchón estaban hundidos, como el día en que firmó el contrato de alquiler.

Donde pasaba más tiempo era en el despacho que daba al jardín. Se sentaba en un sillón de terciopelo y miraba la caída de la tarde reflexionando, sobre su vida, su investigación, el folletín en el que ambas se confundían en un relato mutante, salvaje, sin pies ni cabeza.

A la derecha tenía una larga pared de espejos que el propietario debió de instalar para duplicar el espacio y aumentar la luminosidad. Al principio, Mansourd quiso destruirlos, pero acabó por acostumbrarse. Pero desde el atentado y el principio de aquella investigación imposible, los post-it recubrían la casi totalidad del espejo: el comandante se pasaba horas enteras observando sus notas y organigramas, de pie ante esa pared como Velázquez en *Las Meninas*.

A veces aparecía el reflejo de su mano, allí donde acababa de retirar un post-it. A veces una corriente de aire despegaba unos cuantos: desde que Mansourd dio un puñetazo en la puerta de aquel salón (desde el día en que la señora Mansourd se fue definitivamente) el viento se colaba por toda la planta baja.

Muerto de cansancio, el comandante adhirió los post-it que acababa de garabatear en la columna de «favores» que pedirle al juez Poussin. Luego se dejó caer en el sillón y paseó una mirada de angustia por el espejo ahora lleno de notas de arriba abajo. Le costaba respirar, tenía calor y la espalda le picaba.

Sonó el teléfono fijo. Disponía de un contestador automático a la antigua. La voz de Tellier llenó el salón. Su temblor imperceptible parecía aumentar el ritmo de las pulsaciones cardíacas de Mansourd:

—Buenas noches, comandante, llevo desde ayer intentando localizarle, y de repente se me ha ocurrido que a lo mejor si le... Bueno, en resumen, quiero que esté advertido, el lunes o el martes próximo le convocarán en la sede de la PJ, han decidido suspenderle... Siento mucho... que las cosas hayan llegado a este punto... No había previsto...

Mansourd sentía que se ahogaba. Extendió el brazo y logró abrir la puerta acristalada que daba al jardín. Una corriente de aire húmedo le dio en plena cara. Se acordó demasiado tarde de que había dejado abierta la puerta de entrada. La corriente subsiguiente voló todos los post-it de la pared de espejos. El comandante tenía que concentrarse en su respiración. Y al levantarse para impedir la catástrofe que acababa de producirse, perdió el equilibrio y puso rodilla en tierra para no desplomarse.

Ahora podía ver su propio reflejo en aquella pared dramáticamente desnuda, verse completamente, de cuerpo entero: un toro vencido, arrodillado, con el corazón a punto de reventar.

A su alrededor, sobre el pavimento de linóleo del despacho, Nazir se burlaba de él de un post-it a otro. Cuando su nombre estaba subrayado con dos trazos, la mano que había trazado el segundo era la de Nazir.

5

El Volkswagen cupé corría por la autopista en dirección a la frontera italiana. A la americana la preocupaban los cambios de humor de su pasajero. Romain no decía nada durante una hora, y luego de repente se ponía a hablar con una voz ronca, como extranjera.

—Me pidió que le llevase a esa colina, en Saint-Étienne. Estábamos al pie del minarete, en marzo, hacía un frío que pelaba. Me dijo que era cosa de dos minutos. El tiempo de pronunciar una fórmula y alzar el dedo meñique. Se llama la *chahada.* Yo lloraba de emoción. Nazir me hizo alzar el meñique. Ya me había convertido en musulmán. Me dijo que eligiera un nombre. Elegí Julaybib, claro. Usted no sabe quién era Julaybib. Bueno, sí, de hecho sí que lo sabe: ¡soy yo! El pequeñito, el enano, el deforme, el feo, sobre todo el ignorante: el que, como yo, no tenía ni padre ni madre, en fin, que no les conocía. Yo sí conocí a mi padre, pero es como si no hubiera existido, tan insignificante era… De Julaybib, al igual que de mí, ni siquiera se habla como de un compañero del Profeta. ¡Todo el mundo se burlaba de Julaybib, todo el mundo! La gente se negaba a dejarle entrar en sus casas. Las burlas de los hombres hubieran podido quebrantarle, pero el Profeta en su misericordia decidió que fuese su compañero. ¡Su pequeño compañero deforme, su compañero enano, ja, ja! Murió heroicamente, después de matar a siete enemigos. El Profeta dijo: «Este hombre es mío, y yo soy de él». Murió como mártir y le enterró el Profeta en persona, sin lavarle antes, claro, porque a los mártires no se los lava antes del entierro. No, no, a los mártires no.

Después de esta perorata, mantuvo un silencio de unos diez minutos. A la americana no se le ocurrían temas de conversación.

—¿Qué crees que hará con Florence? —preguntó finalmente.

Romain se volvió hacia ella, con la boca entreabierta.

—¿Por qué la llamas Florence?

—Bueno, ¿no se llama Florence?

La americana cerró los ojos, aceleró.

—El éxito de la operación de Nazir también dependía de ella. De Fleur. No quiere que la llamen Florence, es extraño que no lo sepas. Él dependía de ella, de mí, de todos nosotros. Pero el arma fatal era Krim. Nazir por fin logró reunir los dos círculos. Los que veneran a Francia y los que la detestan. Y yo era el eslabón entre los dos. Yo procedía de la extrema derecha, y me había convertido al islam. Pero en realidad esta historia de círculos no es más que humo. Todo dependía de Krim, desde el principio. Nazir me lo explicó la última noche, el sábado, la víspera del atentado. Me dijo que para alcanzar el éxito en una operación tan extraordinaria como la nuestra, había que confiar en el azar, en la fragilidad de una mano temblorosa. Había que lanzar los dados en el último momento. Arriesgarse al fracaso total...

La americana le pidió que se explicase, pero Romain no quería hablar más.

El joven se puso a pensar en su difunto padre, su padre, en quien no pensaba nunca, su padre, que, cuando estaba vivo se caracterizaba por una presencia extraordinariamente neutra a su lado, un padre de esos a los que no les gusta estar delante, y que sonríen sonrojándose, con las manos en los bolsillos, mirando al suelo en busca de una piedra a la que dar una patada inútil. Había nacido y muerto en el mismo lugar, solo había dejado una huella de su paso por la vida: un hijo que cambió de nombre y renegó de la fe de sus antepasados. En resumen, una vida para nada, como una partida de cartas, pero una partida que los jugadores interrumpen a la mitad al darse cuenta, de repente, de la estupidez de un juego en que nunca puedes vencer al azar, por astuto que seas o por mucho que te arriesgues.

—Jugamos a una cosa —declaró Romain, abatido, con prisas por dejar atrás el recuerdo de su padre pero sintiendo que no podría—. Aquel sábado, la vigilia de la segunda vuelta, nos pusimos alrededor del acuario, cogimos dos taburetes, servilletas, vasos de agua, y nos pusimos a jugar. Yo estaba en su casa, era la víspera del gran día y... Era el juego del que pierde gana. El juego del que pierde gana, sí. En su apartamento... había un acuario...

Se calló. Tenía la garganta seca.

La americana notó que estaba sudando, se rebullía en el asiento y no podía ponerse cómodo.

—Te escucho. Tómate tu tiempo.

—En el acuario había una docena de peces, no sabíamos exactamente cuántos. Nazir puso un cartón tapando las paredes, para que no pudiésemos llevar la cuenta. Y para demostrar que jugaba limpio, quiso que echásemos a suertes quién empezaba. El juego era que el que se tragaba el último pez, perdía. Y por consiguiente, ganaba.

—Pero ¿ganaba qué?

—Ganaba el derecho a ayudar a Krim al día siguiente. Así que era o él o yo. Quizá de hecho su otro hombre de confianza era él mismo... Sí, seguramente quería decir que solo se fiaba de sí mismo y de mí.

Con esta frase se detuvo, como si no se la creyese, como si ya no creyese en nada.

Pero sí: aún creía en una cosa. En el sabor de aquellos peces rojos que se habían comido vivos por turnos. Nazir sonreía cada vez que tragaba uno, pero Romain no.

—Al principio traté de masticarlos, pero la sensación de la cabeza que seguía temblando en mi boca... era demasiado dolorosa. No comprendo cómo Nazir se las apañaba tan fácilmente, mientras que yo en cambio estaba tan asqueado. De repente me puse a comérmelos y tragarlos directamente. Al cabo de un rato hundí la mano en el acuario, busqué a ciegas y vi que no quedaba ningún pez. Estaba aturdido, vi que el rostro de Nazir se contraía, se endurecía.

—¡O sea que ganaste! —comentó la americana.

—No, perdí —dijo Romain, con la cabeza baja, sacudida por sus sempiternos tics de la boca—. Ya no había más peces, yo había perdido.

O sea había ganado, pero el que pierde gana, así que en definitiva: quien gana pierde...

Ella volvió a acelerar. La carretera seguía a lo largo de la orilla del mar, en la ladera del acantilado. Abajo, las olas rompían contra las rocas. Súbitamente silencioso, Romain se volvió hacia la conductora. Cada vez respiraba menos pesadamente, intentaba disfrutar de la situación, como si fuese la última vez que pudiera disfrutar de algo.

Hasta el silencio del coche empezaba a emocionarle. Confiaba en ese silencio, le gustaba y lo apreciaba como un orfebre; cada una de sus perturbaciones era una creación ínfima y considerable: su mano rozando el suave revestimiento del asiento; el engranaje de la palanca de marchas respondiendo a cada cambio; el volante recubierto de cuero que pasaba ágilmente de una mano de la americana a la otra; los bips del salpicadero electrónico, ninguno más alto que el otro; y finalmente, y sobre todo, el motor y su respiración pesada y continua, como un tapiz de notas heroicamente sostenidas por los violoncelos.

El joven miró el mar. Acababa de perderse el rayo verde pero estaba muy excitado. Nazir llamaba a eso la euforia del crepúsculo. Los raíles quitamiedos, dorados por el sol poniente, los reflejos del cielo en llamas sobre el mar, el sentimiento de que la vida era algo grande y noble... Siempre pasaba igual: caía la noche y Romain era el hombre más feliz del mundo. Bastaba con aquella luz para llenarle de alegría, la luz rasante, los rayos horizontales, las sombras que crecían y se alargaban, y luego el color del cielo, aquella sustancia preciosa, como si todas las cosas bellas y ricas del día se hubieran precipitado, recogido en un crisol y volcado en el cielo por una infinidad de canales invisibles.

Solo que pronto, demasiado rápido, las tinieblas se imponían y él quería morir. Y moría. Moría cada noche.

—Si tuviera que decidir entre su vida y la mía —declaró por fin, dejando largas pausas entre las palabras—, ¿sabes cuál preferiría? Preferiría la suya.

La americana tuvo una sensación de alarma.

—¿Y tú? —preguntó enseguida Romain.

—Sí, claro, ¿por qué me lo preguntas?

—Porque no te creo —respondió sombríamente el pelirrojo.

Reunió toda la energía de la que disponía, la concentró en su brazo izquierdo y logró agarrar el volante del coche. Cuando ha tomado la decisión, la fuerza de un hombre que ha decidido morir puede ser sobrehumana. Aquella noche lo fue: el antebrazo de Romain era inamovible cuando giró el volante hacia la derecha, proyectando el coche contra el quitamiedos, que aguantó algunos metros, en un estridente festival de chispas.

Y que acabó por ceder.

6

Al día siguiente, durante su conversación telefónica cotidiana con Szafran, Fouad se enteró de la muerte del enemigo público número dos. El cadáver de Romain Gaillac había sido identificado y las autoridades competentes procedían a la autopsia. Su rostro pelirrojo figuraba en la portada de todos los periódicos. Una foto de carnet reciente, diferente de las que se habían utilizado para las órdenes de búsqueda.

Szafran no llamaba a Fouad para comentar la actualidad sino para anunciarle que, como era de esperar, la audiencia diferida ante el JLD había concluido con la prisión provisional de su madre, de su tía y de su primo. En cuanto a Dounia y Rabia, Szafran le repitió que tenía un plan. Realmente, Fouad no entendía cómo podía sacarlas de la cárcel, pero tenía una preocupación más urgente: Saint-Étienne, donde sentía que le necesitaban.

Marieke había querido verle antes de que se fuera. Fouad acababa de prometerle a Jasmine que comería con ella.

«Al diablo con Habib y todas esas precauciones estúpidas», le dijo ella. Marieke insistió tanto que Fouad decidió verla rápidamente; tomaría un taxi para llegar a la hora al restaurante en el que Jasmine había reservado la planta entera

—Diez minutos —declaró al reunirse con la periodista en su cantina china de la porte de Choisy.

Consultó ostensiblemente el reloj y cruzó las manos, con aire resuelto.

—Vale, ¿has seguido el suicidio de Romain Gaillac? El brazo derecho de Nazir… El coche en el que han encontrado su cuerpo era un coche robado, con una matrícula alemana. Pero lo más importante es que media hora antes del volantazo fue fotografiado en la autopista del sur. Y en la foto resulta evidente que iban dos. Pero la versión oficial dice que no. Que iba solo. ¿No te parece un poco raro?

—¿Me has hecho venir aquí para hablarme de otro complot?

Un velo de tristeza cayó sobre el rostro de Marieke. Su mentón pareció volverse más pesado; puso las manos sobre la mesa.

—Siento mucho arrastrarte a todo esto.

—No lo sientas, Marieke, tú tienes tus propios objetivos, estoy seguro. Pero yo no soy mejor que tú. Todos perseguimos quimeras. Mi quimera es que todo vuelva a su cauce, que mi familia no acabe destruida, que llegue a Saint-Étienne y mi prima mágicamente deje de llorar y de sufrir crisis de nervios.

Marieke dejó resonar las palabras de Fouad, y cuando le pareció que el lapso de tiempo de respeto había pasado, declaró, posando la mano sobre el seno derecho:

—¿Tú eres consciente de todo lo que estoy haciendo por… vosotros? ¿Para que los verdaderos culpables aparezcan en los radares de la policía y de la justicia? Asumo riesgos…

—¿Acaso yo no los asumo?

—He visto al policía de la SDAT que dirige la persecución de Nazir. El comandante Mansourd.

—Sí, ya he tenido el gusto —la cortó Fouad, recordando aquella infernal noche en prisión preventiva.

—Bueno, pues ya no dirige nada. ¡La investigación ha pasado a la DCRI! Con ello, podemos estar seguros de que Boulimier y Montesquiou ocultarán lo que les moleste y harán que todo recaiga sobre vosotros.

Fouad resopló.

—¿Cómo lo sabes? ¿Te lo ha dicho Mansourd?

—Eeeh… no, no exactamente —respondió Marieke alzando las cejas.

—¿Cómo? ¿Qué quiere decir eso de «no exactamente»?

—No, nada. Digamos que… no, no tiene importancia. En cambio, lo que sí es importante…

—¡Tú quieres que me fíe de ti pero me lo ocultas todo!

Marieke no podía decirle toda la verdad: no podía decirle que el comandante Mansourd había amenazado con encerrarla si seguía interviniendo en la investigación. Las acusaciones que ella hacía eran muy graves, no sabía de qué hablaba, le faltaban elementos básicos.

Esto, naturalmente, Marieke no podía contárselo a Fouad. Así que se atuvo a su versión oficial.

—Escucha, me falta una prueba, no, dos pruebas.

Marieke le dirigió una sonrisa encantadora. Fouad removió las mandíbulas, falsamente enfadado. Hoy la encontraba muy excitante. Llevaba una prenda negra con mangas largas, razonablemente escotada; entre los botones también negros que permitían abrirla por delante a veces aparecía la piel de su vientre, la piel violenta y luminosa. La radio del restaurante difundía canciones gritonas y salvajemente rítmicas. A Fouad le parecía que ella estaba a punto de sacudir la pelvis y los hombros para ponerse a bailar.

—¿Por qué estás aquí, Marieke? —le preguntó de repente.

Marieke frunció el ceño al sonreír. Entonces se produjo algo curioso: pronunciaron la misma frase a la vez; Fouad, en tono interrogativo, y Marieke en forma de afirmación sarcástica:

—Por tu cara bonita.

El joven actor se sonrojó y dijo que tenía que irse.

Salió a toda prisa del restaurante, sin poder impedirse echar a Marieke una última mirada, cargada de deseo.

Llegó con mucho retraso al restaurante en el que le estaba esperando Jasmine. El chófer del taxi aminoraba adrede cada vez que se acercaba a un semáforo en ámbar. Y entonces echaba la misma ojeada al retrovisor, una mirada que significaba: «Es el código de circulación, no lo he inventado yo, ¡no hay nada que hacer!».

Jasmine no se había podido contener: cuando Fouad llegó por fin al piso reservado y tomado por un regimiento de guardaespaldas, ya había vaciado su plato y parte del de él.

—Lo siento —dijo, frunciendo el morrito.

Fouad se sentó, no tenía hambre y además sentía que iba a perder el tren. Jasmine le tranquilizó, y sonrojándose empezó a parlotear sobre la reunión a la que había sido invitada a primera hora de la tarde. Fouad enseguida dejó de escuchar, exhibió una semisonrisa fácil de mantener sin pensar y observó a la hija del presidente. ¿Cómo era posible que dos cuerpos tan diferentes como aquel, todo curvas y fragilidad, y el de Marieke, duro y denso, pudieran existir en el mismo mundo y pertenecer a una misma especie?

En el momento de separarse, Jasmine le abrazó.

Se separó de su novia besándola en la boca con los ojos abiertos, muy abiertos a la mentira en que se había convertido su vida.

Corrió a casa. Al pasar por el cuarto de baño para coger la maquinilla de afeitar, observó en el espejo del lavabo que la puerta del armario empotrado estaba correctamente cerrada. Se volvió y lo verificó con la punta de los dedos. En aquel armario guardaba toallas y trajes que no le cabían en el armario ropero; pero nunca lo cerraba del todo porque cuando estaba bien cerrado costaba mucho volver a abrirlo. Inmediatamente pensó que habían entrado en su casa, que habían registrado el armario, que lo habían vuelto a dejar todo muy bien ordenado, demasiado. De regreso a la sala, dio una vuelta por el estudio en busca de indicios de una intrusión.

Cayó en la cuenta de que Marieke había querido reunirse con él a toda costa; se quedó quieto en medio de la sala, tratando de determinar qué proporción de su actual paranoia se debía a la simple existencia de Marieke.

En el TGV no conoció ningún instante de tregua. En cuanto se hubo instalado en su asiento, Szafran le llamó. Después de ser informado sobre su familia encarcelada, Fouad le anunció que la semana anterior había empezado a hacer llamadas telefónicas para el comité de apoyo. Al pronunciar este nombre se sintió ridículo. Ninguna de las llamadas había dado fruto; y luego no había vuelto a llamar para insistir, ocupado como estaba con sus encuentros con Marieke.

El abogado inspiró y declaró con anterioridad:

—Contactar con rostros conocidos, obtener acuerdos de principio, o sea tantear el terreno, no puede hacer ningún daño. Pero se lo ruego, Fouad, de momento nada más.

Fouad se puso de mal humor. Fue Szafran el que le sugirió que contactase con los famosos. Así que Fouad los buscaba allá donde sabía que los encontraría: en su agenda telefónica. Estaban pasando por un túnel, la comunicación se interrumpió antes de que el joven actor tuviera tiempo de responder.

Al consultar la agenda, Fouad vio que en menos de un año había reunido una lista de direcciones que haría palidecer de envidia a los cronistas mundanos más veteranos de la capital. Mientras esperaba que el abogado volviera a llamarle, contactó con algunas personas. Actores, cantantes, gente del mundo del espectáculo.

La decepción del joven fue amarga.

Las reacciones eran hipócritas en diversas modalidades. Los que habían apoyado a Chaouch durante la campaña jamás apoyarían a sus asesinos. Los otros no querían interferir en los trabajos de la justicia.

—¡Pero mi madre y mi tía están encarceladas injustamente! ¡Es un error judicial manifiesto! ¡Cuando la justicia no hace su trabajo entonces los ciudadanos tienen que movilizarse!

Repetía una y otra vez la misma historia, con las mismas palabras clave: pedigrí, humo sin fuego, ausencia de antecedentes penales. Fouad hubiera querido añadir que la sospecha de islamismo era pura fantasía, sobre todo considerando la escasa observancia de prácticas religiosas de su familia. Pero este argumento no le gustaba, le parecía que era una forma perversa de darle la razón a la psicosis islamófoba, que en las últimas temporadas se había convertido en la intriga más socorrida de la sitcom político-mediática.

Aquellas llamadas desesperadas le mostraron un aspecto de su pesadilla que hasta entonces no había considerado: en la mente de la gente que seguía los infortunios de su familia por la tele y los periódicos, no cabía la menor duda de que Krim no podía haber actuado solo; y si su madre y su tía, a las que el público no conocía, habían sido puestas entre rejas, por algo sería.

—Por eso hay que mediatizar el tema —insistió Fouad a Szafran, al que llamó otra vez al acercarse a Saint-Étienne.

—No, ahora no, haga caso de mi experiencia. Y además, temo que sobrevalora usted la influencia de la opinión pública, Fouad.

En el andén de la estación de Châteaucreux, en Saint-Étienne, estaban todos: sus primas Kamelia en camiseta rosa y Luna vestida de verano, su anciana tía Zoulikha que se peleaba por la correa de la bolsa con el tío Bouzid, y finalmente su hermano, su hermano pequeño, Slim, que se miraba la punta de los zapatos para que no pareciese que le estaba esperando como al Mesías. Aquellos últimos días el Mesías se lo había replanteado todo, empezando por su capacidad de guiar nada. Si en la imaginación de alguien, además de los que le querían, había sido un faro, aquello se había terminado: ya no iluminaba nada, y menos aún sus propias tinieblas.

Pero cuando vio a su familia aparecer tras la ventana de su vagón de segunda clase se notó sonreír, casi a su pesar y cuando aún nadie podía verle. Conocía de memoria aquellos rostros: brillaban con aquel resplandor indefinible que tienen las fisonomías familiares. Mientras le abrazaban y lloraban en su hombro, Fouad volvía a sentirse vivo y luminoso. Cuando veía más claro era siempre a través del velo de sus propias lágrimas.

Cuando Slim se le acercó para estrecharle sobriamente la mano, Fouad sujetó a su hermanito por su fina nuca y le besó en la frente, enredándole el pelo para darle de qué quejarse y que así el abrazo terminase de forma honorable.

7

El presidente estaba en su cuarto, sentado en una silla de ruedas ligera, junto al cristal de persianas entreabiertas. Los rayos de sol matinal nimbaban su perfil roto de forma ideal, suavizaban los accidentes de sus nuevos relieves mejor que todos los artificios y cosméticos sobre los que se abalanzaban día y noche legiones de fotógrafos y de maquilladoras que Habib había enrolado por las buenas o por las malas. En aquella sala de reuniones prestada por el hospital, Boulimier estaba rodeado por los directores de la policía judicial, de la policía nacional y de la gendarmería. En uniforme de gala, todos esos altos mandos se mantenían atrás para dejar que hablasen los hombres que perseguían sobre el terreno sin descanso al enemigo público número uno. Chaouch había renunciado a convencer al tal capitán Tellier y al tal comandante Mansourd de que se sentasen. Sin conocerles más que por el resumen oral que le había hecho Vogel a la hora del desayuno, percibió de inmediato que entre los dos hombres existía una fuerte animosidad.

Tellier ha estado a las órdenes de Mansourd en la SDAT hasta la semana pasada, le había avisado Vogel. Ha pedido el traslado a la DCRI, a un grupo especializado en islamismo al que el juez Rotrou ha transferido el grueso de la investigación.

—Mansourd se debe de sentir terriblemente traicionado —comentó Chaouch, echando un vistazo a la impresionante hoja de servicios del comandante.

En efecto. Ahora la felonía del capitán les impedía mirarse y completar sus respectivos balances sin parecer que reiteraban las informaciones del otro. Se había hecho tal esfuerzo por ocultar aquel clima deletéreo de guerra de policías que Chaouch acabó por pensar solo en ella.

El informe de Tellier se recreaba en las zonas oscuras de la familia Nerrouche, cuando el presidente observó que Mansourd hacía un esfuerzo endiablado por no manifestar su desacuerdo. Con un gesto de la mano interrumpió al capitán.

—¿Señor presidente?

—Perdone, capitán, me gustaría preguntarle al comandante si comparte su opinión sobre el grado de implicación de los Nerrouche.

La pregunta despertó a toda la sala. Boulimier sintió que se le calentaban bruscamente las sienes. Mansourd estaba en declive: sus hombres le reprochaban que lo hubiera hecho todo para perder la coordinación de la investigación. Pasaba horas enteras lejos del despacho, hacía viajes incomprensibles. Cuando uno intentaba saber algo más, respondía de manera evasiva; si se le insistía, sacaba los colmillos. En las filas de la catedral del Antiterrorismo la gente se preguntaba si la persecución de Nazir no desbordaba ya al superpolicía que estaba a dos años de la jubilación. Se le veía demacrado, la barba le devoraba el rostro en vez de adornárselo como antes, cuando parecía la escultura de un filósofo antiguo. Sin dirección, sus hombres efectuaban verificaciones superfluas, se sorprendían pasando el rato en reactivar casos antiguos, sin relación con el atentado. En el fondo, soñaban con uno de aquellos eureka mansourdianos, cuando el comandante se quedaba callado a media frase, se acariciaba los rizos de la barba y sentía el fogonazo de una intuición genial que relanzaba la investigación. Pero soñaban con aquello sin mucha esperanza, y preferían dedicar sus pensamientos diurnos a las posibilidades de ser transferidos a departamentos más dinámicos.

El grupo de Tellier estaba precisamente en fase de convertirse en el servicio de élite por excelencia, encadenando éxitos con insolencia y recibiendo tantas felicitaciones que ya no sabían qué hacer con ellas. La redada de la semana anterior constituía el primer gran vuelco en el culebrón policial desde el atentado; antes de esa mañana y el descubrimiento del cadáver de Romain Gaillac, el supuesto brazo derecho de Nazir, del que ya se había establecido que él mismo se había dado muerte. Nada muy satisfactorio para los medios. Al contrario de la imagen de aquellos jóvenes árabes arrancados de la cama por el gran juez antiterrorista rodeado de hombres con pasamontañas; la redada-confeti había alimentado durante cinco días consecutivos a las cadenas de noticias de veinticuatro horas. Se hablaba de «Djinn», el maestro armero de la célula dirigida por Nazir Nerrouche, el ahora célebre SRAT. Todo el mundo estaba contento: los periodistas, los jefes de la policía, la fiscalía de París, el conjunto del tablero político… todo el mundo, salvo Mansourd.

—Señor presidente, creo que tendríamos que ser muy prudentes antes de conectar esa… eh… célula que ha sido noticia de apertura en los telediarios de anteayer con la… eh… red Nerrouche. –Sus «eh» sonaban como «supuesta»–. Por ahora, que yo sepa, no hay ningún vínculo concreto que permita relacionar a los detenidos de esa supuesta célula con Dounia Nerrouche, su hermana o incluso Krim…

Los demás participantes en la reunión guardaron silencio, nadie se atrevía a reaccionar. Chaouch le pidió que precisase su idea. El comandante alzó el mentón y su nuca crujió a su pesar.

—No creo que sea ni el lugar ni el momento para expresar mis reservas, señor presidente.

Tellier tomó la palabra, con la punta de sus labios mutilados:

—Hemos desmantelado una célula terrorista, señor presidente. A la vista del arsenal que hemos incautado en sus diversos escondrijos todo parece indicar que…

—Lo que usted ha desmantelado es un señuelo –le cortó Mansourd con un aplomo extraordinario–. Usted persigue señuelos que se encuentra en el camino como por casualidad, sin preguntarse por qué es tan fácil.

–¿Y qué le permite decir eso? –preguntó Boulimier dando un paso adelante.

–¡Nada! –exclamó el tenebroso comandante–. ¡Todo! La personalidad de Nazir. Es lo que he deducido. No es el jefe de una red. Es un hombre solo. Un hombre solo, imprevisible y loco, del que nunca sabremos nada interrogando a los que han sido sus peones no para preparar el atentado, sino para organizar su propia desaparición.

–Señor presidente –intervino Charles Boulimier con una voz que esperaba que sonase lo bastante imponente para quitarle a su enemigo las ganas de interrumpirle–, creo que el comandante Mansourd quiere decir que existen varias hipótesis de trabajo... La novedad importantísima es que los arrestos dirigidos por el capitán Tellier han sacado a la luz el nombre de Youssouf Abou-Zaidin, más conocido bajo el nombre del jeque Otman, que es responsable, como usted sabe, además de las amenazas de muerte proferidas contra usted, del secuestro de tres expatriados franceses en estos dos últimos años, uno de los cuales era agente de la DGSE. El jeque Otman manifestó su lealtad a Bin Laden antes de su muerte, cree en la yihad internacional y tiene fama de ser habilísimo para tejer alianzas de circunstancia y establecer vínculos de cooperación entre las facciones divididas del Sahel... Las autoridades de Mali nunca han logrado atraparle, parece que se esconde en algún lugar del norte del país, aunque por otra parte informaciones americanas lo sitúan... –se calmó, viendo que Chaouch ya no le escuchaba– en el gran sur de Argel... Los americanos le tienen en lo alto de su lista de los terroristas más buscados. Si Nazir Nerrouche estableció algún tipo de vínculo con el jeque Otman sería muy preocupante, porque... porque hasta ahora, señor presidente, lo característico del AQMI es lo que algunos llaman el gangsterismo-yihadismo, AQMI nunca ha establecido estructura logística en Francia, no tiene ninguna célula durmiente en nuestro territorio... y sobre todo porque... ningún grupo terrorista puede atacar a un país occidental sin disponer de una base fuerte, de un país, de una tierra del islam que defender... contra...

–Osos –murmuró Chaouch–, eran osos.

—¿Perdone...?

—Eran osos —prosiguió Chaouch en voz baja—, osos con bozal, que bailaban sujetos a una cuerda, y les hacían saltar delante de nosotros. Eran... terriblemente crueles.

Habib se estaba asfixiando. La intervención de Chaouch le sorprendió tanto que necesitó unos segundos para asegurarse de no haberse hundido de repente en alguna pesadilla.

—Señores —dijo levantándose con estrépito—, creo que es hora de que dejemos...

Chaouch seguía murmurando en su rincón, como si hablase consigo mismo:

—Pero ¿quién es el que hace bailar a los osos?

De repente agitó la cabeza, pareció despertar. Entre los rostros borrosos que veía flotar como cabezas de marionetas distinguió la esfera de un reloj; necesitó unos segundos para recordar que la manecilla pequeña seguía la marcha de las horas y la pequeña la de los minutos.

—Gracias, señores, en cualquier caso veo que están ustedes muy motivados en la caza de Nazir, y les felicito por ello.

8

A unos metros del cuarto de su padre, Jasmine sufrió un ataque de vértigo. Por segunda vez en aquel mismo día fue corriendo a los lavabos más cercanos y vomitó; no mucho: un fondo de bilis blanca.

Tenía cita con Valérie Simonetti. Había impuesto a Habib este ritual, refiriéndose a ella como «una vieja amiga» que no tenía nada que ver con la política ni toda esa porquería de la actualidad. Para minimizar los daños, Habib había persuadido a Jasmine de que se reuniese con la guardaespaldas suspendida a escondidas, en los locales de una pequeña sede socialista donde ningún periodista había puesto los pies nunca. En el frontal acristalado, lleno de carteles de campaña, se reflejaba el neón verde de la farmacia de enfrente. Jasmine lo veía parpadear mientras charlaba con su nueva vieja amiga y tomaban una taza de té.

—Jasmine —preguntó esta por fin—, está usted ausente, pensando en otra cosa, ¿pasa algo malo?

—¿Sabe la última? —arrancó Jasmine sin oír la pregunta de su interlocutora—. ¡Han echado a Coûteaux sin decirme nada! Primero usted, luego Coûteaux. En su lugar me han puesto a una especie de militar robótico. ¿Qué le parece?

Valérie Simonetti desvió la mirada. Jasmine se dio cuenta.

—¿Sabe usted algo de este tema, Valérie?

—No, no, señorita, en fin, seguramente le han trasladado, asignado a otro puesto, no lo sé. Supongo que el nuevo responsable de su seguridad será un hombre competente, porque si no lo eres no llegas a ese nivel…

—Valérie, usted sabe algo, lo he notado. Dígame. Venga —insistió con una voz casi risueña.

—Pero es que no puedo decirle lo que no sé, señorita.

Jasmine observó las manos de la guardaespaldas. Hubiera querido poder observarle a la vez manos y ojos, para descubrir la verdad. Lo logró cuando Valérie Simonetti llevó los musculados antebrazos a su rubia nuca para estirarse.

—¡Miente, Valérie! ¡Todo el mundo me engaña! ¡Puedo ver que usted sabe qué le ha pasado a Coûteaux! ¡Dígamelo!

La mirada de la guardaespaldas se inflamó mientras sus labios se entreabrían. Las lágrimas velaron sus ojos.

—No puedo, señorita. Lo único que puedo decirle es que…

—¿Qué?

—Voy a tener problemas, me pone usted en una situación incomodísima. Tiene que prometerme que no le dirá a nadie la información que voy a revelarle.

—¡Se lo prometo, se lo prometo! —exclamó Jasmine alzando la mano derecha y sacudiéndola de forma muy poco solemne.

La guardaespaldas alzó la cabeza y miró hacia la mancha de luz verde en medio de la fachada acristalada.

—Lo único que puedo decirle es que ha desaparecido. Desde ayer por la noche. Imposible encontrarle. Se ha comprobado si estaba en casa, con algún amigo, en algún hospital, nada. Literalmente se ha volatilizado.

Jasmine se levantó para digerir la noticia. Cuando la guardaespaldas se fue, volvió a sentir un fuerte malestar en el vientre, como si le advirtiese de algo. La cabeza le pesaba tanto que casi le hacía perder el equilibrio, y tuvo que apoyarse en el vidrio para no caer. Al abrir otra vez los ojos vio claramente la fachada iluminada de la farmacia, que parecía destinar sus señales exclusivamente a ella.

Antes de dejarla entrar, sus gorilas dieron la vuelta al local, desde la trastienda a los lavabos, y se distribuyeron por el interior, entre los estantes y los expositores de medicamentos, formando un triángulo móvil panóptico.

Jasmine no se había atrevido a delegar en nadie lo que le pidió en persona a la atónita farmacéutica:

—Es para una amiga —tartamudeó la «primera hija», que se había puesto las gafas de sol más superfluas de la historia de las celebridades que no quieren que se las reconozca.

—¿Su amiga tiene un retraso de la regla?

—Sí —suspiró Jasmine, redoblando sus esfuerzos para impedir que las cejas confesasen lo que las gafas oscuras ocultaban.

—Entonces dígale a su amiga que haga este test, que siga las instrucciones. Es fácil, basta con que vaya al lavabo y orine, quiero decir que su amiga orine, que pase el bastoncito bajo el chorro de orina y que espere tranquilamente a que aparezca el resultado.

Al cabo de diez minutos, Jasmine volvía a su piso del canal Saint-Martin. Abrió la puerta acristalada que daba a un balconcito y se impregnó de los ruidos familiares de la primavera sobre el muelle de Jemmapes. El viento soplaba en los plátanos; las ramas más altas acariciaban la fachada de piedra a la altura de su piso. El aire de primavera era suave, sencillo y generoso: se prestaba a transportar hasta el más fino hilo de efluvio de rosa.

Jasmine se acodó en la barandilla de hierro forjado, dejó descansar la cabeza en las manos, envidió a la despreocupada juventud que paseaba por las orillas del canal. Luego suspiró batiendo las pestañas:

—Dios mío, Fouad…

9

Durante todo aquel periodo de transición, los equipos salientes habían estado empaquetando sus cosas en los ministerios; en el culebrón nacional había una especie de suspensión, de ritmo falso, de espera sin motivo definido, como un intermedio incómodo. Los días precedentes habían sido ricos en vuelcos imprevistos de la situación.

Aquella pausa forzada disgustaba. Se notaba que por los pasillos se tramaban alianzas, que a escondidas de los ojos de la plebe se decidía el futuro. Los diarios más respetados intentaban saciar la sed de emociones de la opinión pública: las páginas de internet de *Le Monde* y de *Le Figaro* llevaban artículos que comentaban comentarios de declaraciones en off. Muy pronto con aquello no bastaría.

Y como si Habib lo hubiera notado, eligió aquel momento en que la frustración nacional alcanzaba su punto de ruptura para alzar el telón sobre el escenario: hizo que Vogel, acompañado de toda la familia socialista, anunciase la lista de los diputados procedentes de aquella otra Francia que Chaouch había prometido que haría acceder en masa a la representación nacional. Habib la llamaba «la Francia de los pieles rojas».

Al anunciar sus candidaturas para las legislativas, las cabezas pensantes de la izquierda victoriosa demostraban que Chaouch mantenía sus promesas de campaña, aunque hubiera descontentos. En efecto, tras esa rueda de prensa los hubo, y muchos: diputados socialistas aferrados a su circunscripción desde varios mandatos atrás partieron al asalto del despacho de Solférino en el que se había decidido jubilarlos en beneficio de la «nueva generación». Todos tenían el mismo perfil: viejos machos blancos, privilegiados de la política, barones locales que amenazaban con presentarse en candidaturas disidentes.

Vogel se mostró firme y particularmente hábil. Las quejas fueron atendidas, las negociaciones llevadas con fluidez: para cada paracaidista de los pieles rojas en una circunscripción controlada por un rostro pálido, el futuro primer ministro había previsto un premio de consolación. Al final solo hubo dos listas disidentes, en circunscripciones más bien conservadoras, en las que de todas formas la izquierda tenía pocas posibilidades de ganar.

En términos de ruido mediático, aquel anuncio para las legislativas fue un éxito resonante, sobre todo gracias a la publicación de fotos de Chaouch recibiendo a sus pieles rojas en el Val-de-Grâce. La izquierda aparecía segura de sí misma, conquistadora, idealista y eficaz.

Se seguía la línea recta de la campaña «positiva» de Chaouch; no se reaccionaba a las provocaciones de los adversarios. Se definía la agenda, se iba uno o dos pasos por delante.

—Pero precisamente —se mostraba preocupado Habib durante una cena rápida con Vogel en Solférino— lo que no comprendo es por qué Vermorel no sale al campo de batalla.

—Pero, hombre, ¿ahora vas a quejarte de que la Derecha Nacional no nos dé palos?

Vogel se había aflojado la corbata y pese a su sobriedad se había concedido una copa de whisky que degustaba sin hielo, deambulando por su espacioso despacho con tanto placer como si hubiera andado en calcetines por la alfombra de su casa.

—Mira, Serge, ya sé que el éxito no te gusta, pero acabamos de conseguir el cortafuegos perfecto. Nadie habla del estado de salud de Chaouch, igual que no se ha filtrado nada sobre el coma, y ya ni se comentan las palabras que dijo en «chino», todo el mundo ha comprendido que puede dirigir muy bien el país desde su cama del hospital. Mira lo que hemos hecho, hombre: ¡enviarlo al G8! A ocupar su sitio en el concierto de las naciones. ¿Te das cuenta de lo que eso representa en términos de imagen? ¡Roosevelt! ¡Chaouch en silla de ruedas entre los grandes de este mundo! ¡Explosión instantánea de sus índices de popularidad! ¿No querías una resurrección? ¡Pues bien, ya la tienes! Hasta hemos logrado sacar partido a la curiosidad malsana por los daños que ha sufrido su rostro…

Habían hecho un vídeo con un resumen del proceso quirúrgico, que había sido de inmediato el más descargado de la semana: en menos de un minuto contaba la reconstrucción de la cara del presidente, las operaciones a las que se le iba a someter en los próximos días y semanas. La última imagen mostraba el rostro del candidato tal como los franceses lo habían conocido y querido.

—Millones de visitas, el clip repetido en todas las cadenas. Hasta los críticos sistemáticos consideran que hemos apostado por el riesgo de ser absolutamente transparentes. Es un éxito, Serge, tienes que aprender a asumir los éxitos, si quieres aguantar hasta el final del quinquenio. Cuando se gana una batalla, hay que respirar hondo. Y luego se reanuda la guerra.

—Una batalla, mis cojones —dijo sombríamente Habib—. Y qué es eso de respirar hondo. La guerra continúa.

—Estamos en la víspera del traspaso de poderes, hemos acostumbrado a la opinión pública a la cara desfigurada de Chaouch, cuando aparezca en silla de ruedas en el patio del Elíseo nadie se sorprenderá. Relájate un poco.

Un peso pesado del PS se unió a los dos hombres del presidente. Acababa de llegar de un plató de televisión.

—Es curioso —dijo, alegre—, ni una pregunta sobre los disturbios, los Nerrouche, el terrorismo. Basta decir que la Nutella es buena para que los periodistas se pasen todo el debate dándote a comer Nutella.

El dircom se mordía el labio inferior y miraba al vacío.

—El silencio de la derecha no es normal.

—¡Pero, Serge —respondió el recién llegado—, sí nos atacan, le aseguro que nos atacan! Hace un momento yo estaba frente a Victoria de Montesquiou, y no paraba de denunciar el europeísmo, y venga a darle al rollo de que a nadie le importan un comino los diputados árabes ni los anuncios efectistas sobre medidas sociales, y en qué va a mejorar la vida cotidiana de los franceses el hecho de que la Asamblea Nacional se parezca a un anuncio de Benetton, lo que importa es la crisis que golpea a los franceses, y sus incertidumbres sobre este gobierno descabezado… El gobierno descabezado es su gran recurso. Francia tiene miedo, y… en fin, el rollo de siempre.

—Están preparando algún golpe bajo —gruñó Habib, antes de recuperarse—. Mira, quizá podríamos utilizar las iniciales de Victoria de Montesquiou. Hacer un clip para internet, algo con VDM, como la página Vida de Mierda, algo que a los jóvenes les gustase, que pudiera hacerse viral, ¿no os parece?

Les parecía.

Vogel tenía que irse enseguida de Solférino para acudir a otro cuartel general de campaña, la sede del Partido Socialista del distrito III, donde tenía una reunión con un grupo de militantes.

Ya llegaba tarde, pero Habib no quiso dejarle ir.

—¿Qué pasa, Serge?

—Es el neurólogo... nos ha explicado que todas las lagunas de Idder son consecuencia del coma, y que es imposible saber cuánto tiempo durarán. Ha vivido lo que los médicos llaman una «near death experience». A veces la realidad le parece... lejana, abstracta, solo sus visiones son reales. En fin, acuérdate de la reunión con los de las encuestas. La historia aquella de los osos. Demonios, ¿quién hace bailar a los osos? ¿Qué osos?

Habib calló. Vogel aprobaba maquinalmente, con su eterna semisonrisa de chico bien educado.

—Tiene todas las cualidades de un gran jefe de Estado. Todas, menos una. El poder no le gusta. Piensa que el poder corrompe, que el poder es malo por naturaleza. Nuestro trabajo consiste en llevarle en bandeja decisiones claras, difíciles pero claras. En última instancia lo que cuenta es su decisión. Nosotros lo que hacemos es barrer el camino ante él...

Vogel notó que el colérico dircom parecía menos duro que de costumbre.

—Tengo que irme, Serge.

—Yo también. Tengo una cita importante.

—¿Dieuleveult?

Habib agachó la cabeza. El prefecto de policía de París había sido objeto de ásperos debates entre los dos hombres. La crisis que Francia estaba atravesando no tenía precedentes. El trigésimo quinto gobierno de la V República sería un gobierno de unión nacional o no sería. De cara a abrirse a «personalidades» del centro derecha, Dieuleveult sería un candidato ideal. Dieuleveult era la firmeza, el hombre que había impedido que París ardiera: una derecha a la antigua, marrullera pero patriótica. Sobre todo era un enemigo declarado de los anteriores ocupantes del Beauvau, en particular de Marie-France Vermorel. Nombrarle ministro del Interior era un golpe arriesgado. Habib pensaba que sería un buen golpe. Desde el principio de la campaña había estado en contacto con él.

—¿Sabes qué, Serge? —dijo Vogel negando con la cabeza—. En el fondo creo que es un error. Y eso que yo mismo fui el que lanzó el operativo. Pero... Dieuleveult...

—Pero es que la unión nacional no se consigue dándole a la gente del campo contrario una secretaría de Estado de mierda. Si hay que hacerlo, se hace en serio.

Vogel miró a su colega, que paraba un taxi en la rue de l'Université. Al cabo de una hora le vio de regreso, jadeante. Vogel estaba charlando amablemente con un grupo de militantes que le reían todos los chistes. Ante la cara trágica de Habib, su propia sonrisa se borró.

—¿La cita ha ido mal? —le preguntó, excusándose ante los militantes—. ¿Dieuleveult?

Habib sacudió la cabeza, con gravedad.

—¿Qué pasa, Serge? —preguntó Vogel, frunciendo el ceño.

—Un terremoto —respondió Habib—. Eso es lo que pasa. Un jodido terremoto —repitió señalando a Vogel la calle donde les estaba esperando un coche con las lunas tintadas.

10

Desde lo alto de la sede de la DCRI se alcanzaba a ver, al oeste, las residencias chics de Hauts-de-Seine, y al este, si hacía bueno, la torre Eiffel. Situada a diez minutos del Elíseo si se ponían los girofaros, la guarida de Charles Boulimier constituía la antítesis de los despachos ricamente decorados de los palacios de la République: funcional, minimalista, high-tech y japonizante, el suyo parecía más bien el de un CEO de multinacional en el último piso de un bloque de la Défense. Estampas y bonsáis compartían el espacio con artefactos carísimos con los que el jefe de Inteligencia Interior solía sorprender a los invitados mientras espiaba sádicamente su aprobación entusiasta: una triple pantalla táctil que surgía en la cristalera, un teclado incrustado en el apoyabrazos de su silla de despacho, dotado de un pad y de un lápiz especial que convertía los signos manuscritos en texto informático, todo obedeciendo a un sutil sistema de reconocimiento vocal.

Claro que Boulimier no pensaba entregarse a aquellos jueguecitos de señor de la casa ante el comandante Mansourd. Cuando el renegado franqueó la puerta, Boulimier observó el cuello de su camisa mal colocado, con una punta sobre la solapa de la chaqueta. Le ofreció tranquilamente un sillón en la parte menos deslumbrante de la inmensa habitación doble. Ante él, en una mesa baja de vidrio tintado, un enorme cenicero descansaba sobre un expediente clasificado. Mansourd señaló con la barbilla el dossier.

—No perdamos tiempo, comandante. Ni yo le gusto a usted, ni usted me gusta a mí. Pero eso no debe impedirle demostrar un poco de honestidad intelectual. En este expediente hay registros de escuchas del tercer móvil de Nazir Nerrouche, que he hecho clasificar como reservadas por las razones que le voy a explicar.

Mansourd no bajaba los ojos, los mantenía fijos a la altura de la boca del prefecto.

—El incidente que se ha producido ante el presidente me ha hecho reflexionar. No sé qué ideas se habrá hecho usted exactamente, pero puedo comprender que esta clasificación, en las actuales circunstancias, se preste a las hipótesis más delirantes.

Se pasó los dedos por su cabello claro, fino como el de un bebé, para peinarse un mechón suelto.

—Al leer estas transcripciones de las escuchas verá usted que la familia Montesquiou ha sido víctima de una... cómo decirlo... una intrusión por parte de Nazir Nerrouche. Tiene a una de sus hermanas como rehén. Florence, que se fugó hace unos meses... Hubiera debido decírselo antes... Pero recuerde usted que las relaciones con el juez Wagner no eran fáciles. Nosotros somos iguales, Mansourd, entre veteranos es fácil entenderse, mientras que Wagner... esos jueces rojos viven en su pequeño mundo, y solo les interesa la ideología... No, en casos como este no podemos ignorar la importancia de la política. Yo no podía permitirme una explotación política, electoralista. He hecho clasificar como reservadas las transcripciones de las escuchas que comprometen a Montesquiou, sí, lo he hecho convencido de mi deber, y asumo las consecuencias.

Si no era sincero, pensó Mansourd, era el farolero más grande de París.

—En resumen, las cosas están así: le dejo este dossier, y tengo plena conciencia de la situación peligrosa en la que me quedo. He querido proteger a unos amigos, es verdad. Y si los periodistas se enteran, la máquina de inventar fantasmas y complots se pondrá a funcionar a toda potencia. Gabinetes negros, conspiraciones, secretos de Estado y toda la parafernalia. Ya está, Mansourd: bajo este cenicero tiene usted un bazuca cargado. Puede usarlo contra mí y cargarse al jefe de la DCRI. O bien...

—¿O bien qué? —preguntó el comandante sin echarle ni una mirada de reojo al dossier.

—O bien puede volver al trabajo, en una dirección ciertamente menos excitante, menos... lúdica. Puedo hablar con el director de la PJ, que quería convocarle para darle la jubilación anticipada. Sí, eso puedo hacerlo. Porque, entre nosotros, ¿verdad que es divertida la guerra entre servicios? Como una partida de ajedrez. Pero mientras nos ponemos palos en las ruedas, mientras protegemos a nuestros reyes y avanzamos nuestros caballos, Nazir Nerrouche anda suelto y sus apoyos familiares circulan por el territorio francés sin que nadie les moleste...

Mansourd frunció el ceño. El jefe de la DCRI sacó del bolsillo un mando a distancia e hizo deslizarse un panel en la mesa baja, mostrando una pantalla del tamaño de un iPad. Con otra manipulación la pantalla hubiera tenido que inclinarse en dirección a los dos hombres, pero Boulimier se enredó y la pantalla empezó a dar vueltas sobre su propio eje, sin que pudiera detenerla. Parecía un robot averiado, que se burlaba de él. Él no se turbó, dejó el mando a distancia y simplemente sacó la pantalla de su soporte para mostrársela al comandante.

—Malditos aparatos. Bueno, mire, aquí hay una decena de fotos que nos han hecho llegar los servicios secretos argelinos este mediodía, que muestran a Moussa Nerrouche, el tío argelino de Nazir, en amable conversación con un responsable de AQMI. Recordará usted el informe que le hice al presidente sobre este tema. El ascenso al poder del jeque Otman... Y en el siguiente vídeo... aquí lo tenemos, se ve a Moussa Nerrouche en el parking de una estación de autobuses en Saint-Jean-de-Luz, solo cuarenta y ocho horas después del atentado.

—¿Moussa Nerrouche sigue en Francia? —preguntó Mansourd sacudiendo la cabeza.

—No lo sabemos.

El jefe de la DCRI se levantó, fue a su escritorio y volvió. Le entregó al comandante una versión actualizada, más completa, del dossier de los servicios secretos argelinos al que ya había tenido acceso. Era a partir de este expediente por lo que el juez Rotrou había estimado necesario someter a examen a las hermanas Nerrouche.

Mansourd hizo como si estuviera en su casa. Dejó su arma de servicio sobre la mesa y revisó el primer dossier, donde figuraban las escuchas del tercer móvil de Nazir. Cuando el comandante hubo salido del despacho, el director recibió una llamada de Montesquiou. No contestó, creyendo que el brazo derecho de Vermorel solo quería saber cómo había ido la entrevista. Pero Montesquiou insistió. Boulimier verificó que no había nadie en la antesala de su despacho.

—Boulimier, le escucho.

—¿Cómo ha reaccionado?

—Al principio nada, ha leído el dossier y ha dicho: «Me parece bien que hable usted con la Dirección General de la Policía Judicial.

Montesquiou suspiró. Con un suspiro que le parecía haber estado reteniendo durante los últimos diez días.

11

—¿Me quieres?

—Solo te quiero a ti.

—¿Confías en mí?

—Solo confío en ti.

—¿Cuando te haga la siguiente pregunta me dirás la verdad sin vacilar?

—Sin vacilar.

—¿Has leído mi diario íntimo?

—¿Si he leído tu diario íntimo?

—Repetir la pregunta es aún peor que vacilar. Es vacilar dándose una justificación falsa, falsa pero irreprochable.

—Acabas de dejarme una docena de segundos larga, que hubiera podido aprovechar para reflexionar, para vacilar. Si hubiera tenido algo que ocultar.

—Entonces ¿qué me respondes?

—Te respondo que sí. Sí, he leído tu diario íntimo.

—Estaba segura.

Al cabo de diez minutos ella sigue llorando, pero los gemidos son más débiles. La desesperación que quería mostrar con su gran llantina ya no es más que una súplica maquinal. Menos que eso: un tic.

Enseguida se ha olvidado de todo. Por qué ha estado llorando. Por qué tiene las piernas desnudas. Por qué está en Italia.

Se ha olvidado de que se ha olvidado. Salta al colchón. Siente las baldosas frías cada vez que las pisa con los pies descalzos. Están desnudos y sucios. Inclinada hacia el talón, los observa, los estudia, con la lengua fuera como para descifrar sus jeroglíficos.

Vuelve a estar tranquila, estirada en una posición acrobática, la pelvis torcida respecto a los hombros.

Lleva una larga camiseta amarilla, unas braguitas negras. Las mejillas, rosadas; en los antebrazos delgados y duros, el vello dorado forma una especie de halo.

—¿Cómo consigues no tener miedo?

—Tengo miedo. Siempre tengo miedo.

—No lo parece.

—Es porque yo quiero a mi miedo, sé que me mantiene vivo. El miedo es una niña de diez años, una cosita de carne blanca y rubia, con inmensos ojos azules, que vive en mi interior, y que grita, que pasa los días aullando mientras sostiene a su muñeca por las trenzas. Me dice que tenga cuidado, me dice la verdad, sabe muchas cosas, porque mi pequeña Miedo no es inocente, sabe muchas cosas y se ríe de todo, se pasa el rato cambiando de estado de ánimo. Yo quiero a mi miedo. Soy fobiófilo, sí.

Cae la noche. Fleur lo presiente; no puede verlo porque no tienen ventana y viven en el desagüe de una callejuela tan estrecha que cuando pasa una bicicleta casi se atasca el manillar. Pero Fleur sabe que acaba de ponerse el sol. Fuera, la penumbra se ha refrescado. Alrededor de ella las tinieblas se intensifican.

—¿No piensas en ellos de vez en cuando?

—¿En ellos? ¿En mi familia?

—¿Nunca tienes la impresión de que les has... arrastrado a un abismo? Quizá tú puedes soportar el abismo, pero ellos no. ¿Ni siquiera te planteas nunca la cuestión?

—Me la planteé y me respondí. Hace ya tiempo. Cuando uno se plantea una cuestión es para resolverla, ¿no?

—Pero ¿cómo puedes estar seguro de tu respuesta?

—Es un regalo que les he hecho. Un regalo que no les debía. Con ese regalo han entrado en la historia. Eran insignificantes. Gente sin importancia en el curso de las cosas. Que, además, ya no tenían la fuerza de honrar su rabia. Cuando la rabia se hace impotente, hay que insuflarle sangre fresca, darle nuevo vigor y nueva fuerza. Para que haga lo que tiene que hacer.

—¿Y qué hace la rabia? ¿Aparte de empujar a todo el mundo a vengarse?

—Libera energía. Las clases condenadas se hunden bajo el peso de la vergüenza. Gritan, y nadie las oye. Hay que acabar ya con la filosofía política. Yo estoy convencido de que se puede adiestrar a un perro para que enrede su correa alrededor de su amo, hasta hacerle tropezar.

Al cabo de unos instantes, la sesión de noche comienza. El cine del sótano vecino se llena, los espectadores carraspean y abren las braguetas; Fleur y Nazir lo oyen todo a través del tabique mal insonorizado. «Si nosotros les oímos tan bien, ¿crees que ellos pueden detectarnos?», se preguntó Fleur el primer día.

Una noche tuvo una pesadilla: un espectador gordo, calvo, de torso peludo, con el pecho empapado en sudor, desgarraba el tabique con unas grandes tijeras y atrapaba a Fleur para llevarla con él a la sala oscura. Nazir tiraba de ella por los tobillos, pero al final le lanzaba una mirada de resignación, no había más remedio, tenía que abandonarla.

—¿Puedo lavarte los pies? —le pregunta de repente.

Fleur no da crédito a lo que está oyendo.

—Ponte ahí, así —le dice él, sentándola sobre el alto taburete de madera oscura, del que se sirven como mesa para comer sus rectángulos de pizza y sus focaccia al queso.

El taburete es justo lo bastante alto para que los pies desnudos de Fleur puedan revolotear sin tocar el suelo.

Nazir toma la palangana de plástico y la llena de agua fría, en el grifo del rincón cocina-lavabo.

Luego moja una pastilla de jabón en la palangana y vuelve junto a la chica. Empieza por el pie izquierdo. Lo lava con la pastilla de jabón. Da la vuelta al pie, frota largamente el talón, cerrando los ojos sigue a lo largo de la planta, despliega una paciencia infinita para limpiar cada intersticio entre los dedos del pie. Vuelve a las superficies fáciles, se detiene en el tobillo, hace lo mismo con el otro pie. Luego desliza el jabón por la pantorrilla, manosea el músculo salpicado de rascadas, antes de subir hacia el hueco de la rodilla, la visión del triángulo negro de la braguita parece hacerle desandar el camino, hasta el tobillo, donde las perlas de agua jabonosa gotean en hilos blancos desde la rodilla.

Ella tiene las articulaciones finas, una peca en la juntura de pie y pierna. Lanza gemidos suaves, mordiéndose los labios. Ha cerrado los ojos en el momento de los dedos del pie, cuando ha sentido la piel de Nazir sobre la suya.

—Más agudo —masculla finalmente Nazir.

Fleur vuelve a abrir los ojos, como enajenada. Nazir ha pasado al otro tobillo. Ella sube un tono, ahora se le suman los gritos de goce de una actriz a pocos metros de ella. La pastilla de jabón ahora acaricia el perfil interior de la pierna derecha. La pastilla de jabón es fresca, la mano de Nazir es cálida. Ahora Fleur suda a grandes gotas. El sudor le resbala en grandes perlas por las sienes, entre los senos. En su camiseta se multiplican las manchas parduzcas. Al otro lado de la pared, la actriz porno parece alentarla. Sus estertores tienen algo de maternal. Es como una iniciación. Es como si en ese taburete fueran tres.

—Más agudo —susurra Nazir.

Con una mano, ella sujeta su nuca, sube hasta el cabello, agarra unos mechones, da la vuelta a la cara, acaricia la barba.

—La otra pierna —maúlla.

La pastilla de jabón cae en la palangana, hace un gran plufff. Con las manos desnudas, Nazir masajea ahora sus dos piernas, está muy cerca del triángulo negro. Fleur se pasa las manos por el pelo, se hace coronas efímeras. Ahora la actriz porno grita. Fleur también grita.

—Chisss, al mismo tiempo que ella —exige Nazir.

Mantiene clavada en ella una mirada fría, desapasionada. Los gemidos de la joven van in crescendo. Las piernas le tiemblan, la pelvis se sacude de atrás hacia delante, como sufriendo los efectos de una tortura indolora.

12

En Saint-Étienne, en la casa de su madre, se formó alrededor de Fouad una familia ficticia: Kamelia y él, los primos mayores, hacían de padres; y Luna y Slim, que solo tenían una decena de años menos que sus mayores, representaban el papel de adolescentes a los que había que insistir para que bajasen a las horas de las comidas. Con su pecho generoso y sus bonitos hoyuelos en las mejillas, Kamelia encarnaba a una madre de dibujos animados, joven, sexy, que preparaba pastel de salmón y bocadillos de atún a la catalana.

Fouad empezaba un día haciendo footing por el barrio. Los periodistas le acechaban desde que salía del edificio. Le hacían preguntas que él ignoraba maquinalmente, como un físico austero premiado con el Nobel que ni siquiera comprende por qué alguien puede interesarse por su vida privada. Szafran había avisado a toda la familia de que no concedieran ninguna entrevista sin su visto bueno. De momento no lo había dado ni una sola vez. Había logrado hacer prohibir la publicación en la portada de *Closer* de una foto robada en la que se veía a Fouad y a Jasmine a la salida de un restaurante de la place des Vosges, en marzo pasado, donde Fouad parecía enfadado con la que luego se había convertido en la «primera hija» de Francia.

La prensa representaba a la vez el plan B y el plan C de la estrategia de Szafran: si no lograba invalidar el procesamiento hablaría con ella; si lograba hacer salir a las hermanas Nerrouche pero las medidas solicitadas al juez de instrucción eran sistemáticamente rechazadas, recurriría al Tribunal de Instrucción. Y si el decano de los jueces de instrucción no llamaba a Rotrou al orden, entonces lanzaría una vasta ofensiva mediática.

Mientras tanto, la casa de Dounia era un «búnker», y Fouad, su administrador interino.

Se contaba con él para marcar el tempo de la jornada, para verificar que no había ningún fotógrafo al acecho en el parking, para velar por la moral de la tropa.

Jasmine le llamaba con regularidad. Él se escabullía para responderle, la escuchaba contar el bien maravilloso que le hacía el rato que pasaba en la iglesia. Una vez le informó de que había encendido un cirio y rezado por su madre y por su tía encarceladas.

—Acabo de volver a escuchar una cantata de Bach, *Nun komm, der Heiden Heiland*, cuando entra la voz de la soprano... ¡Es una música tan rica, tan noble, tan... vertical!

Fouad se la imaginaba pasándose la larga trenza de un hombro al otro; su amante había descendido a la categoría de mejor amiga, que compartía con él las etapas de su andadura espiritual. De mal humor, respondió que toda aquella verticalidad estaba muy bien, pero que él por su parte tenía que volver a sus problemas materiales, a ras del suelo horizontal.

—¡Oye —respondió Jasmine en el tono infantil de alguien al que le acaban de quitar una pequeña ilusión—, hoy no estás muy romántico que digamos!

—Y tú lo estás demasiado —se le escapó a Fouad, antes de morderse los labios pensando que se había pasado.

Pero Jasmine seguía hablando, quería decirle algo y no paraba de repetírselo:

—Tengo que contarte una cosa, Fouad.

—¿Seguro que no puedes esperar a mañana?

—¿Mañana? Así que ahora tú decides unilateralmente que esta es nuestra primera y última conversación telefónica del día.

—Jasmine...

—Quiero contarte algo, algo que nos atañe. Después de todo lo que nos ha pasado... ya nada volverá a ser como antes.

—¿Perdón, qué decías? —preguntó distraídamente Fouad.

—No. Escucha... No, nada, ya hablaremos mañana, como tú dices. Mañana y mañana y mañana...

—Lo siento, Jasmine, tengo cosas que me... preocupan...

Esas preocupaciones eran Slim. Fouad aún no había mencionado la suma de cuatro cifras que había sido fraternalmente «tomada en préstamo» de su cuenta bancaria. Esperaba el momento propicio para dejar las cosas claras. Cuando llevó a Slim a un aparte y le habló «de hombre a hombre», el joven se cerró, cambió bruscamente de tema:

—Acabo de encontrar un vídeo —dijo— que le hice a Krim mientras tocaba a escondidas su teclado. ¿Cómo ha podido hacer algo así, Fouad? No entiendo nada. ¿Cómo han podido mentirnos durante todo este tiempo?

—Hay cosas que nos superan. Krim siempre ha sido débil.

—¡Yo también soy débil! ¡Pero para disparar a alguien a quemarropa no hay que ser débil, hay que ser fuerte! No puedo más, Fouad, sufro, ¿sabes? No soy lo bastante fuerte para aguantar todo esto. Tú sí que eres fuerte. Has pillado todos los genes buenos de la familia. Comparado contigo yo no valgo una mierda…

Humillarse y salir vencedor del enfrentamiento. Declararse vencido, superado, lamentable, ese era el método de Slim para zafarse de las miradas inquisitivas de su hermano mayor.

Fouad renunció, de momento. También tenía que ocuparse de Luna. A la hermanita de Krim le había comprado unas mallas soberbias para la competición que se celebraba la semana siguiente. La verdad era que la simple presencia del héroe de la familia la había serenado mucho; porque Fouad hacía bromas, desdramatizaba, con él parecía que todo saldría bien.

Pero pronto le pareció oír una tonalidad nueva en los lamentos de Luna. Mantenía los ojos clavados en el plato pero apuntaba a Slim, con una ligera inclinación del busto. Sugería que, si su hermano Krim iba a pasarse la vida en la cárcel, era por culpa del hermano de Slim. Fouad no se atrevía a llamarle la atención sobre este tema, por miedo a que estallase y contaminase la moral de las tropas. Cuando ella parecía echar las culpas a Slim no era difícil cambiar de tema, porque además no la tomaba con él, con Fouad, que también era hermano de Nazir… ese nombre malsano, que quemaba, prohibido en aquella casa de niños, como el del diablo en la de sus abuelos.

Fouad se sentía cobarde, doblemente cobarde porque, al no salirle al paso y responder, respaldaba la cobardía de Luna de reprocharle al pez pequeño aquello que jamás se hubiera atrevido a reprocharle al gran, al bello delfín, al campeón de la familia.

13

De vez en cuando el tío Bouzid pasaba por «casa de Dounia» y ofrecía sus servicios quitándose su vieja cazadora de cuero salpicada de yeso y de pintura. Desde su juventud cuando hacía de albañil, Bouzid nunca decía que no a un cafetito. De pie ante la ventana, lo degustaba con penosos sorbidos.

—Y vosotros no dudéis, eh —decía con su habitual tono de reproche—, si necesitáis algo, no os lo penséis dos veces, es la familia, no dudéis en llamar, *zarma*, a un prooofechional, ja, ja.

Fouad le aseguraba que todo iba bien, que no había ninguna urgencia que necesitase la intervención de grandes equipos de ebanistería. Cuando se iba, toda la «familia» se precipitaba a la ventana para observar sus andares: la cabeza hundida en la cazadora, las manos en los bolsillos de los vaqueros, escaneando a derecha e izquierda con el mentón. Se reían cariñosamente del tío Bouzid y de sus aires impostados de delincuente juvenil tronado.

Sin embargo, aquel miércoles por la mañana, cuando apareció el mal olor, después de que Fouad se pasase toda la noche secando el suelo del piso inundado por el desbordamiento del váter, fue al tío Bouzid a quien llamaron al rescate. Y de inmediato supo qué pasaba. El desagüe estaba obturado y los excrementos refluían de vuelta hacia la taza y el interior de la casa.

—¡De ahí el olor! —creyó necesario añadir, como experto que era.

En el coche llevaba una caja de herramientas: sacó una ventosa, un desatascador de bomba y lo que presentó como su arma fatal, una larga vara en forma de sacacorchos, que introdujo en la tubería con la ayuda de un molinillo. Mientras lo accionaba con energía, a cuatro patas y sin pausa, Bouzid les mostraba a sus sobrinos su mejor sonrisa de fontanero.

Aglomerados en el marco de la puerta, estos se apretaban la nariz, tanto a causa del olor como para no romper a reír.

Felicitaron al tío, pero prematuramente: al cabo de media hora seguía sin haber dado con nada susceptible de haber obturado la tubería.

—¡Es demasiado profunda! —exclamó con aires de llegar del vientre de la canalización—. Habrá que llamar a un fontanero. A menos que logre encontrar una cámara, *zarma*, o sea, una gran sonda con una cámara en el extremo, ¿comprendes?

Al levantarse, Fouad creyó ver que algo caía del bolsillo trasero de sus vaqueros. Así era, pero Fouad no lo miró hasta la mañana siguiente, al contemplar el desastre del lavabo: se trataba de una pequeña foto carnet, de alguien a quien Fouad nunca había visto. En el reverso figuraba su nombre, acompañado de un número de teléfono y de una dirección en un pueblo del Var:

«Franck Lamoureux —leyó el joven—, 45, chemin de l'Olivou, 83850, Saint-Alphonse-du-Var».

Fouad necesitó unos segundos para atreverse a formular mentalmente la terrible hipótesis. Una vez que apareció, nada podía expulsarla. Y cuanto más miraba el rostro macizo de aquel Franck Lamoureux, y más le sonaba ese apellido y lo asociaba a los ojos bovinos y primitivos de la foto, más convencido estaba de haber penetrado en el secreto del tío Bouzid. A la luz de aquella revelación todo tenía sentido: su carencia de familia y de hijos, sus historias inverosímiles con sus «amiguitas», incluso sus aires exageradamente viriles.

Cuando Bouzid volvió, después del almuerzo, su sobrino intentó descubrirle comportamientos que confirmasen su teoría. Pero no había nada menos homoerótico que la forma en que declaró que no había encontrado una sonda.

—¡Gualá, este olor es un desastre! La vida de la abuela peligra.

En efecto, el olor pestilente que invadía la casa cada vez era más insoportable. Llamaron a un fontanero de urgencia, un portugués de piel eccematosa que pidió ver los planos de la casa y hablar con los otros residentes del edificio. Posó un dedazo sobre el plano, señalando los «registros», escotillas que señalaban el emplazamiento de un codo en el nivel de canalización subterránea. Su cámara no encontró nada.

La vecina no recordaba que los inquilinos anteriores, «una pareja que nunca armaba líos», según precisó en un tono lleno de sobreentendidos, hubieran tenido que llamar nunca a los fontaneros.

El fontanero explicó la situación a Bouzid y a Fouad, dirigiéndose primero a aquel, antes de ver que este era más sensato:

—O bien envío un chorro de agua para desatascar la tubería, pero si el codo está defectuoso el agua volverá, no se hagan ilusiones, ¿eh? O si no, vuelvo dentro de dos horas y reviento los registros con el taladro neumático para acceder al codo.

—¿Y esto es más duradero? —preguntó Fouad.

—Ah, claro, cuando encuentre el codo que da problemas, lo cambiamos y se acabó. Claro que es una operación un poco más pesada…

Y también era más cara, pero Fouad la prefería a la solución provisional. Costaba dos mil doscientos euros.

El fontanero volvió hacia el final de la tarde acompañado de dos hombres. Las molestias fueron tales que todos salieron al césped del patio. Después de asegurarse de que el portal de la calle estaba bien cerrado y los periodistas no podían colarse, Kamelia y Luna se instalaron en las tumbonas a tomar el sol, con pinzas de la ropa en la nariz.

Fouad y Slim quisieron tomar un poco el aire. Subieron al coche de su madre y se fueron hasta el rascacielos Plein Ciel, donde la pequeña familia había vivido hasta que se murió el padre. En el camino de Montreynaud, Slim se entregó a las confidencias, poniendo una voz de esas que rebosan autosatisfacción:

—La verdad es que es un poco por su culpa, de papá y mamá. Francamente, yo trato de vivir bien, con rigor, con seriedad, y ellos…

—Pero qué estás contando, Slim…

—¡Que sí, coño! ¡Cuando uno es pobre no ha de tener hijos! Son errores de progres. Papá, que apostaba a la quiniela hípica cada día… Mira este barrio, joder. Lo siento mucho, pero les guardo un poco de rencor… a veces.

Fouad estuvo a punto de soltarle a Slim una filípica para meterle bien en la cabeza que el único deber en la vida era honrar al padre y a la madre. Aceleró imperceptiblemente, para no decir nada. En el siguiente semáforo, aceleró más aún al ver que el verde pasaba al ámbar, y acabó por cruzar en rojo. Unas viejas señoras con fular se volvieron, escandalizadas por aquellos innecesarios excesos de velocidad en un barrio con niños por todas partes. Fouad frenó para dejar pasar a una clase de primaria; todos eran negros o árabes.

—No es a ellos a quienes les tienes rabia —dijo volviendo hacia su hermano pequeño un rostro grave, con las mandíbulas apretadas y los ojos completamente cerrados—. Es a ti mismo. Te reprochas sentirte miserable en la uni, te reprochas haberte casado con Kenza. Los padres no tienen nada que ver.

Slim alzó los ojos al techo y admitió su derrota justo en el momento en que Fouad iba a recordarle que además el padre estaba muerto y ya no era más que un recuerdo, a honrar o a mancillar.

El coche volvió a ponerse en marcha. Casi habían llegado. El pequeño ingrato volvió a pensar en Nazir incendiando su piso en lo alto del rascacielos.

—¿Tú crees que lo hizo adrede? —preguntó con un candor irritante.

—Deja de darle vueltas a eso, tú ni siquiera habías nacido, Slim.

Pero el proverbio se confirmaba de forma esplendorosa: «Haz lo que digo, no lo que hago». Mientras aparcaba al pie del rascacielos de su infancia, lo único en lo que pensaba era en el recuerdo de aquel niño pirómano.

—Francamente, Fouad, la casa sin mamá no es lo que era, ¿verdad?

Evidentemente que no lo era.

—Pues no —respondió el hermano mayor, aparcando de cualquier manera junto a la acera.

—Lo que quiero decir es que cuando ella está discutimos todo el rato, le digo que deje de tratarme como un bebé, pero en realidad...

—Pero es cosa de poco tiempo —le cortó Fouad apagando el motor—. Volverá pronto, créeme.

Con los brazos cruzados, Slim se quedó pensativo, tamborileando con la mano izquierda en el codo derecho de forma afeminada. Fouad salió para estirar las piernas. Slim se sentía a punto de llorar, no se atrevía a moverse.

—¿Vienes o qué?

De repente Fouad descubrió con horror que todas las paredes de la ciudad estaban cubiertas de pintadas: RIP GROS MOMO. Rápidamente volvió al coche y arrancó.

—Pero ¿por qué...?

—No, vale más que volvamos —dijo Fouad—, no me gusta nada tener a todos esos desconocidos en la casa...

Cuando estuvieron de regreso en lo alto de su nueva colina, en aquella pequeña urbanización de casitas adosadas de dos pisos, Fouad sintió vértigo y tuvo que dar un frenazo para no chocar contra otro coche que estaba parado. Sumido en sus propios problemas, Slim no vio nada y bajó pretextando que tenía que escribirle a Kenza un correo importante.

Kamelia y Luna seguían en el césped, adormiladas con sus auriculares en las orejas, para no oír el estrépito de los taladros neumáticos. El olor a cloaca seguía fluyendo por la casa. Slim subió a toda prisa las escaleras que llevaban a su cuarto. Se encontró con la sorpresa de ver salir de él a un fontanero como pillado en el acto. Pero ¿pillado en qué acto? Slim le inspeccionó con la mirada. El «fontanero» dijo con el aplomo típico de los hombres que tienen algo que ocultar:

—Tenía que comprobar que por su cuarto no pasa ninguna tubería.

—OK —respondió Slim con una voz demasiado aguda.

En su cuarto todo estaba exactamente igual a como lo había dejado. Pero cuando los fontaneros se fueron quiso contarle la escena a Fouad. Todo el mundo estaba reunido en el salón, habían abierto las ventanas de la planta baja para airearla. Luna encendió la tele.

Se encontró de bruces ante unas imágenes de ella y de Kamelia bronceándose en el jardín.

La pantalla de i-Télé parecía una página de navegador web; de los cinco temas de actualidad, la pestaña Nerrouche era la segunda. En el momento en que se presentaba el vídeo de las dos primas se sobreiluminaba.

Luna cerró los postigos a toda velocidad. Aquellas cucarachas de periodistas debían de haber subido al inmueble en obras que dominaba la urbanización. Normalmente había algún gendarme vigilando el acceso. Debían de haber dejado pasar a alguno.

La pestaña Nerrouche cedía su espacio a otra titulada sencillamente URGENTE.

TF1 y TF2 difundían las mismas imágenes de una especie de congreso, con rostros conocidos que agitaban los puños en alto en dirección a los militantes. En las cadenas de información veinticuatro horas, habían vuelto las banderas rojas.

—Qué rollo, otra vez con lo mismo —comentó la adolescente, zapeando a toda velocidad en busca de una cadena indiferente a la actualidad.

De nuevo su tono parecía culpar a Slim... y más allá de su silueta enclenque, a la sombra de su monstruoso hermano mayor.

Fouad le pidió a Luna el mando a distancia para ver de qué se trataba. Cuando lo comprendió, se quedó boquiabierto. Llamó a Kamelia, que estaba en la cocina lavando los platos. Por el temblor de su voz, Slim consideró que más valía esperar un poco antes de comentarle que había sorprendido a un fontanero en su cuarto.

14

Estaban en el intervalo para la publicidad. Las sonrisas se borraban, las máscaras se relajaban. Acudían las maquilladoras con sus neceseres. En el centro del plató, una mesa desplegaba su doble arco de caoba falsa. Estaba la pareja de presentadores telegénicos a los que empolvaban la nariz, pero también el jefe del área de política de i-Télé, que quería estar presente en todas las ediciones especiales, y finalmente el invitado principal, «especialista en la derecha», un buen cliente, como la tele llamaba a sus presas, que se colgaba él mismo el micro en el reverso de la solapa de la americana, tanto porque sabía cómo hacerlo como para no tener que cruzar la mirada con el jefe del área de política, que le detestaba cordialmente. Era un rostro conocido del gran público: calvicie poderosa, anchos pómulos, mandíbula cuadrada, tez mate, sanguínea, que hacía destacar sus grandes ojos burlones y crueles. Reunió todas sus hojas y les dio golpecitos sobre la mesa para conferirles un aspecto ordenado, respetable. Cuando las hojas quedaron bien cuadradas las dejó en la mesa, y volvió a esparcirlas pidiendo:

—Bueno, ¿qué, seguimos y acabamos de una vez?

Un técnico entró furtivamente en el plató, procedió a varias verificaciones, empezó el descuento antes de la reanudación de la emisión:

—...cinco, cuatro, tres, dos...

—De nuevo en el plató de i-Télé, para los que se incorporan ahora a nuestro programa, les recordamos el acontecimiento de esta noche. Es una sorpresa enorme que confirma los rumores de los últimos días: en el Zénith de París se está celebrando un congreso que reúne a parlamentarios y personalidades de la derecha y de la extrema derecha. Así que las cosas aún están un poco confusas... Como pueden ver en la pantalla, por la tribuna van pasando los participantes... ¿Estamos asistiendo al lanzamiento de un partido nuevo? ¿De un movimiento para las legislativas? Estamos esperando desde hace rato la llegada al plató de Victoria de Montesquiou, la estratega jefe del partido de extrema derecha...

—... de Derecha Nacional —le corrigió Putéoli.

—Sí, exactamente —sonrió el presentador fulminando a su invitado con la mirada—, está con nosotros Xavier Putéoli, ya conocido por nuestros espectadores, que dirige la publicación independiente conservadora *Avernus*. Para preguntarle tenemos a Hippolyte Rabineau, jefe del área de política de i-Télé. Buenas noches, señores. Entonces, Xavier Putéoli, usted rechazaba el término extrema derecha por...

—Por el de Derecha Nacional, sí. Mire, hablemos claro. Estamos viviendo una noche histórica en muchos sentidos. No es catastrofismo decir que desde que Chaouch fue elegido los cimientos de nuestra República se han puesto a temblar...

—¿Desde que fue elegido, o desde el atentado contra él? —le preguntó el jefe del área de política de la cadena.

—Gracias por dejarme terminar alguna frase, señor Rabineau. Estaba diciendo que la República sufre una crisis sin precedentes, y que frente a una izquierda de gobierno que ha establecido alianzas con la extrema izquierda, los comunistas revueltos con los ecologistas, aquí estamos asistiendo a algo parecido, que es ni más ni menos que la gran reunión del campo conservador.

La palabra «conservador» provocó una algarabía que al presentador le costó mucho controlar. Los dos periodistas hablaban al mismo tiempo y ni siquiera hacían como que se escuchaban el uno al otro. Una tercera parte de la pantalla seguía ocupada por las imágenes del congreso del Zénith, un plano fijo del escenario en el que se iban alternando los participantes en aquel congreso excepcional. Al fondo figuraban los nombres y logos de los dos partidos.

Putéoli y Rabineau discutían sobre el seísmo que se estaba produciendo, y de vez en cuando les interrumpía la joven ex Miss Algo que copresentaba el programa:

—El directo tiene la prioridad, como ustedes saben es regla de la casa...

Entonces le pasaba la palabra a una colega que acababa de hacerle ojitos a un diputado en los pasillos. Una vez arponeado, el parlamentario afectaba la sonrisa de los días triunfales. Todos los participantes repetían exactamente los mismos conceptos. Era un gran día para la democracia, el paso más significativo nunca dado hacia una representatividad real de los electores franceses. Si se le preguntaba a un miembro de la derecha sobre las declaraciones del antiguo jefe del partido de extrema derecha, respondía al instante que aquel martes 15 de mayo sería histórico, quedaría como el día en que los hermanos enfrentados de la derecha francesa por fin superaban sus «pequeñas querellas de hombres y de aparato» para fundirse en un solo movimiento: el movimiento de los que aman a Francia.

—¡El crecimiento del nacionalismo en Europa no es un epifenómeno —martilleó Putéoli cuando volvieron a darle la palabra—, es la tendencia de fondo! ¡De fondo y muy justificada! —Puntuaba sus frases con silencios dramáticos acompañados de una sonrisita apenada—. Una globalización que hace perder las referencias, la inmigración que cada vez parece más una invasión pura y dura, los pueblos humillados por las políticas de austeridad, desmoralizados por los escándalos político-financieros que se multiplican por todas partes... Yo por mi parte creo que los pueblos se están despertando, sencillamente. Han sentido, han tenido la intuición, el instinto, de lo que las élites van a formalizar, con algunos años de retraso, como de costumbre... Los pueblos han comprendido que la única salvación está en la nación, en la recuperación de su identidad robada. Y son ustedes —se inflamó, señalando a Rabineau con el dedo—, son ustedes quienes mienten al pueblo burlándose de sus preocupaciones y acusándole de racismo, de repliegue, de qué sé yo, de islamofobia...

—¿A qué «ustedes» se refiere? —reaccionó su enemigo de aquella noche abriendo mucho los ojos.

—Ustedes, la prensa de las élites, divorciada del pueblo, de sus miedos y de sus deseos profundos, ustedes la prensa de izquierdas —lanzó por fin—. No pienso honrarle recordando una cita de Talleyrand al director de un panfleto que nos devuelve a lo peor de los años treinta... pero ya me ha entendido. Ahora, volviendo a las cosas importantes, la única...

—No, precisamente, no le he entendido.

—... la única cosa que hay que decir, ahora, la única cuestión verdadera que separa profundamente a los dos partidos, es Europa, y especialmente el euro. La extrema derecha preconiza la salida del euro, mientras que la derecha quiere mantenerse en él... No, hablemos en serio en vez de comentar la ronda de presentaciones antes de la gran carrera hípica de las legislativas. La verdad es que yo no sabía que acertaría tanto, y no me alegro en absoluto, me entristece horriblemente que mis últimos editoriales tengan que confirmar hasta este punto mis temores.

—Oh, pobre visionario...

—¡Pues sí, exactamente, vi lo que ha acabado pasando, olí el aire de los tiempos, eso es lo que suelen hacer los periodistas cuando no les ciega su propia ideología rancia y retrógrada!

—Hombre, ya salió lo de «rancia»... Cooooomo ya dije en mi editorial de ayer en este mismo plató, estamos asistiendo a una doble secuencia de resurrección —se citó Rabineau con una violenta sonrisa esquinada que significaba que se burlaba de ello, que él era un espíritu libre—. La resurrección del presidente, presentada por su equipo de imagen como tal, y la resurrección del viejo fantasma maurrasiano, el sueño de un Partido de Francia, la gran reunión del mariscal Pétain y del general De Gaulle... Hay una periodista que ha investigado, una periodista que usted conoce bien, Xavier Putéoli, que pronto va a publicar documentos que demuestran que las negociaciones secretas que se han celebrado durante estos últimos meses entre responsables de las dos fuerzas, han sido supuestamente financiadas mediante una oficina en pleno corazón de la place Beauvau... Espero que la aparición de esa investigación en los próximos días permita la apertura de medidas judiciales...

El presentador tenía el dedo levantado desde hacía un minuto, no tanto para arbitrar el partido entre los dos editorialistas como para dar paso a la publi antes de la entrada del siguiente invitado. Su colega sintió que una voz femenina quizá tendría más posibilidades de interrumpir a Putéoli, que estaba desatado después de la mención a Marieke:

—Señor Rabineau, nos... nos... Gracias, seguiremos hablando dentro de un instante, justo después de la publicidad...

Rabineau se calló y miró las manos crispadas de su rival, al que acababa de enterrar ante toda Francia. Mojó los labios en su vaso de agua y dio unos sorbos manteniendo sobre Putéoli una mirada triunfal.

Sin embargo, durante el nuevo corte de publicidad, este último presentaba un rostro sereno mientras consultaba sus mensajes telefónicos. Rabineau se estaba preguntando qué podía ocultar cuando la siguiente invitada hizo su entrada en el plató.

Victoria de Montesquiou llevaba una falda plisada que le llegaba a medio muslo; para celebrar la nueva era en la que estaba entrando su familia política, había pasado por el peluquero y le había pedido el celebérrimo moño de Audrey Hepburn. Pero la nuca de Victoria ya tenía pliegues de grasa, su rostro seguía siendo igual de irregular y sus ojos parecían más hipnotizados que hipnóticos.

Mientras esperaba entrar en directo tecleaba a toda velocidad en su BlackBerry blanco, absorbida como una adolescente parisina, tuiteando en directo sobre las bambalinas de aquel programa especial; a cada punto de admiración alzaba las cejas, trufaba sus tuits de emoticonos sonrientes, mientras en la realidad mantenía la misma terrorífica sonrisa inmóvil.

Rabineau la atacó en cuanto volvieron al directo:

—Pero, en fin, Victoria Montesquiou, el verdadero…

—«De» Montesquiou, por favor.

—¿Perdón?

—No, no me mire con ojos de pescadilla frita —se rio ella—. Pues sí, siento mucho reventar sus radares políticamente correctos, pero yo no me avergüenzo de mis raíces francesas. Si descendiera de una familia de agricultores de la Picardía, sería igual.

—Perdón, perdón —la interrumpió Rabineau sin lograr sonreír—. Victoria DE Montesquiou… En fin, le estaba diciendo que toda la atención mediática se centra en la señora Vermorel, que está rompiendo un tabú. ¿No teme usted que en el tándem de su nuevo partido sea usted una comparsa? ¿Como en esta velada inaugural, en que se ve a más gente de la derecha que de la extrema derecha? Es una pregunta sencilla y que todo el mundo se está planteando: ¿esta fusión de los dos partidos es la historia de un pez grande que se come a una pirañita?

—Mire usted, Francia no es un acuario…

Putéoli se forzó a reír para apoyar a la joven.

—Y ahora más en serio, ¡claro que se ve a más gente de la derecha! Desde luego, para asombrarse de esto no hay como ser un experto…

—Esta misma noche Pierre-Jean de Montesquiou, que dicho sea de paso es su hermano, ha presentado las grandes líneas de una moción, Orgullo y Herencia. ¿Diría usted que esta moción, que va a ser sometida al voto de los militantes dentro de unos días, representa un adiós definitivo a la centralidad republicana, en la cual…?

Victoria simulaba ostensiblemente tocar el violín mientras escuchaba a Rabineau. Luego soltó una carcajada perfecta.

—Vamos a tranquilizarnos, respiremos hondo, ya sé que a los señoritos marqueses de la prensa no les gusta que les cambien las costumbres y que se les desvíe del pensamiento único taaaaan confortable… pero vamos allá. Algunos hechos. De momento, no se trata de un partido ni de una fusión; es un movimiento, una alianza entre las dos grandes derechas de este país, en previsión de las legislativas que no podemos dejar que gane una izquierda literalmente decapitada... Al mismo tiempo, es un movimiento de fondo en nuestra vida política y una iniciativa dictada por la urgencia. Porque si rascamos un poco bajo el barniz del espectáculo político-mediático, si abrimos un poco los ojos a la realidad, ¿qué está pasando en estos momentos en Francia? Yo le diré lo que está pasando en estos momentos en Francia. Nuestro país está en alerta antiterrorista roja desde hace diez días, nuestro presidente se despierta del coma y, no lo digo con satisfacción, pero todos los que le han visto durante su convalecencia en el Val-de-Grâce han notado sus ausencias, parece que incluso ha tenido un sueño misterioso, en fin, que estamos chapoteando en pleno esoterismo... Pero mientras nuestras élites pierden la cabeza y nuestro país lo gobierna un fantasma, las cotizaciones de la Bolsa se hunden, las potencias extranjeras se ríen de nosotros y son los franceses, ¿me entiende usted?, los franceses quienes pagan el precio de esto: esos a los que usted llama el pueblo, tapándose la nariz. Ese es el país real...

El presentador se sacó la punta del bolígrafo de la boca.

—Habla usted de ausencias, de un sueño, ¿dispone usted de informaciones serias o son solo rumores?

—Dejémonos de historias —replicó Victoria con ferocidad—, no se habla de otra cosa en París, de sus ausencias y de los rollos esotéricos, pero, bueno, no he venido a hacer diagnósticos sobre la salud mental del presidente electo. Estoy aquí para hablar del futuro, para hablar de Francia, de nuestra gran y vieja nación francesa. ¡Está naciendo un inmenso movimiento popular! ¡Solo había que ver la manifestación de anteayer! ¡Un lunes! La derecha se une y baja a la calle. Para que la derecha baje a la calle, la cosa ha de ser gorda. Se necesita una verdadera crisis. ¿Y quiénes somos? ¿Un partido a la antigua? ¿Con sus aparatos mastodónticos, su sistema de chanchullos generalizados? No. De momento solo somos un movimiento, una alianza de combate, para dar a Francia un gobierno responsable y valiente. Somos un puñado de patriotas indignados, queremos devolver Francia a los franceses y retomar nuestro destino en nuestras propias manos. Así que invito a todos los patriotas a que este domingo reflexionen sobre esto: dentro de tres semanas, cuando tengan que introducir una papeleta en las urnas, ¿qué decidirán? Estas legislativas van más allá del diputado de su circunscripción, estas legislativas constituyen un desafío nacional, se trata del próximo gobierno de Francia, del futuro de la nación francesa. Ese día, espero que la mayoría de nuestros conciudadanos elijan la papeleta ADN en lugar de la de Chaouch.

Un encogimiento de hombros de todo un plató de televisión no es algo que ocurra a menudo. Hasta los cámaras parecieron sorprendidos por esas siglas desconocidas, ADN. Antes de salir del plató para ir al Zénith, Victoria de Montesquiou tuvo tiempo de realizar el numerito que tenía pensado antes de llegar: cogió dos folletos que exhibían las siglas de los dos partidos, los superpuso uno tras otro y se sacó de la americana, con un gesto de mago voluntariamente torpe —y por consiguiente, perfectamente logrado—, un rectángulo nuevo, azul, blanco y rojo, donde las letras A, D y N, eran respectivamente blanca, roja y azul.

El logo había sido idea de unos profesionales con espíritu de arte pop. Victoria deseaba que el voto ADN se convirtiera en el voto de los patriotas desacomplejados, de los conservadores contestatarios, un voto punk, que reunía alegremente el cuerpo tradicional francés, desde el postadolescente víctima del racismo antiblancos hasta su abuelo nostálgico del tiempo de las colonias.

Victoria blandió el logotipo hacia la cámara que rodaba, y que había localizado previamente. Y como una locutora de tiempos pasados, pero con la gracia sarcástica de una Miss Meteorología de hoy, canturreó, mirando a sus compatriotas:

—Alianza de las Derechas Nacionales. ADN. El movimiento de los franceses que aman a Francia. ¡Hablad de él en las redes sociales! Hashtag #ADN. Hashtag #Orgullodeserfrancés.

16

Los jóvenes Nerrouche estaban ante la tele del salón, aturdidos; salvo, claro está, Fouad. A su prima Kamelia la política no le interesaba mucho; sentada en el sofá, escuchaba las explicaciones que les daba Fouad, con los brazos cruzados y la voz desganada, la mirada fija en la pantalla donde el hermano y la hermana Montesquiou alzaban el brazo a la vez, saludando a la multitud y a los fotógrafos llegados en el último minuto.

—Pero entonces —se preguntaba su prima—, ¿esto quiere decir que la derecha normal va a desaparecer? Ya no comprendo nada...

—No, no, por lo menos por ahora no; de momento solo es una alianza para las legislativas. De hecho, lo que ha pasado es un golpe de Estado del sector más derechista de la derecha. La famosa Derecha Nacional dirigida por Vermorel, los más agresivos. Toman sus distancias con el partido, pero vista la blandura de las reacciones de los que quedan... Vaya, mira.

Su móvil vibró en el bolsillo del pantalón. En la pantalla rectangular apareció el nombre de Marieke. Cortó la llamada y le pidió a Slim que subiera el volumen de la tele. Acababa de llegar un comunicado de última hora. Pierre-Jean de Montesquiou se presentaba como cabeza de lista de ADN en la decimotercera circunscripción de Seine-Saint-Denis: Grogny, el feudo de Chaouch.

—Increíble —murmuró Faoud levantándose.

—¿Adónde vas? —le preguntó Slim.

—Tengo que hacer una llamada... a Jasmine...

Marieke le preguntó si había visto el comunicado. Fouad respondió que sí.

—Es aterrador. Estaba pensando que en el equipo de Chaouch deben de estar cagados de miedo. Mañana es su coronación, pero todo el mundo estará hablando de la ADN...

—Ya veremos con el primer sondeo mañana o pasado mañana. —Fouad bajó un grado el tono de voz—: ¿Qué has hecho con la grabación del chófer de Montesquiou?

—Mansourd no ha hecho nada, así que se lo he pasado a alguien del equipo de Chaouch. Al publicista manco, ya sabes.

—Habib —precisó Fouad mordiéndose los labios.

Desde el pedacito de césped donde estaba hablando con Marieke podía ver dentro la tele, al hermano y la hermana Montesquiou entonando «La Marsellesa», con la mano sobre el corazón y los ojos cerrados. Y detrás de ellos, la sonrisa de Vermorel era por fin sincera, lo cual era fácil de comprender: en aquella víspera del gran día, a solo unas horas del traspaso de poderes, la dama de hierro de la presidencia precedente acababa de asestar el mayor golpe político de su carrera; ella, cuya biografía se podría definir como el lento salto de una pulga sobre el Sena, desde el VII distrito en que nació al VIII, donde se alzan los palacios muy particulares de la República.

17

A la mañana siguiente, Pierre-Jean y Victoria de Montesquiou circulaban en un Toyota Prius de motor híbrido, semieléctrico, que apenas se oía. Pronto el silencio se hizo agobiante y Victoria se puso a hacer ruiditos con la boca. A modo de revista de prensa matinal, acariciaba descuidadamente la pantalla de su iPad rosa, bostezando y sin tocar el frappuccino helado que una ayudante le había traído del Starbucks del barrio.

—Por cierto —preguntó tras bajar el respaldo para estirarse un poco—, ¿ninguna novedad de nuestra querida amazona americana?

Montesquiou resopló como una bestia.

—Vale, supongo que eso quiere decir que no... Fíjate, el otro día estaba pensando en tu chófer —dijo al ver la pierna tiesa de su hermano, que descansaba pesadamente sobre el pedal del acelerador—. Ya sabes, el negro aquel... ¿cómo se llama?

—Agla. ¿Por qué piensas en ese macaco?

—No, solo me preguntaba qué va a ser de él ahora. ¿Se queda en Beauvau o podrás llevarlo contigo cuando te largues?

Montesquiou alisó los contornos del hoyuelo de su mentón, como si de él partiesen dos mechones de pelo de una barba de mandarín chino:

—No solo no se va a quedar en Beauvau, sino que con las recomendaciones sobre él que he hecho nunca más conducirá a ningún VIP político, por lo menos en Francia. Una ocasión estupenda para volverse a su pocilga...

—Mira, ya estamos llegando, a su pocilga —replicó Victoria, irguiéndose en su asiento y observando los deteriorados bloques de pisos de los suburbios de Grogny.

Montesquiou ya había pasado allí una noche, dos años atrás, en el asiento trasero de un coche de la Brigada Anticriminal. Los policías con chalecos antibalas comentaban cómo era su vida diaria al poderoso director de gabinete adjunto; el comandante al cargo de la brigada de seguridad de Seine-Saint-Denis preveía que, en barrios como aquel, antes de diez años la policía tendría que circular en tanques. El derecho no tenía fuerza, ni la fuerza tenía ley. Con linternas superpotentes arrojaban haces de luz a las entradas de los inmuebles, que tenían una reputación aún peor que su iluminación. Los *choufs*, los que controlaban el trapicheo de drogas, aglomerados en la oscuridad, se dispersaban como insectos fotófobos.

Ninguna oficina de la derecha habría podido sobrevivir más de una semana si hubiera estado al nivel de la calle; pero existía una, en un semisótano, en unos locales con los escaparates pintarrajeados que antes habían acogido una sala de plegarias musulmana y una agencia de viajes especializada en los países de habla árabe.

Un joven árabe trajeado estaba esperando a la prestigiosa delegación que viajaba de incógnito. Quería indicarles que dieran la vuelta al edificio para aparcar el coche en el parking que la oficina tenía alquilado, pero Montesquiou ya había salido, con el bastón de pomo dorado siguiendo la costura del pantalón; le tendió las llaves a «Djamel» y se reunió con la docena de personas que le estaban esperando dentro. Era básicamente una asamblea de señoras de piel gris, que vivían en casas residenciales; dos empresarios de medio pelo, cuyas empresas estaban en huelga «por culpa de Chaouch», se habían invitado como solterones a una mesa de bridge. Se había preparado un banquete, en la mesa de la impresora pegada a la pared presidida por un póster del presidente saliente. Había tazas desparejas, té de supermercado Discount, minimagdalenas de mantequilla, aún en sus bolsitas. Antes de que Montesquiou y su hermana llegasen estaban discutiendo sobre el humillante robo que se produjo durante los disturbios: una decisión del Ayuntamiento reunido en sesión extraordinaria acababa de autorizar a los policías a que se armasen, con un presupuesto de quinientos euros para cada policía, o sea un total de seis mil quinientos euros de Colts de pequeño calibre, que se encargaron a una armería local... y fueron robados en las narices de los dos «municipales» encargados de transportarlos.

Desde hacía unos días circulaban teorías sobre un complot. Se sospechaba que los adversarios del decreto informaron a los delincuentes. Quienes sospechaban eran la oposición de derechas de la ciudad de Chaouch, reunida al completo en aquella bonita mañana de primavera ante los estupefactos hermanos Montesquiou.

Habituados a los fastos parisienses, los dos ambiciosos creyeron que habían caído en la quinta dimensión. La estrella negra de la ADN preguntó quién era el responsable de la sucursal. Una gruesa dama rubia platino que tenía un «salón de belleza» respondió:

—¿Djamel? Pero ¿no está con usted, señor?

—¿Cómo? —se rio Victoria—. ¿O sea que él es el responsable?

Aquel al que habían tomado por un aparcacoches exhibía una amplia sonrisa comercial al reunirse con ellos en el local. Djamel probablemente era el hombre más servicial del mundo, un mandado sin complejos, que había aceptado ser designado responsable igual que hubiera aceptado que le enviasen a una buena pastelería de la ciudad a comprar un roscón de reyes. Llevaba el pelo engominado y no paraba de sonreír. Montesquiou comprendió al instante el partido que podía sacar de un personaje como Djamel para su campaña. Era el árabe soñado: republicano, ateo, patriota, el árabe que comía salchichón y se emborrachaba con vinazo, en vez de fumar plantas prohibidas y adorar a un dios extraño y amenazante.

Cuando Djamel contó que se hacía llamar James, Montesquiou rompió a reír.

—Pues nada, felicidades, Djamel el americano: te nombro oficialmente portavoz de mi campaña.

—¿De verdad?

—Pero a partir de ahora solo te llamarás Djamel, ¿OK?

—Sí, sí, claro, señor —se apresuró a responder Djamel, como si aquella exigencia fuera muy lógica.

Mientras Montesquiou designaba a su nueva mascota en Grogny, en una calle desierta de Courbevoie, al final del suburbio oeste, se estaba hablando de él. Al salir de su casa, Mansourd había sido abordado por Marieke, que insistía para que le concediese un cuarto de hora.

Mansourd estaba a punto de irse, no tenía ningunas ganas de discutir con aquella periodista.

—Se lo tengo advertido. Como siga tocándome las pelotas la haré detener por obstrucción, ¿entendido?

Marieke le seguía a paso de marcha.

—Mansourd, es usted un gran poli.

—Y usted un maldito parásito.

—Lo tomo como un cumplido.

—¿Ah, sí?

—Es una forma de decir que soy una gran periodista.

Por fin el comandante se detuvo. Llevaba una chaqueta de jogging sobre una camiseta y tenía la mirada velada, como si acabase de salir de la cama.

—Mire, señorita, ya sé que usted quiere hacer las cosas bien, pero anda muy equivocada.

—Usted sabe tan bien como yo que ese gabinete negro…

—No hay gabinete negro, hágame caso.

Siguió caminando. Tenía el coche aparcado al final de la calle. Marieke tenía menos de cuarenta metros para convencerle.

—Tengo pruebas. Comandante, tienen una oficina bien organizada.

—Está muy equivocada con Montesquiou —respondió Mansourd, volviéndose por fin hacia ella y parándose—. Se lo voy a decir, de forma extraconfidencial, usted escriba «de una fuente cercana a la investigación», ni una palabra de más, ¿de acuerdo?

Marieke tomó su libreta.

—Montesquiou no tiene nada que ver con el atentado contra Chaouch. Ha conspirado, sí, con Boulimier, para impedir que se revelen las relaciones entre su hermana y Nazir. Nazir quiere que se acuse a Montesquiou. Ha mezclado su nombre con el suyo. Y contaba con que gente como yo, y desde luego como usted, pensase que esa promiscuidad era turbia. Gente tenaz, que no se saltaría ninguna pista. Pero es una pista falsa, que él personalmente ha preparado de la forma más meticulosa. Solo había que seguir las flechas. Solo que era Nazir el que las pintó sobre los troncos de los árboles, ¿entiende? El único crimen de Montesquiou es haber recurrido a un expoli de la secreta para intentar capturar a Nazir antes que los demás. Creo que es el responsable del fracaso de la operación suiza. Más adelante me ocuparé de eso.

—Ese expoli se hace llamar Waldstein, ¿verdad?

—¿Cómo lo sabe? ¿Era su fuente, es eso? —Marieke no respondió—. Pues nada, se la han follado bien follada.

—No, a mí no me folla nadie —replicó Marieke, desestabilizada por la precedente perorata del comandante—. Ni mis fuentes ni los tíos. A los tíos soy yo quien se los folla —declaró.

Mansourd la observó perplejo. Ya no estaba tan seguro de saber con quién se las tenía.

—Señorita, olvídese de todo esto. Este asunto apesta, créame. Apesta a causa de Nazir, apesta a causa de Montesquiou. Pero, se lo repito, y no me da ningún placer especial tener razón, va usted desencaminada en el tema de ese capullo. Usted cree que es un asesino alguien que no es más que un carroñero.

18

Por la mañana del día J, el clan Chaouch estaba reunido a la cabecera de su jefe. El presidente había insistido en ver antes de su marcha al diputado del PS de la decimotercera circunscripción. En el PS había zafarrancho de combate. Aunque la circunscripción de Grogny siempre había sido de izquierdas, ahora se temía al brazo derecho de Vermorel como a un mago perverso o un boxeador imbatible que por fin había encontrado un desafío a la medida de sus ambiciones. El desafiado en Grogny era el mismo Chaouch. Estaba en juego el honor del presidente electo, era absolutamente necesario hacérselo comprender al diputado que volvía a jugarse el mandato.

Vogel se preguntaba si habría que enviar a un peso pesado o a una estrella naciente originaria de los suburbios. Chaouch decidió que no hacía falta.

—Ese Montesquiou no conoce Grogny, ni a sus habitantes, no hay motivo para asustarse. Esto lo hace precisamente para meter miedo en nuestras filas. Sospecho que también hay un pecado de orgullo, el error de la juventud. Quiere aparecer como el húsar de la nueva derecha.

Por una vez Vogel no compartía la serenidad del presidente. Prefería enviar a la portavoz de la campaña, que había adquirido una popularidad tal que en solo medio año los sondeos habían incorporado espontáneamente su nombre. TNS-Sofres ya la había declarado novena personalidad política preferida por los franceses en el mes de abril. La joven «cuarentona» se imponía como la candidata ideal. Procedía de una familia turca, había crecido en uno de los suburbios más conflictivos del país. Se lo debía todo a la escuela pública, parecía un ángel y dominaba a la perfección los códigos de la comunicación política moderna. Frente al aristócrata incendiario de la place Beauvau, la izquierda sería representada por una mujer seductora y popular, que se sabía de memoria las letras de todas las canciones de R&B del momento.

—¡Yo también me las sé! —se enfadó Jasmine cuando Vogel sacó este argumento durante la comida—. No, pero lo que yo digo es que es joven, pero ¿estás seguro de que es una buena idea? ¡Imagínate si pierde!

—En caso de que pierda, la cosa es muy sencilla —respondió Vogel—, no podrá integrarse en el equipo gubernamental. Pero de todas formas, Idder no quiere cambiar nuestros planes para Grogny, ¿verdad?

Chaouch asintió. Vogel quería confiarle a la portavoz una secretaría de Estado.

—Si no fuera por el otro, a quien le hemos prometido una gran recompensa, a Habib le gustaría verla en el Ministerio de Justicia.

Jasmine intervino:

—A Habib lo que le gustaría es verla en braguitas lavando los platos...

Chaouch habría sonreído si hubiera podido controlar los músculos de las mejillas. Jasmine se dio cuenta. Acarició la mano entumecida de su padre.

—Venga, mi crisis de celos ya ha pasado...

Vogel acababa de dejarles. Jasmine se acercó a su padre.

—Escucha, papá, supongo que quieres hablarme de Fouad... Ahora estoy lista, estoy lista para tener esta conversación.

Su madre entró en el cuarto y tomó el relevo.

—Tu padre y yo pensamos que ya deberías habérselo dicho a Fouad. De momento solo lo sabemos nosotros tres, pero sabes muy bien que esto será mediatizado. Quiero que seas consciente de lo que supone este embarazo. Para la opinión pública, Fouad es el hermano del hombre que ha intentado asesinar a tu padre. Si nos anticipamos a la situación podremos controlar el acontecimiento y...

—Pero ¿tú oyes lo que estás diciendo, mamá? «Controlar el acontecimiento.» ¡No todo es política, mi embarazo no es política, mi vida no es política! Y me importa un bledo que Fouad sea hermano de un terrorista. Es el hombre al que amo. Es el padre de mi futuro hijo.

—Entonces ¿por qué no se lo has dicho aún?

Cuando la pillaban en falso, la antigua Jasmine se disgustaba y fruncía el ceño antes de explotar. La nueva Jasmine quería afrontar las cosas. Si no daba la cara, su vida pasaría de largo.

—Aún no he hablado con él porque está en Saint-Étienne, con su familia, que está sufriendo un calvario insoportable. No es una conversación que podamos mantener por teléfono. Quiero que sea un momento bonito. No quiero echar a perder la anunciación.

Este lapsus la sumió en un ensueño. Se le dibujó una sonrisa en los labios.

—Es un momento importante —decidió—, el momento en el que se pasa de una experiencia a solas a una experiencia a dos.

Chaouch estaba inquieto cuando su mujer y su hija salieron para dejarle descansar y reflexionar sobre su gran discurso antes de la sesión de rehabilitación de la tarde. Era cierto que sus cejas permanentemente alzadas le daban siempre un aire de inquietud, pero Habib, cuando se reunió con él al cabo de un rato de reposo, adivinó que la conversación con Jasmine no había contribuido en absoluto a sosegarle.

—¿Va todo bien, Idder... señor presidente?

—Déjate de esas. Señor presidente... Sobre el discurso, dame un poco de tiempo, estoy pensando. Mezclaré un poco del mío con el tuyo —añadió para que su jefe de comunicación no se ofendiera.

Pero dos horas antes de que el primer presidente francés víctima de un atentado asumiese el cargo, el discurso de investidura que Francia y el mundo entero esperaban aún no estaba redactado.

El motivo de este increíble retraso estaba en una grabación que había que ir a buscar. La víspera, Habib había interrumpido a Chaouch en medio de su sesión de cinta de correr. Acababa de «echar mano» a un vídeo de Montesquiou preparándose una raya de coca en el asiento trasero de su Renault Vel Satis ministerial. Su chófer, furioso por el sadismo y las alusiones racistas de su patrón, lo había grabado a escondidas, con un iPhone provisto de una cámara que proporcionaba imágenes de una nitidez implacable. Chaouch negó con la cabeza, con toda la fuerza que tenía. En determinados momentos del día, hablar le cansaba. Se limitó a tomar la mano de su viejo amigo y a mirarle a los ojos. Los suyos decían: Ni hablar de esto. Pero cuando pudo reunir algo de energía para hablar, fue más claro:

—Esto nunca más, Serge. Nunca... nunca más. Quiero que ese vídeo se destruya. Ahora.

—Idder, la batalla de las legislativas no vamos a ganarla confiando en la sensatez de los electores. Lo que quiere Montesquiou es un combate a cara de perro.

—Pues nosotros no nos vamos a dejar arrastrar a eso. Ya es bastante con que mi vida se haya convertido en tema de interés nacional. Me niego a que se convierta en asunto de Estado.

Habib se calló. Chaouch añadió:

—Y además, como decía tu querido Cardenal de Retz, la desconfianza nos engaña más a menudo que la confianza. Toma nota.

Habib se fue enfadado; Chaouch se negó a volver a hablar con él hasta la hora de cenar. Luego le hizo saber que pensaba dictar su discurso a Esther antes de dormir, y que a la mañana siguiente se levantaría temprano para darle un último repaso.

Pero la mañana siguiente llegó con un montón de novedades. El gran caballero de la Legión de Honor, que tenía que entregar el prestigioso collar con la insignia al presidente electo, se negaba a participar en la ceremonia. En casos así el protocolo exigía que fuese el decano de la orden el que entronizase al presidente electo. Pero el decano también había anunciado mediante un comunicado de prensa que no pensaba reconocer a un presidente que preveía suprimir la institución bicentenaria a la que había dedicado su vida. La idea de acabar con la Legión de Honor, esta «aberración emblemática de la monarquía republicana», venía del mismo Chaouch, igual que muchas propuestas simbólicas sobre las que solo consultaba con Esther.

Mientras Vogel intentaba encontrar una solución, la pareja se concedió un instante de pausa antes de ir al Elíseo. Esther había cambiado el colgante de Van Cleef por un juego que le había prestado una gran joyería. Vogel la había convencido de que se reciclase un poquito, la esposa de un candidato victorioso no podía vestir como la esposa de un jefe de Estado. Esther hizo el nudo de la corbata azul de su marido, inclinada sobre su silla de ruedas como una madre que le ajusta la pajarita a su hijo en pantalones cortos.

—¿Te acuerdas, Esther, de cuando bailamos con música de Jean Sablon? Tengo la sensación de que fue en otra vida.

Esther no quería llorar. No quería pasar otra media hora en el cuarto de baño arreglándose el maquillaje. Al despertar había sentido una angustia inédita, en aquel plegatín que las enfermeras habían instalado en la habitación presidencial del servicio de rehabilitación. Se veía en medio de la sala de fiestas del Elíseo, empujando a Idder por la alfombra roja, ante todo París. Esta pesadilla despierta, perfectamente consciente, le había provocado una intensa culpabilidad, al comprender que sencillamente se había avergonzado de la invalidez de su marido. En realidad, su marido inválido era el hombre más importante de Francia, lo sería protocolariamente al cabo de unas horas. Lo cual no atenuaba en nada su sentimiento de culpabilidad, al contrario.

Ideas violentas agitaban su espíritu. Contra ese Nazir, estuviera donde estuviese, enviado o no por AQMI o por sabe Dios qué cofradía de poderosos. Quien fuese que hubiera imaginado aquel atentado había querido humillar a Chaouch. Quizá ni siquiera hubo intención de asesinarle, solo de mutilarle, de postrarle en cama, impotente.

La voz de robot de Idder la sacó de esos tristes pensamientos:

—Deja de pensar por un momento, mi pequeña escriba preferida... Nos espera un día grande. ¿Tienes el cuaderno a mano?

Se refería al cuaderno de música, al texto que le había estado dictando durante aquellos últimos días y que ya estaba concluido. Esther lo llevaba en el bolso. Se lo tendió a su marido, que leyó la primera página y se lo devolvió.

—Ven, tengo una idea...

Le pidió que se pusiera frente a su silla, que sujetase los reposabrazos y que los hiciera bailar lateralmente.

—Por esta vez vas a tener que encargarte del acompañamiento musical.

Las risas de Esther se mezclaron con su llanto; Idder tendió lentamente el brazo para secarle las lágrimas. Esther acercó el rostro doloroso a los dedos de su marido. En lugar de aplastar las gotas que avanzaban por sus mejillas, las tocó con delicadeza de costurera y sopló en la punta de los dedos con este comentario infantil:

—Es para transformarlas en notas musicales. Ven, Esther, antes de que nos vayamos, hazme una pequeña imitación de Jean Sablon...

19

Chaouch fue al Elíseo en un coche blindado especialmente adaptado para su silla de ruedas. Los hombres del servicio de protección de la presidencia —el GSPR del que Valérie Simonetti había sido suspendida— habían convertido aquella silla aparentemente ordinaria en el medio de locomoción más seguro de Francia. Chaouch llegó al Elíseo por el patio de honor; pasó revista a un destacamento de la Guardia Republicana y fue recibido por su predecesor. Los periodistas notaron la calidez del presidente en el momento de estrechar la mano al que había derrotado. A lo largo de todo el recorrido que seguiría el presidente en su silla se habían colocado rampas. El presidente saliente subió las escaleras de una en una, atento, con una mano lejana y benévola, a la ascensión de su sucesor.

Durante la entrevista entre los dos hombres, que duró poco más de una hora, se le entregaron a Chaouch los famosos códigos de acceso a la fuerza nuclear. En aquel salón de la planta baja del palacio presidencial, el presidente saliente dio gran importancia a la situación de los rehenes franceses en el Sahel. Las fuerzas de AQMI se aglutinaban bajo la égida del carismático jeque Otman, y controlaban ciudades enteras; en poco tiempo la ayuda logística y militar al ejército de Mali sería insuficiente; al despacho del presidente estaban llegando los primeros planes de intervención. Chaouch sabía por sus propios canales que el avance de los islamistas radicales por aquel desierto constituía la amenaza más urgente para la seguridad de Francia.

Después de esta conversación, los dos hombres se separaron en la escalinata del Elíseo, rodeados de guardias republicanos en posición de firmes. La foto dio inmediatamente la vuelta al mundo: Chaouch en silla de ruedas estrechando la mano de su predecesor, y apoyando sobre esta también la mano izquierda, para humanizar la cordialidad protocolaria. La continuidad del Estado quedaba garantizada. El cortejo del «saliente» abandonó el Elíseo bajo los aplausos de sus supporters apretujados en el Faubourg Saint-Honoré.

El presidente llegó a la sala de fiestas del palacio, donde le esperaba una multitud de personalidades importantes detrás de un cordón. Para muchos de los invitados a esta ceremonia de investidura era la primera vez que veían en carne y hueso al Chaouch «postatentado».

La emoción se podía palpar; alcanzaba incluso a los periodistas que comentaban las imágenes en directo.

Habib llevaba gafas de sol. Relajó su máscara de circunstancias y saludó a su héroe con una semirreverencia; estaba emocionado. Esther y Jasmine cogieron cada una una mano del presidente. El presidente del Consejo Constitucional proclamó los resultados oficiales de las elecciones. En ausencia del gran maestre de la orden de la Legión de Honor y del decano que según los estatutos cubría la eventual imposibilidad del primero, el gran collar de la Legión de Honor le fue impuesto al nuevo presidente por el «segundo decano», un general jubilado al que Vogel había logrado convencer in extremis.

A renglón seguido Chaouch pronunció su discurso de investidura, en un silencio atento, trémulo de sonrisas y de silenciosa aprobación. Habló del mandato que se le había confiado en aquellos tiempos de crisis, y explicó la naturaleza polimorfa de esta. Sentado en aquella silla de minusválido, con el rostro demolido y los ojos inexpresivos, se había convertido en un símbolo vivo, como una encarnación de la locura del mundo.

Pero no insistió sobre los motivos de preocupación:

—Permítanme que interrumpa aquí este inventario. La política no es un problema de contabilidad. La vida tampoco, no es un problema que hay que resolver, es un problema que hay que inventar...

Había en Francia una constelación de estrellas amigas (el muñón de Habib se puso a temblar), una demografía favorable, instituciones sólidas (Habib respiró hondo), un pueblo inteligente e indócil, y sobre todo una juventud dotada de «un inmenso apetito vital».

Su discurso duró cerca de doce minutos. Y luego cerró los ojos y pronunció, a modo de epílogo, unos versos de Rimbaud, de su «Canción de la torre más alta»:

> *Juventud ociosa*
> *siempre sometida,*
> *por delicadeza*
> *perdí mi vida.*
> *¡Ah, que llegue el tiempo*
> *en que los corazones se amen!*

Después de este fragmento, prosiguió:

—Señoras y señores, en este instante en que se me encarga presidir el destino de nuestro país y representarlo ante el mundo, naturalmente quiero saludar a mis antecesores, los que antes que yo encarnaron y dirigieron la República…

Desgranó la lista de los seis presidentes de la V República, dedicando un comentario positivo a cada nombre. Luego marcó una pausa y concluyó:

—Viva la República, y viva Francia.

Después de esta alocución, el presidente fue conducido a la terraza del parque del Elíseo. La Guardia Republicana le rindió honores militares. Él saludó a la bandera mientras la orquesta tocaba «La Marsellesa». En su silla de ruedas, Chaouch pasó revista a las tropas destinadas al Elíseo; simultáneamente, la batería de honor de la artillería disparó veintiún cañonazos desde la place des Invalides, al otro lado del Sena. Cada ocho segundos, los dos cañones de 75 mm bombardeaban el cielo parisiense salpicado de nubes claras.

A Jasmine no le gustó ese momento. Los cañones. Los honores militares.

Se lo escribió a Fouad, que no había respondido a sus dos primeros SMS. Tampoco respondió a este, no antes de mediada la tarde: entonces explicó a su novia que él también estaba participando en una ceremonia agotadora.

En Saint-Étienne, con Luna, Slim, Kamelia, Bouzid y una multitud de curiosos, Fouad esperaba que el alto bloque de pisos de su infancia fuera demolido. Los vecinos del barrio de Montreynaud habían sido evacuados. En las colinas de alrededor se esperaba la explosión como los fuegos artificiales del Catorce de Julio: en familias, en parejas, con las cámaras de los móviles listas para inmortalizar la escena. Periodistas de la redacción local de France 3 iban de grupo en grupo para filmar las reacciones. Fouad llevó a su familia aparte. La explosión se anunció como inminente, los periodistas apuntaron sus objetivos a la torre coronada por un depósito de agua en forma de cuenco.

Las detonaciones simultáneas hicieron temblar el vecindario. La demolición solo duró cuatro segundos. Cuatro segundos para borrar cuatro décadas.

Slim se puso a lloriquear. Su hermano mayor posó la mano en su hombro. Juntos contemplaron el espeso rodillo de humo que se expandió por toda la colina de Montreynaud. Cuando la nube se disipó, sobre la parcela solo quedaba un pedregal de seis toneladas de hormigón, coronado por el famoso cuenco, misteriosamente intacto.

La gente seguía aplaudiendo. Slim no comprendía por qué. Les miró con rabia.

—Yo me voy —dijo Bouzid tirando de la manga de Fouad para llevarle aparte—. Me voy a la mezquita —murmuró al oído de su sobrino—. Últimamente estoy volviendo a ir, gualá, sienta bien, uno cuando va se siente, *zarma*, purificado, ¿sabes? —Imitaba el deslizarse de un baño de barro por su cara—. ¿No quieres venir? Vas, dices *salaam alaikum*, y aunque no te sepas las plegarias te quedas ahí, en calcetines, tranquilito, ¿comprendes?

Fouad se sorprendió riéndose.

—No, en serio, y además podrías llevar también a Slim, y así…

La insinuación de su tío heló la sonrisa de Fouad. La rechazó, alegando que en la familia nunca habían sido muy musulmanes, que nunca lo habían sido.

—Ya, pero oye, de todas formas eres musulmán, oye, ¡si dices que no lo eres es como si te avergonzaras!

—Escucha, tío —respondió Fouad en el tono de quien se apresta a asestar el golpe de gracia a su interlocutor—. Tú sabes que a papá, que en paz descanse…

—*Allah y rahmo* —susurró supersticiosamente Bouzid.

—… a papá todos estos rollos de religión y de mezquitas no le gustaban nada. Los imanes no le iban. Y bueno, nosotros igual, ¿comprendes?

Bouzid no insistiría en convencer a su sobrino de que volviese al camino de Dios. Él mismo hacía poco que se había acordado de que ese camino existía; y como lamentaba haber invocado a un fantasma, se reprochó haber abordado el tema. Besó a todo el mundo, con cuatro besos como se estilaba en su pueblo, o sea un total de dieciséis besos que le dieron vértigo y le hicieron olvidar dónde había dejado aparcado el coche.

En el otro coche, Slim era el único que hablaba. Comentaba sus estados de ánimo sin filtros ni pudor. Su voz aguda lo estropeaba todo, toda la melancolía, toda la solemnidad de aquella demolición. Fouad consideró que tampoco estaba mal. Pero, una vez en casa, observó la mirada perdida de su hermano menor. Lo llevó aparte para escuchar sus interminables lamentos.

Al cabo de un rato, Slim dijo una cosa rara:

—Ya sé lo que piensa todo el mundo. Que hablo demasiado, que digo demasiado lo que pienso. Todo lo que pienso.

—Es tu forma de ser, Slim. Cada uno es como es.

—Pero ¿tú preferirías que hiciese como Krim o Nazir? ¿No decir nada durante años, y luego un buen día cometer un atentado terrorista?

Fouad negó con la cabeza.

—No metas a Krim y a Nazir en el mismo saco, por favor.

—Perdón.

Los «perdón» de Slim sonaban huecos, eran falsos. Peor aún: culpabilizaban a su interlocutor, le recriminaban que los hubiera exigido. Viendo que Fouad estaba de humor suave y bondadoso, quiso congraciarse con él de alguna manera:

—Perdón, Fouad, quiero decir… lo siento. Tengo que contarte algo.

Entonces explicó que había sorprendido a aquel fontanero en su dormitorio, que le había parecido algo turbio. Fouad le pidió que se lo contase todo. Slim no sabía qué más decir, pero por darle interés a la conversación dijo lo primero que se le ocurrió:

—No sé, es como si el hombre estuviera buscando algo. Como si no fuera un fontanero de verdad, ¿sabes?

Al cabo de cinco minutos, Fouad marcó el número de Marieke. Le anunció sin preámbulos:

—Han entrado en mi casa en Saint-Étienne. Los que registraron mi piso de París han entrado aquí. Están buscando algo, Marieke.

—Tenemos que hablar. Pero no por teléfono. ¿Cuándo vuelves a París?

—Mañana por la mañana.

Fouad no se atrevía a decir que tenía que ver a Jasmine. Ella quería hablar con él cara a cara, y él estaba convencido de que quería decirle que le dejaba.

—Si estás libre, solo tienes que recogerme en la estación —dijo a la bella periodista cuya sola voz ronca había hecho que le sudaran las manos—. Te enviaré un mensaje con la hora exacta a la que llego.

—De acuerdo —respondió Marieke tras un silencio divertido—. ¿Estás siguiendo un poco la entronización de Chaouch?

Fouad se volvió hacia la tele, donde el presidente estaba recibiendo ayuda para depositar el ritual ramo de flores en la tumba del soldado desconocido. La imagen le rompió el corazón. Nunca había admirado a nadie con tanto fervor e intensidad como a Chaouch. El otoño pasado le había visto muchas veces, cuando empezaba a salir con Jasmine y él se embarcaba oficialmente en la campaña. Le veía en episodios de dos minutos, pero aquellos dos minutos eran dilatados, magnificados por la clase, la prestancia del candidato; su mirada y su sonrisa eran de una franqueza y de una suavidad tales que cuando te saludaba por segunda o tercera vez sentías que le conocías desde la infancia. No era la familiaridad ficticia y mecánica de la gente de la jet-set que se besaban y se abrazaban como hermanos de armas. Chaouch se acordaba de ti. Sabía quién eras, y daba la impresión de saberlo mejor que nadie. Parecía un hermano. Chaouch era la Fraternidad del lema republicano.

Ahora era un hombre disminuido, paralizado. Mortal.

El joven actor se recobró.

—No, no, todo eso cada vez me importa menos.

—Tengo que encontrar a la guardaespaldas de Chaouch —dijo Marieke tragándose el último bocado del cruasán—. Pasó algo con ese poli, ya sabes, Mansourd… Pero ya te lo contaré de viva voz.

—*Viva voce* —repitió Fouad, ardiendo en deseos de reunirse con ella.

Slim esperaba que su hermano terminase de hablar por teléfono. Tenía que hacer un recado. Fouad le preguntó de qué se trataba y el hermano pequeño se mostró evasivo.

—Es Kenza —dijo carraspeando—. Tengo que verla. Ahora.

—¿Qué pasa ahora?

Slim se puso a dar saltitos, mirando al suelo.

—¡Nunca confías en mí! ¡Estoy harto, mierda! ¿Soy tu hermano o no? Tengo la impresión de que me tratas como a un desconocido.

Fouad le sujetó por el cuello para que dejara de menearse.

—Si te tratase como a un desconocido haría tiempo que te hubiera pedido explicaciones de los mil cien euros que desaparecieron de mi cuenta corriente la semana pasada.

Slim nunca había visto a su hermano mayor encolerizado. Solía ser Fouad el que se dominaba, se tragaba la cólera y la digería pacientemente, para mostrar un comportamiento tranquilo y razonable.

—¿Quieres saber la verdad? ¡Pues bien, te la voy a decir! Tenía una deuda… —Alzó la mirada hacia su hermano, para comprobar si su tono miserabilista producía efecto, pero no era el caso—. ¡Pero a la mierda! ¡No tengo por qué justificarme!

—¿Qué deuda es esa?

Slim ahora no sabía cómo salir de aquello. Se cogió la cabeza con las manos y corrió a toda velocidad hacia la salida de la casa.

Cuando estuvo en la larga carretera que bajaba de la colina, se detuvo en medio de la calzada y contempló la ciudad. Se extendía sobre las jorobas de varias colinas. Los tejados de pizarra centelleaban. El corazón de Slim le latía por todo el cuerpo, desde las sienes hasta las venas de los tobillos. Llamó a Kenza. Ella no respondió, volvió a la acera y le escribió un mensaje evitando por poco las farolas que le salían al paso. Le preguntaba si podía ir a verla a su casa, ahora. Por lo general ella se tomaba siempre dos minutos largos antes de responder a sus mensajes, estiraba al máximo el lapso de tiempo más allá del cual Slim podía razonablemente considerar que ella le ignoraba. Aquella tarde ella respondió al minuto: «Ke pasa con tigo».

Slim la imaginó presa de su familia, pegada por sus hermanos, azuzados por los gritos de ánimo de la bruja oranesa de su madre.

Al cabo de media hora estaba al pie de su bloque. Les Hirondelles. Era un barrio residencial que cada vez parecía más una ciudad. Los parkings estaban invadidos por coches tuneados y bandas de chicos desocupados. Slim informó a Kenza de que la esperaba ante el interfono. Al cabo de cinco segundos, apareció la cabeza de su esposa. No quería que la vieran, así que susurraba a gritos. La joven tenía la cabeza hecha un lío, la mirada llena de miedo.

−¡Lárgate! ¡Lárgate, joder! ¡Si mis hermanos te ven te van a partir el culo!

Slim se había olvidado de sus hermanos. Estaba el mayor, que era un bruto, y el pequeño, al que Slim había visto en la piscina, con el torso desnudo. El pequeño tenía la piel lisa, color de caramelo, y ojos verdes que se parecían a los de Kenza. En las pasadas navidades, Nazir había hecho que le hablara de Kenza, de su entorno, le había pedido descripciones detalladas de la gente a la que mencionaba; Slim le había seguido el juego, sin comprender que se iba a traicionar, sobre todo al mencionar los bonitos ojos verdes de Sofiane. El cabello castaño claro, la sonrisa luminosa… un príncipe de delicadeza en medio de aquellos animales que traficaban con mierda y habían estado todos por lo menos una vez en prisión preventiva. Nazir había sonreído con su sonrisa más dura.

En realidad eran los ojos de Kenza los que se parecían a los de Sofiane.

−¡Slim, que baja, lárgate, corre, corre!

¿Quién bajaba? ¿Quién estaba de guardia en la cárcel de Kenza? Si era el mayor, Slim era hombre muerto. Si era Sofiane, podrían discutir. Rezó para que apareciese Sofiane. La puerta de las escaleras se abrió al fondo del corredor de los buzones. Era Sofiane, descalzo, en calzoncillos. Llevaba una camiseta de fútbol del Barça, que le moldeaba perfectamente los hombros. Avanzó con los brazos extendidos hacia la puerta de entrada. Llevaba una cadenita al cuello, justo por debajo de su prominente nuez. Slim se sintió sonreír.

—¿Cómo, encima te ríes? —le atacó Sofiane.

Slim perdió el equilibrio. Sofiane acababa de hacerle una zancadilla. Al caer, la cabeza de Slim chocó contra el borde de cemento del porche. Lanzó a su agresor una mirada de incomprensión.

—Maricona de mierda. No te acerques nunca más a mi hermana, ¿comprendido? Si no, te reviento tu asquerosa cara de marica de los cojones.

Le dio una patada en el vientre, que Slim no había pensado en proteger. El golpe fue tan violento que el benjamín de los hermanos Nerrouche no se dio cuenta de que le acababan de escupir en la cara.

20

Al día siguiente, Valérie Simonetti estaba descansando en la cama de su amigo Thomas Maheut cuando recibió la llamada telefónica de confirmación de la periodista que quería hablar con ella sobre el atentado. Ella lo relacionó inmediatamente con las confidencias que le había hecho Maheut aquella noche entre las sábanas. En un arrebato de desesperación le había revelado la naturaleza de aquella misión secreta que le encomendó el prefecto de policía: entregar unos documentos sellados a Marieke Vandervroom, de la manera más discreta posible.

Lo que había sacado a Maheut de sus casillas era una secuencia de diez segundos que pasaba en bucle por las cadenas de información veinticuatro horas: interrogaban al prefecto de policía, sorprendido a la salida del Val-de-Grâce, sobre el rumor que le situaba en Beauvau en el próximo gobierno socialista, y no lo desmentía, sino que lo recibía con una gran sonrisa afectada; pero solo Maheut, que le conocía bien, podía identificarla como una sonrisa y no como una mueca debida a algún dolor de espalda. Aquella sonrisa lancinante significaba que su jefe sería el próximo ministro del Interior. Aquella sonrisa lancinante significaba que el joven e ingenuo comisario de la prefectura de policía había sido manipulado como un novato: no habían recurrido a él para proteger a la República contra los gabinetes ocultos de la Derecha Nacional, sino solo para calumniar a unos adversarios políticos a fin de satisfacer una ambición completamente personal.

Aún furioso, Maheut llamó a Valérie, no tanto para acostarse con ella cuanto para crear una situación de intimidad propicia a las grandes confesiones. Valérie no pudo dormir en toda la noche. Hizo varias visitas a la cocina, donde se zampó, en la penumbra, restos de un pollo Tandoori que tenían un sabor extraño. Desde el amanecer hasta el mediodía en que tuvo aquella conversación telefónica con Marieke, la exguardaespaldas de Chaouch vomitó tres veces y perdió por lo menos dos kilos. Era una intoxicación alimentaria: el rostro permanecía demacrado, las venas de la nuca sobresalían impúdicamente, a falta de grasa para camuflarlas.

—Thomas, tenemos que encontrar a esa periodista. Juntos. Esta tarde.

—¿Y por qué?

—Creo que puede hacer algo… para que mi testimonio sea escuchado… Con el juez Poussin no tiene salida. Está en una posición débil respecto al otro juez. Y además Coûteaux ha desaparecido. ¿Me oyes? ¡Desaparecido! Esto parece que cuadra con… con mis sospechas. Claro que aún falta confirmarlas…

En el mismo momento, el TGV de Fouad entraba en la estación de Lyon; el joven estaba convencido de que Marieke no le estaría esperando en el andén, como irónicamente le había prometido. Esperar a un hombre en una estación no era su estilo. Por otro lado, tampoco era el estilo de Fouad releer febrilmente los SMS de una chica —ni siquiera los más banales e informativos— por la simple voluptuosidad de ver dibujarse su rostro y sus curvas en un emoticono sonriente o en unos puntos suspensivos. En su agenda tampoco era el nombre que venía después de «Mamá».

Durante aquel trayecto de tres horas en las que no leyó ni una línea ni encendió su iPod, no pensó en su novia ni un solo momento. Marieke ocupaba todo el espacio.

Al salir del tren el corazón se le salía por la boca; el pajarito de la esperanza, al que creía haber acallado para siempre, recobraba fuerzas a medida que la marea de pasajeros fluía por el andén. Fouad revoloteaba entre aquellos desconocidos que arrastraban sus supermaletas como cautivos arrastrando sus bolas existenciales. Cuando llegó al final del andén y pasó revista a todos los rostros que estaban esperando, con o sin carteles, el pajarito había adquirido el tamaño de un águila: la esperanza daba alas a Fouad; y la esperanza fue decepcionada. Marieke no estaba allí.

¿Había que llamarla? No, parecería un crío, un monaguillo. Cruzó la estación en dirección hacia la hilera de taxis. Y fue al ponerse en la cola de los viajeros cuando vio su mono rojo entre las moto-taxis que acosaban a los clientes, con aire turbio. Marieke tenía un casco en cada mano, como dos balones. Su mirada decía: ¿Quieres jugar? Fouad salió de la fila de espera para los taxis y jugó: hizo como si hubiera olvidado que ella le había prometido que iría a buscarle. La periodista no se engañó. Sopló hacia su frente. Desde su último encuentro se había teñido un mechón de pelo de color rojo vivo, eléctrico, como las señales que quería enviar.

Le tendió un casco a Fouad y declaró sin más preámbulos:

—Antes de que me cuentes nada sobre tu fontanero auténtico o falso tengo que decirte algo. Me he puesto en contacto con la guardaespaldas de Chaouch, y adivina qué: está convencida de que hay gente en la policía que ayuda a Nazir; tiene pruebas, sospecha de otro miembro del servicio de protección, un mayor de la policía que, agárrate, sencillamente ha desaparecido... Desde el atentado se le había encargado de la protección de Jasmine, ¿te das cuenta? El tipo quizá es cómplice de Nazir, y ha desaparecido.

—Espera —la interrumpió Fouad—, sé muy bien de quién hablas, Coûteaux. ¡Le he visto un montón de veces! ¡Es increíble! Increíble. Jasmine estaba bajo la protección de... de ese tipo, que ha desaparecido.

—Habrá notado que olía a chamusquina, y ha puesto pies en polvorosa. En cierto sentido es buena señal: les está entrando el canguelo. Y volviendo a Simonetti, me dice que dos días después del atentado declaró oficiosamente ante el juez Wagner, y que este fue apartado del caso justo antes de poder grabar su testimonio. Los nuevos jueces se niegan a oír hablar de ello, la despacharon rapidito y probablemente archivaron sus declaraciones en algún armario... ¿No me preguntas cómo he podido ponerme en contacto con ella?

—¿Cómo has podido ponerte en contacto con ella?

—No es asunto tuyo —respondió la joven alzando una ceja.

—A veces me pregunto quién de nosotros dos es en realidad el actor.

—Yo también —dijo ella golpeándole en el abdomen con su casco—. Venga, nos vamos.

—Es curioso cuánto te gusta dar órdenes.

Marieke balbució mientras decidía qué respuesta graciosa quería darle, pero tenía demasiadas donde elegir, el tiempo pasó, y prefirió responder en serio:

—Por mi fuente. Me ha puesto en contacto con ella. Ahora iremos a verles a los dos.

De repente Fouad sintió aprensión, como en los tiempos en que empezaba a presentarse a castings y le anunciaban que en la recepción a la que acudía habría un productor influyente. Solo que sus colegas femeninas de entonces no solían ir ceñidas en ropa de motorista.

El trayecto fue largo y tortuoso. Al sentarse en la moto, Fouad decidió sujetarse a la barra metálica de atrás, pero en las curvas no iba seguro. Marieke notó su vacilación y aprovechó una pausa en un semáforo rojo para cogerle las manos y enlazarlas a su vientre. Luego volvió hacia él la encasquetada cabeza. Fouad vio el mechón rojo a través de un extremo de la visera, pero no oyó sus explicaciones. Intentó una postura intermedia: un brazo alrededor de Marieke, el otro atrás. Cuando la moto arrancó y volvió a acelerar tenía la sensación de cabalgar sobre la conductora. Y Marieke debió de tener la misma sensación, visto el rictus sarcástico que le dirigió por el retrovisor izquierdo.

El punto de encuentro lo había elegido Marieke. Por una vez, no iban a ser los lavabos de un rascacielos en la Défense o un siniestro edificio de la SNCF perdido entre las vías y la inmundicia. Marieke les había citado en el corazón de Belleville, en la cocina de un restaurante de cuscús que estaba cerrado por obras hasta fin de mes. Accedieron a las cocinas por el portón del número contiguo de la calle.

Sentada en la pila de acero inoxidable, balanceando las piernas, Valérie Simonetti se detuvo un momento y le hizo un guiño a Maheut.

Este no había oído nada; con su sexto sentido de guardaespaldas, Valérie percibió un momento de incertidumbre en el movimiento de las personas que acababan de empujar el portón. Murmuró, acercándose a la puerta:

—Es ella, pero no viene sola. ¿Estás seguro de lo que haces con esa periodista?

—Que sí... —respondió Maheut mirando al techo—. Y te recuerdo que has sido tú quien me ha dicho que querías conocerla. Ahora no empieces a...

—Chisss, Thomas.

Marieke llamó y entró, tirando de Fouad por la manga para no eternizarse en el hall donde estaban los buzones.

—Pero ¿qué hace este aquí? —se indignó Valérie al ver a Fouad.

—Calma —cuchicheó Marieke.

Señaló a los demás el fondo de la cocina y justificó la presencia de Fouad haciéndole una pregunta:

—¿Puedes contarles lo que os ha pasado a tu hermano y a ti estos últimos días?

Fouad no estaba cómodo en aquella asamblea de profesionales conversando a media voz en una trascocina sumida en la penumbra.

—Creo que unas... unas personas, no sé quiénes eran, han registrado mi piso en París y el cuarto de mi hermano pequeño en Saint-Étienne. Buscaban...

—Informaciones sobre Nazir —respondió Maheut frotándose la nuca como si tuviera pulgas.

—¿Cómo lo sabe? —exclamó Fouad.

Maheut prosiguió sin atender a la pregunta del joven:

—Están entrando en pánico.

—Pero ¿quién, quiénes? —preguntó Fouad.

—La banda de Montesquiou y Boulimier —intervino Marieke—, que investigan el caso desde que marginaron a Mansourd. Tenían a un hombre con el pelirrojo, Romain Gaillac. La otra persona en la foto tomada en la autopista antes del accidente... y que desapareció misteriosamente del coche. Pero no es por esto —se volvió hacia Valérie Simonetti— por lo que he querido tener este encuentro, señora.

—Creo que somos de la misma edad, señora —replicó la guardaespaldas.

Las dos mujeres se estudiaron.

—Iba a decir que he recibido un correo, de una dirección desconocida, seguramente creada para la ocasión. Dice sencillamente «A las dieciséis en punto», con un enlace a una página de Google Maps. Había una banderita clavada en un sitio concreto del mapa, el hipódromo de Longchamp. Con la versión satélite se ve que es en la gran explanada que sirve de parking, y la bandera señala una cabina telefónica.

—¿Y quién crees... quién cree que es el autor del correo? —le preguntó Valérie.

—Podemos tutearnos... creo que somos de la misma edad. Es Nazir. ¡Está claro que es Nazir!

Maheut consultó el reloj.

—¿Cuánto falta para las dieciséis? —le preguntó Valérie.

—Es dentro de veinte minutos.

Alguien tenía que decir en voz alta la decisión que todos habían tomado. Fouad dio una palmada.

—¡Pues bien, vamos!

Maheut y Simonetti fueron los primeros en salir. Al cabo de cinco minutos Marieke y Fouad les siguieron en moto tomando otro itinerario. Volvieron a encontrarse en la porte d'Auteuil y llegaron al parking del hipódromo justo a tiempo. Un hombre se dirigía hacia la cabina telefónica en el momento en que encontraron la fila 4. Fouad fue el primero en reconocerle.

—¡Mansourd! El comandante antiterrorista... ¡Da media vuelta! —le gritó a Marieke.

Marieke aceleró y detuvo bruscamente la moto ante el comandante barbudo.

—¿Y ahora qué coño hace usted aquí? —gruñó Mansourd, manteniendo una mano en la cartuchera.

—Yo podría preguntarle lo mismo —respondió Marieke quitándose el casco.

Alrededor de ellos se extendía la triste explanada del parking desierto bajo el cielo lluvioso.

—Empiezo a estar un poco harto de que esté todo el rato metiendo las narices en mi investigación. Me ha seguido, ¿verdad?

—Pues no, pero resulta que he recibido un correo que me citaba aquí a las dieciséis en punto.

Mansourd estaba perplejo. Marieke hizo aspavientos en dirección al coche de Valérie Simonetti, que estaba dos filas más allá.

—¿Y qué hace aquí la guardaespaldas de Chaouch? ¿Y él? —preguntó señalando a Fouad—. ¿Qué demonios pintan todos ustedes aquí, me cago en todo?

Simonetti y Maheut se unieron a ellos ante la cabina telefónica.

Mansourd se sentía rodeado. Empujó la puerta de vidrio de la cabina y la registró. El sobre estaba escondido detrás del aparato telefónico. Mansourd se cubrió los dedos con el extremo de la manga de la chaqueta, para coger el sobre sin dejar en él sus huellas dactilares. Se colocó en la esquina de la cabina para que la periodista, que se había bajado de la moto, no sintiera la tentación de espiarle por encima del hombro.

El comandante leyó. Mantuvo el rostro inexpresivo, pero de repente dirigió la mirada a Fouad.

—¿Qué dice? —se impacientó Marieke.

Nada obligaba al comandante a responder. Mansourd salió de la cabina y caminó hacia su coche con deliberada, ostentosa lentitud. De pronto se detuvo, se puso en jarras y miró alrededor. Todo aquel espacio, aquel campo desierto bajo un cielo nórdico, a cinco minutos de París... El único sonido más fuerte que los mugidos del viento era el de los aviones que rompían el muro del sonido.

Mansourd se volvió y tendió la carta a Fouad.

Queridos amigos:

Se puede engañar a la gente porque son sonámbulos. Vosotros no lo sois. Habéis comprendido que hay algo podrido en el reino de Levallois-Perret. He sido víctima de una manipulación de gran envergadura, de la que pronto os contaré detalles que de verdad os van a quitar el sueño. Pero por ahora me es imposible deciros nada más. Quedáis citados este domingo, en el segundo día del G8, a las dieciocho horas en punto, habitación 707 del hotel Pandora, cuya dirección figura en el encabezamiento de esta nota. Pero yo solo estaré allí si conseguís convencer a mi hermano Fouad de que os acompañe.

Vuestro,

NAZIR N.

P. D. Sabré si él os acompaña, no intentéis hacer trampas.

Marieke leyó por encima del hombro de Fouad. El joven actor le tendió la carta a la guardaespaldas de Chaouch y bajó la vista hacia la gravilla del parking.

—Voy a ir.

—Tranquilo —cuchicheó Marieke llevándole aparte—. No estamos solos. Para empezar, no hay pruebas de que el autor de la carta sea de verdad Nazir...

—Es él. Estoy seguro.

—Pero ¿cómo...?

—Nacimos del mismo vientre. Sé que es Nazir. Yo voy a ir.

Marieke le tomó la mano y se la apretó para devolverle a la realidad.

—Aunque pudieses conseguir un billete de última hora, no hay ninguna posibilidad de que el juez te deje salir de Francia. Tienes que declarar como testigo asistido. Tendría que darse un milagro para que pudieses llegar a esa cita que apesta a emboscada en diez kilómetros a la redonda. Además, con Mansourd al corriente, se acabó, ahora es cosa de la policía.

—Es él, estoy seguro. Quiere verme, voy a ir. Voy a acabar con esto. Es asunto mío.

Marieke lo dejó estar. Se estaba intoxicando solo, ya entraría solo en razón. Cuando los vapores del odio se evaporasen en el aire del hipódromo. Mientras tanto, Mansourd recuperó la carta, la examinó con avidez, como si su vida dependiese de ella, y buscó en su móvil el teléfono del juez Wagner.

Maheut y Simonetti también mantenían un aparte. Mansourd les pidió a las dos parejas que le escuchasen atentamente.

—Ustedes cuatro van a tener que explicarme cómo es que están aquí. Y quiero la verdad.

—¿Y si nos negamos? —osó Marieke—. ¿Qué puede usted hacer? ¿Llevarnos presos? Aunque seguramente no pueda, porque está aquí en misión oficiosa…

—Usted tenga cuidadito.

Se volvió hacia el comisario Maheut.

—A usted le conozco, trabaja en la prefectura de policía. No me diga que Dieuleveult lleva una investigación paralela desde el principio…

—No exactamente —dijo Maheut en tono sombrío.

Mansourd se alejó unos pasos para reflexionar. Las palabras de la periodista aún flotaban en el aire. Ella tenía razón: ¿qué podía él hacer? No podía dar la alerta roja. Tellier iría volando a Nueva York. Pero si silenciaba la existencia de aquella carta —la primera comunicación creíble de Nazir Nerrouche desde el atentado que aún nadie había reivindicado— se ponía fuera de la ley, se convertía en cómplice del enemigo público número uno.

Si solo estuvieran allí Marieke y Fouad hubiese intentado llegar a un acuerdo, comprar su silencio. Pero no podía intentar una jugada de póquer con aquel comisario salido de la nada y con la antigua guardaespaldas de Chaouch. Había caído en la trampa. Era probable que Nazir le hubiera puesto deliberadamente en aquella situación imposible.

—Escuchen —dijo el comisario, extenuado—. Es evidente que todo esto es una trampa. Nazir Nerrouche, si es él el autor de esta carta, quiere comprometernos a los cuatro. No hay ninguna posibilidad de que nos espere en Nueva York. Ninguna posibilidad. Pero con esta carta nos convierte en cómplices suyos, y si nos callamos…

—Pero ¿usted cómo sabe que él no irá? —le interrumpió Fouad—. ¿Es que sabe dónde está?

—La investigación es confidencial, señor Nerrouche.

Marieke saltó en ayuda de Fouad:

—Pero ¿por qué nos cuenta todo esto aquí? Normalmente usted ya hubiera pedido refuerzos, y nos soltaría este bonito discurso en el calabozo, ¿no? ¡Dígalo! Mansourd, reconozca que no quiere elevar este asunto a oficial porque no se fía de la policía. ¡Confiese que tengo razón! Que hay un gabinete negro dirigido por Boulimier y Montesquiou y que esta es la única razón por la cual no tenemos aquí a treinta hombres de la policía científica alrededor de esta puta cabina telefónica...

Maheut y Simonetti estaban pasmados. Mansourd sujetó a Marieke por el codo y se la llevó aparte.

—No hay ningún gabinete negro, ya se lo he dicho. No hay ningún gabinete negro, pero hay un gabinete blanco. Yo formo parte de él, con los jueces Wagner y Poussin. Lo constituimos en secreto, cuando aún desconfiábamos de Boulimier y de Montesquiou. Ahora tengo pruebas. Escúcheme, míreme, y métase esto en su cabecita de mula: no hay un gabinete negro dirigido por Boulimier y Montesquiou.

—Entonces ¿por qué seguir investigando en secreto?

—Porque están obsesionados con la idea de cubrir sus estupideces y atrapar a Nazir antes que nadie. Porque aún tienen un poder enorme. Gracias al apoyo de Rotrou, gracias a un joven capitán al que han corrompido para realizar su trabajo sucio. Pero las cosas van a cambiar. En cuanto tengamos un nuevo ministro del Interior, rodarán cabezas y se hará limpieza.

—¿Ah, de verdad? —insistió Marieke—. ¿Y qué pasará si la ADN gana las legislativas y nos encontramos en otro periodo de cohabitación con un gobierno de extrema derecha?

Para esto el comandante no tenía respuesta. Jugó su última carta:

—Escuche, voy a hacerle una última propuesta. Únase a nuestra pequeña organización clandestina.

—Con la condición de que Fouad venga conmigo —respondió Marieke de inmediato.

—En este caso Fouad es un sospechoso.

—Usted sabe tan bien como yo que los Nerrouche no tienen nada que ver con esta conspiración. Fouad quiere exculpar a su familia, déjele la posibilidad de hacerlo. Y además él conoce a Nazir, le conoce mejor que nadie. Nos puede ser muy útil.

El empleo del «nos» hizo parpadear a Mansourd.

—¿Y qué piensa hacer con Simonetti y su amigo?

Mansourd se volvió hacia ellos. Estaban callados, daban pataditas a los guijarros.

—No hay alternativa, tenemos que ponerles al corriente. En cuanto a Nueva York, iré yo solo. La primera misión de usted será impedir que Fouad haga ninguna tontería. De todas formas, se lo repito: todo esto es una emboscada. Pero aun así voy a tener que avisar a algunas personas: con el G8, Chaouch… Solo hay que tener cuidado y no avisar a cualquiera.

Marieke intentaba aparentar fortaleza, mostrarse al nivel del comandante. Pero por dentro estaba devastada. La pista que había estado siguiendo desde el principio parecía cada vez más desencaminada; y Mansourd no tenía ningún motivo para engañarle. Le preguntó, con voz quebrada:

—Una última pregunta, comandante. Si Nazir no ha recibido apoyo de la DCRI, ¿quién le ha ayudado? Todo esto no ha podido hacerlo solo, ¿verdad?

Mansourd se encogió de hombros y se pasó la mano por los ojos reventados de fatiga.

21

Viernes: sus clientes llevaban ocho días detenidos. Szafran aún no había desenfundado, pero el juez Rotrou estaba desatado. No solo no autorizaba las cartas, sino que prohibió incluso una simple llamada telefónica de Rabia, que solo «aguantaba» con la esperanza de que la dejasen hablar pronto con su hijito encarcelado. El abogado era la única visita que recibían sus clientes. Fouad le había pedido que estableciese un palmarés de la resiliencia: Rabia ocupaba la tercera plaza del podio. Cuando Szafran iba a visitarla, ella ni siquiera se preocupaba por el famoso «golpe» al proceso que él venía preparando desde que las encarcelaron. Quería saber si Krim había adelgazado, si tenía los ojos tristes, si sonreía de vez en cuando, si «por lo menos» le dejaban ducharse con frecuencia. Cuando hubo agotado el tema del estado de salud de su hijo, cuando Szafran hubo respondido a todos sus temores, se interesó por el sitio donde se encontraba la prisión. Quería conocer la dirección, el punto cardinal hacia el que dirigir sus pensamientos y sus lágrimas. Szafran le señaló la pared a la que estaba adosado el catre; ella volvió la cabeza hacia aquella superficie desconchada al otro lado de la cual se encontraba Krim y dijo:

—Antes, cuando aún vivía su padre, éramos dos a compartir la angustia... Quizá éramos demasiado jóvenes, pero Krim nos preocupaba más que Luna, que tenía la gimnasia... Krim era un solitario, perdido en sus pensamientos. Después, su padre murió... y tuve que sufrir por él sola...

—He de contarle algo, señora Nerrouche. Krim escribe. Compone canciones de hip-hop.

Rabia abrió unos ojos como platos.

—Creo que uno de estos días podré hacerle llegar algunos de sus textos, acompañados —añadió bajando la voz— de una carta personal. Usted escriba también una. A él le alegrará mucho.

—Pero entonces ¿está bien? —preguntó Rabia, que se sentía como ebria.

—Desde que ha empezado a escribir esas canciones, sí; compone sobre todo la música, según me ha contado. Como no sabe solfeo, ha tenido que inventarse todo un sistema, con los intervalos. En fin, que mentalmente está muy entretenido, puede usted creerme.

Era al día siguiente de la investidura de Chaouch; Szafran calculó que ya hacía dos días que debería haber recibido el fax del decano de los juzgados de instrucción especificando que los recursos de hábeas corpus de sus clientes habían sido registrados. Si no había recibido aquel fax, era porque el secretario del juez Rotrou había caído en la trampa que él le había tendido.

Tras rendir visita a Rabia, quiso explicarle a su hermana los detalles de esa trampa; Dounia aún estaba en la enfermería. Vaciló al alzarse sobre sus zapatillas para recibir a Szafran de pie; una enfermera le ofreció el antebrazo y la ayudó a volver a acostarse. Szafran le preguntó qué le pasaba.

—Acabo de recibir los resultados de los análisis —dijo ella suavemente, como pidiendo perdón.

Szafran cerró los ojos.

Al abrirlos vio que Dounia le miraba con la cabeza reclinada, con una media sonrisa de rendición. Sus hombros se estremecían lentamente, la luz blanca de los neones resaltaba sus arrugas. Agitaba las rodillas bajo las sábanas, las frotaba entre sí. Una extraña sensualidad mórbida parecía haberse apoderado de ella.

A unos kilómetros de allá, otro enfermo acababa de recibir también los resultados de sus análisis. Al contrario que los de Dounia, los análisis de Chaouch eran buenos. Pero no por ello Esther dejaba de pensar que el viaje a América era una locura. En el servicio de rehabilitación le habían puesto un mote al prestigioso paciente: Superman. Pero Esther sabía que en el fondo era frágil, y no le gustaba que le animasen a seguir en aquella carrera de hazañas.

—Ya verás, después del G8 las cosas se relajarán y podré descansar.

—Claro que no, y lo sabes muy bien. Las legislativas...

—¡De las legislativas apenas me ocupo!

Era verdad. Y lo fue hasta la noche de la investidura. Chaouch acababa de dormirse cuando Habib, Vogel y el experto en sondeos del PS, tras librar una batalla cuerpo a cuerpo con las enfermeras, entraron en su cuarto y le anunciaron el sondeo de Opinion-Way que se publicaría al día siguiente. Según la encuesta, si la primera vuelta de las legislativas se celebrase el domingo siguiente el PS llegaría en cabeza por los pelos, el ADN obtendría un porcentaje excelente, y diez puntos más abajo estarían los partidos pequeños. Así que todo parecía indicar que la fusión de los partidos de derecha y extrema derecha era extraordinariamente eficaz en unas elecciones donde lo que estaba en juego iba ligado a las intrigas de política local. Pero también funcionaba a nivel nacional.

—Quizá sea bueno que el sondeo aparezca precisamente en el momento en que vamos al G8 —analizó Habib—, podemos distraer la atención con una gran secuencia internacional durante todo el fin de semana, de viernes a lunes por la mañana, hay que minimizar las riñas electorales, tomar altura. Y la semana próxima ya veremos, estoy seguro de que habremos puesto distancia y que la ADN...

Chaouch le hizo señal de que le dejase hablar.

—Serge, ¿quieres escucharme un momentito? ¿Lo primero que este sondeo te sugiere es una cuestión de agenda y de comunicación?

—Claro que no, ya sé que es terrible, pero en fin, no vamos a descubrir ahora que Francia está asustada...

—No estoy hablando de Francia, Serge. Estamos asistiendo al nacimiento del partido populista más grande de Europa...

Al día siguiente todo el mundo parecía haber olvidado la emoción de la investidura. Jasmine se lo comentó a su padre, que había arañado cinco minutos a su sobrecargada agenda: al cabo de pocas horas todo el mundo, Jasmine incluida, volaría a Nueva York a bordo del avión presidencial. Tras un poco de cháchara política, Chaouch se adelantó y le preguntó si había «hablado» con Fouad. Jasmine suspiró.

—Voy a verle dentro de una hora, antes de hacer la maleta para Nueva York.

—Pero ¿tú te has preguntado, aunque sea un poquito, por qué has estado retrasando el momento todo lo que has podido?

—Sí, me lo he preguntado —respondió distraídamente la primera hija—, y no sé por qué, la verdad…

22

La enfermera del centro asistencial de la prisión de Fresnes era una bella treintañera, de larga melena, con rizos naturales, castaños con reflejos oscuros. La dulzura de su alma hacía brillar sus ojos claros y envolvía toda su silueta agradable y fina con un aura que Dounia veía verde, como sus ojos…, un verde celta, cabilio, el verde de las colinas después de la lluvia, cuando el sol viene en persona a calentarlas.

Dounia estaba tumbada en un catre que olía a detergente; en aquella fortaleza de acero y hormigón, era el perfume más familiar del mundo.

—¿Es usted cabileña, señorita?

La joven estaba preparándole pacientemente su medicina de la noche; la serenidad con que se movía le daba un aire de aparición mariana. Se llamaba Kahina.

—A medias, por mi padre. Mi madre es bretona. ¿Y usted, señora?

Poseía una voz pura, clara; los rizos ondulaban a un lado y otro de su frente lisa, formando una especie de triángulo de serenidad.

Tenía que ausentarse un momento, previno a Dounia en voz baja, posando una vez más la mano sobre su frente. La prisionera tenía un poco de fiebre. Evidentemente iba a pasar la noche —así como las noches siguientes– en las instalaciones verde opalino de la enfermería. Eran relativamente confortables; cuando llegabas allí después de diez días en la celda parecían el Edén. La vida de Dounia se amortecía peligrosamente. La enfermera hacía gestiones secretas para que Rabia viniera a su nueva celda, desde cuya ventana podía verse un poquito de la ciudad; daba igual lo pequeña que fuese la ventana, mientras no diera al gris y desconchado interior de la prisión.

Si Kahina conseguía su propósito, inmediatamente la suspenderían: se trataba de una desobediencia directa de las órdenes del juez Rotrou. Peor aún, se trataba de una obstrucción: las sospechosas podían transmitirse informaciones capitales, establecer una estrategia, acordar sus versiones de los hechos, demorar el trabajo de la instrucción.

La idea de volver a ver a su querida hermana la estremecía; pensaba que podría tranquilizarla, decirle algo agradable.

Era Dounia, era la madre de Fouad.

En el fondo, ¿a quién le importaba que aquella enfermera asumiese riesgos graves? Era una desconocida. Dentro de unos meses, Dounia ya no estaría en este mundo.

Era Dounia, era la madre de Nazir.

Estaba revolviéndose en un pesar horrible cuando Kahina volvió a entrar en su cuarto. La enfermera había perdido el aura. Su sonrisa era insulsa, sus ojos no habían visto nada de la vida. Era una inocente; no conocía ni la muerte, ni el amor, el amor más poderoso, el más terrible: ese amor que a ella la expulsaba de su propio cuerpo, y le hacía perdonar sin condiciones los peores refinamientos de crueldad de su hijo mayor poseído por el demonio.

–Tengo un problema, señora...

Dounia quiso decirle que la llamase Dounia, pero su garganta ya solo podía emitir toses, de variedades diversas, entre las que a veces se filtraban algunas palabras pero nunca frases completas.

–Quería mostrarle una cosa porque sé que... pero tengo miedo de que sea demasiado... en fin, que puede molestarle, pero por otra parte pienso que usted no puede leer la prensa, y como me han dicho que no quiere una tele en su celda, y que al estar en alta seguridad no le dejan hacer llamadas telefónicas... En fin –aspiró mientras se llevaba a la altura del pecho la portada de *Le Point*.

Con un cloqueo triste, le tendió la revista a Dounia. La portada mostraba una foto a gran formato de Jasmine Chaouch saliendo de una farmacia de París, con gafas de sol de diva de la jet-set, botines marrón con tacón bajo, pantalones stretch y guerrera de ante con flecos. Se la habían tomado desde arriba, desde lo que parecía ser el segundo o el tercer piso de un edificio situado en un lugar ideal para ello. Se veía la nuca tensa y rapada de un guardaespaldas; se veía, sobre todo, un círculo ampliado alrededor de la barriga, y este titular con grandes letras rojas: «Embarazada».

A la segunda lectura, un signo de interrogación surgía del marco rojo de la portada. El subtítulo se exponía en tres sangrías con topos amarillos:

- Jasmine Chaouch: ¿un feliz acontecimiento?
- La hija del presidente espera un hijo de Fouad Nerrouche, el hermano del presunto cerebro del atentado contra su padre.
- Los testimonios de una farmacéutica y de un amigo de la familia Chaouch.

En las páginas interiores, Dounia leyó el testimonio de la farmacéutica y las declaraciones nada ambiguas de aquel «amigo de la familia» Chaouch que deseaba preservar su anonimato.

Dounia devolvió la revista a la enfermera; le dio las gracias. Cuando se quedó sola los nombres empezaron a darle vueltas en la cabeza.

Jasmine, Fouad. Nerrouche, Chaouch. Las dos familias estaban ligadas, tanto en la muerte como en la vida.

Dounia quizá iba a ser abuela antes de morir.

Aquel «quizá» le hizo cerrar los ojos, como no los había cerrado antes: las pestañas de arriba se abatieron sobre las de abajo como el pomo de un cerrojo hacia el cerradero; era una forma de probar a qué saben la penumbra y el silencio eternos.

23

—No puedes impedirme que haga lo que tengo que hacer —afirmó enérgicamente Fouad, mientras se ponía el casco.

—Por lo menos prométeme que antes de que saques el billete volveremos a hablar. No es mucho pedir, ¿no?

—Tengo que irme, Marieke, estoy llegando supertarde.

Al decir esto supo que estaba mintiendo: quería quedarse con ella, incluso estuvo a punto de reanudar la conversación sobre Nueva York. Pero Marieke ya había arrancado.

Fouad no se había atrevido a decirle por qué tenía que estar en casa antes de las seis de la tarde. Naturalmente, Marieke no le había pedido explicaciones. Ahora conducía a través del Bois de Boulogne, pensando en el itinerario a seguir luego para llegar lo más rápido posible a Bastille. Después de Passy, a la derecha hacia la Maison de Radio France, a la izquierda por el muelle de Seine, derecho hasta el puente Morland y otra vez a la izquierda por el bulevar Henri IV, donde la periodista había alquilado una buhardilla en una vida anterior.

Cuando volvió la cabeza y alzó la visera para gritarle que el neumático delantero estaba haciendo tonterías, Fouad no comprendió de inmediato que sus deseos perversos acababan de ser complacidos. En efecto, quería aprovechar aquel momento con Marieke para dar el primer paso hacia ella; la situación ideal hubiera sido llevarla a su casa; pero en casa le esperaba Jasmine…

El destino le ofreció un plan B: los neumáticos de Marieke eran de mala calidad, lo notó al palparlos.

—Entonces ¿por qué los compraste? —se burló Fouad, quitándose el casco—. ¿Estás segura de que son los neumáticos los que están haciendo tonterías?

Sacudió la cabeza, se pasó las manos por el pelo, sintió unas gotas de lluvia, gotas gruesas. Por encima del Bois, el cielo estaba cubierto de nubes. El aire había refrescado, los coches ya circulaban con los faros encendidos.

—En vez de hacer el tonto ven a ayudarme.

Fouad se bajó, escuchó las instrucciones, miró a Marieke actuar. El mechón rojo le daba un aire de culpabilidad; coronaba su rostro de rasgos finos pese a su constitución fuerte. Viéndola cerrar con despecho sus grandes ojos claros, Fouad pensó que iban a quedarse atascados, allí, en pleno Bois de Boulogne, al menos durante media hora.

Marieke se alzó y se reunió con Fouad, que había ido a abrigarse en los arbustos al borde de la carretera.

—Venga, llama a un taxi, Fouad, yo ya me las apañaré. No quiero que llegues tarde a tu misteriosa cita.

—Qué decepción, yo que creía que me habías hecho el truco de la avería…

Marieke se volvió hacia él; le había arrancado una sonrisa, una sonrisa que condenaba su audacia y, al condenarla, cedía a ella.

El torso rutilante de la moto resplandecía con el brillo de las gotas de lluvia. Bajo los grandes arbustos en los que se refugiaban, Fouad estaba sentado con las piernas cruzadas como un boy scout; Marieke se sentaba en cuclillas sobre sus tobillos de acróbata. Arrancó un manojo de hierbas y las hizo llover delicadamente sobre la mano, y de repente se puso a hablar, sin premeditar nada:

—Ah, de todas formas creo que me gusta estar contigo.

Fouad sonreía; bajó la mirada, la cabeza. Llevaba su sudadera preferida y unas zapatillas de deporte gastadas. La sombra de la capucha ocultaba su perfil entusiasta. Con los pies jugaba con un balón imaginario.

De repente su bonita voz de hombre joven emanó de la capucha:

—La verdad, no sé qué ves en mí. Las personas que gustan a los demás son las que se gustan a sí mismas, y yo en este momento me detesto.

—Pero ¿quién ha dicho que me gustes?

—Estaba seguro de que ibas a decir eso.

—Solo quiero follar contigo.

Ahora la lluvia caía de forma regular.

—¿Cómo? ¿Aquí, en medio del Bois de Boulogne?

—¡Mira que eres convencional!

Fouad achinó los ojos al sonreír. Marieke atrapaba con la punta de la lengua las gotas que le caían sobre los labios.

—Ven —dijo él.

Pero Marieke no quería ir, quería que fuese él quien la siguiera. Se alzó de un salto y se bajó violentamente la cremallera de la cazadora roja. Debajo llevaba una camiseta negra sin mangas. No llevaba sostenes y los pezones abultaban la tela.

—Ven —dijo, tendiéndole la mano.

Él la tomó, la dejó, miró alejarse a la bella periodista. Pensó en Jasmine, la imaginó en el asiento trasero de un coche blindado que pasaba por el Bois de Boulogne y le sorprendía con aquella desconocida, juntos ante una moto roja.

—¿Vienes? —preguntó la voz de Marieke, cuya silueta danzaba a izquierda y derecha para evitar los charcos.

Fouad aspiró una bocanada de aire lluvioso. Y luego se hundió entre los húmedos arbustos.

Al cabo de diez minutos estaban de vuelta ante la moto. Fouad llamó a un taxi. Mientras esperaba, Marieke se limpió la cara con agua de lluvia recogida en la palma de las manos.

Tenía el cabello pegado a las sienes, la piel radiante y temblorosa. Fouad tenía ganas de volver a empezar. Marieke le detuvo.

—Siempre me he preguntado con qué soñaban los actores… Ahora creo que ya lo sé.

Dio un paso hacia él y le mordisqueó la oreja.

—No vayas a Nueva York.

—No hay más remedio.

—No me gusta.

—Tengo que ir, aún no sé por qué, solo sé que tengo que ir. Es como una voz que me llama.

—Sí, la voz del psicópata de tu hermano.

El taxi llegó. El contador ya marcaba siete euros. Fouad se despidió con un gesto infantil de la mano de aquella hermosa motorista que esperaba de pie que llegase la grúa. Cuando el taxi arrancó, tuvo una mala impresión, la impresión de que con aquel gesto irónico había estropeado la despedida.

Pero ¿quién hablaba de despedidas? Fouad pensaba en Marieke apoyada contra el árbol, en su piel dulce y firme que olía a lluvia y a sudor de mujer. No había despedida, ella seguía estando allí, tan cercana en el recuerdo que él conservaba su olor y el estremecimiento de su vitalidad. La vitalidad de la lucha antes del coito, la vitalidad de Marieke clavándole a su vez contra el árbol. Fouad nunca había conocido a una chica tan fuerte. Pero la pulpa de sus labios era suave, tan suave como su piel. Cruzó las piernas para ocultar el ascenso de su emoción. Toda la sangre de sus venas parecía afluir a su miembro.

Atravesó París bajo la lluvia con el corazón ligero, encerrado en aquel cascarón móvil en que el chófer había aceptado bajar el volumen del boletín de noticias de las dieciocho horas. Se hablaba de un segundo sondeo que confirmaba el ascenso de la ADN. Luego se hablaba del viaje de Chaouch a Nueva York, de los retos de aquel G8. Fouad dejó de escuchar. Pensó en Marieke, de espaldas, alejándose con un leve balanceo de los hombros. Tenía pantorrillas de bailarina: dos bolas de carne que cuando echaba a andar se rozaban, se frotaban una contra la otra.

El taxi estaba detenido en un atasco en la place de la Bastille cuando Szafran le llamó por teléfono. Por primera vez desde que agendó su número en la lista de contactos, Fouad no descolgó enseguida. Incluso esperó a que dejase de vibrar, no quería abandonar tan secamente el recuerdo de Marieke entre aquellos matorrales suaves bajo la lluvia.

—Señor Szafran —dijo por fin con voz alegre—, le escucho.

—Fouad, tengo que anunciarle algo terrible.

La intensidad de la lluvia redobló, los limpiaparabrisas del taxi chirriaban.

Al enterarse de la noticia, Fouad cerró los ojos. Repitió en voz alta la palabra:

—Adenocarcinoma.

—Sí, es un tumor maligno, de tamaño pequeño, pero por desgracia está presente en los dos pulmones.

Fouad se calló y dejó caer la mano y el móvil sobre el asiento de cuero. El aparato pesaba una tonelada. Volvió a acercárselo al oído.

—Pero espere un segundo, ¿por qué me lo cuenta usted…? ¿Es que…?

—Sí, mire, Fouad, lo ha comprendido. Temo que el juez Rotrou no esté dispuesto a hacer una excepción y yo no puedo obligarle. Pero su madre sale el martes, es la otra cosa que quería decirle.

—¿Está de broma? —se indignó Fouad sin escuchar la última frase—. ¿Mi madre se entera de que tiene cáncer de pulmón y me prohíbe que vaya a verla?

—Escúcheme, joven. Le digo que el martes sale. Con Rabia. Mi estratagema ha salido bien, el lunes Rotrou se va a llevar la desagradable sorpresa de...

—¿Y eso es seguro?

—Sí, la apelación no ha sido atendida en las primeras veinticuatro horas, así que la detención es arbitraria, el lunes estaré en la galería Saint-Éloi para mostrárselo al juez. Así que hice bien al pedir una comparecencia diferida ante el JLD, al cabo de cinco días era la víspera del puente para ese pobre secretario judicial, el principio de una semana con solo tres días hábiles y todo el mundo desbordado, nervioso... El secretario leyó el formulario que su madre y su tía cumplimentaron, vio la cruz en la casilla habitual, la de la alegación, en que la demora de tratamiento es de diez días, y no prestó atención a la segunda casilla, la del hábeas corpus... Hemos ganado, Fouad. Sé que esto le parecerá insignificante comparado con la otra noticia que acabo de darle, pero es algo inapelable. En cuanto yo vaya a verle, el juez avisará a la cárcel y ellas no pasarán ni un minuto más en prisión, créame.

Fouad farfulló unas palabras de agradecimiento y colgó.

La angustia era insondable. Era indescriptible. Pagó el taxi y volvió a casa a pie, bajo una fuerte lluvia. Había olvidado por completo que Jasmine le estaba esperando, cuando vio los coches con las lunas tintadas ante su edificio. Convencido de que iba a reprocharle que se hubiera retrasado, sintió un acceso de cólera que le subía al mismo tiempo que el ascensor.

Pero Jasmine le esperaba en la puerta del piso con una inmensa sonrisa, la sonrisa de una adolescente que acaba de ser seleccionada por el jurado de *Operación Triunfo*.

—Jasmine, tengo que...

—Chisss.

Le cogió por la nuca y, poniéndose de puntillas, le besó. Fouad no sintió nada, no dijo nada. Antes de exhalar el último suspiro besaría muchas veces más, pero los besos ya no tendrían para él ningún sabor. Ni siquiera tuvo miedo de que su novia notase en su boca el olor de otra mujer.

Jasmine no notó nada, y seguía sonriendo cuando se apartó de sus labios y declaró:

–Fouad, vamos a tener un hijo. Estoy embarazada, Fouad.

El joven abrió la boca y perdió el equilibrio. Se desplomó sobre el felpudo, haciendo brincar a tres guardaespaldas apostados discretamente en la caja de la escalera, entre los dos últimos pisos. La visión de aquellos gorilas fue demasiado para Fouad: se tapó la cara con las manos, esas manos de futuro huérfano que Jasmine imaginaba ya jugando con las manitas rosadas de su primer hijo.

24

Los pasos de Habib resonaban en la escalera del pabellón de rehabilitación del Val-de-Grâce. Agitaba el muñón en el vacío, lo acercaba a los ojos, lo miraba, se concentraba en él como para agrandarlo, dilatarlo, como si quisiera que brotase de él un puño entero y furioso.

–¿Dónde está Superman? –le preguntó a la enfermera que recorría el pasillo lleno de guardaespaldas.

–¿Usted dónde cree que está?

Habib se abrió paso entre las filas del batallón del GSPR. El presidente estaba al teléfono, rodeado por Jasmine, Esther y Vogel, sentado en una silla aparte, absorto en la lectura de los sondeos.

–Es una broma, ¿verdad? –gritó Habib para que todos le oyeran.

Esther le hizo señal de que bajase la voz: Chaouch estaba hablando con Angela Merkel. Cuando colgó, una mano femenina se apoderó del teléfono; otra le llevó la corbata.

–Quisiera quedarme unos segundos a solas con el presidente –exigió Habib.

–No tenemos tiempo, Serge –respondió Chaouch–. Ya sé lo que vas a decirme. Y también sé lo que te voy a responder. Así que ahorremos tiempo. Ya he tomado una decisión y no pienso echarme atrás. Venga, en marcha.

Habib se volvió hacia Vogel en busca de apoyo. Vogel se encogió de hombros, en señal de impotencia. Habib se volvió hacia Esther: ella evitó mirarle, pero por la forma en que suspiró posando la mano sobre la de Jasmine, el dircom comprendió que a ella tampoco le encantaba la nueva imprudencia de su marido.

El cuarto se estaba vaciando. Habib inclinó la cabeza y se preguntó qué podía hacer para impedir que el presidente cometiese el error de comunicación más grande de la V República.

—Soy el único que piensa con claridad en este cuarto, y parece que conmigo no basta.

—No dramatices, Serge.

—No puedes cometer este error, Idder. Será el error decisivo, la gota de agua en la que nos ahogaremos todos, te lo juro. Sobre todo en este contexto, con la portada de *Le Point*. Además, hay que empezar a atacar ya mismo. Hay que atacar a *Le Point* y luego atacar sistemáticamente a todos los que difunden el rumor. Hay que atacar a todos los medios de comunicación a la vez. Prensa escrita, tele, internet, Twitter...

—Atacar esto, atacar lo otro. Me recuerdas el chiste de Woody Allen que quería invadir Polonia cada vez que escuchaba música de Wagner.

—Ya no te sigo. ¿Cómo puedes bromear cuando han hecho un zoom a su barriga? ¡Un zoom a su barriga! Mira, no quería llegar a estos extremos —esperó a que todo el mundo estuviera atento a lo que iba a decir—, pero me temo que voy a tener que presentar mi dimisión. Lo siento, pero en estas circunstancias no puedo trabajar.

—Recoge tu estrella de sheriff, Serge. No acepto tu dimisión. Yo cometo errores y tú procuras enmendarlos, y así es como funciona la cosa.

—Pero ahora la cosa ya no funciona, señor presidente. Comprendo que a veces los sentimientos del hombre puedan... cegar el juicio del político, pero entre mostrar el flanco a los ataques del enemigo y regalarle un AK-47 cargado, con un lacito de seda, hay una gran diferencia.

Chaouch frenó la silla de ruedas en el marco de la puerta. Los guardaespaldas estaban nerviosos, el cortejo llevaba cinco minutos de retraso y si aquella conversación se eternizaba, aún llevaría más. El presidente lo sabía, y cerrando los ojos como para ahogar un dolor profundo y misterioso contra el que las medicinas jamás podrían hacer nada, concluyó:

—A veces las cosas son sencillas, Serge, tan sencillas como un gesto. No te preocupes por los electores, los sondeos, las agendas de unos y otros. Los franceses sabrán reconocer el gesto de un padre, el gesto de un hombre hacia otro hombre.

—Pero es que los franceses no existen —replicó Habib con malignidad—. Lo que existe es la opinión pública. Y esa nos va a machacar.

En el cuartel general de Vermorel aún no habían recibido el fusil de asalto, pero el ambiente era festivo. Un equipo de televisión acababa de rodar un reportaje en la sede provisional de la ADN, en el Faubourg-Montmartre, en un barrio «más bien popular». Cuando las cámaras se fueron, Vermorel recibió la visita de su campeón. El episodio de la bofetada estaba superado. Ahora Vermorel mimaba a su joven asesor, que volaba con sus propias alas. Pero Montesquiou no estaba allí para hablarle de su temeridad o de Grogny. Ella lo comprendió por la austeridad de su porte y le propuso que continuaran en el balcón. La cornisa del tejado les protegía, pero la barandilla estaba mojada: Vermorel no pudo acodarse en ella.

Montesquiou quiso ir directo al meollo del asunto, pero la exministra no le dejó imponer su ritmo:

—Dieuleveult en Beauvau, ¿qué le parece, Pierre-Jean? Desde luego, qué tiempos.

Su boca era minúscula, y los rasgos se veían tensos pese al maquillaje.

—Señora, tenemos ciertas dificultades por el lado de... nuestra amiga americana...

—Pierre-Jean, ya le he dicho que no quería saber nada de todo eso —dijo ella tendiendo el brazo hacia la puerta acristalada doble.

Pero Montesquiou le obstruyó el paso con su propio cuerpo.

—¡Pierre-Jean! Acuerde lo que convenga con Boulimier, pero no me mezcle con todo eso, ahora no.

—Señora, Coûteaux ha desaparecido, a Waldstein es imposible encontrarlo, y la americana...

—¿Qué le pasa a la americana?

—Mire, desde el accidente creíamos que se mantenía silenciosa adrede, que procuraba mimetizarse con el terreno. De resultas, enviamos a Coûteaux a Génova, pero desde ayer no contesta al teléfono. Y... el móvil de la americana, que hasta ahora no había encendido, se ha activado, precisamente en Génova.

—¿Y eso qué quiere decir? ¿Cree que se han encontrado? ¿Es eso?

Montesquiou más bien creía que era la americana quien había «encontrado» a Coûteaux.

Y su instinto no le engañaba, aunque se manifestase cuando ya era demasiado tarde para cambiar nada. A la hora, tardía, en que Montesquiou transmitía su «fuerte sospecha» sobre la lealtad de Susanna, esta estaba de pie ante el mayor Coûteaux, en slip y calcetines, con las dos muñecas esposadas al radiador de hierro colado de un edificio ruinoso en los suburbios de Génova...

La mordaza impedía al prisionero articular el menor sonido, pero no respirar. Susanna consultó el reloj y decidió que ya era hora de alzar el vuelo. Se cambió ante Coûteaux, vigilándole fríamente con el rabillo del ojo. El vestido ligero que llevaba desde hacía dos días —dos días tomando el sol en la terraza haciendo como que leía *La Reppublica*— terminó en una bolsa de basura verde caqui, junto con sus zapatos, sus gafas de sol y el pasaporte de Aurélien Coûteaux. La ropa que ahora vestía era la antigua: pantalones y botas de equitación, una blusa blanca muy ceñida que apenas podía contener su busto de proporciones americanas.

Se soltó la cola de caballo. Libres, sus cabellos rubios le llegaban a la cintura. Cargó a la espalda su mochila y cogió con una mano la bolsa de basura mientras con la otra apagaba las luces y se aseguraba de que Coûteaux estaba bien atado y amordazado. No se debatía, la americana le observó por última vez y salió. Echó la bolsa de basura en un contenedor algunas manzanas más lejos.

El coche que había alquilado días antes se encontraba en un callejón húmedo. Condujo hasta el puerto de Génova, evitando el centro de la ciudad. Una carretera seguía el accidentado acantilado que dominaba el mar y los astilleros navales. Bajando hacia estos, Susanna vio el paquebote tan esperado que se deslizaba soberanamente por el puerto deportivo. Caía la noche; al crecer, la oscuridad perfilaba las luces: la del faro que exploraba las profundidades del horizonte, y los cientos de luces del paquebote que los genoveses habían venido a ver cómo atracaba. Susanna abandonó el coche al fondo de un parking reservado para los trabajadores del muelle.

El lugar que había elegido después de una semana larga de búsqueda de localización se encontraba en el tercer piso de un edificio de la autoridad portuaria. Era un puesto de observación ideal, con vistas a los muelles prohibidos al público donde atracaban y zarpaban los cargueros, ante la indiferencia general a excepción de los servicios de aduana y de policía marítima.

Aquella misma noche, la policía marítima estaba movilizada en la otra punta de la bahía, en el marco de las festividades en honor del *Costa Libertà*. Desde las ventanas de la amplia estancia con vistas a los dos extremos en la que Susanna desplegaba meticulosamente su arsenal, se podían ver los pontones desiertos, y en uno de ellos a una joven en vaqueros y con zapatillas de deporte. Llevaba el cabello oculto bajo la capucha; se adivinaba que se trataba de una chica por la forma en que a veces se apoyaba en una sola pierna, dejando la otra doblada bajo la rodilla con una gracia inquieta.

La americana acabó de montar el fusil. Ajustó el visor hasta obtener una imagen nítida del pontón donde esperaba la chica con la capucha. El cañón asomaba algunos centímetros del cuadrado que había cortado con láser. Su nido de francotirador estaba sumido en la oscuridad; alrededor no había ningún reflejo. Habrían tenido que encender una bengala para que pudieran verla desde el pontón que tenía a tiro, con la mejilla pegada a la culata, el aliento imperturbablemente regular.

25

Está sentado en la penumbra, de espalda a la ventana abierta al ruido de la plaza que no oye. Jasmine se ha tenido que ir. Le ha cubierto de besos y de lágrimas, sus gorilas la han llevado literalmente en volandas para arrancarla a su amante hundido como una piltrafa al pie de su puerta.

Ahora es un zombi, sentado en el colchón con la cabeza entre las rodillas, que no ha movido ni un músculo desde que se levantó un cuarto de hora antes, que abrió la puerta, dio tres pasos por su piso y volvió a dejarse caer en una superficie menos dura que las baldosas del rellano. Ni siquiera ha cerrado la puerta. Las ganas de mear le queman el sexo. Pero sabe que no irá. A menos que pase un milagro.

A menos que los dioses rebobinen la película de su vida y le permitan actuar para impedir el desastre, el desastre general del que él no es más que un daño colateral. Pero sabe que los dioses ni siquiera tocarán su precioso aparato de vídeo. Aunque quisieran, habría que operar con tantos aparatos ligados al suyo que acabaría afectando a toda la historia del mundo. No se altera el orden del universo para curar las penas de un joven que ya no lo es tanto y que acaba de enterarse —menudo descubrimiento— de que su madre es mortal.

En los sombríos reflejos de sus pensamientos se forman verdades, y le dan náuseas. Ella le abandona, ella le abandona a su categoría de rehén, rehén de un destino furioso que nada ni nadie puede hacer entrar en razón.

Sigue teniendo ganas de mear. Piensa en el juez Rotrou, que le prohíbe ver a su madre. La cólera hierve. Durante unos instantes, un observador pertrechado de unos prismáticos con infrarrojos podría ver materializarse su calor en el cuarto en el que antes no era más que un espectro.

Pero esto no dura. Él no puede ocultarse que no es culpa de nadie. Ya no puede trampear con sus propias creencias. El órgano invisible cuya función era generar sus creencias ha desaparecido. No es que haya encogido, no es que esté paralizado, simplemente ya no está. Ha abandonado su cuerpo, y con él se han ido los demás órganos, el estómago, el hígado, los pulmones, que ya no siente. Ya no es más que un recipiente de carne en el que crece la nada.

En la escalera resuenan unos pasos. Alguien empuja la puerta. Piensa furtivamente en Marieke, se acuerda de que tiene ganas de mear. Entran dos hombres. El que le habla es delgado como un chico joven, toda Francia conoce su cara. Es Vogel, el director de campaña. Fouad necesita unos minutos para asociar su imagen y su voz. Cuando ha efectuado los ajustes, entiende que hay un coche esperándole, que se trata de un procedimiento excepcional, que coja lo mínimo necesario. Avise a sus seres queridos. La portada de *Le Point*.

Fouad oye las palabras, pero ya no le parece que signifiquen nada. El guardaespaldas se lleva la muñeca a la altura de la boca, sus labios se mueven al ralentí. Él sí que parece seguir creyendo.

26

Fleur tenía instrucciones de esperar que llegase el carguero y decirle la contraseña al hombre que iría a encontrarse con ella. Cuando le preguntó a Nazir cuál era la contraseña, él le dijo que a su debido tiempo lo sabría. Al final solo lo supo en el momento de salir. El rehén. Sonrió, por no inquietarse. Nazir la había avisado de que después de decir la contraseña la llevarían al interior del barco, donde luego él se reuniría con ella.

—Pero ¿y el paquebote? ¿No íbamos a escapar en paquebote?

En ese momento seguía acechándola la mirada de Nazir, mientras veía acercarse un gran barco que se parecía a los vagones contenedor de los trenes de mercancías. Se estremeció, reculó, alzó los ojos al cielo, donde dibujó constelaciones imaginarias para no ceder al miedo.

El chapoteo del agua que se agitaba a sus pies la devolvió al suelo inestable. Ya no eran unas olitas que cosquilleaban el pontón, era una ola grande que al rodar hacía tintinear el metal de las amarras y entrechocar los cascos de los barquitos alineados detrás de ella. Al otro lado de la vasta extensión de agua estaba el muelle principal, donde enseguida atracó el carguero.

Fleur se irguió, murmuró la palabra «rehén» varias veces seguidas, como un mantra, como cuando hacía teatro, antes de salir a escena. Eran palabras más difíciles, para calentar las cuerdas vocales y los músculos del paladar. Rehén. Era fácil de decir. El rehén.

—La contraseña es rehén.

En el extremo del muelle de enfrente aparecieron tres hombres. Caminaron a paso rápido y vigilante hacia el pontón donde Fleur les estaba esperando. Eran tres árabes, hombres duros y alerta; vestían con excedentes militares y camisas azules. Al llegar ante Fleur, uno de ellos la cogió por la muñeca. Fleur se sorprendió mucho, pero se dejó hacer.

—Vale, parad, ya os he… la contraseña… ¿queréis la contraseña…?

Los hombres no le respondían, no la escuchaban adrede. Cuanto más cooperaba, más aceleraban el paso. Probó otra vez, con una voz asustada:

—La contraseña es rehén. ¡Rehén! ¿Me oís? La contraseña, me la ha dicho Nazir...

Uno de los tres sonrió, el que apretaba la muñeca de la joven con su enorme mano húmeda y peluda. Cuando las cuatro sombras avanzaron por el muelle donde había atracado el carguero, Susanna se relajó. Guardó el fusil, del que solo había usado el visor, y se puso de espaldas al cristal, frente a la puerta entreabierta de su observatorio. En la penumbra se recortó la silueta de Nazir. Tenía las manos abiertas y los hombros tan rectos que en vez de andar parecía ir sobre ruedas.

—¿Y ahora qué va a pasar? —preguntó la americana.

Nazir respondió:

—El carguero zarpa antes de una hora, el tiempo necesario para embarcar mercancías y fueloil. Luego va a Libia, sin escalas. Atravesarán Libia y pasarán la frontera con Argel hasta llegar a la de Mali. Dentro de dos días estarán en Gao.

—¿Y el jeque Otman se reunirá con ellos?

—Claro.

—¿Les ha dado usted la maleta con el dinero?

—Acabo de hacerlo.

La americana suspiró. Sacó de la mochila un saquito que lanzó en dirección a Nazir. Este lo atrapó al vuelo y comprobó rápidamente lo que contenía.

—*Do you realize what you just did?* —preguntó la americana.

Nazir cerró el saquito.

—Mañana tendría que estar en Nueva York. Vamos. —Se detuvo, paseó una mirada ciega sobre el mar oscuro más allá de la silueta de la americana—. Lo que acabo de hacer es que dentro de unas horas el AQMI reivindicará mediante un comunicado de prensa y un mensaje difundido por Al-Jazeera el atentado contra Chaouch y el secuestro de una ciudadana francesa, que resulta ser hermana de un candidato a las elecciones legislativas. Eso es lo que acabo de hacer.

—Pero ¿por qué? —se atrevió a preguntar la americana—. ¿Todo esto por qué?

Nazir se encogió de hombros.

—Siempre vemos un solo aspecto de las cosas, podemos ver varios sucesivamente pero para verlos todos al mismo tiempo... habría que estar muerto. Sí, al morir uno se convierte en visionario. Mientras tanto… digamos que acabo de soplar una borrasca que dentro de unos días hará que se agite la bandera negra, la gran bandera negra de Al Qaeda. Desde luego, vosotros los espías no entendéis nada de banderas. Solo veis un aspecto de las cosas. Mira, yo he traicionado a mi país, he traicionado a mi familia, y ahora voy a traicionar a mi bandera, la única bandera que jamás me haya inspirado un sentimiento que se parezca al respeto. Mi bandera, sí, la bandera negra.

27

Al cabo de media hora de despegar, Fouad vio aparecer en la ventanilla un rincón de cielo sin nubes. Dedujo que ya habían abandonado Francia y la lluviosa Europa, y que estaban volando sobre el Atlántico.

Jasmine fue a sentarse a su lado. Había atravesado la parte del A330 reservada a los periodistas; los periodistas la devoraban con la mirada; su silueta, su vientre; adoptaban un tono de voz cordialísimo, casi seductor, para sonsacarle informaciones sobre el estado de ánimo de la guardia pretoriana del presidente.

Lo peor eran los maduros que se las daban de jóvenes. «Así que entre Habib y Vogel hay buen rollo, ¿verdad?» Todo extraoficialmente, claro.

—Pues claro, desde luego —comentó Jasmine enarcando las cejas.

Fouad no se atrevía a mirarla a los ojos, así que también él le miraba el vientre. Jasmine apoyó la cabeza en su hombro y cerró los ojos. Bajo sus párpados cerrados fluían los pensamientos. Al sonar dos golpes en la puerta de la cabina volvió a abrirlos.

Vogel asomó la cabeza y dijo en voz muy baja:

—Lamento molestaros, tortolitos, es para Fouad. El presidente le va a recibir, ahora.

Jasmine les presentó con torpeza, olvidando que ya se habían visto al principio de la campaña y que había sido él quien fue en persona a buscarle a su domicilio una hora antes.

Fouad se levantó, aún entumecido; casi no le había dirigido la palabra a Jasmine; como la escuchaba, y ella cuando hablaba no se fijaba en nada, la chica no se había dado cuenta de su preocupante apatía.

Vogel ejerció de guía turístico: le mostró la minisala de operaciones, el centro de comunicaciones que transmitía mensajes cifrados, la sala de reuniones donde unos altos funcionarios en mangas de camisa «hacían como que trabajaban», e incluso los dispositivos antimisiles bajo las alas.

Al final del largo y lujoso tubo horadado de ventanillas y hormigueante de actividad, ya no una cortina sino una puerta de verdad separaba la cabina del presidente del resto del avión. Vogel saludó a los tres cancerberos y llamó. Mientras esperaba respuesta masculló, con la mano en el picaporte:

—Ya sabe usted que él siempre se preocupa de que la gente se sienta cómoda. Pero ya verá, a veces, al final de la jornada, tiene algunas lagunas. Al principio impresiona; sobre todo por la voz, una voz un poco... de ultratumba. No sé si ya la oído usted por la tele... Pero en fin, aunque por fuera está bastante cascado le aseguro que piensa con tanta rapidez como antes... e igual de bien, pero ahí reconozco que quizá no soy del todo objetivo —añadió el político irónicamente.

Una bandada de asesores salió de la cabina; todos lanzaron una mirada indiferente a Fouad. Él no se fijó en ninguno.

En cuanto Fouad entró en su campo de visión, el presidente apartó el dossier que estaba estudiando. El despacho presidencial era una estancia oblonga, revestida de madera; además del gran escritorio de madera clara, disponía de varios sillones beiges y minibares incrustados en huecos forrados del mismo acolchado.

Al fondo del despacho, una puerta corredera comunicaba con el dormitorio. Esther Chaouch salió de él, besó a su marido en la mejilla y dijo que iba a ver a Jasmine. Al pasar al lado de Fouad quiso dirigirle una sonrisa breve y pacífica, pero Fouad notó que la había ensayado. Esther notó que él lo había adivinado, y la sonrisa se transformó en mueca.

Vogel acompañó afuera a la primera dama y Fouad Nerrouche se encontró a solas con el presidente de la República francesa, a diez mil metros sobre el nivel del mar, y a veinte mil leguas bajo el de la verosimilitud.

—Siéntese, Fouad, por favor, siéntese.

En efecto, su voz monótona era impresionante. Áspera como la de un enfermo y a la vez lisa como una lámina de acero inoxidable.

Fouad se sentó en el sofá. Chaouch adelantó la silla de ruedas e hizo unos estiramientos con las manos. Vestía una camisa blanca sin corbata, de la que desabotonó los puños... como para demostrarse a sí mismo que podía hacerlo sin ayuda.

—Supongo que le parecerá raro que haya pedido que me acompañe a Nueva York. Tenemos que ser sinceros el uno con el otro, Fouad. No quiero exponerle a los periodistas, pero a la salida del avión nos harán una foto oficial. Luego, ya nada más, por mi parte. Cuente usted con una borrasca mediática, y por mi parte con un silencio absoluto. Pero creo que este viaje servirá para... mostrar mi apoyo.

—No sé qué decir, señor presidente.

Era la primera frase completa de Fouad desde que le anunció la noticia a Jasmine.

Su última palabra había sido «adenocarcinoma»: seguía sintiéndola en la boca, como un regusto imborrable.

—No diga nada, Fouad. No le he hecho venir para obligarle a hablar, sino para hacerle leer algo. Contra la opinión de algunos de mis asesores... Según ellos, al viajar con usted estoy cometiendo un error de propaganda monumental. Los comunicadores... lo confunden todo: confunden al hombre y la política, el medio y el mensaje. Y si solo fuera eso... pero es que también confunden el sueño y el vehículo del sueño. Usted, Fouad, no confunda el sueño y el vehículo del sueño.

Chaouch pronunció la perorata siguiente con una lentitud agotadora. Que pudiera seguir el hilo de sus propias palabras parecía milagroso:

—Cuando uno es joven, cree que la vida consiste en elegir. Y que hay un criterio sencillo para saber si ha elegido bien. Uno, sin saberlo, cree en la verdad. Uno piensa que cuando haga lo correcto sentirá una especie de calorcillo que lo corroborará. Uno estará del lado de la verdad. Y cuando uno envejece, cree descubrir que la verdad no existe, que los viáticos de nuestros sueños no nos han llevado a ningún sitio, o que solo nos han hecho avanzar un poquito por ese bosque oscuro donde andamos perdidos desde el principio. Ahora ya nadie nos va a engañar para que esperemos, creamos, soñemos. Porque ahora, sabemos. Estamos convencidos de que sabemos. Pues bien, eso es un error, Fouad. Los viejos están equivocados. La fe de la juventud, las ilusiones de la juventud son infinitamente superiores al supuesto conocimiento de los cínicos. Porque la lucidez de los cínicos solo les ilumina a ellos.

Pronunciaba esas largas frases con aliento entrecortado, pero regular, terriblemente regular: Fouad nunca había oído una voz que se pareciese tanto a una máquina, tan desprovista de colores, de matices, de arbitrariedad.

Detrás de aquella máscara resquebrajada y aquella voz monótona se escondía un hombre; pero a ese hombre había que encontrarlo, había que inventarlo al escucharle. Y era una prueba difícil: la elocuencia juguetona y fácil del candidato Chaouch se había convertido en un recitado esforzado y monocorde; y sus ojos ya no reían.

—Al cabo de un tiempo todo el mundo vive en un sueño. En política, toda la gente que he conocido vivía en el mito de su propia importancia. Querían ser grandes, y lo deseaban tanto que lo creían. Pero también hay sueños buenos. De todas formas, todo son sueños. Se sueña el mundo, permanentemente, se sueña el pasado, el presente, el futuro. Los sueños son la única barricada que tenemos para protegernos contra la muerte. Y en definitiva, nuestros sueños están adosados a la misma muerte: los vemos irse rompiendo uno por uno; cada desencanto nos acerca a la muerte, lo sabemos y seguimos viendo, sin alzar ni el dedo meñique, cómo la barricada se va desmenuzando, se hace polvo, dejando filtrar cada vez más luz negra... luz de muerte. Cada sueño que formulamos, lo formulamos para sobrevivir... Pero perdone. Voy a ir al grano. Durante el coma, hacia el final, cuando ya estaba saliendo, al menos según las explicaciones del neurólogo, tuve un sueño. Nunca antes había tenido un sueño tan largo y narrativo. Le he pedido a mi mujer que me ayudase a transcribirlo.

Pivotó sobre su silla de ruedas y se deslizó hasta el escritorio. Bajo una pila de dossieres, incrustada en la madera de la mesa, descubrió la puerta de una caja fuerte, una sencilla caja de metal de la que sacó un cuaderno escolar. Depositó el cuaderno sobre sus rodillas y volvió con dificultad hasta el sofá donde Fouad le esperaba, con las manos en las rodillas y el pecho hundido pero recto.

—Jasmine me ha dicho que su madre está enferma. Lo siento muchísimo, Fouad. Evidentemente esto no facilita la conversación que ahora hemos de mantener. Pero tenemos que mantenerla, usted lo sabe tan bien como yo. Mi hija está encinta, Fouad. Usted es el padre, ella me ha dicho que usted es el padre. Desde este mediodía, Francia entera lo cree. Yo soy padre, Fouad. Quiero a mi hija. Tengo que preguntarle qué piensa hacer. Comprendo que usted tendrá que reflexionar, todo esto ha sucedido tan de repente... Si me lo permite, le voy a regalar una cosa. En este cuaderno está el sueño del que acabo de hablarle. Quiero regalárselo. Quiero que lo lea. Es un poco delicado, pero preferiría que no se lo comente a Jasmine, por lo menos de momento.

Fouad aceptó el cuaderno que le tendía el presidente y alzó la vista hacia la ventanilla. Las nubes se deslizaban junto al avión, alrededor de su poderoso vientre, como un coro de delfines junto al casco de un velero. El cielo ya no era negro sino azul oscuro; en el horizonte asomaban los primeros matices dorados. Iban hacia el oeste, en dirección contraria a la rotación de la Tierra. Cada huso horario que franqueaban les alejaba más del crepúsculo; remontaban el tiempo.

28

Hacía media hora que había dejado de llover y, pese a los consejos de un escalador cincuentón cubierto de barro y de rascadas, Marieke decidió que después de aquellos diez días rocambolescos necesitaba un poco de realidad. Se había puesto la ropa habitual, había añadido un jersey de lana roja para cuando estuviera arriba, y una linterna frontal por si el cielo se cubría de nubes. De momento estaba despejado; la luna llena ya brillaba sobre el bosque de Fontainebleau. Marieke andaba entre las rocas sin tener que iluminarse con la linterna frontal. A la espalda llevaba el crash pad, una colchoneta gigante que es como la concha de caracol del escalador, que la despliega y la coloca al pie del bloque que se dispone a afrontar. Aunque sea de dos metros, una caída siempre es peligrosa.

A Marieke no la asustaban las caídas. Las había sufrido todas... salvo la fatal. A lo largo de los años, se había roto tres costillas, un dedo, había sufrido un número incalculable de puntos de sutura y de baños de hielo para aliviar un esguince. A veces el cuerpo entero se le convertía en un solo esguince. Pero ese no era el caso aquella noche. Sentía que las articulaciones estaban fuertes, los músculos listos para ponerse a prueba. El aire era fresco, las paredes estaban desiertas. Empezó por un bloque de dificultad media. Pero tan cerca del suelo se aburría. Recogió su material, dio una vuelta y decidió afrontar otra roca que se alzaba muy por encima de las copas de los árboles. Nunca la había intentado. Como es natural, no se aconsejaba hacerlo de noche. Pero las nubes seguían sin cerrarse, no taparían la luz de la luna hasta varias horas más tarde.

Marieke abandonó el pad apoyado en el tronco de un árbol y decidió ir con las manos desnudas. Sin seguridad. Lo importante, pensó, no es ir segura sino sentirse segura, convencida. De que puedes avanzar. Ya no sabía en qué creer. Ya no se fiaba de nadie. Salvo de Fouad. Pero no quería pensar más en ello. Se sentía ágil, recorría la pared sin dificultad, deslizándose por sus asperezas, salvando los obstáculos, agarrándolos para convertirlos en asideros. Pronto se encontró a seis metros de altitud. Era la mitad de la altura de la roca. La cima era un promontorio plano en cuyos contornos brillaba la luz de la luna. Marieke espiraba más que inspiraba, empezaba a encontrar posiciones de descanso en pleno ascenso. Después tensaba el cuerpo ágil y nudoso una vez más y volvía a la lucha. Sus fuertes manos se apretaban a la piedra; acababan por sentir su calor, su palpitación. La piedra era una piel viva, la piel de un amante, de una amante, y para acariciarla había que agarrarse a ella con todas las fuerzas; para amarla había que vencerla.

De repente se produjo algo inesperado: por primera vez en todo el ascenso se encontró en dificultades. Mientras subía había estado repasando toda la investigación. Pero sobre una roca a diez metros de altura del suelo no tenía la misma agilidad mental. Se volvía a hacer las mismas preguntas. ¿De verdad había que creer a Mansourd cuando este decía que el gabinete negro no existía? ¿También a él lo había comprado Montesquiou? ¿O bien ella se montaba películas? Quizá tenían razón, quizá era una paranoica.

Analizaba distintas hipótesis, las fundamentaba en otras hipótesis, trenzaba redes de teorías nuevas a partir de hechos antiguos. Los hechos resbalaban como el suelo bajo sus pies. Comenzaba a sentir que los brazos se le embotaban. La pista que había seguido para llegar a la cumbre no era la más fácil. Había evaluado mal el riesgo.

Se puso a imaginar qué pasaría si se caía. En verdad que tenía que estar moralmente débil para ceder a ese error de principiante. De joven había descubierto el secreto del vértigo, que generaciones de pedagogos estúpidos conspiraban para ocultar, y con motivo, porque hubiera revelado a los niños asustados una verdad terrible: para caer hay que querer caer. El vacío nos llama como el canto de las sirenas enamoradas. Se tiene miedo del vacío porque se quiere ir a él.

Once metros. Marieke ahuyentó de su espíritu las imágenes de su cuerpo reventado once metros más abajo, su silueta descoyuntada, sus tobillos rotos en la caída. La cima estaba allí, a dos presas y tres movimientos. Marieke estaba tensa, el cuerpo entero se adhería a la roca. Sus antebrazos hacían todo el trabajo. Los largos músculos se tensaban, unos contra otros, en un estuario de nervios que serpenteaban anárquicamente hacia las muñecas concentradas en mantener las manos en las presas. Pero de repente las preguntas volvieron a asomar. Montesquiou era culpable; lo sentía, en su propia carne. Era un asesino, no un simple carroñero como decía Mansourd.

Marieke lanzó un grito. Un grito especial, el de los furiosos que se animan a sí mismos.

De repente oyó otro sonido humano por encima de su cabeza, como una respuesta a su grito. Alzó la mirada.

En lo alto del promontorio se erguía una silueta como un espejismo. Pero no era un espejismo. La silueta avanzó y se inclinó, hasta ocultarle la luna a Marieke. Esta sintió que los músculos le fallaban, que toda la maquinaria de su musculatura cedía. La mano derecha soltó su presa, arrastrando al vacío todo su costado derecho, desde el hombro hasta el pie. Solo se sostenía en el acantilado de arenisca por las cinco falanges temblorosas de la mano izquierda.

29

Era un cuaderno de música de solo treinta y dos páginas. La tapa olía a polvo y a papel ajado. Llevaba por dibujo unos rectángulos naranjas y amarillos superpuestos; el paso del tiempo lo había descolorido, pero en la esquina de abajo a la derecha aún se podía ver el logo Clairfontaine: el busto de una joven con pelo largo, que se recortaba sobre una luna esquemática. En el interior, las páginas estaban amarillentas, húmedas, a trechos agrietadas; las de la izquierda seguían vírgenes, mientras que en las de la derecha las rayas acogían la caligrafía inclinada, redonda y regular de Esther Chaouch.

Lo primero que recuerdo es una derrota: mi derrota en las primarias del PS. Fui el último, tuve algunas fotos en la prensa, pero la cosa no prendía, con la gente, en los mítines… El aparato me despedazó, era demasiado inocente. Tras perder regreso a Grogny, pero mientras tanto Grogny ya ha elegido a otro alcalde. Ya no recuerdo el momento en que me voy, quizá no lo he soñado. En fin, que me encuentro en un pueblo, probablemente un pueblo de los Alpes, hundido en un valle y protegido por una presa enorme. Me hago alcalde de ese pueblo. Llevo allí una vida provinciana, me veo a menudo con mis conciudadanos.

Un día me doy cuenta de que todas las quejas están relacionadas con los niños del pueblo. Sufren una epidemia muy extraña: una epidemia de pesadillas. De noche, al fondo del valle, se oyen sus aullidos de terror. El médico del pueblo está preocupado, sus pequeños pacientes presentan todos los síntomas de la rabia, pero los análisis que les ha practicado no revelan nada, ningún virus. Físicamente los niños son normales. Solo cuando duermen tienen visiones de horror, y para dominarles no basta con la fuerza de un hombre. Están rabiosos.

En ningún momento, en el sueño, veré a esos pobres niños. Solo existirán a través de sus gritos. Pero de todas formas tendré un encuentro importante. Una empresa china, que posee un palacio de tejados puntiagudos en lo alto del valle, ha comprado el centro de depuración de las aguas del pueblo. Para acceder al palacio he de caminar durante varios días. Por fin me presento ante el director del centro, y me dice sin rodeos que el agua ha sido envenenada y que la enfermedad que afecta a los niños del pueblo sin duda procede del agua que beben. Entonces me doy cuenta de que voy a tener que negociar. Y oigo cómo el director bromea en mandarín con sus esbirros. Me gustaría decirles que comprendo lo que están diciendo, pero no es verdad.

Es el pasaje más oscuro del sueño, el que peor recuerdo: a ratos entendía el chino y hacía un gran papel en las negociaciones, a ratos ya no entendía nada y ellos se burlaban de mí. Salía y me daba un paseo por paisajes aireados y ventosos, a lo largo de las crestas rocosas, por magníficas praderas. Pero el panorama siempre se veía estropeado por los tejados diabólicamente curvos del palacio chino. Recuerdo una especie de torre roja que se alzaba como una chimenea de fábrica por encima de los tejados de aspecto imperial.

Un día me anuncian la llegada del gran jefe del Partido. Es un dictador puntilloso con el protocolo. Me recibe en un inmenso salón de baile vacío salvo por una mesa, a la que nos sentamos. Le agradezco que me haya concedido esta audiencia, pero cometo el error de hacerlo en chino. Su mirada se enturbia. Se empeña en sostener un diálogo oficial, con intérpretes e intercambio de regalos. Pero si yo hablo en chino, ¿para qué son los intérpretes? Además el jefe del Partido tiene unas exigencias bastante extrañas. Quiere que los intérpretes de los dos jefes de Estado se sienten en unas sillas más bajas y de respaldo más estrecho que las de los que son traducidos. Pero es una cena, y no ofrecerles cubiertos a los comparsas sería inapropiado. El jefe del Partido se pone a dar paladitas al suelo. «¡No quiero saber nada, encuentren una solución!» Finalmente acuden unos obreros, trabajan con la mesa, la adaptan para que sea más alta y más espaciosa al nivel de los comensales importantes. Para lograrlo sin que se vea una separación en medio de la mesa —para dar la ilusión de que los líderes son más altos que la gente corriente, entre la que están los intérpretes—, los obreros hacen gala de un ingenio geométrico excepcional. Pero por desgracia no basta con ello: la mesa se inclina y los cubiertos se deslizan y pasan al ralentí entre los candelabros, atornillados al tablero. El jefe del Partido está furioso.

Sin embargo, la negociación va bien. Consigo poder proceder yo mismo a los próximos diez días de depuración del agua. Me parece que he tenido que ceder en un punto importante: no logro acordarme de cuál. Sé que en un momento, en medio del banquete oficial, el jefe del

Partido ha dado unas palmadas para marcar el entreacto; o mejor dicho, el intermedio. Entonces han llegado unos osos, unos grandes osos pardos, con bozales, y sujetos por unos hombres que les hacen dar saltos y bailar. Los osos humillados lanzaban protestas espantosas. El espectáculo me repugnaba. Me parece que los hombres que hacían bailar a los osos tenían algún papel en la negociación, pero estoy algo confuso... De vez en cuando reconozco a alguno de mis colaboradores, Serge, Jean-Sébastien. Luego ya no estoy seguro.

Creo que la mayor parte del sueño va de lo que he hecho con la central de agua. Pero lo recuerdo de forma muy imprecisa. Creo que he tenido que aprender química. Sé que había unos frascos rosas y unos frascos azules y que si echaba un polvillo en ellos se volvían fluorescentes. Para digerir todos estos nuevos conocimientos salía de paseo. Alrededor de la central la naturaleza era variada, cambiante, a veces era Francia, a veces la Cabilia. Yo también cambiaba: adulto, niño, estudiante... Tenía prisa por acabar para volver al pueblo, con mi gente. Me sentía abrumado por una responsabilidad inmensa hacia aquellos pobres niños rabiosos. Un día, por fin, lo conseguí. Encontré un antídoto. Había uno azul y uno rosa. Eran dos frascos, dos simples frascos que bastaba con verter en el primero de los estanques de la central depuradora. Las máquinas se ocuparían de lo demás, yo solo tenía que verter ese frasco. Pero no me atrevía a hacerlo. Tenía miedo de que no funcionase, que a la gente empezaran a salirle pústulas, a tener solitarias. Me imaginaba un verdadero infierno sanitario, a mis conciudadanos agonizando en la plaza pública. Acabé por hacerlo, primero con un frasco. Elegí el azul, claro, todo el mundo hubiera elegido primero el azul. Y volví al pueblo para ver qué efectos tenían mis pequeños experimentos.

En el pueblo, al principio, no noté ningún cambio. Caminaba por las calles, hacía rondas nocturnas, aguzaba el oído. Oía los aullidos de los niños locos, pensaba que había fracasado, que mi antídoto no funcionaría. Pero escuchando con más atención, todos los gritos procedían de voces de niñas. Al día siguiente descubría que todos los niños se habían curado. Para celebrar ese éxito parcial se organizó una fiesta. Yo me pavoneaba entre mis vecinos. Me jactaba. Pero en los agradecimientos que me daban había algo que me turbaba. La voz de los hombres, de los padres de familia, me resultaba curiosamente familiar. Claro: todos tenían la voz de mi padre, mi propio padre, que murió hace mucho tiempo. Todos tenían un ligero acento argelino y aquel timbre tan particular, tan singular... Una de las tragedias de mi vida adulta, tragedia íntima y en el fondo sin grandes consecuencias, es esta: que pasaban los años y yo hacía mi vida, pero día tras día me iba olvidando de la voz de mis padres, de su sonoridad. Antes nadie grababa la voz de sus padres, salvo en los contados casos de las familias que tenían una cámara Super 8. Yo iba a menudo al cementerio, miraba con frecuencia las fotos de mi padre, de mi madre, pero sus voces se me iban borrando inexorablemente de la memoria, contra eso nada ni nadie podía ayudarme. Y he tenido que esperar a este sueño, a este pueblo imaginario perdido en tierra de nadie, para volver a oír la voz de mi padre, su voz tal como era cuando yo era niño, adolescente, su voz tal como la he vuelto a olvidar al despertar...

La sala de fiestas del Ayuntamiento del pueblo era idéntica a la de Grogny, y creo que entre la gente anónima se habían colado algunos rostros conocidos. Pero los que me hablaban siempre eran desconocidos con la voz de mi padre, esa voz que me trastornaba. Todos me impulsaban a que vaciase el segundo frasco. Y entonces empecé a dudar. Ciertamente, tampoco las niñas tendrían ya pesadillas, la epidemia sería erradicada. Pero yo sentía que aquello sería un abuso. Recuerdo que sostuve una conversación con un desconocido, un hombre calvo, sanguíneo, obeso, que hablaba como mi padre aunque físicamente fuese todo lo contrario que mi padre, un hombre bajito, moreno, con bigote... Y me decía que yo tenía una responsabilidad superior; yo me resistía, le comentaba mis escrúpulos, filosofaba sobre el poder y sobre el abuso. La verdad es que yo ya era demasiado feliz. Había recuperado la infancia, me había reconciliado conmigo mismo. Estaba otra vez en la trastienda de Saint-Denis donde crecí. Aquel apartamento pequeño, calentado con estufa, donde para que te oyeran tenías que gritar, donde no parábamos de discutir pero nos queríamos, ruidosa, tiernamente, el ruido era una forma de la ternura. Estaban allí mis primos, todos nos dábamos codazos. Sencillamente para hablar. Lo principal era hablar. Lo que decíamos no tenía ninguna importancia. Había que hablar. Yo procedo de allí: de un sitio donde hay que hablar, donde hablar es vivir, porque vivir se ha hecho tan abrumador.

Estaba estupefacto, deslumbrado por el poder que había tenido la voz de mi padre para recrear tan fielmente el teatro de mi infancia. Fue entonces cuando volví al centro de depuración. Para verter en él el segundo frasco, el frasco rosa. Y a la noche siguiente, durante mi ronda, en el pueblo reinaba un silencio uniforme, imperturbable. Al día siguiente, los vecinos organizaron nuevas fiestas. Construyeron una torre que dominaba todo el pueblo. En la estancia más alta de la torre, instalaron un trono para mí. Desde la ventana podía ver un paisaje majestuosamente dispuesto en terrazas, una serie de colinas, prados y bosques, dominada a lo lejos por una franja de luz que se confundía con el horizonte. Vino a visitarme una delegación de mujeres. Me veneraban tanto que yo me sentía incómodo. Y cuando las mujeres se pusieron a hablar, por supuesto que todas tenían la misma voz, la voz de mi madre, que en la realidad falleció tres años después que mi padre. En lo alto de aquella torre se celebró una ceremonia, me revistieron con un largo manto púrpura, me entregaron un collar de insignias de oro macizo. El pueblo había desaparecido, ahora yo era el rey del mundo, una especie de papa universal; mi torre subía más allá de las nubes, mi corte estaba llena de hombres y mujeres que hablaban todos de la misma forma, con la misma voz, la de mi padre, la de mi madre.

Los dirigentes chinos del centro de depuración venían a visitarme y me prodigaban gestos de deferencia. Pero yo sufría, sufría por no poder hablar de aquel sufrimiento con nadie. Durante días, meses, años, miré aquella franja de luz en el horizonte, una luz cálida, que vibraba, enrojeciendo intermitentemente. Intentaba convencer a los chinos de que probasen nuevos experimentos. Quería que aquella situación cesara. El paraíso se había transformado en infierno, no me perdonaba haber sabido desde el principio que así serían las cosas.

Finalmente, un día, sin ningún motivo en concreto, sin haber decidido nada, me desperté.

Continuará...